IMĀGINOR, ERGŌ SUM.

想象即存在

幻想家

THE PRINCESS BRIDE

公主新娘

WILLIAM GOLDMAN

〔美〕威廉·戈德曼 著

刘勇军 译

湖南文艺出版社·长沙

图书在版编目（CIP）数据

公主新娘 / (美) 威廉 · 戈德曼 (William Goldman) 著；刘勇军译. -- 长沙：湖南文艺出版社, 2024.9
（幻想家）
书名原文: The Princess Bride
ISBN 978-7-5726-0723-3

Ⅰ. ①公… Ⅱ. ①威… ②刘… Ⅲ. ①长篇小说－美国－现代 Ⅳ. ①I712.45

中国版本图书馆CIP数据核字(2022)第113512号

著作权合同图字：18-2021-338

幻想家

公主新娘

GONGZHU XINNIANG

著　　者：〔美〕威廉 · 戈德曼
译　　者：刘勇军
出 版 人：陈新文
责任编辑：吴　健
封面插画：陆文津
封面设计：Mitaliaume
内文排版：玉书美书
出版发行：湖南文艺出版社
（长沙市雨花区东二环一段508号　邮编：410014）
印　　刷：湖南省众鑫印务有限公司
开　　本：880 mm×1230 mm　1/32
印　　张：13.125
字　　数：333千字
版　　次：2024年9月第1版
印　　次：2024年9月第1次印刷
书　　号：ISBN 978-7-5726-0723-3
定　　价：78.00元

目　录

30周年纪念版序

威廉·戈德曼

要是在几个礼拜前，这篇序言还很简短。我本来只会问："你为什么买这本书？"或者更准确地说："你为什么买这个版本？"

买25周年纪念版吧，我会这么告诉你。在那个版本里，我用了很长的篇幅介绍莫根施特恩遗产委员会，以及我与他们之间极为麻烦的法律纠纷。那个版本仍然在售，你感兴趣的和我感兴趣的是同一件事，也就是让《芭特卡普的孩子》出版。

我还会告诉你，在这方面没有什么可讲的。还是老样子。好吧，常言说得好，过去是过去，现在是现在。

最近，又发生了很多事。

现在来讲一讲我是如何听说莫根施特恩博物馆这个地方的。

回到1986年的英国谢菲尔德，当时我们正在拍摄电影《公主新娘》。对我来说，那是一段快乐的时光，莫根施特恩的书终于搬上了大银幕。十多年前我就写好了剧本，可惜，按照行话来说，这个剧本一直未能"雀屏中选"。

我通常很不喜欢去电影片场。我曾经写过，人生中最美好的一天是来到片场的第一天，而以后去的每一天，都是生命中最糟糕的日子。那里既乏味又可怕，原因如下：（一）那里既乏味又可怕（但我知道你不会相信）；（二）如果你是所拍摄影片的编剧，那基本上你的工作就已经完成了。

我让演员们很紧张，但更重要的是，我有一种惊人的能力——假如我写过这件事，你就跳过去别看了——总能破坏拍摄。只要摄影机开始拍摄，我就会在片场躲起来，以免碍事，然而，导演每次在开拍时都可以看到我，要我躲开，因为我恰好站在镜头会拍到的地方。

在我将要讲到的那一天的前几天，我们一直在拍摄火沼泽的情节。电影中有这样一个场景，加利·艾尔维斯（饰演韦斯特利）带着罗宾·莱特（饰演芭特卡普）穿过火沼泽。

现在，我很清楚会发生什么——有一股火焰喷出，烧着了她的裙子。为什么我这么聪明？因为这个情节是莫根施特恩写的，我把这个情节进行改编，收录进了小说，还在每一份剧本的草稿中都保留了这个情节。相信我，那份剧本，我修改过很多遍。

好了，反正在拍摄火沼泽情节的时候，我站在片场里，随着罗伯·莱纳喊了声："开始吧，加利！"那两个出色的演员便走了过来，我在片场的一个角落里注视着他领着她向前走，一步，又一步——

就在这时，火焰喷涌而出，她的衣服着火了。

我见了，立即（非常丢脸地）大喊："她的裙子着火了，她的裙子着火了！"就这样破坏了拍摄。

罗伯喊了声"停"，转向我，用一种至今仍在我耳边回荡的声音，竭尽所能耐心地说："比尔，就应该着火。"

我连忙想出了一个貌似很聪明的借口："我知道，很抱歉。"说完便躲了起来。

好了，现在你可以继续往下看了。

第二天晚上拍摄外景，也就是袭击城堡的情节，天气很冷，可以说是寒冷彻骨，是那种典型的英国严寒天气。剧组的人都穿得严严实实，但风还是吹得我们直哆嗦。我记得每次去片场都这么冷。所有人都快冻僵了。

除了安德烈。

我不知道怎么解释，但安德烈从没感冒过。也许巨人都是如此，不过我从没问过他。但那天晚上他坐在那里，下穿一条紧身裤，上身只有一条薄毛巾搭在肩膀上。（只是一条普通的毛巾，并不能遮住他的整个肩膀。）在我和他交谈的时候，足有几十个人走到他跟前，和他问好，询问要不要给他拿件外套或拿条毯子，好让他暖和暖和，他却总是说："不用了，老板，谢谢，老板，我很好。"接着便继续与我聊天。

我就是喜欢和他在一起。我对电影如痴如狂，如今已经进入第五个十年了，而他是迄今为止在我所知道的电影片场中最受欢迎的人物。我们很多人——我想比利·克里斯托就是其中之一——曾说过要为安德烈拍一部电视剧，这样他就用不着一年中有三百多天都在各地表演摔跤了。我觉得那部电视剧可以叫《安德烈来了》，讲一个摔跤手不想再摔跤，就去找了份保姆的工作。

孩子们为他疯狂。每次我走进火沼泽的拍摄现场，他都在那里，头上坐着一个孩子，两个肩膀上各坐着一个孩子，两只手还各抱着一个孩子。那些孩子的父母是剧组的工作人员，每次开始拍摄，孩子们都会安静地坐在那里看。

"比尔？"在那个寒冷的夜晚，从他的语气中我可以听出，我们要聊到严肃的话题了。停顿了良久，他才继续说："到目前为止，你觉得我演的菲兹克怎么样？"

我告诉了他真相，那就是这个角色是我为他写的。1941年我父亲第一次给我读莫根施特恩，那时候，我自然不清楚如何写电影剧本。后来，我进入了这一行，改编《公主新娘》并将其搬上大银幕，我不知道要是真拍电影了，该由谁来扮演菲兹克。一天晚上，我在电视上看到安德烈在摔跤。他当时很年轻，我想不会超过二十五岁。

我和海伦（我当时的妻子，世界著名的心理医生）正躺在床上看电视。或者更确切地说，是我在看电视，海伦在把她的一本书翻译成法语。我高声嚷道：“海伦，我的天，你看呀，是菲兹克！”

她知道我在说什么，知道莫根施特恩的电影对我有多重要，知道有多少次差一点就要开拍，知道看似永远不能开拍时我有多难过。她有时试图让我面对现实，而现实就是那部电影可能拍不出来。我觉得她刚要这么说，却瞧见了我看着安德烈料理掉一群大块头时的眼神。

“他很不错。”她说，努力向我保证。

十多年后，我在片场，和这个了不起的法国人聊天，不管是现在，还是以后，我永远记得他身上爬满孩子的情形。“你演的菲兹克棒极了。”我说。事实的确如此。他的法国口音有点重，不过习惯之后就没问题了。

“我很努力地演了。这个角色比大脚怪深刻多了。”（除了菲兹克，他只演过一个和摔跤无关的角色，我想是在《无敌金刚》中扮演大脚怪。）“为了我的角色，我做了大量的研究。”

“是什么研究呢？”我还以为他会告诉我，他读过好几遍法语版的《公主新娘》。

“我爬过峭壁。”

“疯狂峭壁？”我惊呆了。你根本想象不到疯狂峭壁有多陡峭。

“是的，还爬了很多次，上上下下，上上下下。”

“可是安德烈，要是你掉下来怎么办？”

“第一次确实很害怕，不过后来我想到菲兹克永远也不会死。”

突然之间，我好像在和李·斯特拉斯伯格[1]交谈。

“我还和很多人打架。菲兹克就和很多人打架，我也和很多人打架。

1　美国犹太裔演员、导演、教师。——译者注

非常好。”

然后，他说了一件至关重要的事：“你去过博物馆吗？我最好的研究是在那儿完成的。”

我说我不清楚他指的是哪座博物馆。

接下来的一段时间，安德烈告诉我……

但我去过吗？没有。我从没去过弗洛林，也没怎么想过要去。不，不对，我确实想过要去，但我没去，原因只有一个：我担心那个地方会让我失望。

我第一次去弗洛林，多少是受斯蒂芬·金的影响，去为《芭特卡普的孩子》第一章做调查研究。（详见“25周年纪念版序”，看过之后你就会了解到更多的信息，该序言也收录在本书中；而在《公主新娘》重印版本的末尾，则收录了《芭特卡普的孩子》第一章。）

第一次去的时候，我在弗洛林市和周围的乡村待了几天，疯狂地到处观光，看到了很多惊人的东西——可惜那时博物馆在装修，没有开门营业。

我想我下次一定会去。不管下次是什么时候。

事实证明，下次来得比我想象的快得多。

也许你清楚是怎么回事，毕竟我的名字最近经常出现在世界各地的报纸上。我还再度获得了年度最佳祖父奖。我遥遥领先，其他祖父就决定放弃奖杯了。印度有个老家伙说我宠坏了威利，但也有人说得好——吃不到葡萄就说葡萄酸。

威利的十岁生日就要到了，这是我给他买礼物的大好机会。有天晚上，我去看我的儿子贾森和儿媳佩吉，和他们一起吃晚饭，我问他们有没有什么好主意。通常他们都会说出一长串备选项。不过这次除外。他们两个变得很奇怪，喃喃地说：“你会想出来的。”说完，他们便转移了话题。

我敲了敲威利的门，请他来开门。他轻轻地打开门，这有点古怪，通常他只是喊一声，让我自己进去。“我想谈谈你的生日。”我告诉他。你要知道一点，威利收礼物时会表现得非常激动。即便礼物是他自己选的，当我交给他的时候，他也会表现得非常贴心。

可现在他只说，这么多年来我一直很好，我挑选的礼物他都很喜欢。“你一点想法都没有吗？”我追问道。他说没有，还说有一大堆作业要做，问我能不能别打扰他。

我起身要走，又坐了下来，因为我忽然想到了一件事——他很清楚自己想要什么，但出于某种原因，他不好意思告诉我。

我等待着。

威利默默地坐在书桌旁。接着，他吸了一口气。又吸了一口气。这时我知道他马上就要开口了，于是我加上了一句：“不管是什么，答案都是你别想得到它。”

“好吧，”我的威利说，他的声音很含糊，“十岁生日在我们家里可是件大事。在你十岁生日的时候，你生了病，你爸爸给你读书；在我爸爸十岁的时候，你送给他一本书，也是在那时候你觉得自己最好为那本书做一下删节；现在我也快十岁了，一个人只有一次十岁生日，所以……所以……”他不好意思继续说下去，我便指着自己的耳朵小声说：“小声告诉我。”

他这么做了。

我不想夸大其词，但是，在我们在弗洛林市的第一个早晨，黎明带着不可思议的色彩眨了眨眼睛——我是醒着的，我的小孙子威利在旁边的床上打着呼噜，这一刻，毫无疑问是我生命中的一个亮点。我和我唯一的孙子一起在莫根施特恩的家乡，一起进行他的十岁生日冒险。

不能更好了。

这一路折腾，威利累坏了——弗洛林航空公司又得一分——我晃了晃他，才把他叫醒。他眨了眨眼睛，连说了好几声“啊”，才又恢复了正常人的心智。

“我们要去哪儿？”他说，然后自己给出了答案，“独树岛，对吧？”我答应过带他坐直升机去那里，让他看看菲兹克在哪里被“入侵”，在哪里用六指剑剖开了芭特卡普的肚子，救了韦弗莉的命。（你早该听我的话，翻到最后去看《芭特卡普的孩子》第一章。）

我摇了摇头。

“我知道，我知道，别告诉我……去城堡里伊尼戈杀死伯爵的那个房间！”他从床上跳下来，摆出击剑动作，说，“你好，我叫伊尼戈·蒙托亚，你是我的杀父仇人，准备——”他说着把剑向前一刺，“受死吧。”

他喜欢这样做，还和朋友们比赛谁刺得最好，我很高兴他喜欢这样。但我还是摇了摇头：“我们肯定会去参观，只是不是今天。”

他示意我继续说。

“莫根施特恩博物馆马上就要开门了，你最好做好准备。”

他呻吟了一声，爬回床上：“爷爷，拜托，拜托，拜托了，我们一定要从博物馆开始吗？我讨厌博物馆，你知道我讨厌博物馆。”

“你就很喜欢名人堂。”去年夏天我带他去了库珀斯敦[1]。

“可那是棒球。”

“我必须去，”我说，“公平就是公平。你知道这次旅行是计划好的。”

真相是怎样的呢？真相是，我很想让他继续睡，我没有理由不能一

1 美国国家棒球名人堂博物馆所在地。——译者注

个人去参观博物馆。

但我并没有这样说，真是谢天谢地。

莫根施特恩博物馆位于弗洛林广场的左边。那是一栋古老而漂亮的大宅，没人知道它是多久以前建成的。抵达后，威利又兴奋起来，恢复了往常的状态，在我前面的人行道上蹦蹦跳跳地走着。他为我开着门，鞠了一躬请我进去——

接着，他说了句“天哪”，便站住不动了。因为就在他面前，在这个古老而庄严的展厅的中央，在一个灯光明亮的大玻璃柜里，放着——

六指剑。

我知道六指剑在这里，安德烈告诉过我，在谢菲尔德那个寒冷的夜晚，他详细地告诉过我——

但我仍然没有准备好面对它带给我的冲击。我早就听闻过这把剑的大名，甚至在几十年前我十岁的时候，我问父亲这把剑为什么这么特殊，有这么大的魔力，这把剑是什么样的——

现在，六指剑就在我面前。伊尼戈的父亲就是因为这把剑才丧命的，伊尼戈的一生也因为这把剑而改变。这把神奇的剑是自亚瑟王神剑以来最伟大的武器。

威利拉着我的手，我们一起朝它走去，我知道自己是在胡言乱语，但就在那时，当我第一次看到它时，它似乎在来回舞动。

“它在舞动吗？”威利低声说，“看起来确实是这样。”

“我想这是灯光造成的。不过你说得对。”

玻璃展柜周围有很多人，有孩子，有老人，总之是各种各样的人，奇怪的是当我们看着六指剑的时候，没有一个人离开。我们只好走到展柜旁边的一面，从那里看那把剑；接着，我们走到第三面；然后是最后一面。

一个比威利小得多的孩子用法国口音对一位女士耳语了几句，我猜这位女士是他的母亲："你好，我叫伊尼戈·蒙托亚……"

"用英语说好听得多。"威利低声道。我忽然想到了一件事：在玻璃展柜周围，我可以看到孩子们都在模仿着拿剑刺来刺去，念叨着莫根施特恩书里的话，我不知道这座博物馆是从什么时候举办展览的——

但如果这位伟人能亲眼看到我现在所看到的一切，那该有多好。

下一个吸引我的小孙子的展览是菲兹克手指的模型。（安德烈讲起这件展品来滔滔不绝，他告诉我，他一直以为自己的手指是世界上最大的，直到他看到了菲兹克手指的模型。）威利非常小心地量了量。"他的拇指比我的整只手都大。"他宣布。我点了点头。确实如此。

接着，我们看到一整面墙上挂的都是菲兹克的衣服，熨得十分平整。威利抬头盯着巨人的脑袋所在的地方，惊讶地摇了摇头。

接下来看到的是芭特卡普的婚纱，不过很难凑到跟前，因为周围都是女孩。

可看的东西太多了。一个箭头指向另一个展厅，鲁根伯爵那台可以吸走生命的机器就放在里面，但我急于去见馆长——斯蒂芬·金已经给他写了一封信，告诉他我会去。

馆长会允许我进入我最需要去的地方，那里可以说是圣殿，收藏了莫根施特恩的信件和笔记。那里不向公众开放，只允许学者进入，但我在那一天就是学者。

我打听了一番，被人带着去了几个地方，最后终于找到了馆长。他比你想象的要年轻，一看就很聪明，为人很好。

他坐在三楼角落的办公桌旁。他的办公室里有很多书，这一点也不奇怪。我们进去的时候，他抬头看了一眼，笑了笑。

"也许你们是想去男厕所，"他说，"旁边就是。大多数来我这里的人其实都是对那里感兴趣。"

我笑了笑，表明了身份，说我大老远从美国过来，就是想去圣殿待一会儿，做调查研究。

“但那是不可能的，”馆长答道，“那里只对学术工作开放。”

“我是威廉·戈德曼。”我又说了一遍，“斯蒂芬·金写过一封信，说我要来。”

“金先生确是我国著名的后裔，这一点毫无疑问，但是我没有收到信。”

（你一定知道，在这种时候，我会很多疑。现在来说一件真事：那次我在戛纳电影节当评委，受邀参加一个正式晚宴。这对我来说是件大事，我的婚姻当时就快土崩瓦解。结婚那么久以来，我就要一个人孤独地生活在这个世界上了。我去了宴会，人们说着各种语言，却没几个讲英语。宴会上摆了三张圆桌，幸好上面有座位牌。后来有人请我们入座，我从自己单独站着的角落里走出来，飞快地走到第一张桌边。

没有写着我名字的座位牌。

我走到第二张桌边，绕着走了一圈。

也没有我的座位牌。

当我来到第三张也是最后一张桌子时，我开始疑神疑鬼，因为我预感到那上面也不会有写着我名字的座位牌。我想着那里没有我的名字，不禁出了一身冷汗，至今我仍清楚地记得当时的情形。

你能想象有人会这么愚蠢吗？

你猜怎么着：第三张桌上果然没有写着我名字的座位牌。原来是女主人搞错了。这是一个真实的故事。）

好吧，我有点崩溃了。金写信这事儿，难道是我的想象？不，不是我的想象，他明明和我说过他想要真实可信的《芭特卡普的孩子》。所以我才千里迢迢地赶来这里。

但我又想，他为什么不直接把那封该死的信交给我，让我自己拿出来呢？（我简直疯了，心想要是金把信交给我，我又把它交给馆长，馆长说不定会把信还给我，说什么很抱歉，他不是斯蒂芬·金的笔迹鉴定专家，还是不能让我进圣殿。）

站在我心爱的孙子面前，我感到如此无助，我甚至开始转身，想要离开。

他却说："爷爷，一定是弄错了，给他打个电话吧。"

我讨厌手机，但为了这次旅行，我申请了国际长途，昨晚到达酒店时，我们还给贾森和佩吉打过电话。

于是，我给缅因州的金打了电话，接通后我解释了情况。他真棒。"天哪，比尔，真对不起，我应该把那封该死的信给你的。弗洛林的邮政服务是全欧洲最差的，大概下礼拜才能送到。"（实际上是过了两周才到。）"沃尼亚今天上班了吗？让我跟他说话。"

我估摸馆长听到了他自己的名字，因为他点点头，伸手示意要电话。我把手机递给他。他从办公桌前站起来，走到走廊，在那里走来走去，我可以听到他说："当然，金先生。""我会尽全力帮忙的，金先生，你可以放心。"

在这期间，威利抬头看了我一眼，把拇指和食指捏在一起，形成一个圈（我得说，这是很谨慎的）。不一会儿，沃尼亚回来了。

他示意我们跟着他，喃喃地说："我能说什么呢？邮政服务太慢了，你知道的。"

我告诉他我很高兴事情解决了。

"我真尴尬，戈德曼先生。斯蒂芬·金和我说了你以前是干什么的。"

我本应该对他接下来要说的话有心理准备。毕竟，"以前"这两个字，就该让我有所准备了。

接下来的话足以致命："你知道吗，我读过你的几本书，我曾经是你的粉丝，曾经……你是一位出色的作家。"

我不应该受到这么大的打击的。但我知道为什么会这样。因为我害怕这是真的。我的确写过一些好书。但那是很久以前的事了，还是在另一个国家。我如此期待投入《芭特卡普的孩子》的删节中，这也是原因之一。《公主新娘》让我想成为一名小说家。我希望莫根施特恩能帮我再度成为小说家。

这时，威利喊道："他现在也很棒。"

"嘘，没事的，"我告诉他，"真的。"他看着我，我试图躲避，但我知道他看到了我内心的想法。

邪恶的沃尼亚领着我们又走了几步，打开一扇门，向里面做了个手势，便走开了。

现在，只剩下我们两个待在圣殿里。

威利依然气哼哼的："我讨厌那个家伙。"

你觉得我听他这么说，不想拥抱他吗？但我克制住自己，只是咕哝着："是时候做点工作了。"说完，我开始端详这个房间。

不是特别大。收藏了成千上万封分好类的信件和家庭相册，每张照片下面都有文字介绍，解释了照片背后的故事。

那里的笔记本正是我所希望的。莫根施特恩以他一丝不苟的性格而闻名，但当我找到方向后，我研究了他的相册，试图了解他在写作巅峰时期的生活。

然后我听到威利说了一件最不可思议的事："你知道鲁根伯爵杀了伊尼戈吗？"

我转向他："你说什么？"

他指了指从一个书架上拿下来的笔记本，读了起来："'今天早上我一觉醒来，就觉得鲁根真应该杀死伊尼戈。我意识到，假如我失去了"你好，我叫伊尼戈·蒙托亚"，我会非常怀念，但如果伊尼戈真的死在了这里，韦斯特利就必须战胜洪佩尔丁克和鲁根两个人，而他最近才遭到过重创，请记住，韦斯特利才是大英雄。’”

这时，我们已经坐在一张桌旁，看着《公主新娘》日记。

谁知道竟有这样的东西？

真是个奇迹——我和孙子坐在莫根施特恩的圣殿里，对父亲的记忆如潮水般涌来，他用他那有限的英语给我读书，永远地改变了我的人生。

威利翻了一页，又读了起来：“‘我决定不让伊尼戈死。我大半夜没睡，终于试着写他杀死鲁根的场景了，他一遍又一遍地说着那句话，直到最后，他大喊“我要我父亲回来，你这个混蛋”——

“‘当我写下这些话的时候，我意识到我想要我父亲回来，这是我在这个世界上最大的愿望，却永远无法实现——

“‘这样伊尼戈就会胜利，就会活下来，而韦斯特利只要打败洪佩尔丁克就行了。’”

威利从日记上抬起头来：“哇——他差点把自己的书搞砸了。”

我点了点头，不禁回想往事，想知道自己是否也有过这样的想法。我记得我讨厌安排布奇和圣丹斯小子[1]死掉，但我必须这么做，因为在现实生活中，他们的结局和我写的一模一样，我不能为了一个幸福的结局而改变历史。

但是，莫根施特恩这个人与我的生活有如此多的关系，他竟然做了我最不赞成的事——他居然想要改变历史——这让我很是烦恼。

听着，弗洛林作为欧洲强国虽然是几百年前的事了，但它曾经拥有举足轻重的地位，正如所有的真相都很重要。假如你像我一样读过他们的历史，你就会知道，是的，维齐尼确有其人，只是没有令大多数学者都满意的证据显示他是驼背。但他确实是一条腿长一条腿短，这一点我们都清楚。也是西西里人，这一点我们也知道。

1　电影《虎豹小霸王》的两位主角，该电影由威廉·戈德曼根据真人真事改编。——译者注没错，他雇了菲兹克和伊尼戈。菲兹克在土耳其摔跤领域创造了多项纪录，其中一些至今仍很惊人。伊尼戈·蒙托亚仍然被认为是史上最伟大的剑客。任何关于这种兵器的书里都有他的名字。

好吧。维齐尼雇了他们，你知道为什么，他们没成功，黑衣人阻止了他们，芭特卡普活了下来。现在进入正题——是伊尼戈杀了鲁根伯爵。这就是弗洛林的历史。我去过那个邪恶的贵族死去的房间。（关于那个贵族死在房间的哪个地方，专家之间再次有了争议。就我个人而言，我才不在乎他是不是在远处角落里的台球桌附近死的。）

但是，不能为了写自己的故事就改变历史，让伊尼戈那样死去，让他先是失败，再死在敌人手里，毕竟他为了报杀父之仇，受了那么多苦。

“跳过这部分别看了，”我对我的同伴说，“他接下来要说的主要内容是什么？”

威利又读了几页，停下来，呻吟了一声。“是莎士比亚。”他说，“一定要读吗？”

我示意他继续读莫根施特恩的日记。

“‘我整晚都在踱步。想起小时候父亲带我去丹麦，我们去了埃尔西诺城堡[1]。他告诉我，世上最伟大的戏剧就是在这里，在这高墙之内发生的。也就是《哈姆雷特》。（在冰岛的传说中，哈姆雷特的原型叫安姆雷斯。）他接着解释了哈姆雷特的叔叔是如何用毒药杀死了哈姆雷特的父亲，娶了哈姆雷特的母亲，以及在我稍微聪明一点之后，将会如何爱上那部戏。

“‘莎士比亚利用了这段历史，将其改编成了伟大的戏剧，但他基本上没有根据自己的需要对它进行修改。例如，他没有让哈姆雷特在失败中死去。

1 哈姆雷特的城堡。——译者注

“‘就像我差点让伊尼戈输给邪恶的鲁根一样。

“‘我差点就这么做了，真可耻。伊尼戈理应在我们的历史上占有一席之地。韦斯特利是我们最伟大的英雄。我不能贬低他的胜利。

“‘我保证以后会更加小心。’”

你永远也不会知道，在那一刻，我的心情有多愉快。

突然就到了午餐时间，这简直不可思议。我们居然在那里坐了两个多小时，慢慢地翻着日记，却连十分之一都没看完。

“真希望能把日记带去旅馆。”威利说。但他知道这是不可能的。墙上的告示牌用各种语言严厉地声明，不得从房间里带走任何东西，没有例外。

“你没看到《芭特卡普的孩子》的日记吗？”我问，“我没看到。”

他摇了摇头：“日记并不多。也许他根本没写。”他走到存放日记的架子边上，把《公主新娘》日记放了回去。

“也许我该问问沃尼亚，他可能把那本日记拿到他的办公桌或别的什么地方了。”

“爷爷，我觉得这么做并不明智。”

“问个小问题，能有什么坏处呢？”

我的孙子威利看了我一眼。

“怎么了？”

“别跟那家伙说话，别给他机会再对你说任何话。”

他是对的。我们走出圣殿，离开了博物馆，想找个地方吃点东西，但那里很冷，威利只穿了一件夹克，他最厚的外套留在了旅馆房间里，他想回去，于是我们回去了。

我躺在床上，威利穿着夹克进了卫生间，在里面待了很久才出来。

他走到套房的客厅，走了一会儿后，喊了我一声：

“爷爷？”

“你在叫谁呢？”他从不喜欢我幼稚的样子。

“哈哈哈。”

“你喊爷爷干什么？”

“你觉得一只大鸟怎么样？”他说完来到门口，“还记得《芭特卡普的孩子》那一章的结尾吗？菲兹克抱着韦弗莉摔了下去。如果一只会说话的大鸟从下面飞过去救了他们，你觉得怎么样？”

“会说话的鸟？得了吧。也许历史学家不确定菲兹克是怎么活下来的，但我知道莫根施特恩绝不会做这种蠢事。我的意思是，为什么不干脆写悬崖底部的石头是橡胶做的，这样菲兹克落在上面就会弹开，他们两个因此都能得救？这也说得通。”

“是吗，聪明先生？”他匆匆离开了一会儿，回来后读给我听，“‘我希望我能在菲兹克跳下悬崖之前想好怎么救他。他可以在最后一分钟伸手抓住韦弗莉。我为什么要让自己陷入这种境地？我的哈姆雷特问题又重演了。以艺术的名义，可以在多大程度上操纵真相？’”威利翻了一页，“‘在我看来，对于拯救菲兹克，我的主要问题是，巨鸟的存在让我难以接受。尽管我见过巨鸟的骨架，尽管我们最伟大的科学家向我保证巨鸟曾在我们的天空中翱翔，但我仍然觉得这种颇具传奇色彩的营救情节有些巧合。谁知道我最终要怎么解决这个问题呢？’”

他还没读完，我就下了床，盯着他念的东西。那一刻我意识到他干了什么，他竟然把这份日记塞在夹克里夹带了出来，我知道他为什么这样做，他希望我既能得到这份礼物，又不至于再度被沃尼亚羞辱，我知道我们会在几个小时后把它还回去，没有人会知道它不见了。

我小心翼翼地从他那里拿过日记，扫了一眼，发现我将看到韦斯特利在成为“农场小子”之前的童年经历、巨人菲兹克的爱情、伊尼戈的伤心往事、芭特卡普渐渐成真的噩梦、巫士麦克斯的记忆问题，以及海里最饥饿的怪物发现了独树岛上住着吃起来很美味的人类。

我手里拿的竟然是《芭特卡普的日记》。简直不可思议。

现在我要做的就是翻开去看……

亲爱的读者，就像我们常说的，如果你翻过这一页，会发生什么呢？

你只能看到“25周年纪念版序”，希望你已经看过了。再接下来是我删节后的《公主新娘》“精华版”，以及我删节后的《芭特卡普的孩子》第一章。不过，请不要绝望。

最近几天我一直在拼命工作，我从未如此努力，有时是一个人，有时是和一个神奇的孩子一起，他比你更渴望我能完成我的研究和这本书。

我不再做任何承诺了。但我向你保证（就像我带威利去菲兹克的坟墓时对他做的承诺一样；安德烈几年前去世了，他生前告诉过我，他为了自己的角色做了很多工作）：在（呃）50周年纪念版上市之前，你一定能看到《芭特卡普的孩子》。

提前说一句，希望你能喜欢……就算不喜欢，也不要告诉我……

25周年纪念版序

威廉·戈德曼

《公主新娘》仍然是我最最喜欢的书。

我比任何时候都希望这本书是我写的。有时候，我还喜欢幻想是我创造了菲兹克（我最喜欢的角色），是我的想象力创造出了艾克因毒药事件，以及接下来斗智斗勇、一方被毒死的场景。

唉，可这一切都是莫根施特恩创作出来的，而我必须满足于一个事实：至少是通过我的删节版，才让莫根施特恩拥有了更多的美国读者。（虽然早在1973年，我的删节版就遭到了所有弗洛林专家的否定，学术期刊也残忍无情地批评我；在我的写作生涯中，只有《男孩和女孩在一起》受到过更为猛烈的抨击。）

有什么比童年记忆更富影响力？没有，至少对我来说是这样。我仍然经常梦见我那可怜而哀伤的父亲为我大声朗读这本书，只是在梦里他并不可怜，也不哀伤；他有着精彩的人生，与他的正派相匹配的人生，而当他给我读书的时候，他那在现实中一言难尽的英语，在梦里却非常棒。而我母亲是那么自豪……

但电影才是我们再相聚的原因。如果同名电影没有上映，想必我的出版商是不会出版这个版本的。如果你在读这篇文章，我敢肯定你已经看过电影了。这部电影刚上映时只是小火，后来出了录像带，口碑陆续传开了。当时《公主新娘》在音像店大受欢迎，现在依然如此。如果你有孩子，你可能和他们一起看过。罗宾·莱特饰演女主角芭特卡普，这是她第一次演电影，我相信我们都在《阿甘正传》中再次爱上了她。(我个人认为，她是造成这种现象的原因。她是那么迷人，那么热情，你衷心盼望可怜的傻瓜汤姆·汉克斯能和这样一个可人儿幸福地生活在一起。)

我们大多数人都喜欢电影故事。也许在百老汇风靡一时的时候，人们喜欢戏剧故事，但我认为现在不是了。我敢打赌，没人会求茱莉亚·路易斯－德雷福斯谈一谈拍摄《宋飞正传》第89集时有什么感觉。那人们喜欢小说家的故事吗？你能想象把陀思妥耶夫斯基逼到墙角，乞求他讲讲创作《白痴》的趣事吗？

总之，现在来说说关于《公主新娘》的电影记忆吧，我想你可能并不了解。

在创作《复制娇妻》剧本期间，我抽出时间来删节莫根施特恩的故事。后来福克斯的某人听说了，拿到了这本书的手稿，看了后很喜欢，就想拍成电影。这是1973年初的事。福克斯的"某人"就是他们的"绿灯人"。

在《首映》《娱乐周刊》《名利场》等杂志上，你会看到很多"100位最具影响力"的影业大亨的名单。这些白痴都有各自的头衔：这个公司的副总裁，那个公司的首席执行官，等等。

事实是，他们都是浮油。

每家电影公司只有一个人大权在握，这个人就是"绿灯人"。"绿灯人"拍板，电影就能开拍。如果你拍电影是为了参加圣丹斯电影节，那么"绿灯人"就是决定给你5000万美元制作费的人。如果需要特效，则要三倍的成本。

不管怎样，福克斯的"绿灯人"很喜欢《公主新娘》。

问题在于，他不确定这本书能不能拍成电影。所以我们达成了一个特殊的协议：他们只买书，但不买剧本，除非他们决定向前推进。换句话说，馅饼一分为二，我们各有一半。所以，尽管做完删节后我感觉筋疲力尽，却还是投入充沛的精力，立即编写剧本。

现在要说到我出色的经纪人埃瓦茨·齐格勒。齐格勒策划了《虎豹小霸王》的拍摄，这部电影和我的第一部小说《金殿》一样，彻底改变了我的生活。我们在吕泰斯吃了午饭，聊了聊，相处甚欢，然后彼此道别。我回了办公室，我的办公室在上东区一栋有游泳池的大楼里。我以前每天都游泳，因为那时我有严重的腰痛病，游泳能稍稍缓解疼痛。我正要去游泳池，却突然意识到自己并不想游泳。

我什么都不想做，只想快点回家。我抖得很厉害。我回到家，上床睡觉，不再颤抖，却感觉浑身火烧火燎。我的超级明星心理医生妻子海伦下班回来，看了我一眼，就把我送到了纽约医院。

各种各样的医生都来了，每个人都知道我出了严重的问题，但谁也说不清毛病在哪里。

我在早上4点醒来。我知道哪里出了问题。不知怎的，在我十岁的时候，可怕的肺炎几乎要了我的命，所以父亲才读《公主新娘》给我听，帮助我度过出院后那段难熬的日子。好吧，现在肺炎再度来袭，继续它的未竟之事。

就在那时，就在医院里（是的，我早料到这听起来很疯狂），当我在痛苦和谵妄中醒来时，不知怎的，我知道，我要活下去，就必须重归儿时的经历。于是我大声呼喊夜班护士——

因为我的人生和《公主新娘》是永远融合在一起的。

夜班护士进来了，我让她给我念莫根施特恩的书。

“念什么，戈德曼先生？”她说。

“从‘死亡动物园’开始吧。”我刚说完，马上改口道，“不，不，算了吧，还是从‘疯狂峭壁’开始吧。”

她仔细看了我一眼，点了点头，说：“好吧，我正要从那里开始读，但我把莫根施特恩忘在桌子上了，我这就去拿。”

我知道的下一件事是海伦来了。其他几位医生也来了。“我去了你的办公室，我想我找到了正确的书页。现在你想让我读什么？”

“我什么也不想让你读，海伦，你从来就不喜欢这本书，你不想读给我听，你只是在迁就我，再说了，书里也没有适合你的角色——”

“我可以是芭特卡普——”

“得了吧，她才二十一岁——”

“这是剧本吗？”一位英俊的医生说，“我一直想当个电影明星。”

“你演黑衣人好了。”我告诉他，然后指了指门口一位壮硕的医生，“你来演菲兹克吧。”

这就是我这样第一次听到剧本的情形。医生们和我的天才妻子三更半夜与剧本做斗争，而与此同时，我时而发冷，时而流汗，烧得稀里糊涂。

过了一会儿，我晕过去了。我记得最后我在想，那个大块头医生还不赖，而海伦虽然不适合，不过扮演起芭特卡普来也还凑合，就算那个英俊的医生不怎么样，反正我这条命是保住了。

这就是电影剧本的开端。

福克斯的“绿灯人”把剧本寄给了伦敦的理查德·莱斯特——莱斯特是《一夜狂欢》的导演，那是第一部精彩绝伦的披头士电影——我们见了面，一起工作，一起解决问题。“绿灯人”很激动，一切都很顺利——

没过多久，他被解雇了，一个新的“绿灯人”取代了他。

出了这种事，情况肯定会这样发展：老“绿灯人”被剥夺了肩章，也失去了每周一晚上去莫顿餐厅的资格，他虽然很富有——既然结局已经不可避免，他肯定为自己争取了好处——却已经失去了好名声。

新的“绿灯人”继承了王位，并且奉行一条铁律：前任所做的任何事都得取消。为什么？假设那些事做成了，而且还做得很成功，那功劳归谁？当然是以前的“绿灯人”。那新的“绿灯人”周一晚上去莫顿餐厅，就得忍受严厉的批评，他知道所有的同行都在窃笑：“那个混蛋，那部电影不是他拍的。”

结束了。

《公主新娘》被埋葬了，可以想象，它永远不可能有翻身的日子了。

我意识到这件事已经不在我的掌控范围内了。书的版权在福克斯手里。就算剧本在我手里，又能怎么样呢？他们可以委托别人去写剧本。他们可以改变任何要求。所以我做了一件让我非常骄傲的事。我从那家电影公司把书的版权买了回来，用的是我自己的钱。我估摸他们怀疑我有什么交易或计划，但我没有。我只是不想让某个白痴毁掉这件在我看来是最为重要的事。

经过一番讨价还价，这本书又归我了。现在，我是唯一一个能毁掉它的白痴了。

我最近看到了一则消息：杰克·芬尼的大作《一遍又一遍》历经将近二十年的时间，却依然没有成功搬上大银幕。《公主新娘》倒是没用这么久，但所用时间也不短。我没做过记录，这些是我凭记忆写下来的。要知道，要想拍成一部电影，需要两点：一是热情，二是钱。事实证明，很多人都喜欢《公主新娘》。我知道至少有两位“绿灯人”特别喜欢这本书。他们都曾和我握手，想要和我做这笔交易。他们拍摄这部电影的愿望，比拍摄其他任何一部电影都更强烈。

可就在项目启动前的那个周末，他们通通被解雇了。有一家电影公司（一家小型电影公司）甚至在着手启动拍摄前的那个周末倒闭了。剧本开始为人所知，一篇杂志文章还将其列为尚未拍摄的最佳剧本之一。

事实是，十多年后，我以为永远也拍不成了。每次有人产生兴趣，我就一直等着另一只鞋落下来，事实也总是这样。但是，在我不知情的情况下，十年前就发生了一些事，这些事最终拯救了我。

拍完《虎豹小霸王》后，我有一段时间退出了电影行业。（当时是20世纪60年代末。）我想尝试一些我从未做过的事，也就是创作非虚构类书籍。

我写了一本关于百老汇的书，名叫《季节》。在一年的时间里，在纽约或纽约以外的地方，我去了几百次剧院，把每部戏至少看了一遍。但我看得最多的戏是卡尔·莱纳写的一部很棒的喜剧片《与众不同》。

莱纳对我帮助很大，我很喜欢他。写完《季节》后，我给他寄了一本。几年后，删节完《公主新娘》，我也把小说寄给了他。有一天，他把书送给了他的大儿子。“给你，”他对他的儿子罗伯特说，“我想你会喜欢的。”

那时，罗伯特还有十年才会开始他的导演生涯，但在1985年我们相识了，诺曼·李尔（上帝保佑他）为我们提供了资金，让我们可以拍摄这部电影。

保持希望永不灭。

我们第一次通读剧本是在1986年春天，在伦敦的一家酒店。罗伯和他的制片人安迪·沙因曼都在现场。加利·艾尔维斯和罗宾·莱特，也就是韦斯特利和芭特卡普的扮演者，也在现场。还有恶棍王子洪佩尔丁克和伯爵鲁根的扮演者克里斯·萨兰登和克里斯·盖斯特，以及邪恶天才维齐尼的扮演者瓦利·肖恩。饰演伊尼戈的曼迪·帕廷金也在现场。巨人安德烈一个人安静地坐着——他向来都喜欢安静地坐着——他扮演的是菲兹克。

这并不是一般的演员阵容。

我则温和地坐在一个角落里。我在娱乐圈工作多年，遇到了两位重要人物——埃利亚·卡赞和乔治·罗伊·希尔，他们在采访中都对我说了同样的话：在第一次演员通读剧本时，关键的工作就已经完成了。如果你能让脚本运行起来，并找到了合适的演员，那你就有机会制作出一部出色的电影。但假如这第一步就迈不出来，那么剩下的过程无论多么精良，也无法弥补。你肯定会溺毙在水里。

外行人听来可能会认为这很疯狂，确实是的，但事实的确如此。之所以听起来很疯狂，原因在于在准备剧本的时候，《首映》杂志并没有出现，《今夜娱乐》也没有报道选角事宜——他们在电影拍摄期间才出现，而这是电影制作中最不重要的部分。记住一点，拍摄只是相当于组装汽车的工厂而已。

安德烈·勒内·罗西莫夫是我们那天早上排练剧本时最大的赌注。“巨人安德烈”是他的外号，他是世界上最著名的摔跤手。我开始相信，如果要拍电影，就应该由他来出演最强壮的男人菲兹克。

罗伯也认为安德烈很适合这个角色。问题是，没人能找到他。他一年有三百三十多天都在摔跤，所以总是四处奔波。

我们只好去找别人。于是就出现了我见过的最奇怪的选角过程。很多大块头纷纷前来，他们是很强壮，可惜算不上巨人。偶尔也能找到一两个巨人，可要么不会演戏，要么就瘦得皮包骨，而我们想要的并不是一个皮包骨的巨人。

没有人能像安德烈。

一天，罗伯和安迪正在弗洛林做最后的选址调查，这时一个电话打来了——安德烈第二天下午到巴黎。他们立即飞过去见他。这可不容易，因为从弗洛林市到欧洲任何一个重要国家的首都都没有直达航班。更不用提弗洛林航空公司的调度安排取决于客流量，他们的所有航班都很拥挤，因为他们要等到客满后才起飞。他们甚至允许乘客站在过道里。（我自己只亲眼见过这种情况一次，那是在俄国，从第比利斯到圣彼得堡，那次的短途航班简直就如同噩梦一般。）最后，罗伯和安迪不得不包了一架小型螺旋桨飞机去见安德烈。他们到了丽兹酒店，门童用奇怪的声音说：“有个人在酒吧等你们。”

在我看来，安德烈就像五角大楼——不管你事先听说它有多大，可当你来到近前，都会觉得它比你以为的更大。

而安德烈的块头，恰恰比我以为的还要大。

他的体重是550磅，身高7.5英尺。但他不是很确定，因为他并没有每天早上花很多时间在称体重上。他告诉我，他曾经病过一次，不到三个礼拜就瘦了100磅。但除此之外，他从不谈论自己的块头。

他们在酒吧谈了一会儿，便去罗伯的房间看剧本了。有几件事很清楚：安德烈的法国口音很重；更糟糕的是，他的声音像是从地下室传来的。

罗伯赌了一把，给了安德烈这个角色。他还为安德烈录下了所有台词，一句一句都录得很清楚，甚至语调变化也十分明了，这样安德烈就可以在巡演中随身携带，在彩排前的几个月里好好研究了。

对那天早上在伦敦进行的彩排，我们特意安排得很轻松。只读了几遍剧本，没怎么讨论。那是一个美丽的下午，我们去吃午饭，发现附近一家小酒馆有室外餐桌。这简直堪称完美，只是椅子对安德烈来说太小了，宽度适合普通人，手臂距离也太近。餐馆里面的一张桌子配有长凳，有人建议我们在那里吃饭。但安德烈不同意。于是我们还是坐在外面吃。我至今依然清晰地记得他把椅子的金属扶手拉宽，努力挤进去，接着我又看到扶手猛地弹回原来的位置，就这样一直夹着他，直到我们吃完饭。他吃得很少。那些餐具就像婴儿玩具，被他的手衬托得非常小。

午饭后，我们再次排练，这次我们排演了一些场景，安德烈和我们的伊尼戈——曼迪·帕廷金一起演戏。安德烈显然研究过罗伯的磁带，但不可否认的是，他说台词的速度很慢，有点死记硬背的感觉。

他们排演的是重聚后的一个场景。曼迪·帕廷金试着引导安德烈说台词，安德烈却只是缓慢地说着他死记硬背的台词。扮演伊尼戈的曼迪试着引导菲兹克讲快一点，可安德烈又开始机械地说着。他们再次尝试，试了一次又一次。扮演伊尼戈的曼迪要求扮演菲兹克的安德烈说快一点，安德烈又恢复了从前的语速——

曼迪说了句："说快点，菲兹克！"就毫无预兆地给了巨人狠狠一记耳光。

安德烈睁大眼睛的情形至今依然清晰地出现在我的脑海里。依我看，他从小就没有在摔跤场外挨过耳光。他看着曼迪……一时间无人说话。房间里一片死寂。

这之后，安德烈说台词的速度竟然变快了。他适应了当时的场合，掌握了节奏，也投入了更大的精力。几乎可以看到他的想法："现在要看你在摔跤场外的表现了，来试试吧。"事实上，那一巴掌是他一生中最幸福时期的开始。

对我来说，那也是一段美好的时光。经过十多年的等待，我年轻时最重要的书终于鲜活地呈现在了我的面前。拍摄完成后，我终于看到了电影，那时我意识到，在我的整个职业生涯中，在我参与制作的电影中，我真正喜欢的只有两部：一部是《虎豹小霸王》，另一部就是《公主新娘》。

但这部电影带给我的不仅仅是快乐。它让书里的情节变成了现实。我又开始收到读者美妙的来信了。我今天就收到一封，是洛杉矶的一位男士寄来的，他被他的芭特卡普甩了，在分手十年后，他听说她碰到了麻烦，便给她寄了一本《公主新娘》，显然他们现在破镜重圆了。打动别人——你不觉得这很美妙吗？尤其是对我这样一辈子都在自己乱糟糟的地方写作的人而言，更是如此。简直不能更美好了。

当然，除了美好，我也有遗憾。我很遗憾与莫根施特恩遗产委员会产生了法律纠纷，这件事稍后再说。我很遗憾我和海伦分手了。（并不是说我们两个都没想到会有这么一天——但她非得在这部电影在纽约上映的当天离开吗？）我还很遗憾疯狂峭壁现在成了弗洛林最大的旅游景点，结果害苦了那里的护林员。

但这世上的生活就是如此，你不可能拥有一切。

公主新娘

纯真爱恋，终极冒险

S. 莫根施特恩的经典故事
精华版

威廉 · 戈德曼 删节

《公主新娘》是我最喜欢的书，不过我从未亲自读过。

这怎么可能？听我好好解释。小时候，我对书压根儿就没兴趣，特别讨厌看书，其实我根本不是读书的料。再说了，有那么多好玩的事儿，比如打篮球啦，打棒球啦，玩弹珠啦，这些我都玩不够，哪还会去看书呀？我的水平是不怎么样，但要是给我一个橄榄球，再给我一个空荡荡的球场，我也能在最后一秒力挽狂澜，把你感动得热泪盈眶。上学简直就是折磨。罗金斯基小姐是我从三年级到五年级的老师，肯定没少跟我母亲见面。她准说过：“我觉得比利[1]的潜力还是没发挥出来。”或者这样说：“比利参加了考试，考虑到他在班上的名次，他的成绩已经相当不错了。”不过，她说得最多的应该是：“我也不知道，戈德曼太太，可是，我们该拿比利怎么办呢？”

“我们该拿比利怎么办呢？”从那时起，这句话一直折磨了我十年。我假装不在意，心里却十分害怕。大家都不搭理我，什么事儿都没我的份儿。我连个真正的朋友都没有，没有哪个人跟我一样，只喜欢打球。我看起来忙得不可开交，不过，如果你非要逼着我问的话，我兴许会承认，尽管我成天疯疯癫癫的，其实我特别孤独。

“我们该拿你怎么办呢，比利？”

“我也不知道，罗金斯基小姐。”

1　“比利”和下文的“比尔”“威利”都是“威廉”的昵称。——译者注

“这次阅读测验你怎么会不及格？这些词你都会啊，我亲耳听过的。”

“对不起，罗金斯基小姐。我肯定没有用心。”

“你一直都很用心，比利。只是你的心思没花在阅读测验上而已。”

我只能点点头，表示赞同。

“这次又在搞什么名堂？”

“我不知道，不记得了。”

“又是因为斯坦利·哈克吧？”（斯坦利·哈克一直都是小熊队的三垒手。我曾坐在露天看台上看过一次他的比赛，即使隔着那么远的距离，我也从没见过有谁笑得像他那么灿烂，直到今天我依然肯定他还冲我笑过几次呢。反正我特别崇拜他。对了，他还能经常击出安打。）

“是布朗科·纳古斯基。他是一名橄榄球运动员，水平自然不赖。昨晚的报纸说他可能重新出山，再为大熊队效力。他当年退役的时候我还很小，但是，如果他能复出，我也能找到人带我去看比赛，到时候我就能亲眼看他打球了，要是带我去的人恰好认识他，没准儿赛后我还能见着他呢，他要是饿了，我就可以把带在身上的三明治给他吃。我现在得弄清楚布朗科喜欢吃什么样的三明治。”

她瘫坐在办公桌旁：“你的想象力可真够丰富的，比利。”

我一时不知道该说什么好，也许应该对她说“过奖”之类的话吧。

“可我也不能约束你的想象力，”她继续说，“为什么会这样？”

“没准儿我需要一副眼镜吧，字都看不清楚，也就没法儿看书了。所以我才经常眯眼。要是我去看眼科医生，人家兴许能给我配副眼镜呢。到时候我的阅读成绩准是班上最好的，你也不用老罚我留堂了。”

罗金斯基小姐只是指了指她后面：“去把黑板擦了，比利。”

“遵命，女士。”整个班上就数我最会擦黑板。

“那些字看起来很模糊吗？”过了一会儿，罗金斯基小姐说。

“噢，不是，我瞎编的。”我也从不眯眼。但她似乎老爱拿这个说事儿。她向来如此。这种情况持续了三学年。

“有时我真是搞不懂你。”

“这不是你的错，罗金斯基小姐。”（还真不是。我也挺崇拜她的。她长得矮矮胖胖，但我小时候老希望她是我的母亲。可惜我这个愿望恐怕不能实现，除非她先嫁给我父亲，他们离婚后，我父亲再娶我现在的母亲，这样就好了。罗金斯基小姐要工作，所以我父亲得到了我的监护权，这都说得通。不过，我父亲和罗金斯基小姐似乎永远也不会认识对方。每年圣诞表演的时候，所有人的父母都会来，我父亲和罗金斯基小姐也会见面，我像个疯子似的看着他们，盼着能看到他们神神秘秘地看着对方，那眼神像是在说：“呃，你好吗，我们离婚后你过得好吗？”但这可不是肥皂剧。她不是我的母亲，只是我的老师，我净给她惹麻烦，以后的情况还会越来越糟糕。）

“你一定会好的，比利。”

“我也希望这样，罗金斯基小姐。”

“你是个大器晚成的人，没错。温斯顿·丘吉尔就是大器晚成，你也是。”

我本想问问她，温斯顿·丘吉尔是哪个球队的，但她的语气有些异样，我想还是不问为好。

“爱因斯坦也是。”

这人我也不认识。还有，“大器晚成”是什么意思？可是，老天，我倒真想成为这么一个人。

二十六岁的时候，我的第一部小说《金殿》由阿尔弗雷德·A.克诺夫出版公司出版了。（这家出版社并入了兰登书屋，而兰登书屋则被美国无线电公司收购了，该公司对当今美国出版业的窘境负有不可推卸的责任，当然，这事儿跟我们的故事可挨不上边儿。）总之，那本小说出版前，克诺夫出版公司的宣传人员找到我，想方设法证明他们不是吃干饭的，问我想把样书寄给谁，让那人提提意见什么的，我说我不认识这样的人，他们就说：“仔细想想，总会有那么一两个的。”这时，我灵光乍现，一下子就激动起来，我说：“好吧，寄一本给罗金斯基小姐。”我觉得这事儿很靠谱，也挺好的，因为要是真有人能给我点意见，肯定非她莫属。（对了，《金殿》中处处都有她的身影，不过我在书里称她为“帕图斯基小姐”，早在当年我就这么有创意了。）

“谁？”负责宣传的女士问。

“是我过去的一位老师，你给她寄本样书，我会在上面签名，兴许还可以写点什么……”我满心兴奋，不过负责宣传的男士打断了我，“我们希望这个人在全国有一定的知名度。”

我非常轻柔地说：“就是罗金斯基小姐，请寄本样书给她，好吗？”

“好的，”他说，“好的，我们一定送到。”

你还记得吗？小时候我就是因为罗金斯基小姐说话的语气，愣是没敢问她丘吉尔是为哪支球队效力。这会儿，我的语气想必也是如此。总之，对方肯定领会了我的意思，他立马记下了我老师的名字，还问是‘斯基’，还是‘斯吉’。”

“是‘斯基’。”我告诉他，已经开始回忆那几年的时光了，琢磨着该在书上为她写什么样的题词才叫绝妙。既要诙谐，又要谦虚，还得有点才气，务必臻于完美。

“她叫什么名字？”

这话把我从回忆中猛地拉了回来。我不知道她叫什么。我每每只是叫她“小姐”，我也不清楚她家的地址。我甚至不知道她是否健在。我有十年没回过芝加哥了。我是家中的独子，双亲都去世了，所以我为什么还要回芝加哥呢？

“寄到高地公园文法学校吧。”我说。起初我想写：“罗金斯基小姐笑纳，你大器晚成的学生献上。”但我转念一想，这么写也太自负了，于是决定这样写：“恭请罗金斯基小姐斧正，你大器晚成的学生敬献。”这样比较谦虚。之后我又想了想，觉得这有些谦虚过了头，也不太好，可我又想不出什么别的好点子。我转念又想，要是她都不记得我了呢？这么多年来，她教过不少学生，凭什么记得我呢？最后，我实在不知道该怎么写，就干脆写道：“奉罗金斯基小姐，我是威廉·戈德曼，你过去常叫我比利，你当年说我会大器晚成，这本书送给你，希望你喜欢。我上三年级、四年级和五年级的时候，你一直是我的老师，非常感谢你。威廉·戈德曼。”

书出版了，结果惨不忍睹。我待在家里，跟平日里一样调整身心。这本书不仅没有让我一炮走红，成为克里斯托弗·马洛之后的大文豪，甚至没几个人看。倒也不能这么说，看的人倒也不少，只是全是我认识的。不过，我敢说，我不认识的人就没有喜欢这本书的。那真是一段惨痛的经历，所以我才有了如上反应。后来，罗金斯基小姐的信姗姗来迟的时候（信寄去了克诺夫出版公司，他们转寄给我需要时间），我真希望她能鼓励鼓励我。

“亲爱的戈德曼先生：非常感谢你的书。我现在还没有时间拜读，但我相信你一定为这本书付出了不少心血。我当然记得你。我记得我所有的学生。你忠诚的，安东尼娅·罗金斯基。”

真是倍受打击。她根本不记得我了。我拿着信，坐在那里，心里郁闷极了。所有人都不记得我了。真的。还真不是我胡思乱想，我就是容易被别人忘记，没事儿，我不在乎，可是我在骗谁呢，我在乎得要命！不知什么原因，我经常会被人遗忘。

罗金斯基小姐寄来了这封信，我看了之后觉得她和别人没什么两样。发现她没有结婚，我居然有些幸灾乐祸。我反正从来没喜欢过她，她一向都是个差劲的老师，她叫安东尼娅还真是叫对了。

“我不是故意的。”我大声说。我独自一人待在漂亮的曼哈顿西区的一个单人间里。“对不起，对不起，”我自言自语道，“你一定要相信这点，罗金斯基小姐。”

接下来，我看到了附言，就写在致谢函的背面：“白痴，即使是不朽的 S. 莫根施特恩也不如我这般慈爱。”

S. 莫根施特恩！《公主新娘》。她记得我！

回忆一股脑儿涌来。

那是1941年的秋天。我的心情很不好，因为我的收音机接收不到橄榄球比赛了。西北大学和圣母大学的比赛1点开始，可现在都1点半了，我还是收不到比赛。音乐、新闻、肥皂剧，什么都有，可就是收不到这场重要的比赛。于是我大声叫妈妈。她来了。我告诉她收音机坏了，我找不到西北大学对圣母大学的比赛。你是想听橄榄球比赛吧？她说。是啊，是啊，是啊，我忙不迭地说。今天是星期五，她说，我想比赛应该在星期六播放。

我真是个白痴！

于是，我干脆躺下来，听起了肥皂剧。过了一小会儿，我想再找找看有没有比赛。我那个愚蠢的收音机能收到芝加哥的每个电台，偏偏收不到播放橄榄球比赛的电台。我一个劲儿地大喊大叫，母亲再次急匆匆地进来。我要把这个破收音机扔到窗外去，我威胁说，就是收不到，收不到，怎么也收不到。收到什么？她问。橄榄球比赛啊，我如是回答，你怎么这么蠢，比——赛。星期六才播，还有，说话注意点，小伙子，她这么说，我早告诉过你了，今天是星期五。说完她又走了。

还有比我更蠢的人吗？

我自觉很丢脸，又开始摆弄我那个值得信任的泽尼斯收音机，想调到橄榄球比赛的频道。我沮丧极了，满身大汗地躺在那里，胃里直翻腾，我还重重地捶打收音机的顶部，希望它能收到橄榄球比赛，也就是这个时候，他们发现我得了肺炎，已经有些神志不清了。

当年得肺炎跟现在可不一样，我得肺炎的情况就更不一样了。得在医院里待上十天左右，回家后还得好好休养一段时间。我好像在床上躺了三个多礼拜吧，也许有一个月呢。那段时间我整个人没一点精神，更别提还能打球了。那段时间我什么都做不了，只能等待力量恢复。

当年，我就是在这种状态下邂逅了《公主新娘》。

那是我出院回家的第一个晚上，病恹恹的，一点精神也没有。父亲进来了，我以为他来跟我道晚安。结果，他在我的床边坐了下来。“第一章，‘新娘’。”他说。

听到这话，我才稍稍抬起头，发现他手里拿着一本书。这事儿本身就让人惊讶。我父亲几乎大字不识一个——我指的是英语。他来自弗洛林（也就是《公主新娘》故事发生地），他在那里可称得上聪明人。父亲说他本来可以成为律师的，谁知道呢。十六岁那年，他有机会来到美国，在这个充满机会的国度里闯荡，却没能闯出一片天。他在这里并没有得到太多的机会。父亲没有英俊的面孔，个子非常矮小，年纪轻轻就谢了顶，在学习上也完全没有天赋。他记忆力还行，可要过很久才能真正理解消化其中的意思。他的英语一向非常差劲，一直停留在移民前的水平，从来指望不上。他是在来美国的船上遇见我母亲的，两人后来结了婚，等到他们觉得有了一定的经济能力，就生下了我。他一辈子都在伊利诺伊州高地公园一家生意惨淡的理发店里做二把手。晚年的时候，他成天在椅子上打瞌睡。最后，他正是在那把椅子上过世的。他去世后一个小时，理发店的一把手才发现，之前，他还以为我父亲正美美地打着瞌睡呢。也许的确如此。也许人死了，就和进入甜美的梦乡差不多。他们把这个消息告诉我的时候，我非常难过，但我同时又觉得他的离开正好可以证明他曾经在这个世界上走了一遭。

这会儿，我是这么回答的："啊？什么？我没听见。"我身体实在太虚弱了，感觉特别累。

"第一章，'新娘'。"他把书举起来，"我读书给你听，让你消遣一下。"他几乎把书贴到我的脸上了，"是莫根施特恩写的。他是弗洛林一位伟大的作家。这本书叫《公主新娘》。对了，莫根施特恩也来了美国，是在纽约去世的。他的英语讲得可好了，他会说八种语言呢。"父亲把书放下来，将除大拇指以外的其他所有指头都伸了出来，"八种呢！那时候在弗洛林市，我还去过他的咖啡馆呢。"他摇摇头（父亲每次都这样，他说错了什么话，准会摇头），"不是他的咖啡馆。是他在一家咖啡馆里，我也在，我们同时在那家咖啡馆里。我见过他呢。我见过莫根施特恩。他的头得有这么大。"他用双手比画了一下，他比的样子足有大气球那么大，"他可是弗洛林市的大人物。不过在美国就没那么出名了。"

"书里有体育运动吗？"

"有击剑、格斗、酷刑、毒药。有真爱、憎恨、复仇。有巨人、猎手、坏人、好人、最漂亮的女人。有蛇、蜘蛛、各种各样的野兽。有痛苦和死亡。有勇士、懦夫、最强壮的男人。有追捕、逃跑，还有谎言和真相、激情和奇迹。"

"听起来还不错。"我说，眼睛半睁半闭，"我尽量不睡……但我现在真的好困，爸爸……"

谁能知道自己的世界什么时候发生变化？谁又能预料到，多年来的种种经历统统……失去了意义？想象一下这样的画面：一个近乎文盲的人，努力控制自己那笨拙的舌头，一个筋疲力尽的小孩子努力撑开自己的眼皮。一个人费力地把自己的母语翻译成另一种外国话。谁能想到一个孩子在早上醒来时仿佛换了个人？我记得我想努力战胜疲倦。即使一个星期后，我仍然不知道那天晚上发生了什么，不知道有些门开了，有些门关上了。也许我多多少少应该知道一点，也许我全然不知。试问谁又能从风中得到启示呢？

事情是这样的：我被这个故事迷住了。

我生平第一次对一本书产生了浓厚的兴趣。我是个体育迷，热衷于各种比赛，我是伊利诺伊州唯一一个讨厌字母表的十岁孩子，就是这样一个我，竟然迫不及待地想知道接下来怎么样了。

美丽的芭特卡普、可怜的韦斯特利、有史以来最伟大的剑客伊尼戈后来怎么样了？菲兹克到底有多强大？邪恶残忍的西西里人维齐尼到底有多坏？

每天晚上，父亲都会一章接一章地给我读书，他努力咬字清晰，让我能够听得懂。我躺在那里，眼睛半睁半闭，体力一点点地恢复。我说过，我休养了一个来月才好起来，在这段时间里，父亲给我读了两遍《公主新娘》。即便后来我能自己看书了，那本书依然属于他。我从没想过要打开它。我想听他的声音，喜欢他制造出的各种动静。甚至是几年后，我有时候还会问："伊尼戈和黑衣人在悬崖上的决斗怎么样了？"父亲就会粗声粗气地嘟囔几句，拿起书，舔舔拇指翻到决斗的那一页。我喜欢这样。即使是在今天，每次我想起那本书，还是会这样叫我父亲。他听了就垂下肩膀，眯起眼睛，慢吞吞地念着，尽可能为我朗读莫根施特恩的杰作。《公主新娘》属于我的父亲。

而其他的一切，都是我的。

所以冒险故事都没能逃过我。"得啦。"我恢复健康后，这么对罗金斯基小姐说，"史蒂文森，你一直在说史蒂文森，我把史蒂文森的书都看完了，现在看哪个作家的？"她就说："那就试试斯科特吧，看看你喜不喜欢他。"于是我看了沃尔特·斯科特爵士的书，他的书还不赖，我在十二月看完了他的六本书（其中大部分时间是圣诞假期，除了偶尔吃点东西，我可以不受打扰地看书）。"还有谁，还有谁？""库珀吧。"

她说。于是我去看了《猎鹿人》和《皮袜子故事集》。后来的一天，我自己无意中发现了大仲马和他的《达达尼昂三部曲》，在他们的陪伴下，我度过了二月大部分的时间。“我亲眼看着你变成了一个小说迷。”罗金斯基小姐说，“你有没有发现，你用来看书的时间，已经超过了看比赛的时间？你知不知道，你的算术成绩越来越差了？”我一点也不介意她批评我。教室里只有我们两个人，我一直缠着她给我介绍好的作家。她摇了摇头：“你现在是大器早成了，比利。我是亲眼见证的。我只是摸不准你以后会成什么样。”

我就站在那里，等着她为我介绍好书。

“真是个难缠的孩子，居然站在那里等。”她想了一下说，“好吧。你去看雨果吧。《巴黎圣母院》不错。”

“雨果。”我说，“还有《圣母院》。谢谢。”我转过身，准备狂奔向图书馆。走着走着，突然听到她叹息着说了一句话：

“坚持不了多久的。肯定坚持不了多久的。”

可我坚持了下来。

确实如此。无论是那时抑或现在，我都热爱冒险小说，还会一直喜欢下去。我在前文中提到了我的第一本书《金殿》，你知道书名是怎么来的吗？这个名字来自电影《古庙战笳声》，这部电影我看过十六遍，现在依然认为它是有史以来最精彩的冒险电影。（说到《古庙战笳声》，现在来讲一个真实的故事：退伍后，我发誓永远不再回军营。没什么大不了的，就是发了一个一辈子遵守的誓言。好吧。退伍后的第二天我回到家，我有个朋友在附近的陆军基地谢里丹堡，我打电话给他，他说：“嘿，猜猜今晚有什么节目？要放《古庙战笳声》呢。”“我们去看吧。”我说。“这事儿不太好办，”他说，“你都不当兵了。”结果是这样的：我在退伍后的第一个晚上就再度穿上了军装，偷偷溜到军营里去看那部电影，看完又溜了出来。活像是三更半夜出去做贼一样。心脏怦怦直跳，还出了一身的汗。）我沉迷于动作电影，或者说冒险电影，随便怎么叫吧，反正我就是喜欢。阿伦·列特啦，埃罗尔·弗林啦，他们的电影我一部都没错过。我至今也抗拒不了约翰·韦恩。

我的人生真正开始于我十岁那年，父亲给我读了莫根施特恩。事实上，毫无疑问，《虎豹小霸王》是我参与过的最受欢迎的电影。我死后，如果《纽约时报》给我登讣告，那一定是因为《虎豹小霸王》。好啦，现在来说说大家最喜欢谈论哪个场景，对你我和大众来说最记忆犹新的瞬间是什么——答案是跳崖那一场戏。在写那一幕的剧本时，我记得自己脑海里浮现出的他们跳下去的悬崖就是《公主新娘》的疯狂峭壁——现在人人都想爬上去。在创作《虎豹小霸王》剧本期间，一段记忆从我的脑海深处浮现了出来：父亲给我读菲兹克拉着绳索攀上疯狂峭壁，只要一个不小心，他们就会跌下去摔死。

那本书是我人生中最美好的一件事（很抱歉这么说，海伦——海伦是我的妻子，她是一个很有前途的儿童精神科医生），我还没结婚那会儿，就打定主意要和我的儿子分享这本书。我也知道自己会有个儿子。所以在贾森出生之后（如果是个女孩，就会叫帕姆比——你能相信吗，一位女性儿童精神科医生竟会给自己的孩子起这样的名字？）——扯远了，在贾森出生之后，我提醒自己要给他买一本《公主新娘》，作为他十岁生日的礼物。

那之后，我就把这件事抛到了脑后。

现在把时间向前推进，来到去年十二月的贝弗利山庄酒店。我正在把艾拉·莱文的《复制娇妻》改编成电影，开会开得我都要抓狂了。我在晚餐时间给我在纽约的妻子打电话——我一向都会这么做，让她能感觉到我很思念她。我们在电话里聊了一会儿，最后她说："啊，对了，我们送给贾森一辆十速山地车吧。我今天已经买好了。我觉得很合适，你说呢？"

“合适什么？”

“噢，老天，威利！十岁了，十速正合适。”

“他明天十岁吗？我全忘了。”

“明天晚饭时给我们打电话，祝他生日快乐。”

“海伦？”我接着说，“听着，帮我个忙。你打个电话给九九九书店，让他们送一本《公主新娘》来。”

“我去拿支铅笔记一下。”她说着离开了一会儿，“好啦，说吧。什么新娘来着？”

“《公主新娘》。S. 莫根施特恩写的。是一本经典童书。你告诉他，我下个礼拜回去，要考他书里的内容；你再告诉他，他可以不喜欢那本书，可他要是不喜欢，我就自杀。你一定要把我的话一字一句都转告给他。我可不想增大他的压力。”

“吻我吧，我的傻瓜。”

“啵……”

“不许和小明星说话。”每当我一个人在阳光明媚的加州四处游荡，她最后总要说上这么一句。

“她们已经灭绝了，笨蛋。”我每次总会这么回复。我们挂了电话。

第二天下午，不知从什么地方，还真的出现了一个活生生、古铜色皮肤、叫人惊艳的小明星。当时我正懒洋洋地躺在泳池边，她穿着比基尼从我身边走过，真是个人间尤物。我下午有空，再加上在那里一个人也不认识，于是我玩了个游戏，看看我能不能接近这个姑娘，还不会把她逗笑。我不会采取任何行动，但抛媚眼是很好的锻炼，再说了，我这个人观察女孩的本领是一流的。我想不出该用什么法子去接近她，只好去游泳。我的椎间盘不好，每天都要游四分之一英里。

游过来，游过去，我一共游了十八圈，游完后，我喘着粗气待在深水区，还从那个小明星身边游了过去。她也在深水区的平台边上，距离我大概有六英寸，头发湿漉漉的，在阳光下闪着光，身体在水下，虽然看不见，但你知道她的身体就在那里。她说："打扰一下，你就是写《男孩女孩在一起》的威廉·戈德曼吧？那是我最喜欢的书了。"

我抓住泳池边缘，点了点头。我不记得我具体说了什么了。（我撒谎了。其实我记得自己当时说的每一句话，只是那些话太蠢了，还是不要写下来了。天哪，我都四十岁了。"我是戈德曼，我就是戈德曼，没错，就是戈德曼。"我说得含含糊糊，根本看不出她以为我是用什么语言回答她的。）

"我是桑迪·斯特林。"她说，"嗨。"

"你好，桑迪·斯特林。"我说，这很有礼貌，反正在我看来就是很有礼貌。如果出现同样的情况，我还是会这么说。

就在这时，广播里喊我的名字，说有人打电话找我。"扎纳克就是不肯让我一个人清静清静。"我说。她突然笑了起来。我忙着去接电话，心想这话真有这么诙谐吗。到了电话边上，我觉得自己的话确实很诙谐，于是我对着听筒说了句"很诙谐"。我没有"喂"，也没有说"我是比尔·戈德曼"，居然说了句"很诙谐"。

"你说的是'很诙谐'吗，威利？"原来是海伦。

"海伦，我在开剧本讨论会，不是说好今天晚饭时才打电话吗？你怎么午饭时间就打来了？"

"敌意，你很有敌意。"

如果你的妻子是有职业资格认证的弗洛伊德信徒，那千万不要和她争论"敌意"问题。"会上他们一直提出愚蠢的创意，都快要把我逼疯了。有什么事吗？"

"没什么，就是莫根施特恩的书绝版了。我也问过道布尔迪出版社了。听你的语气，好像那本书很重要似的，所以我告诉你一声，贾森拿到那辆非常合适的十速山地车就会很满意了。"

“不重要。”我说。在深水区，桑迪·斯特林在微笑，还一直瞧着我。“不过还是谢谢。”我正要挂电话，又说，“好吧，既然你已经做了这么多，那就再打电话给五十九街的阿尔戈西书店，试试看吧。他们专卖绝版书。”

“阿尔戈西。第五十九街。明白了。晚饭时再聊。”她挂了电话。

她没有说“不许和小明星说话”。她每次打电话，挂断前都这么说的，这次却没说。难道我说话的语气露馅了？作为心理医生，海伦在这方面非常敏感。内疚就像文火慢煨的布丁一样，开始在咕噜咕噜地冒泡。

我回到躺椅上。独自一人。

桑迪·斯特林游了几圈。我拿起我的《纽约时报》，我周围充满了浓重的性张力。“游完泳了？”她问。我放下报纸。这会儿，她站在泳池边，离我的椅子很近。

我点点头，盯着她。

“是哪个扎纳克，迪克还是达里尔？”

“是我妻子。”我说。着重强调了最后两个字。

这话没有吓倒她。她从泳池出来，躺在我旁边的椅子上。感觉头重脚轻，不过那感觉金灿灿的。如果你喜欢这种感觉，那你一定喜欢桑迪·斯特林。我就挺喜欢这感觉的。

“你来这里是为了改编莱文的书，对吧？《复制娇妻》？”

“我在写剧本。”

“我非常喜欢那本书。那是我最喜欢的书了。我很想拍一部这样的电影。你写的电影。只要有机会，我愿意做任何事。”

就是这样。为了这件事，她不惜一切代价。

自然，我很快纠正了她的错误。“听着，”我说，“我不做那样的事。要是我干得出这种事，我一定会干，因为你太美了，这一点显而易见，我希望你快乐，但生活已经够复杂了，还是不要搞这种事为好。”

我以为自己要说这样一番话。但后来我想，嘿，等一下，哪条法律规定你必须做电影业标志性的清教徒？我曾与在这种事情上保存目录档案的人共事过（我说的是真的，你可以去问问乔伊斯·哈珀）。“你演的戏多吗？”我不由自主地问道。现在你知道我很想知道这个问题的答案。

“我没演过能真正帮我拓宽界限的角色，你明白我的意思吗？”

“是戈德曼先生吗？”

我抬起头。是救生员助理。

“又是找你的。”他把电话递给我。

“威利？”光是听到妻子的声音，就让我心里充满了莫名的不安。

“喂，海伦？”

“你听起来有些古怪。”

“什么事，海伦？”

“没什么，只是……”

“不可能什么事都没有，否则你就不会打电话给我了。”

“你怎么了，威利？”

“什么事也没有。我只是在摆逻辑讲道理而已。毕竟是你打的电话。我只是想弄清楚为什么。”我要是下定决心，会非常冷漠。

“你有事瞒着我。”

每每海伦这样，都能把我逼得抓狂。你瞧，她那精神科医生的背景太可怕了，每次我有事瞒着她，都逃不过她的眼睛，受她的指责。“海伦，我正在开会，有话就直说吧。”

昨日重现了。我因为另一个女人对我妻子撒谎了，而那个女人也知道这件事。

桑迪·斯特林躺在我旁边的椅子上，微笑着望着我的眼睛。

"阿尔戈西书店没有那本书，哪儿都没有那本书。再见，威利。"她挂了电话。

"又是你妻子？"

我点点头，把电话放在我的躺椅旁的桌子上。

"你们经常联系。"

"我知道。"我告诉她，"要想写成点东西，不送掉半条命是不行的。"

我猜她笑了。

我的心怦怦直跳，无法停止。

"第一章，'新娘'。"父亲说。

我一定是猛地转了头，因为她说："怎么了？"

"我父……"我说。"我想……"我又说。"没什么。"我最后这么说。

"放松。"她说着给了我一个非常甜美的微笑。她把手放在我的手上，停留了一秒钟，那么温柔，那么让人安心。我想知道她是不是还是朵解语花。不光有美貌，还善解人意，这是合法的事吗？海伦就不理解我。她总是表面上说"我明白你为什么这么说，威利"，暗地里却在探查我的神经问题。不，我想她是理解我的，可她没有同理心。当然，她也不漂亮。不过她身材苗条，也很聪明。

"我是在研究生院认识我妻子的。"我对桑迪·斯特林说，"她正在攻读博士学位。"

桑迪·斯特林不太理解我的思路。

"我们那时都还年轻。你多大了？"

"你想知道我的真实年龄，还是我的棒球年龄？"

我开心地笑了。漂亮，善解人意，还很幽默？

"有击剑、格斗、酷刑。"父亲这么说，"有真爱、憎恨、复仇。有巨人和各种各样的野兽。还有真相、激情和奇迹。"

12点35分了，我说："我打个电话，好吗？"

“好啊。”

“给我接纽约市信息台。”我对着话筒说。线路接通后，我说：“请查一下第四大道都有哪些书店？那里恐怕有二十家书店。”第四大道是文明世界英语分部的旧书和绝版书中心。趁接线员查找的当儿，我扭头面对我旁边椅子上的尤物，说：“我的孩子今天十岁了，我想送给他一本书，是我的礼物，马上就好。”

“去吧。”桑迪·斯特林说。

“我找到了一家叫第四大道书店的书店。”接线员说，她给了我书店的电话号码。

“没有别的书店吗？那里的书店一家挨着一家。”

“如果你能说出店名，我就能帮助你。”接线员用接线员的口吻说。

“有这个就行了。”我说。接着我找酒店接线员帮我接通了电话。“我是从洛杉矶打来的，”我说，“我想要S.莫根施特恩的《公主新娘》。”

“没有。对不起，”那人说，我还没来得及问“能不能告诉我那附近其他书店的名字”，他就挂了电话。“请再接通刚才的号码。”我对酒店接线员说。等那个人再次接听，我连忙说：“还是我，从洛杉矶打来的，这次别挂得那么快。”

“我们没有那本书，先生。”

“我知道。我现在在加州，我很想知道你能不能告诉我附近其他书店的名字和电话号码。他们可能有，我这里也找不到纽约黄页电话簿。”

“他们不帮我，我也不帮他们。”他又挂了电话。

我坐在那里，手里拿着听筒。

“什么书这么特别？”桑迪·斯特林问。

“不重要。”我说着挂了电话，又说，“是的，它很重要。”我再次拿起听筒，终于找到了我在纽约的出版商——哈考特-布雷斯-约万诺维奇出版社。经过一番讨论，我的编辑的秘书给我念出了第四大道一带所有书店的名字和电话号码。

“猎手，”我父亲这会儿说，“坏人、好人、最漂亮的女人。”他在我的脑海里扎营了，弯腰驼背，秃顶，眯着眼睛，努力给我读书，努力哄我开心，努力让他的儿子活着，把狼群赶走。

直到1点10分，我记下了所有书店的信息，才挂断与秘书的电话。

接着，我开始联系书店：“我是从洛杉矶打来电话的，我想找莫根施特恩的书《公主新娘》……”

“对不起……”

“对不起……”

占线。

“断货好几年了……”

又是占线。

1点35分。

桑迪开始游泳了，还有点生气。她一定以为我是在骗她。我没有，但看起来确实是这样。

“对不起，十二月份的时候还有一本，不过已经卖掉了……”

“没有肥皂，对不起……”

“这是录音通知。您拨打的电话号码出现异常。请挂断电话……”

“没有……”

桑迪此刻已经火冒三丈了，一对美目瞪得溜圆。

“这年头谁还看莫根施特恩？”

桑迪走了，走了，美人儿走了。

再见，桑迪。对不起，桑迪。

“对不起，我们要关门了……”

现在是1点55分。纽约时间4点55分。

洛杉矶一片恐慌。

占线。

没人接听。

没人接听。

“应该有弗洛林语版。放在后面了。”

我在躺椅上坐了起来。他的口音很重。“我需要英文版的。”

“现在很少有人打电话找莫根施特恩的书。我也说不清后面都有哪些书。你明天来吧。自己找找看。”

“我在加州。”我说。

“这样啊。”他说。

“拜托你去找找，这对我很重要。”

“我去找的时候，你一直在线等吗？电话费我可不付。”

“你慢慢来。”我说。

他用了十七分钟。我一直没有挂断，听着电话另一头的声音。经常有脚步声、书的碰撞声响起，还能听到咕哝声“啊……啊”。

终于传来了那人的声音：“像我想的那样，果然有弗洛林语的。”

差之毫厘。“但没有英文版。”我说。

突然他对我大喊：“什么，你疯了吗？我的腰都快断了，竟然说我没有，我还真的就有，就在这里，相信我，很贵的。”

“很好，真的，不是开玩笑，现在听着，你这样做，你叫辆出租车，告诉他直接把书送去……”

“加州的某某先生啊，你听着，外面正下暴风雪呢，我哪儿也去不了，不给钱，这些书也不会送去任何地方。每本六块五，你想买英文版，也得买一本弗洛林语版，我6点关门。不出十三美元，就从我这里带不走这两本书。”

“你别走开。”我说着挂了电话。现在是下班时间，又快到圣诞节了，可以给谁打电话呢？只有你的律师。“查理，”接通他的电话后，我说，“请你一定要帮我。你去一趟第四大道的阿布洛莫维茨书店，给他十三块钱买两本书，然后乘出租车到我家，让看门人把书送到我的公寓。是的，我知道在下雪，行不行？”

“这个要求太奇怪了，我不得不同意。”

我又给阿布洛莫维茨书店打了电话：“我的律师马上就到。”

“不收支票。”阿布洛莫维茨说。

“放心吧。”我挂了电话，开始计算。大约一百二十分钟的长途电话，前三分钟一点三五美元，再加上十三美元的书费，再加上查理的出租车费十美元左右，再加上他的时间收费大概六十美元，一共是……二百五十块左右。花这么多钱，都是为了让我的儿子贾森拥有莫根施特恩。我向后靠去，闭上了眼睛。二百五十块，外加整整两个小时的折磨和痛苦，还有，不要忘了桑迪·斯特林。

简直损失惨重。

他们7点半打电话给我。我在我的套间里。“他很喜欢那辆脚踏车，”海伦说，“高兴得都快失控了。”

“很好。”我说。

“你的书也来了。”

“什么书？”我说，装出了极为随意的语气。

“《公主新娘》。两种语言的版本，幸好里面有英文版。”

“很棒。”我说，仍然很轻松，“我差点儿忘了是我叫人送去的。”

“过程怎么样？”

“我给编辑的秘书打了电话，让她找了几本。也许哈考特－布雷斯－约万诺维奇出版社有，谁知道呢？”（哈考特－布雷斯－约万诺维奇出版社确实有，你能相信吗？我也许会在接下来的几页里解释为什么。）“叫儿子来听电话。”

“嗨。”他很快就说道。

“听着，贾森，”我告诉他，“我们本想送你一辆脚踏车当生日礼物，但最后决定不送了。”

“伙计，你搞错了吧，我已经收到一辆了。”

贾森继承了他母亲的性格，一点幽默感也没有。我不知道，也许有趣的是他，而我则是个无趣的人。我能肯定的是，我们很少有一起笑的时候。我儿子贾森是个外表异于常人的孩子，把他涂成黄色，他就可以去为学校的相扑队拖地。他就像个软式飞艇。贾森向来吃得很多。我一直都在控制自己的体重，海伦更是身材纤瘦，最重要的是，她是曼哈顿首屈一指的儿童心理医生，可我们的孩子滚起来，却比走还要快。“他是在通过食物表达自己。”海伦总是这么说，“他是在表达自己的焦虑。当他准备好应对时，他就会瘦下来。”

“嘿，贾森？妈妈告诉我书是今天送到的。书里讲的是一位公主。如果我不在的时候你能看看，我会很高兴的。我小时候很喜欢这本书，所以很好奇你会有什么样的反应。”

“我也得喜欢吗？”他果然是他母亲的儿子。

“不是的，贾森。你就实话实说，怎么想的就怎么说。我很想你，大人物。等你生日的时候我再跟你聊。”

“伙计，你搞错了吧。今天就是我的生日。”

我们又开了一会儿玩笑，平时我们并没有这么多话要说的。接着，我也和我的配偶聊了一会儿，便挂了电话，还答应一周后回家。

结果我过了两周才回去。

会议拖了很久，制片人收到了很多创意，却不得不小心翼翼地一一毙掉，导演则需要安抚自己的自尊心。不管怎么说，我在阳光明媚的加州待的时间比预期的长。但最后我终于可以回家，享受家人的关心和爱护了。于是，趁着还没人改变主意，我迅速赶到了洛杉矶机场。我早早就到了，我每次回家总是如此，因为我的口袋里装满了给贾森的小玩意儿。每次我出差回家，他都会摇摇摆摆地向我跑过来，喊道："让我看看口袋，让我看看口袋。"接着，他会翻遍我所有的口袋，拿出给他的礼物。把战利品全拿出来后，他就会给我一个甜蜜的拥抱。我们做一些事，让自己感到被人需要，这难道不是很美妙吗？

"让我看看口袋。"贾森喊道，穿过门厅向我走来。现在是周四的晚饭时间，就在他进行搜礼物仪式的时候，海伦从书房走出来，吻了我的脸颊，像是在说"我的老公是多么风度翩翩啊"，这也是仪式。贾森拿着礼物，抱了我一下，就摇摇晃晃地回他自己的房间了。"安杰莉卡正在准备晚饭。"海伦说，"你回来得正好。"

"安杰莉卡？"

海伦把手指放在嘴唇上，低声说："她来了三天了，但我想她可能是个得力帮手。"

我低声回答："我离开时家里的那个得力帮手怎么了？那时她才来了一个礼拜而已。"

"事实证明，她很令人失望。"海伦说。就是这样。（海伦是一位才华横溢的女士，上大学时是优等生信誉学会会员，所有能得到的学术荣誉她都有，堪称学识渊博、成就惊人，可是每个女佣都在我家里干不长。首先，有人来家里干活，海伦就觉得很愧疚，因为现在来帮佣的大都是黑人或西班牙人，而海伦是个超级自由主义者。其次，她办事效率很高，会吓到她们。她做任何事都比她们要强，她知道这一点，她也知道她们知道这一点。第三，一旦她弄得她们惊慌失措，那作为一名分析师，她就会试图解释为什么她们不应该害怕。而在与海伦进行了半个小时的自我审视后，她们会从心底里害怕。反正在过去的几年里，平均每年都会有四个"得力帮手"来我家。）

"我们一直运气不好，但情况会变的。"我说，尽量安慰她。我过去常常为了用人的事激烈地质问她，但我后来认为这么做并不明智。

过了一会儿，晚饭准备好了，我一只胳膊搂着妻子，一只胳膊搂着儿子，向餐厅走去。那一刻，我感到安全、安心，总之就是感觉非常美好。晚饭摆在桌上，有奶油菠菜、土豆泥、肉汁和炖肉。非常棒，只是我不喜欢吃炖肉，我喜欢吃半熟的肉，不过我很喜欢奶油菠菜。总而言之，餐桌上的饭菜十分美味。我们坐了下来。海伦给我们分了肉，其余的菜我们传着分了。我那份炖肉有些柴，不过肉汁可以弥补。海伦按铃，安杰莉卡走了过来。她大概二十或十八岁，黑皮肤，动作缓慢。“安杰莉卡，”海伦说，“这位是戈德曼先生。”

我微笑着说了句“嗨”，还朝她挥舞着叉子。她冲我点了点头。

“安杰莉卡，我不是要批评你，因为一切都是我的错，但今后我们都必须努力记住，戈德曼先生喜欢吃半熟的烤牛肉……”

“这是烤牛肉吗？”

海伦看了我一眼：“好了，安杰莉卡，没问题了，我应该不止一次地告诉过你戈德曼先生的喜好了，但下次吃带骨排骨的时候，我们都尽力把中间的部分做成粉红色，好吗？”

安吉莉卡退到厨房。又一个“得力帮手”沉入了谷底。

记得吗，我们三个开始吃饭的时候都很开心。不过只有我和贾森很开心，显然海伦有些心烦意乱。

贾森用熟练而稳定的动作把土豆泥堆在自己的盘子里。

我对儿子笑了笑。“嘿，”我试着说，“我们放轻松点，好吗，伙计？”

他又往盘子里舀了一大勺。

“贾森，盘子已经满了。”我说。

“爸爸，我真的很饿。”他说，看也不看我。

“那就吃肉。”我说，“你想吃多少肉就吃多少，我不会说一个字的。”

“那我什么都不吃了！”贾森说着把盘子推到一边，双臂抱怀，凝视着远方。

“如果我是个家具销售员，或是在银行干出纳的，那我倒是能理解。”海伦对我说，“但你和一个心理医生结婚这么多年之后，怎么还能说出这样的话？现在不是黑暗时代了，威利。”

“海伦，这孩子超重了。我只是建议他留一些土豆给世界上的其他人，吃一点你的得力帮手为我的凯旋而准备的美味炖肉。”

“威利，我不想吓到你，但贾森碰巧不仅有很好的头脑，视力也异常敏锐。他照镜子的时候，我向你保证他知道自己并不苗条。这是因为在这个阶段，他选择不做一个苗条的人。”

“他马上就到要约会的年纪了，海伦。你说到时候怎么办呢？”

“亲爱的，贾森才十岁，现阶段对女孩子不感兴趣。在这个阶段，他只对火箭感兴趣。对于一个火箭爱好者来说，稍微超重又能怎么样呢？当他选择苗条时，我向你保证，他既有智慧又有毅力可以让自己瘦下来。在那之前，请不要当着我的面让孩子失望。”

穿着比基尼的桑迪·斯特林在我的脑海里跳舞。

“我不吃东西，就这样。”贾森说。

“好孩子。”海伦用她只有在这种时候才会用的语气，对儿子说，“你得讲讲道理。你不吃土豆，你会难过，我也会难过。而你父亲，他显然已经很难过了。如果你吃了土豆，我会很高兴，你也会很高兴，你的肚子也会很高兴。我们都拿你父亲没办法。你有能力，或是会让所有人不安，或是让一个人不安，我已经说过了，我们对那个人无能为力。因此，结论如何，应该很清楚了，但我相信你有能力自己得出结论。你想怎么做就怎么做吧，贾森。”

他开始吃东西。

“你把孩子吓坏了。”我说，只是声音小得只有我和桑迪能听见。

我深深地吸了一口气，每当我回家，总会出现麻烦。海伦说，这是因为我带来了紧张气氛，我总是需要毫无人性的证据来证明别人很想念我，别人依旧需要我、爱我。我知道自己不喜欢出门，但回家又那么糟糕，永远都不可能有机会聊“我走了以后有什么新鲜事”之类的话题，毕竟我和海伦每晚都通电话。

“我敢打赌你骑上脚踏车，一定飞快。”我当时说，“也许这个周末我们可以去兜风。”

贾森从土豆上抬起头来：“我真的很喜欢这本书，爸爸。太好看了。”

我很惊讶他会这么说，因为我还没有提起这个话题。可是，就像海伦常说的，贾森不是笨蛋。“嗯，我很高兴。”我说。

贾森点了点头：“也许是我这辈子读过的最好的书。”

我一点一点地吃菠菜：“你最喜欢哪个情节？”

“第一章，‘新娘’。”贾森说。

我听了，真的大吃一惊。并不是说第一章很糟糕，但后面的内容非常精彩，相比之下，第一章略显平淡，讲的都是芭特卡普小时候的事。“爬疯狂峭壁那一段怎么样？”我说。那是第五章。

“很不错。”贾森说。

“那洪佩尔丁克王子的死亡动物园呢？”这是在第二章。

“更好。”贾森说。

“有一点我很吃惊，那就是这里关于死亡动物园的描写很短。”我说，“但不知怎的，你就知道它还会在后面出现。你也有同样的感觉吗？”

“嗯。”贾森点了点头，“很棒。”

到这个时候，我意识到他根本没看过《公主新娘》。

“他想看来着。”海伦插嘴说，“他确实读了第一章。可第二章就看不下去了。在他做了充分而合理的尝试后，我就让他停下了。不同的人有不同的品位。我告诉他你会理解的，威利。”

我当然理解。我觉得自己被遗弃了。

“我不喜欢，爸爸。我本来很想喜欢来着。”

我朝他微笑。他怎么会不喜欢呢？那里有激情、决斗、奇迹、巨人、真爱。

“你连菠菜也不吃吗？”海伦说。

我站起来。“我有时差，还不饿。”她什么也没说，直到她听到我打开前门。“你要去哪儿？”她喊道。如果我知道，我一定会回答她。

我在十二月的冰天雪地里到处闲逛。没穿外套。但我不觉得冷。我只知道自己四十岁了，但我不希望自己四十岁的人生像现在这样，被天才心理医生妻子和胖得像气球的儿子束缚。差不多9点了，我独自一人坐在中央公园的中央，旁边没有人，其他的长椅也没人坐。

就在这时，我听到灌木丛中响起了沙沙声。接着响声停了，随即又响了起来。那声音很轻，还距离我越来越近。

我转过身，尖叫道：“别烦我！”不管来的是谁，朋友也好，敌人也罢，或者那只是我自己的想象，都逃走了。我能听到奔跑的声音，我意识到了一件事：在那一刻，情况很危险。

天气越来越冷。我回家了。海伦正在床上复习一些笔记。通常，她会说我年纪不小了，不该这么幼稚。但我的危险一定还没有解除。我能从她睿智的眼睛里看出来。“他试过了。”她终于说。

“我也觉得他试过了。”我答，“书在哪儿？”

“应该在书房吧。”

我转过身，向房外走去。

“需要我帮你拿点什么吗？”

我说不用。说完我去了书房，把自己关在里面，找到了《公主新娘》。在检查装订时，我发现书保存得相当好，也是在这个时候，我发现这本书是我的出版商哈考特－布雷斯－约万诺维奇出版社出版的。不过这本书是很久以前出版的，当时他们还没有和世界图书公司合并，还是老哈考特出版社。我翻到扉页，这很有趣，因为我以前从没这么做过。每次都是父亲给我读这本书的。当我看到真正的标题时，我忍不住笑了，那上面写着：

公主新娘

纯真爱恋，终极冒险

S. 莫根施特恩的经典故事

要是有个人第一次写书，这本书还没出版，也没人读过，他就称之为经典，那你真是不得不佩服他。可能他觉得他要不说这本书是经典，别人也不会说，也可能他只是想给评论家一些帮助，我也说不清。我略读了第一章，内容与我记忆中的一模一样。然后我翻到了第二章，这一章讲的是洪佩尔丁克王子，还有关于死亡动物园的引人入胜的描述。

就在那时，我意识到了问题所在。

并不是没有死亡动物园的内容。是有的，和我记忆中的差不多。但死亡动物园出现之前，竟然有六十页讲的是洪佩尔丁克王子的家世，一会儿讲到他的家人如何成为弗洛林的国王，一会儿又讲到他们的婚礼呀，有了孩子呀，移情别恋呀。我直接翻到第三章“求婚”，结果这章讲的都是吉尔德王国的历史，以及这个国家是如何在世界上占据一席之地的。我越是翻看，就越是了解一点：莫根施特恩写的不是童书。他写的是一部他自己国家的讽刺史，以及西方文明世界中君主制的衰落。

但父亲只给我读了其中惊险刺激的部分，读了精华的部分。对于严肃的内容，他一个字都没读。

大约凌晨2点，我给玛莎葡萄园岛的海勒姆打了电话。从《雨中的士兵》开始，海勒姆·海顿当我的编辑十二年了，我们一起经历了很多，但他从来没有在凌晨2点接过我的电话。我知道，直到今天他还是无法理解我为什么不能等到吃早餐时再说。“你肯定你自己没事，对吧，比尔？”他问了好几遍。

“嘿，海勒姆。”大约响了六声后，我开始说，“听着，你们在第一次世界大战后出版了一本书。你觉得我给那本书做一下删节，重新出版，会不会是个好主意？”

“你真的没事吗，比尔？”

“我很好，非常好。听着，我会保留精华的部分。情节上不连贯的地方，我会把它们接起来，只留下好的部分。你觉得呢？”

“比尔，我这里现在是凌晨2点。你还在加州吗？”

我装出一副震惊的样子，这样他就不会觉得我是个疯子了。“对不起，海勒姆。天哪，我真是个白痴。贝弗利山庄才11点。不过，你能问问约万诺维奇先生吗？”

“你是说现在就问吗？”

“明天或后天吧，不着急。”

“我什么都可以问他，只是我不太确定我能准确地判断出你到底想要什么。你真的没事吗，比尔？”

“我明天到纽约，到时候再打电话告诉你具体情况，好吗？”

“比尔，到时候你能在工作日的白天给我打电话吗？”

我笑了。我们挂了电话，我又给加州的齐格打了电话。埃瓦茨·齐格勒做我的电影经纪人差不多有八年了。《虎豹小霸王》就是他帮我安排的，我也吵醒了他。“齐格，你帮我确定一下，能不能把《复制娇妻》延期？我现在有别的事要处理。”

“根据合同，你现在就该工作了。要延期多久？”

“说不准。我以前从没做过删节。你只要告诉我，你认为他们会有什么反应？”

“我认为，如果推迟很长时间，他们肯定会威胁要告你，你最终会丢掉这份工作。”

结果跟他说的差不多：他们威胁要起诉我，我差点丢了这份工作和一些钱，也没有在我们演艺圈的人称之为电影的“这个行业”里结交到任何朋友。

但是，我完成了删节，现在你拿在手里的就是。是“精华版”。

我为什么要经历这些？

海伦强烈要求我想一个答案出来。她觉得这很重要，她不一定要知道，而我必须知道。“因为你的所作所为活像个疯子，小朋友威利，”她说，“你真的吓到我了。”

所以，到底是为什么呢？

我从来不善于自我反省。我所做的都是凭一时冲动。这个感觉是对的，那个听起来有问题，就是这样。我不会分析，至少不能分析我自己的行为。

我知道自己不能盼着《公主新娘》能像改变我的生活一样，改变别人的人生。

但对于标题里的这句话——“纯真爱恋，终极冒险”，我曾经真的相信过。我以为我的人生会沿着这条路走下去。我也祈祷能够如此。但显然事实并非如此，我觉得我的人生已经没有什么冒险的机会了。如今不会有人拿出剑来大喊：“你好，我叫伊尼戈·蒙托亚，你是我的杀父仇人，准备受死吧。”

即便是真爱，也会有被人遗忘的一天。除了彼得·鲁格餐厅的红屋牛排和埃尔帕拉多尔餐馆的芝士玉米卷饼，我不知道自己的真爱还有什么。（抱歉，海伦。）

总之，这就是“精华版”。由S. 莫根施特恩创作。父亲曾读给我听。现在我把它交给你。至于你会拿它怎么办，对我们所有人而言至关重要，其重要性不只局限于当下。

1972年12月
于纽约

第一章

新　娘

在芭特卡普出生的那一年，这个世界上最漂亮的女人是法国一个名叫安妮特的女帮厨。安妮特在巴黎吉什公爵夫妇家帮佣，家里有这么一个可人儿在擦拭白镴餐具，公爵自然不可能注意不到。而公爵的神魂颠倒自然也没有逃脱公爵夫人的法眼。说到这位公爵夫人，别看她算不上美女，也不是很富有，但她却是个异常聪慧的女人。公爵夫人开始研究起了安妮特，而且很快就发现她这个对手有个致命缺陷。

巧克力。

有了武器，公爵夫人立刻展开了行动。吉什公馆成了一座糖果城堡。每一个地方都摆满了糖果。休息室里有一堆又一堆巧克力薄荷糖，会客室里摆着一篮又一篮巧克力牛轧糖。

安妮特没能抵制住诱惑。一段时间后，她就从纤纤淑女变成了肥婆，公爵每次看到她，都会流露出悲伤而困惑的眼神。（需要注意的是，安妮特变胖后似乎更快乐了。她最后嫁给了糕点厨师。在老到吃不下前，这夫妇二人每天都吃很多东西。还需要注意的是，公爵夫人的日子不太好过。公爵后来莫名其妙地迷恋上了他的丈母娘，公爵夫人气得患上了胃溃疡，只是那时还没有这种病——确切地说，胃溃疡这种病在当时已经存在了，人们也会得这种病，但人们并不称之为“胃溃疡”——当时的医生说这是“胃疼”，而且认为最好的治疗办法就是每天喝两次咖啡兑白兰地，一直喝到不再疼了为止。公爵夫人一面每天喝着这种混合液体，雷打不动，一面经年累月地眼睁睁忍受着她丈夫和她妈妈背着她鬼混。就这样，果不出人所料，公爵夫人的暴戾性情成了人们茶余饭后的话题，正如伏尔泰用一支妙笔所写的一样——只是那时伏尔泰还没出生。）

在芭特卡普十岁那年，世界上最美的女人住在孟加拉，这个女孩是一位大茶商的女儿，名叫阿露丝拉，她的肤色微微发黑，美到了极点，是八十年来印度第一个有这样皮肤的人（自从有准确记录以来，整个印度只有十一个人拥有这种完美肤色）。在阿露丝拉十九岁时，孟加拉爆发了痘疫。这个女孩虽然保住了一条命，皮肤却毁于一旦。

到了芭特卡普十五岁时，住在泰晤士河畔萨塞克斯郡的阿黛拉·特勒尔无疑是世界上最漂亮的尤物。阿黛拉二十岁，到目前为止，在美貌方面，这世上没有一个女人比得上她，有一点貌似很肯定：在未来很多很多年里，她都将是世界上最美的女人。然而，后来有一天，其中一个求婚者（一共有一百零四个人向她求婚）表示，毫无疑问，阿黛拉必定是最完美的人。阿黛拉听后心花怒放，开始认真研究这话到底是不是真的。那天晚上，她独自待在房间里，在镜子面前把她自己上上下下看了个遍。（这时候已经有镜子了。）一直到天都快亮了，她总算观察完了，在这个时候，她明白了那个年轻人说得对：她的确是个完美的人，因为她身上一点缺点也没有。

她一边在家里的玫瑰园闲逛，一边看日出，感觉前所未有地开心。"我不仅是个完美的人，"她自言自语道，"我可能还是开天辟地以来第一个这么完美的人。我所有的一切都完美到了极点。我真幸运，我是这么完美，富有，追求者如云，善解人意，年轻……"

年轻？

一想到这个，愁云惨雾就笼罩住了阿黛拉。我当然会一直善解人意，她心想，我当然会一直富有，可我不知道怎样才能永葆青春。等我不再年轻了，我要如何保持这份完美呢？如果我不完美了，会怎么样呢？那时我会有怎样的命运呢？阿黛拉绝望了，不由得双眉紧蹙。这可是她这辈子第一次愁眉紧锁，等到她意识到她做了这个动作，不禁倒抽了一口气，真害怕因此彻底毁掉她完美的眉毛。她快步跑回镜子边，一整个早晨都没离开，她安慰自己说她现在依旧完美如昔，但她无论如何也不能再像从前那么快乐了。

她开始整日愁眉不展。

两个星期后，她因为担心而长出了皱纹；一个月后，皱纹越来越深；到了年底，她整张脸上都布满了皱纹。那之后没多久她就嫁给了那个说她完美的男人，很多年里，都让他没有好日子过。

十五岁的芭特卡普当然对此一无所知。就算她知道了，也会认为这不可理喻。怎么会有人担心自己是不是这世上最美的女人呢？如果你的美貌程度只排在第三位，或是第六位，又有什么不同呢？（芭特卡普此时可算不上第三或第六大美女，她顶多能进入前二十名，而且也没有潜力升格为大美女，自然也就不会特别在乎梳妆打扮。她不喜欢洗脸，讨厌耳朵后面的区域，对梳头不感兴趣，只要能不梳就不梳。）她最喜欢做的事情有两件：一个是骑马，另一个就是欺负那个农场小子。

她的马就叫“马儿”（芭特卡普是个缺乏想象力的人），只要她一叫，这匹马就会过来，她说去什么地方，马儿就去什么地方，她叫它干什么，它就干什么。农场小子对她也是唯命是从。其实他现在已经是个少年了，可他曾经是个农场小子，那时候，他失去了双亲，便来给她父亲打工，芭特卡普一直到现在都还这么称呼她。“农场小子，把这个拿来。”“把那个拿过来，农场小子，快点儿，你这个懒家伙，走快点儿，不然我就去找父亲告你的状。”

“遵命。”

这是他永恒不变的回答——“遵命。”把那个拿过来，农场小子。“遵命。”把这个晾干了，农场小子。“遵命。”他住在一个小棚屋里，与动物们为邻，而且据芭特卡普的母亲说，他把小屋打理得很干净。要是有蜡烛，他还会借着烛光看书呢。

“我要在遗嘱里写明留给这小伙子一英亩土地。”芭特卡普的父亲很喜欢这样说。（当时他们有好几英亩土地。）

“你会宠坏他的。”芭特卡普的母亲总是这样答。

“这么多年了，他一直在拼命干活儿，辛勤工作就应该得到奖赏。”然后，他们停止争论这个问题（但是他们争论的事情可多着呢），开始联手对付他们的女儿。

“你还没洗澡。”她父亲说。

“我洗了，我真洗了。”芭特卡普说。

“但不是用水洗的。”她父亲接着说，“你身上的臭味儿和公马的一个样。”

“我一整天都在骑马。”芭特卡普解释道。

“你必须去洗澡，芭特卡普，”她母亲插话了，“男孩子们可不喜欢他们的女朋友身上总是一股马厩味儿。”

“噢，男孩子们！”芭特卡普简直气炸了，“我才不关心什么‘男孩子们’。马儿喜欢我，这就足够了，谢谢。”

她大声说出了她的宣言，她经常把这话挂在嘴边。

然而，不管她喜不喜欢，该来的还是会来。

就在她十六岁生日后不久，芭特卡普意识到，村子里的女孩子们已经有一个多月不搭理她了。她向来和女孩子们不太亲近，所以这个变化也算不上突然，可放在从前，在她骑马穿过村子或经过小路时，她们至少还会和她点头打个招呼。可现在，没由来的，她们都把她当成了透明人。每当她走过来，其他女孩子只是飞快地瞥她一眼，此外再也没有别的反应。一天早晨，芭特卡普在铁匠店里截住了科妮莉亚，打听为什么大家见了她都装哑巴。“我以为，在你做出了那样的事后，出于礼貌，你是不会假惺惺地来打听的。”科妮莉亚这么说。“我做了什么事？”“什么事？什么事？……你把他们偷走了。”说完这句话，科妮莉亚就跑开了，可芭特卡普总算明白了过来——她知道“他们”是谁了。

男孩子们。

村子里的男孩子们。

那些呆头呆脑、一脑袋糨糊、缺心眼儿、蠢到家、傻里傻气、榆木疙瘩、脑筋不会转弯儿的男孩子。全是一群呆子。

怎么会有人指责她偷走了他们呢？为什么会有人需要他们？他们有哪里好？他们的所作所为都挺讨厌的，只会惹她生气，招她烦。“我帮你洗洗马，好吗，芭特卡普？”“谢谢你，不过农场小子会帮我干的。”“我能和你一起去骑马吗，芭特卡普？”“谢谢你，可我一直是个独行侠。”“你认为所有人都配不上你，是吗，芭特卡普？”“怎么会呢？我从没这么想过。我只是喜欢一个人骑马，仅此而已。”

可是，在她十六岁那一整年里，即便是这类对话也开始让那些男孩子结结巴巴，满脸通红，而且，他们的问题充其量也只是围绕着天气打转。“你觉得会下雨吗，芭特卡普？”“我看不会吧，天还晴着呢。”“噢，要下雨了。”“是的，我想是的。”“你觉得别人都配不上你，是吗，芭特卡普？”“没有，我只是觉得不会下雨，仅此而已。”

到了晚上，他们多半会聚集在她的窗外，在黑暗之中嘲笑她。她压根儿就不搭理他们。一般情况下，嘲笑都会变成辱骂。她权当没听见。要是他们太过分了，农场小子就会来英雄救美，他一声不吭地从他的小屋里出现，好好教训他们一番，把他们打飞。每逢这样的时候，她总是会谢谢他。他也总是用“遵命”两个字作为回答。

在她快到十七岁时，一个男人坐马车来到了村子里，并且看到她骑马去买食物。等她回来时他还在那里，一直盯着她看。她根本就没注意到他，而且，这个人的确也不重要。可他的出现是个转折点。其他人费尽心思只为能看佳人一眼；其他人骑马二十英里只为享受这个特权，正如这个男人所做的一样。重要的是，他是第一个愿意这么做的富翁，第一个这么做的贵族。而且，尽管这个男人的名字已经无从知晓，可正是他向伯爵提到了芭特卡普。

位于瑞典和德国之间的弗洛林王国终于太平了。（这时候还没有欧洲。）理论上来说，这里的统治者是洛塔隆国王和他的王后，也就是他的第二任妻子。但事实上这个国王只是个幌子而已，他分不清白天黑夜，整日里说话嘟嘟囔囔的，谁都听不清楚。他已届耄耋之年，身体里的所有器官早就衰退了，关于弗洛林，他做出的大部分重要决定都很武断，搞得那里的许多大人物怨声载道。

洪佩尔丁克王子才是掌握实权的人。如果当时欧洲已经存在，那么他或许就是欧洲最有权势的人了。即便是在当时，方圆一千英里内也没有人敢惹他。

伯爵是洪佩尔丁克王子唯一的心腹。他姓鲁根，可没有人需要提起他的姓氏，因为他是这个国家唯一的伯爵，这个头衔是王子几年前送给他的生日礼物，当时伯爵夫人正在举行宴会，王子自然而然地赐给了他这个头衔。

伯爵夫人比她的丈夫年轻很多。她的所有衣服都是从巴黎买来的（这时候已经有巴黎了），而且她的品位特别高。（这时候也有品位一说了，不过有品位的人可不多。因为这算是新鲜概念，而且伯爵夫人是整个弗洛林唯一有品位的女人，因此，她成了王国里最出风头的女主人还有什么好奇怪的吗？）最后，就因为钟爱衣服和化妆品，她在巴黎定居了，还开了一家沙龙，而且只有她的沙龙能吸引各国的客人前来。

现在，她忙着以丝绸为被，吃珍馐美味，当弗洛林历史上唯一一个最让人害怕和羡慕的女人。即便她身体的某个部位长得不好看，她的华服也会将之遮掩；即便她的脸孔算不上美艳绝伦，抹上化妆品，别人也只会认为她是个美女。（这时还没有魅力一说，但如果这个词不是用来形容伯爵夫人这样的女人，也就没有出现的必要了。）

总而言之，鲁根夫妇是弗洛林王国的本周最佳夫妻，而且很多年里这个殊荣都属于他们……

是我。所有删减注释和其他评论都采用这种不一样的字体，这样你就能一目了然了。一开始我就说我从没看过这本书，这可是大实话。整本书都是我父亲读给我听的，我只是快速泛读了一遍而已，删掉了大段大段的文字，并且让所有内容都和莫根施特恩的原著一模一样。

这一章我一个字都没删。我之所以在这里横插一段，是因为要解释一下莫根施特恩使用插入语的方式。哈考特出版社的文字编辑在校样的空白处写满了这样的问题："怎么可能是在欧洲出现之前和巴黎出现之后？"又或者："魅力是一个古已有之的概念，怎么可能发生在魅力这个词出现之前？好好看看《牛津英语词典》对'魅力'这个词的解释吧。"最后编辑这样说："我简直要疯了。我该拿这些插入语怎么办？这本书什么时候才能出版呀？我一个字都看不懂。救命啊！"自从《男孩女孩在一起》这本书以来，我的每本书都是由这位文字编辑德妮丝负责的，她从前从没在空白处给我写过这么情绪化的意见。

我帮不了她。

莫根施特恩要么说的都是真的，要么就是在胡说八道。还有可能有的是真的，有的就是信口胡诌。可他从没说过哪些是真的。也有可能这只是作者采用的某种写作方式，好告诉读者"这都是假的，纯属虚构"。这只是我的想法而已，不过要是你去了解一下弗洛林王国的历史，就能知道这确有其事。反正事实就是这样，没人能说清楚真正的动机是什么。而我唯一能给你的建议就是，如果那些插入语搅得你晕头转向，就跳过不看好了。

“快点——快点——快过来——”芭特卡普的父亲站在农舍里，看着窗外。

“怎么了？”说话的是她母亲。到了该恭顺的时候，她向来不会表现出任何情绪。

父亲飞快地用手一指：“你瞧——”

“你自己看吧。”芭特卡普父母的婚姻着实算不上你口中的幸福婚姻。他们梦寐以求的就是甩掉对方。

芭特卡普的父亲耸耸肩，走回窗边。“噢。”过了一会儿，他说。又过了一会儿，他又说：“啊。”

芭特卡普的母亲正在做饭，这时她飞快地抬头看了一眼。

“这么有钱。”芭特卡普的父亲说，“真不赖。”

芭特卡普的母亲踌躇了片刻，然后放下了炖菜勺子。

（这发生在炖菜出现之后，但所有的一切都是发生在炖菜出现之后。第一个人第一次从烂泥里爬出来，第一次在大地上安了家，他在第一个晚上做的晚餐就是炖菜。）

“太壮观了，我的心都开始怦怦乱跳了。”芭特卡普的父亲大声说道。

“什么意思，亲爱的？”芭特卡普的母亲很想知道。

“你自己看吧。”他是这么回答的。（这是他们今天第33次拌嘴——很久以前拌嘴就出现了——比分是13比20，他没有占到上风，但自从午饭过后，他就开始迎头赶上，17比2，他只输了2次。）

“犟驴。”母亲说着走到了窗边。过了一会儿，她便和他一样，开始“哦噢”了起来。

他们两人站在那里，显得渺小且畏怯。

正在布置餐桌的芭特卡普瞧着他俩。

“他们肯定是到某个地方去见洪佩尔丁克王子。”芭特卡普的母亲说。

她的父亲点点头：“是去打猎。王子就喜欢打猎。”

“我们竟然看到他们经过，真是太幸运了。”芭特卡普的母亲说着握住了丈夫的手。

老人颔首：“现在我死也能瞑目了。”

她瞥了他一眼。“别胡说。”她的语气出奇地温柔，可能她是感觉到了他对她真的很重要，因为他要是死了，不出两年，她准得和他去阴间相会，而大多数了解她的人肯定都同意，她是因为突然间没了对手郁郁而终的。

芭特卡普走了过来，站在他俩身后，视线越过他们向外望去，很快她也倒抽了一口气，因为伯爵和伯爵夫人以及他们所有的小听差、士兵、仆人、家臣、力士和马车正浩浩荡荡地从农场前面的小路上经过。

他们三个人一声不吭地站在那里，看着这浩大的队伍前行。芭特卡普的父亲是个小市民，却总是梦想着能过上伯爵那样的生活。他曾经去过距离伯爵和王子打猎的猎场两英里远的地方，而直到此刻，那都是他一生中最辉煌的经历。他是一个并不称职的农夫，也算不上特别称职的丈夫。在这个世界上，他擅长的事并不多，而且他一直没弄明白他是怎么有了这个女儿的，但在内心深处，他很清楚，这肯定是阴差阳错产生的奇妙结果，而他并不打算去探究其中的原因。

芭特卡普的母亲是个性格暴戾的小人物，一个麻烦精，总是梦想着有朝一日能成为名媛，比如说像伯爵夫人那样的女人。她做的饭难吃到了极点，也不是个好主妇。当然了，她根本不知道芭特卡普是怎么从她的子宫里出来的。但她就是出来了，这对她来说已经足够了。

说到芭特卡普本人，她这会儿站在那儿，比她的父母高半头，手里还拿着碟子，身上依旧散发着马儿的味道，她的唯一心愿就是那个庞大的队伍不要离得太远，这样她就能看看伯爵夫人的衣服是不是真的那么漂亮。

仿佛是在回应她的请求似的，那列队伍转了个弯，走进了农场。

“进来了？”芭特卡普的父亲勉强说出这句话，“老天，出什么事儿了？”

芭特卡普的母亲扭头看着他：“你忘记交税了吗？”（这时候已经有税收了。但万事万物还没出现，税收就已经出现了。税收甚至出现在炖菜之前。）

“就算我没交，也用不着出动这么大阵势来收税吧？”他指着农场的前端，这时候伯爵和伯爵夫人以及他们所有的小听差、士兵、仆人、家臣、力士和马车已经越走越近了。“他们找我有什么事啊？”他说。

“去瞧瞧，去瞧瞧吧。”芭特卡普的母亲告诉他。

“还是你去吧。求你了。”

“不。你去。我求求你了。”

“我们俩一块儿去。”

他们一块儿去了。只是浑身直哆嗦……

“奶牛，”看到他俩走近黄金马车，伯爵开口道，“我想要和你谈谈你的奶牛。”他坐在车内说，在阴影的笼罩下，他那张阴沉的脸显得越发阴郁了。

“我的奶牛？”芭特卡普的父亲说。

“是的。你知道，我正在考虑开一座我自己的牛奶房，而整个弗洛林王国都知道你的奶牛是最上等的，所以我来向你讨教秘诀。”

“我的奶牛。”芭特卡普的父亲重复了一遍这几个字，希望他没发疯。因为事实是他的奶牛简直差劲极了，而他也很清楚这一点。在过去的许多年里，村子里的人对此都是抱怨连连。要是别人也卖牛奶，他肯定立时就会失业。后来农场小子来给他打工，情况出现了好转，毫无疑问，农场小子很有本事，现在人们的抱怨声消失了，但即便如此，他的奶牛也算不上全弗洛林最好的。然而，伯爵大人说一，你总不能说二吧。芭特卡普的父亲扭头看着他的妻子。“亲爱的，你说我们的秘诀是什么呢？”他问。

“噢，秘诀可多着呢。”她说。她可不是个吃素的，尤其是涉及她家牲畜的品质。

“你们两个没有孩子，是吗？”伯爵随后问道。

“有的，大人。”母亲回答。

“那么叫你女儿来见我，”伯爵继续说道，“或许她能回答得比她父母快一点。”

“芭特卡普，”父亲转身喊道，“快出来！”

“你怎么知道我们的孩子是个女儿？”芭特卡普的母亲有些纳闷。

“猜的。我想不是儿子就是女儿。有时候我的运气要好过——”他忽然住了口。

因为此刻芭特卡普急匆匆地从房子里来到了父母身边，走进了众人的视线。

伯爵走下了马车。他双脚着地站稳，动作很优雅。他是个大块头，有一头黑色的头发和一双黑色的眼睛，肩膀宽阔，穿着黑色短斗篷，戴着黑手套。

“行屈膝礼，亲爱的。”芭特卡普的母亲轻声说。

芭特卡普歪歪扭扭地行了礼。

伯爵不由自主地凝视着她。

现在能了解她勉强能算是第二十大美女的原因了：她的头发没梳，脏兮兮的；只有十七岁，所以某些部位还有些婴儿肥。这个孩子还没有定型，她拥有巨大的潜力。

可伯爵依旧无法把视线从她身上收回。

“伯爵大人想知道我们把奶牛养得这么好有什么秘诀，是吗，大人？”芭特卡普的父亲说。

伯爵只是点点头，仍在直愣愣地盯着芭特卡普看。

就连芭特卡普的母亲也注意到了空气中正散播着某种紧张的气氛。

“去问农场小子好了。奶牛都是他在喂。”芭特卡普说。

“那就是农场小子吗？”马车内响起了另一个声音。随后伯爵夫人的脸从马车门里露了出来。

她的嘴唇涂着红色的口红，美丽至极；有一双绿色的眼睛，睫毛又浓又黑。这世界上所有的颜色都在她的裙服上柔和地排列在一起。太光彩耀人了，芭特卡普真想捂住眼睛。

芭特卡普的父亲回头看了一眼在房子一角张望的孤独身影："是的。"

"带他来见我。"

"他的穿着很不得体，不适合这样的场合。"芭特卡普的母亲说。

"我从前还见过有人赤裸上身呢。"伯爵夫人答。然后她大声喊道："你！"说着指了指农场小子，"到这里来。"

说到"来"这个字时，她打了个响指。

农场小子照办了。

他越走越近，伯爵夫人走下马车。

他在芭特卡普身后几步远的地方停了下来，合乎体统地低着头。他羞愧难当，毕竟他的衣服这么寒酸，靴子烂了，蓝色牛仔裤也是破的（蓝色牛仔裤的出现时间要比大多数人以为的早很多），他的双手紧紧纠缠在一起，仿佛是祈祷的样子。

"你有名字吗，农场小子？"

"我叫韦斯特利，伯爵夫人。"

"好吧，韦斯特利，或许你可以帮我们解决问题。"

她迎面向他走去。她的裙子轻轻掠过他的皮肤。"我们抱着极大的兴趣来这里讨教饲养奶牛的秘诀。我们太好奇了，真的都到了狂热的地步了。韦斯特利，你觉得是什么原因让这个农场的奶牛成了整个弗洛林最好的？你是怎么做到的？”

“我只是喂养它们而已，伯爵夫人。”

“那么，谜题解开了，这就是秘诀。我们都可以安心了。显而易见，魔法就在于韦斯特利的喂养之中。带我去看看你是怎么做的，好吗，韦斯特利？”

“为你喂奶牛，伯爵夫人？”

“聪明的年青人。”

“什么时候？”

“现在，”她向他伸出一只手臂，“给我带路，韦斯特利。”

韦斯特利别无选择，只好扶住她的手臂。轻轻地。“就在房子后面，夫人。那里特别泥泞，会弄脏您的裙子。”

“我的衣服都是只穿一次的，韦斯特利，而且我已经等不及想要看看你喂奶牛了。”

于是他们向牛棚走去。

从刚才到现在，伯爵一直在看芭特卡普。

“我来帮你。”芭特卡普在韦斯特利身后喊道。

“或许我最好亲眼看看他是如何喂牛的。”伯爵打定主意。

“今天的事儿可真够怪的。”芭特卡普的父母说。他们也出发了，跟在一干去看喂奶牛的人的后面。他们看着伯爵，伯爵在看他们的女儿，他们的女儿在看伯爵夫人。

而伯爵夫人则在看韦斯特利。

“我看不出他有什么特别的本事，”芭特卡普的父亲说，“他就是在喂奶牛而已。”这会儿他们已经吃完晚饭，又只剩下他们一家人了。

“它们肯定是喜欢他这个人。我以前有只猫，只有在我喂它时才会有精神。现在可能就差不多。”芭特卡普的母亲把炖菜残渣刮到一只碗里。“好了，”她对她女儿说，“韦斯特利在后门等着呢，把他的晚饭给他送过去。”

芭特卡普拿着碗，然后打开了后门。

“给你。”她说。

他点点头，接了过去，走到树桩边上，准备吃饭。

“我没法原谅你，农场小子。”芭特卡普说。他停下脚步，转身看着她。“我很不喜欢你给马儿做的安排。而且我更不满意有很多事你都没做。我希望它能干干净净的。今晚就要。我要它的马蹄锃亮。今晚就要。我要它的尾巴编成辫子，还要给它的耳朵按摩。今晚就要。我要马厩里一尘不染。现在就要。我要它闪闪发光，要是你得干通宵，那就干通宵。”

“遵命。”

她砰的一声关上门，任由他在黑暗中吃饭。

“我觉得马儿其实看上去棒极了。”她父亲说。

芭特卡普一言不发。

“这可是你昨儿个亲口说的。”她母亲提醒她。

“我肯定是累坏了，”芭特卡普挤出这几个字，“太兴奋了。”

“那就去休息吧。”她母亲警告道，“要是过度疲劳，就会发生可怕的事。你父亲求婚的那个晚上我就是累坏了。”34比22，比分差距拉大。

芭特卡普回到了房间。她躺在床上，闭上了眼睛。

伯爵夫人一直在盯着韦斯特利看。

芭特卡普从床上起来，脱掉了衣服，稍稍梳洗了一番，然后穿上了睡衣。她钻进被子里，舒服地躺下，闭上眼睛。

伯爵夫人还在盯着韦斯特利看！

芭特卡普甩掉被子，打开房门，走到炉边的水槽边上，给自己倒了一杯水。她咕咚咕咚把水喝了下去。然后她又倒了一杯水，把冰冷的水杯贴在额头上。前额依旧滚烫。

怎么会滚烫呢？她并没有感觉不舒服啊。她十七岁了，甚至连颗蛀牙都没有。她一下子把水倒进水槽里，转过身，快步走回房间，使劲儿关上门，回到了床上。她紧闭双眼。

伯爵夫人一刻不停地盯着韦斯特利看！

为什么？到底为什么这个弗洛林历史上最有名的女人会这么完美，而且对农场小子这么感兴趣？芭特卡普在床上滚来滚去。她就是对他感兴趣，不然还能怎么解释她一直那样盯着他看的原因？芭特卡普紧紧闭上眼睛，回忆着伯爵夫人今天的言行。很显然，农场小子身上有什么特质吸引了她。事实就是事实。但那又怎么样呢？农场小子的眼睛似暴风雨来临前的大海，可谁关心眼睛？他有一头淡金色头发，但除非你喜欢这种颜色的头发，否则又有什么用？而且他的肩膀十分宽阔，但比伯爵的肩膀宽不了多少。而且，当然了，他很健壮，可要是别人整天都卖力气干活，也会变得很强壮。他的皮肤是非常漂亮的古铜色，可这也是终日做苦工的结果——整日在太阳下暴晒，谁的皮肤不会变成古铜色？而且他的个子也不比伯爵高出多少，不过他的小腹更平坦，但这是因为农场小子比较年轻的缘故。

芭特卡普坐在床上。肯定是他的牙齿。该赞赏的就要赞赏，农场小子的牙齿的确很漂亮。洁白，整齐，和他古铜色的脸孔相得益彰。

还有其他原因吗？芭特卡普集中精神思考。只要农场小子出去送货，村里的女孩子们就围着他团团转，可她们都是花痴，逮着谁就围着谁转。而且他总是不搭理她们，因为一旦他张开嘴巴，她们就会意识到他只有一个好处，就是那副漂亮的牙齿。毕竟，他就是一个大呆瓜。

真是太奇怪了，一个像伯爵夫人这么美丽、苗条、摇曳生姿、优雅迷人的女人，一个像她这样包装完美、衣着华丽的尤物，居然会迷恋上一个男人的牙齿。芭特卡普耸耸肩。人类真是出奇地复杂。可这会儿她都弄明白了。她闭上眼睛，舒服地躺下，人们绝不会因为漂亮的牙齿就像伯爵夫人看农场小子那样凝视别人。

“噢，”芭特卡普倒抽一口气，“噢，噢，老天！”

此时农场小子也在看着伯爵夫人。他在喂奶牛，在古铜色的皮肤下，他的肌肉颤动着，就像往常一样，芭特卡普站在那里，只见农场小子第一次深深望着伯爵夫人的眼睛。

芭特卡普从床上一跃而起，开始在房间里踱步。他怎么能？噢，如果他看的是她，倒是没问题，可他看的不是她，他看的是“她”，是伯爵夫人。

“她这么老。”芭特卡普喃喃自语，这时她有点大发雷霆了。伯爵夫人已经三十多岁了，这是事实。她穿着那样的衣服去牛棚看上去滑稽极了，这也是事实。

芭特卡普一头栽倒到床上，紧紧抓住枕头放在胸前。在进牛棚之前，她的衣服就已经显得很滑稽了。在走下马车的一刻，伯爵夫人看上去就讨厌极了，还有她那涂得红红的大嘴，抹得花里胡哨的如猪一般的小眼睛，搽着厚粉的脸，还有……还有……还有……

芭特卡普胡乱摆着四肢，哭得稀里哗啦，辗转反侧，来回踱步，跟着又哭了起来。因为种的仙人掌不如邻居扫罗的好，加利利的大卫终于再也忍受不了这件事，第一次感觉到妒火中烧，从那以来，有三大原因能引起人们的嫉妒心。（一开始，嫉妒只与植物有关，比如别人的仙人掌和银杏树，后来出现了青草，青草也能让人们嫉妒，植物花花绿绿的，所以时至今日，我们还会说有人嫉妒就是在“眼红”别人。）芭特卡普嫉妒的原因排在历史列表上的第四位。

这是一个漫长又妒火中烧的夜。

天还没亮，她就来到了他的棚屋外面。她听到他已经醒了。她敲敲门。他走了出来，站在门口。她看见他身后有一小截蜡烛和打开的书。他等着她表明来意。她看着他，然后别转了目光。

他是如此英俊。

“我爱你。”芭特卡普说，“我知道这么说有点突然，毕竟一直以来我都对你不屑一顾，我只会贬低你，欺负你，可到现在为止，我已经爱你好几个小时了，而且每过去一秒钟，我就多爱你一分。一个小时之前我本来以为我对你的爱胜过了任何女人给予男人的爱，但过了半个小时，我就知道我之前的爱已比不上我当时的爱。可又过了十分钟，我了解到，我这一刻的爱就是暴风雨来临前波涛汹涌的大海，相比之下，此前的爱只不过是个小水坑。你的眼睛就像是暴风雨来临前的大海，你知道吗？你的眼睛特别好看。我说到多少分钟之前了？二十分钟？我已经说到那个时候了吗？这不要紧。”芭特卡普依然不敢看他。此刻太阳在她身后升起，她可以感觉到后背暖融融的，她顿感勇气倍增。“现在我爱你的程度超过了二十分钟前，二者根本没有可比性。相比刚才你开门的时候，现在我爱你更多，二者没有可比性。你占满了我的身体，除了你，那里什么都容不下。我的手臂爱恋你，我的耳朵倾慕你，我的膝盖因为这份盲目的感情而颤抖。我的心祈求你提出要求，以便它去遵从。你想要我在你的余生追随你吗？我一定会照办的。你想要我唯命是从吗？我一定会唯命是从的。我会默默地陪伴你，也会为你唱歌；如果你饿了，我会为你送来美食；如果你渴了，我会带来阿拉伯美酒为你解渴，即便需要跋山涉水，我也会去阿拉伯给你带回一瓶，让你在午餐时品尝。这是我能为你做的事，我会为你做的事；至于那些我不会做的，我将学着去做。我知道我比不上伯爵夫人，不如她有能耐，有智慧，有吸引力，而且我看到了她看你的眼神。我还看到了你看她的眼神。但求你记住一点，她的年纪很大了，而且她还有别的兴趣，而我只有十七岁，对我来说，你就是唯一。亲爱的韦斯特利，我以前从没这么叫过你，是不是？韦斯特利，韦斯特利，韦斯特利，韦斯特利，韦斯特利，亲爱的韦斯特利，我的心上人韦斯特利，我的完美爱人韦斯特利，但愿我有机会赢得你的爱。”说完，她做了一件她做过的最勇敢的事：她望着他的眼睛。

他在她面前关上了门。

一个字都没说。

一个字都没说。

芭特卡普跑走了。她一路狂奔，苦涩的泪水止不住地流；她什么都看不到，一路上踉踉跄跄的，跟着撞到一根树桩上摔倒了，爬起来，继续跑；肩膀上撞到树桩的部位跳动着作痛，这疼痛是那么剧烈，却不足以掩盖她心中的痛。她飞奔回房间，一头扎到枕头上。把门锁上，她觉得安全了，开始痛哭流涕。

就连一个字都没说。他连这个礼节都不懂。“很抱歉。”他可以这么说呀。说句“抱歉”能有什么大不了的呢？他也可以说“太迟了”啊。

他为什么就不能说点什么呢？

芭特卡普绞尽脑汁想了一会儿。突然间她有了答案：他什么都不说，就是因为他不想张嘴，就是这样。不错，他是很英俊，但他有些口齿不清？只要他动一动舌头，一切就都完蛋了。

“呃——”

这就是他会说的话。韦斯特利只要受到刺激就会这么说话。“呃——谢——谢，芭特卡普。”

芭特卡普擦干了眼泪，扑哧一笑。她深吸了一口气，然后长长舒了一口气。这就是成长的必经阶段。你产生了这种稍纵即逝的激情，然后一眨眼，这激情就消失不见了。你接受瑕疵，找到完美，陷入疯狂；转过天来，太阳升起，一切都结束了。从失败中吸取教训，姑娘，然后伴随着明天早晨的到来继续前进。芭特卡普站了起来，把床铺好，换好衣服，把头发梳整齐，笑了笑，然后又大哭了一场。毕竟人是骗不了自己的。

韦斯特利又不是傻瓜。

噢，她可以假装他是个傻瓜。她可以嘲笑他有语言障碍。她可以怪她自己竟然自讨苦吃，迷恋上一个笨蛋。事实其实很简单：他的肩膀上长着脑袋。他的脑袋好使得很，就像他的牙齿一样出色。他什么都不说肯定是有原因的，这和脑子好不好使一点关系也没有。他什么都不说，是因为，他的确无话可说。

他根本不爱她，这就是事实。

那一天剩下的时间，芭特卡普都以泪洗面，此时的眼泪和阻碍她的视线导致她撞上树桩的眼泪并不一样。那时她大声地哭着，泪水滚烫，情绪很激动。此时她却是安静地哭着，泪水汩汩地向下流，而且这些眼泪一直在提醒她，她根本不够好。她今年十七岁了，所有她认识的男人都拜倒在她的石榴裙下，但这毫无意义。只有这一次是至关重要的，而她偏偏不够好。她真正懂的只有骑马，这又怎么能吸引一个男人呢，而且这个男人还是伯爵夫人看中的男人？

黄昏时分，她听到房门外响起了脚步声。随后敲门声响起。芭特卡普擦干眼泪。又一阵敲门声响起。“谁呀？”芭特卡普终于打着哈欠说。

“韦斯特利。”

芭特卡普四仰八叉地躺在床上。“韦斯特利？”她说，“我认识叫韦斯特利的人吗——噢，农场小子，是你呀，真好笑！”她走到门前，把门打开，用最满不在乎的语气说道：“我真高兴你顺便过来了一趟，今天早晨我和你开了个小玩笑，我正为此苦恼呢。你肯定知道我不是认真的，至少我以为你是知道的，可那时候你关上了门，有那么一刹那，我有些郁闷，我估摸着是不是我的小玩笑有点过了，噢，亲爱的，你真可怜，你或许以为我是当真的，但我俩都知道，那是压根儿不可能的事。”

“我是来道别的。”

芭特卡普的心开始狂跳起来，但她还是装作若无其事。“你是说你要去睡觉了，而你来道晚安？你想得真周到，农场小子，特意来告诉我你已经原谅了我早晨的小小恶作剧，我非常感谢你的体贴和——”

他打断了她的话：“我要走了。”

“走？”地板开始摇晃起来。她一把扶住门框。“现在？”

“是的？”

“因为我早晨和你说了那些话？”

“是的。”

“我把你吓跑了，是不是？我真该管好我的嘴巴。”她不住地摇头，“噢，好吧，你已经做了决定。但是记住了：等她不要你了，我才不会让你回来，就算你求我，我也不会在乎。”

他只是看着她。

芭特卡普连珠炮似的说下去：“就因为你很英俊，很完美，才会这么自负。你以为别人不会厌倦你，你简直大错特错，他们一定会厌倦你，她迟早会烦你，再说你又是个穷小子。”

“我要去美洲。我要去寻找出路，赚大钱。”（这时美洲刚刚出现，赚钱却早已有之。）“很快就有条船从伦敦出发。美洲有很多机会。我要去好好利用这些机会。我一直在我的小屋里训练我自己。我教会了自己不去睡觉。只睡几个小时就行。我可以同时做两份十个小时的工作，除了花钱吃饭保持体力，我会把这两份工作赚的钱都存起来，等我有了足够的钱，我就买一座农场，盖一座房子，再做一张足够两个人睡的床。”

“你真是疯了，你以为她乐意住在美洲的破农舍里，而且再也没钱买衣服了。”

“别再提伯爵夫人了！行行好吧。不然的话你一定会把我逼疯的。”

芭特卡普看着他。

“你就不明白发生了什么事吗？”

芭特卡普摇摇头。

韦斯特利也摇摇头：“我想你这辈子都别想变聪明了。”

“你爱我吗，韦斯特利？你要说的是这个吗？”

他简直难以置信：“我爱你吗？老天，如果你的爱是一粒沙，那我的爱就是整个宇宙里的沙滩。如果你的爱是——”

“你的第一个比喻我还没弄明白呢。”芭特卡普打断了他的话，她这会儿开始狂喜起来，“让我们简单点说。你的意思是我的爱就像一粒沙子那么小，而你的爱则是别的样子？一想象，我的脑筋就有点转不过来，你是不是想说你的爱像宇宙那么大，要比我的沙子大？帮帮我，韦斯特利。我感觉我们马上就要揭开一件重要事情的面纱了。”

“这么多年了，我之所以一直留在棚屋里，都是因为你。我自学多种语言，也都是因为你。我练就强壮的体魄，是因为我觉得你或许会喜欢身体健壮的人。我这辈子唯一祈祷的事就是突然有一天早上你能看我一眼。这么多年了，我从不知道有哪一次看到你时，我的心没有狂跳。我也不知道有哪个夜晚我不是想着你的倩影入睡。没有一个清晨，在我醒来后，你没有出现在我脑海里……我说了这么多，你明白了吗，芭特卡普，或者你想我接着说？”

“不要停下来。”

“没有——”

“要是你敢作弄我，韦斯特利，我准会要了你的命。”

“你怎么能以为我在作弄你？”

“哦，你从未说过你爱我，一次都没有。”

“你就想听这个？很简单。我爱你。行不行？想要听大声一点的？我爱你。要我拼出来吗？呜——哦——我，啊——咿——爱，呢——咿——你。要我倒着说吗？你爱我。”

“你这是在逗我了，是不是？”

“或许有一点吧。我对你说了无数次这句话了，你只是没有听明白而已。每次你说‘农场小子去做这个’，你以为我回答的是‘遵命’，但这只是因为你听错了。‘我爱你’才是我的回答，可你从来都没有听，你从来都没有认真听。”

“我现在在听，我向你保证，我永远都不会爱上别人。韦斯特利是我唯一的爱人，我对你的爱矢志不渝。”

他点点头，后退一步：“我很快会回来找你的。相信我。”

“我的韦斯特利会食言吗？”

他又后退一步：“就要迟到了。我得走了。我也不想走，可我别无选择。那条船很快就要开了，而且伦敦还很远。”

“我知道。”

他伸出右手。

芭特卡普发现她有些窒息了。

“再见。”

她努力抬起右手去握他的手。

他们的手握在了一起。

“再见。”他又说了一遍。

她微微点点头。

他再往后退了一步，并没有转过身去。

她看着他。

他转过身。

她挤出一句话：“没有吻吗？”

他们紧紧地拥抱在一起。

公元前1642年，索尔·科恩和德莉拉·科恩那个无意中的发现席卷了整个西方文明世界，自那以后，便产生了五个伟大的吻。（在那之前，夫妻之间只能钩钩拇指。）给亲吻准确评级是一件特别困难的事，往往会引发巨大的争议，因为尽管人们都同意计算公式为感情乘以真挚度乘以热烈程度乘以持久程度，但是对于每个元素所占比重，人们一直没有达成一致意见。但不管标准如何，人们都认为，有五个吻应该得满分。

而这个吻把那五个吻都甩在了后面。

在韦斯特利离开后的第一个早晨，芭特卡普认为她有资格什么都不做，只是坐在那里郁郁寡欢，顾影自怜。毕竟，她的挚爱走了，生活没有了意义，何以面对未来——反正理由有很多。

可刚刚自怜自哀了两秒钟，她就意识到一件事，韦斯特利正在外面的大千世界里，距离伦敦越来越近，如果他看上了一个美丽的城里姑娘，而她却只是在这里苦苦等待，会怎么样呢？又或者更糟，如果他去了美洲，找到了工作，建好了农场，为他们造好了床，并且回来找她，等她到了那里，他却看着她说："我要把你送回去，忧郁毁掉了你的眼睛，自怜带走了你光洁的皮肤，你看上去就像个丑八怪；我要娶一个印第安女孩，她就住在附近的帐篷里，而且一直明艳动人。"那时候该怎么办呢？

芭特卡普跑回卧室里的镜子边。"噢，韦斯特利，"她说，"我一定不会叫你失望的。"说完她冲下楼，来到正在拌嘴的父母身边。（16比13，而且早饭时间还没过呢。）"帮我出出主意吧，"她打断了他们，"我怎么做才能让我的外表变得更好？"

“从洗澡开始。”她的父亲说。

“洗澡时别忘了洗洗头发。”她的母亲说。

“把耳朵后面的部分整理一下。”

“别忘了你的膝盖。”

“对于新手来说，这倒是很容易。”芭特卡普说。她摇摇头：“天哪，可保持整洁就难了。”她勇敢地着手干了起来。

每天早晨一起来，如果可能，天一亮她就会起床，并且立刻把农场里的活儿干完。韦斯特利走了，要干的活儿就多了起来，不止如此，自从伯爵来过后，这个地区的每个人都提高了订牛奶的数量。因此，要等到下午，她才有时间改善自我。

但这时候她会认认真真地干起来。首先是洗个冷水澡。然后，她会一边晾干头发，一边拼命弥补身体上的缺陷（她的一边手肘太细了，另一边的手腕又不够细）。她还会锻炼，好把仅余的婴儿肥练掉（现在仍有婴儿肥的部位不多了，她已经快十八岁了）。

她的头发是如同秋日一般的颜色，一直没有剪过，梳理需要时间，可她并不介意，因为韦斯特利从未见过她的头发像现在这样干净，等她在美洲下了船，他肯定会大吃一惊。她的皮肤是冬天般的奶油色，她把每一寸肌肤都擦洗得闪闪发亮，这其实挺没意思的，可等她在美洲下了船，韦斯特利肯定会非常高兴看到她如此干净。

别人很快就注意到了她的美丽潜质。两个星期之内，在美女排行榜上排名二十位的她就跃升到了第十五位，在这么短的时间内提升这么快，真是闻所未闻。可三个星期后，她已经上升到了第九名，而且名次还在提升。此时竞争已经非常激烈了，可就在她升到第九名的转天，她收到了韦斯特利从伦敦的来信，读完了这封写满了三张纸的信后，她升到了第八位。这对她来说比什么都重要——她对韦斯特利的爱与日俱增，早晨她去送牛奶，人们都感觉眼前一亮。有些人只能目瞪口呆地看着她，可很多人都会和她说话，因此发现她比从前更热情也更温柔了。就连村子里的女孩子们现在也开始向她点头致意，对她微笑了，有些女孩还会问起韦斯特利的情况——除非你碰巧很有空，否则这么做绝对是个错误，因为只要有人向芭特卡普打听韦斯特利现在怎么样了，她就会滔滔不绝地说个不停。他还是和往常一样优秀，他成绩斐然，他出色至极。噢，她可以说上好几个钟头。有时候听众很难做到集中精神，可他们会尽全力这么做，因为芭特卡普是这么全身心地爱着他。

正因为如此，韦斯特利的死才让她痛不欲生。

在乘船去美洲前，他写了一封信给她。他坐的船名叫“女王之傲”，而且他爱她。（他总是用这样的格式：今天下雨了，我爱你。我的感冒好多了，我爱你。向马儿问好，我爱你。诸如此类。）

然后就没有信了，不过这也正常，他在海上嘛。随后她便得到了噩耗。她送完牛奶回家，只见父母都面无表情。“就在卡罗来纳州沿岸。”她的父亲轻声说。

她的母亲低声说：“一点预警也没有。事发的时候是晚上。”

“什么？”芭特卡普问。

“是海盗。”她的父亲说。

芭特卡普觉得她最好坐下来。

房间里寂静无声。

“那么他被俘虏了吗？”芭特卡普挤出这句话。

她母亲说了一个“不”字。

“是罗伯茨，”她父亲说，“是幽冥海盗罗伯茨。”

“噢，”芭特卡普说，“是那个从不留活口的罗伯茨。”

“是的。”她的父亲说。

房间里寂静无声。

突然间芭特卡普飞快地说了起来：“他被刺中了吗？……他是淹死

的吗？……他们割断了他的喉咙？……你们觉得，他们是不是把他叫醒了？……没准儿他们是把他鞭打至死的？”说着她站了起来，“我真傻，原谅我。”她摇摇头，“说得好像他们很重视他似的。失陪一下。”说完她便跑回了房间。

她把自己关在房间里很久。一开始她的父母还想哄她出来，但她没有。后来他们开始把食物放在门外，她只吃一点点，以维持生命。房间里一点声音也没有，没有哭泣声，也没有唉声叹气的声音。

终于有一天，她出来了，而她的眼中没有一滴泪。她的父母正默不作声地吃着早餐，见她出来都不禁抬头盯着她看。他们刚要站起来，她便伸出一只手，阻止了他们：“我能照顾好我自己，求你们了。”然后去拿了一些吃的。他们眼睛眨也不眨地看着她。

实际上，她看上去一点也不好。她走进房间时还是一个无比可爱的小女孩，出来时则变成了一个女人，瘦了一点，聪慧了很多，悲伤则像大海一样深沉。这个女人了解什么是痛苦，她美丽的容颜下藏着独特的性格和一颗悲伤的心。

她十八岁了。她是一百年来最美丽的女人。她似乎对此并不关心。

“你还好吗？”她的母亲问。

芭特卡普抿了一口热巧克力。“很好。”她说。

“你确定？”她的父亲很想知道。

“是的。”芭特卡普答。停顿了很长时间后，她又道：“可我一定不会再爱了。”

事实的确如此。

第二章

新　郎

我在这一章里第一次做了大幅删减。第一章“新娘”几乎讲的都是新娘的故事。而第二章“新郎”则只涉及前面提到的洪佩尔丁克王子。

我的儿子贾森看到这一章便没有再看下去，我没有理由责怪他。毕竟莫根施特恩在这一章里用了六十六页的篇幅讲述了弗洛林的历史。更准确地说，是讲述了弗洛林王权的历史。

枯燥？这简直难以置信。

明明一个好故事就铺展在眼前，一位叙事大师为什么停止叙述呢？答案不甚明了。我能猜测到的就只是，对于莫根施特恩来说，他真正要叙述的并非芭特卡普以及她的非凡经历，而是弗洛林这个君主制国家的历史和类似的事情。这本书一出版，我估摸所有在世的弗洛林王国研究学者都想要了我的命。(哥伦比亚大学不仅有美国著名的弗洛林研究专家，还和《纽约时报书评》关系密切。但我管不了这么多了，我只希望他们能理解，我这么做绝非要破坏莫根施特恩的美丽文字。)

洪佩尔丁克王子的身材就像个桶。他的胸部是桶状胸，大腿是强壮的桶状大腿。他个子不高，体重却将近二百五十磅，身体就像砖块一样硬。他走起路来就像只螃蟹，总是横着走，要是他想成为芭蕾舞演员，注定会过上悲惨的生活，因为他只会无休无止地泄气。可他并不想成为芭蕾舞演员。而且他也并不急着当国王。就连他擅长的打仗也只是他的第二大爱好。所有的一切在他的喜好排行榜上都只能排在第二位。

打猎才是他的最爱。

他把打猎当成了习惯，每一天都要杀戮。这倒也没什么要紧。一开始迷上打猎时，他只杀体形庞大的动物，比如大象或蟒蛇。可后来，随着他的技艺越来越好，他也开始享受起了猎杀小动物的乐趣。他会兴致勃勃地用一个下午的时间在森林里追踪一只鼯鼠，或沿着河流追踪一条虹鳟。一旦下定决心，一旦锁定目标，王子就会不达目的不罢休。他从不知疲倦，从不动摇，可以不吃不喝。这是一盘死亡国际象棋，而他是国际象棋特级大师。

起初，他走遍全世界寻找对手。但出门就会浪费时间，要么坐船要么骑马，而且一离开弗洛林，他就会担心。总要有个男性继承人来继承王位，而只要他父亲活着，就不会有问题。可总有一天他的父亲会死，然后王子就要继位，还要选一位王后，让她生下继承人，在他死后继任为王。

于是，为了不再离开王国，洪佩尔丁克王子建造了死亡动物园。他在鲁根伯爵的帮助下亲自设计了这座死亡动物园，并且把手下派到世界各地去为他搜集动物。动物园里始终充满了供他猎杀的动物，这里和其他地方的动物保护区可不一样。首先，从来都没有人来这里参观。只有一个得了白化病的饲养员给动物喂食，并确保园内没有动物得病。

这个动物园还有一个特点：这是一座地下动物园。王子亲自在城堡属地一个最僻静的角落选了一块地方建造这座动物园。他下令建造五层，每一层都关着特殊的敌人：第一层属于速度型敌人，比如野狗、猎豹和蜂鸟；第二层关着力量型敌人，比如水蟒、犀牛和超过二十英尺长的鳄鱼；第三层属于有毒动物，比如黑颈眼镜蛇、跳蛛和大量死亡蝙蝠；第四层则是最危险、最令人闻风丧胆的敌人的王国，比如尖叫狼蛛（唯一能发出声音的蜘蛛）、嗜血苍鹰（唯一一种以吃人肉为生的飞禽），住在黑潭里的吮吸乌贼——就连那个白化病饲养员到第四层喂食时都怕得瑟瑟发抖。

第五层则是空的。

王子建造第五层是为了有朝一日能找到一个与之匹配的厉害角色，一个像他一样危险、凶猛和强大的敌人。

这不太可能。不过他是个永远的乐天派，所以他一直在第五层里放着一个大笼子，随时准备派上用场。

其他四层里的杀戮游戏就足以取悦一个人了。王子有时候会随机选择猎物，他有一个大轮盘，上面有可动箭头，轮盘外缘是动物园中每只动物的图片，他会在早餐时转动箭头，不管指到哪只动物，白化病饲养员都会把那头饲养的动物准备好。还有时候他会按照心情来选择："我感觉今天我的速度很快，给我带一只猎豹过来"，或者"我今天感觉非常强壮，就放一头犀牛吧"。不管他提出什么样的要求，自然都能得到满足。

有一天，他正要结束与一只猩猩的缠斗，国王的健康问题便不请自来。那是下午3点左右，王子从早晨开始就和这只巨大的猛兽斗得难分难解，终于，过了这么长时间，这个长毛动物就快撑不住了。这只猩猩一次又一次地想要撕咬，这说明它的手臂已经没有力气了。王子轻松地躲避着撕咬，大猩猩此时胸部起伏不定，大口喘着气。王子像螃蟹一样向边上跨了一步，然后又跨了一步，随后向前冲去，一个转身，便用双臂抱住巨兽，开始挤压它的脊椎骨。(这场人兽大战发生在猿坑之中。王子在这里养了很多类人猿供他取乐。)这时候鲁根伯爵的声音从上方响起。"有事向您禀告。"伯爵说。

王子一边大战猩猩，一边答："就不能等会儿吗？"

"要等多久？"伯爵问道。

一

声

破

裂

声

那只大猩猩就像一个布偶娃娃。“现在就可以了，你说吧。”王子答，然后绕过那只死动物，顺着梯子爬出了猿坑。

“您的父亲刚刚做完每年一次的体检。”伯爵说，“我拿来了报告。”

“还有呢？”

“您的父亲时日无多。”

“见鬼！”王子说，“这就是说我该结婚了。”

第三章

求　婚

洪佩尔丁克王子、他的心腹鲁根伯爵、他年迈的父亲洛塔隆国王和他邪恶的继母贝拉王后四个人齐聚在城堡的议事大厅里。

贝拉王后的身材就像一块橡皮软糖，肤色则如同树莓。她无疑是王国里最可爱的人，并且嫁给了国王，那时候国王说话时还不会含糊不清。洪佩尔丁克王子当时还是个孩子，由于他唯一知道的继母形象就是故事中的那些邪恶继母，所以他总是称呼贝拉为“邪恶继母”，或者干脆叫她“后妈”。

“好吧，”人齐了后，王子开始说道，“我要娶哪家姑娘？我们来选择一个新娘，赶快把这事儿定下来吧。”

已届耄耋之年的洛塔隆国王说：“我一直在想，现在洪佩尔丁克是时候找个新娘了。”他本想这么说，但实际上说出来的却是“我吧吧吧啦啦啦哗哗哗”。

只有贝拉王后还在不厌其烦地弄清楚他说的是什么。“你说得再正确不过了，亲爱的。”她说着拍拍他的王袍。

“他说什么？”

“他说，不管我们选择谁，都是在给我们英俊不凡的王子选择一位终身伴侣。”

“告诉他，他看起来很健康。”王子答。

“我们刚刚换掉了巫士，”王后说，“他的身体因此好了点。”

“你是说你解雇了巫士麦克斯？”洪佩尔丁克王子说，“我还以为他是唯一一个自动请辞的人呢。”

“不是，我们在山里找到了另一个人，这人很棒。当然了，年纪是有些大，可谁需要一个年轻巫士呢？”

“告诉他，我换了巫士。”洛塔隆国王本想说这个，但说出来的却是“告诉呜呜呜嗒嗒嗒”。

“他说什么？”王子很好奇。

“他说，像你这么重要的人不能随便找个公主就娶回来。”

“没错，没错。”洪佩尔丁克王子说，深深地叹了口气，“这么看来，就只有诺琳娜一个人选了。”

“从政治角度考虑，这桩婚姻倒是般配。”鲁根伯爵承认道。诺琳娜公主来自吉尔德王国，而这个王国就在弗洛林海峡另一边。（吉尔德王国的人可不这么认为；在他们看来，弗洛林是位于吉尔德海峡另一边的王国。）不管怎么说，这两个国家主要凭借向对方开战而存在了好几个世纪。他们之间爆发了橄榄树之战、金枪鱼纷争，几乎让这两个王国破产；还有罗马之争，这一仗让他们真正打得血本无归；后来又出现了绿宝石冲突，他们因此又变得有钱了，主要是因为他们联手了很短一段时间，无论是谁，只要来到他们的航行距离内，他们就会一起去打劫。

“不过，我还不知道她喜不喜欢打猎。”洪佩尔丁克说，“我并不关心她品性如何，只要善于用刀就行。”

“几年前我见过她，”贝拉王后道，“她很漂亮，不过身体并不强壮。我想用淑女来形容她比较合适，她可不是个善于舞刀弄棒的人。但再说一遍，她很漂亮。”

“肤色呢？”王子问。

“大理石一样的颜色。”王后说。

“嘴唇呢？”

“数量还是颜色？”王后问。

“颜色，后妈。”

“玫瑰红色。脸颊也是同样的颜色。眼睛很大，一只蓝色，另一只是绿色。”

“嗯，”洪佩尔丁克说，“身材呢？”

“就像沙漏一样。非常会穿衣打扮。而且，当然了，因为全世界数她收集的帽子最多，所以在吉尔德无人不知，无人不晓。”

“那好，以参加国家庆典为由，请她到这里来，我们好相一相她。”王子说。

“吉尔德不是没有适婚年龄的公主吗？”国王本想说，结果说出来就变成了“嗒嗒嗒吗吗吗吧吧吧”。

“你记错了。”贝拉王后说，然后笑吟吟地看着国王日益混浊的眼睛。

“他说什么？”王子问道。

“他让我今天就带着请柬出发。”王后答。

就这样，诺琳娜公主即将盛大来访。

我又来插话了。在本书所有的删减中，我觉得这里的删减最适当。正如除了一些喜欢用冗长文章自虐的读者，其余人都认为《白鲸》中的某些捕鲸章节可以省略一样，莫根施特恩详细描述的打包情节最好还是删掉为妙。若非如此，那些场景会占去《公主新娘》这本书接下来五十六页半的篇幅：其实就是打包。（其中也包括拆包的情节。）

删除的内容是这样的：贝拉王后把她衣橱里的大部分衣服都打了包（十一页），然后启程去了吉尔德（两页）。在吉尔德，她又把行李取出来（五页），然后把请柬交给了诺琳娜公主（一页）。诺琳娜公主接受了请柬（一页）。然后诺琳娜公主打包了她所有的衣服和帽子（二十三页），然后公主和王后一起去了弗洛林参加弗洛林市一年一度的成立庆典（一页）。她们抵达了洛塔隆国王的城堡，诺琳娜公主被带去了她的住处（半页），把一页半之前我们看到的她打包的衣服和帽子都取了出来（十二页）。

这些篇幅很令人摸不着头脑。我和哥伦比亚大学弗洛林王国史研究室主任邦焦尔诺教授谈到了这个问题，他称这些章节是整本书中讽刺性最强的内容，显而易见，莫根施特恩只是要表达一点：尽管弗洛林自认为比吉尔德更先进，但事实却是吉尔德才是文明较为发达的国家，从吉尔德女士衣物的数量和质量更为优越这一点就可见一斑。我并不打算和这位正教授争辩，但如果你有严重的失眠症，那就帮你自己一个忙，去看看未删减的第三章吧。

无论如何，那一天王子和公主见了面，并一起度过了一天，事情正是从此起了变化。正如先前所说的那样，诺琳娜的确拥有大理石一般的肤色，玫瑰红色的嘴唇和脸颊，眼睛大大的，一只蓝色，一只绿色，身材如沙漏一般，而且她收集的帽子无疑也是最为惊人的。有的帽檐很宽，有的很窄，有的很高，有的扁扁的，有的很别致，有的五颜六色，有的有方格花纹，有的则是素色的。只要有机会，她就会换顶新帽子。见到王子时她戴的是一顶帽子，后来他邀请她去散步，她便请求离开，过不多久则戴着另一顶帽子回来，这顶帽子同样很漂亮。一整天都是如此，但在我看来，对于现代的读者来说，这样的宫廷礼节似乎有些过了，因此，我直接跳到了晚宴的章节。

晚宴在洛塔隆城堡的大礼堂里举行。一般情况下他们都在宴会厅里用晚餐，但由于这次活动非常重要，那个地方就显得太小了。在大礼堂的中心位置，从头至尾摆满了餐桌，而且大礼堂空间很大，通风良好，即便是在夏天，也让人感觉凉飕飕的。礼堂里有很多门和巨大的入口，所以里面的风有时候会很大。

那天晚上的风尤为大。大风不停地呼呼刮着，蜡烛经常被吹灭，需要重新点亮，一些穿着比较大胆的女士冻得瑟瑟发抖。可洪佩尔丁克王子似乎并不介意，而在弗洛林，如果他不介意，你也就不应该介意。

8点23分，弗洛林和吉尔德两国有可能结成永久同盟。

8点24分，这两个王国似乎处在战争的边缘。

原因其实很简单：在8点23分05秒的时候，当晚的主菜已经准备好上桌。这道主菜是白兰地香嫩烤猪肉，一共有五百人用餐，所以需要很多只烤猪。为了加快上餐速度，仆人打开了连通大礼堂和厨房的大双开门。这扇巨大的双开门位于房间的北端。而且在接下来的时间里，这扇门一直开着。

为白兰地香嫩烤猪肉配的酒已经准备就绪，就放在连接酒窖的另一扇双开门后面。这扇双开门在8点23分10秒的时候打开，以便十二名侍酒仆人可以拿着酒桶快速为用餐者倒酒。而这扇双开门就在大礼堂的南端。

就在这个时候，一阵异常强劲的过堂风吹来，这风很明显。洪佩尔丁克王子没有注意到，因为这时他正和吉尔德的诺琳娜公主窃窃私语。他和她脸贴着脸，他的头在她那顶蓝绿色的宽檐帽子下面，这顶帽子正好衬出了她那双大眼睛的别致颜色。

8点23分20秒，洛塔隆国王才姗姗来迟。他总是迟到，这毛病已经持续了很多年，从前，人们只能饿着肚子等他来。不过近来大伙不用等他来再开饭了，他对此也不以为忤，反正他的新巫士也不让他吃饭。国王走国王专用大门进入大礼堂，这扇门很大，装有铰链，只有他才能用，而且需要几个身强体壮的仆人才能打开。这里应该说明一下，不管是在哪个房间，国王专用大门都位于东面，因为在所有人里，国王是最靠近太阳的人。

至于接下来发生的事情嘛，取决于当时你坐在大礼堂的哪个位置，反正坐在北边的人有一个版本，坐在西南边的人有另一个版本，但所有人都同意一点：在8点23分25秒的时候，一股飓风刮进了大礼堂。

大多数蜡烛都被吹灭了，而且翻倒了，这下可不得了，因为有些蜡烛倒了之后仍然在燃烧，而且是倒在了宴会桌各处的小煤油杯里，而这些小煤油杯是在烤猪肉上桌之后继续加热猪肉用的。仆人们从四下里扑过来扑灭火焰，他们的效率还算挺高的，毕竟大礼堂里所有的东西飞得到处都是：扇子，围巾，帽子，莫不如是。

特别是诺琳娜公主的帽子。

这顶帽子飞到了她身后的墙边，她飞快地把帽子捡回来戴好。这时是8点23分55秒。可已经太迟了。

就在8点23分55秒，洪佩尔丁克王子咆哮着站了起来，粗粗的脖子上血管凸起，像麻类植物一样。有些地方的火焰还在燃烧，红色的火光让他那张充血的脸显得更红了。他站在那里，看上去就像一个着了火的大桶。他随后对吉尔德的诺琳娜公主说了一句话，从而把两个国家推向了大战边缘：

“女士，能跑的时候就赶快跑吧！”

说完他就像旋风一般横冲直撞地离开了大礼堂。这时时间刚好是8点24分。

洪佩尔丁克王子怒气冲冲地去了大礼堂上面的楼座，俯视下面的混乱场面。一些地方依然闪烁着红色的火焰，宾客穿过大门鱼贯离去，戴着帽子的诺琳娜公主状似要昏倒，正由她的仆人们搀扶着，越走越远。

贝拉王后终于找到了王子，他这会儿正在楼座里来回踱步，显然气还没消。“我真希望你没有这么生硬。”贝拉王后说。

王子转过身看着她：“我才不会娶秃头公主，就是这样！”

“这是谁都没预料到的。”贝拉王后解释道，“她就连睡觉时都戴着帽子呢。”

“我早该知道的。”王子吼道，“你有没有看到她的秃头上还反射着烛光？”

“可如果能和吉尔德联姻，对我们大家都有好处。”王后说，这话既是对王子说的，也是对刚刚过来的鲁根伯爵说的。

“别再提吉尔德了。我早晚要他们俯首称臣。我小时候就有此意了。”他向王后走了几步，“要是你的妻子是个秃子，人们一准儿在背后笑话你，我有资格不受人嘲笑，谢谢你。你们还是去找其他人选吧。”

“什么样的人选？”

“找个漂亮的，就这样。”

“那个诺琳娜没头发。”洛塔隆国王说，他终于找到了其他人。结果他说出来的却是“吧吧吧哔哔哔喇喇喇”。

“谢谢你告诉我们，亲爱的。”贝拉王后说。

“我觉得洪佩尔丁克不喜欢她。”国王说，“叽叽叽滴滴滴沥沥沥。”

然后鲁根伯爵走上前来：“您想要一个美女。但如果这个美女是个普通百姓，又怎么样呢？”

“身份越普通越好。”洪佩尔丁克王子答，又开始走来走去。

“要是这个美女不会打猎，怎么办？”伯爵接着说。

“就算她不识字，我也不在乎。”王子说。他突然停住脚步，看着所有人。“我告诉你我想要什么样的妻子。”他随后道，“我想要一个倾国倾城的美人，你们见了她，会说：‘噢，洪佩尔丁克真是个幸运的家伙，竟然娶到了一个这么漂亮的妻子。’找遍整个王国，找遍全世界，一定要给我找到这么一个美人。”

鲁根伯爵不由得开怀微笑。“我已经找到了。”他说。

黎明时分，两个人在山顶上勒住了马。鲁根伯爵骑的是一匹黑色骏马，高大，完美，有力。王子骑了一匹白马，他有四匹这样的白马。相比之下，鲁根的马就像是拉犁的牲口。

“她每天早晨都会去送牛奶。”鲁根伯爵说。

“她真是个不折不扣、确凿无疑的美人？”

“我见到她的时候，她还有些不修边幅，”伯爵坦言，“但她拥有惊人的潜力。”

“一个挤奶女工。”王子硬生生地说出这几个字，“即便是美人，我想我也不能娶这样的女人。人们或许会取笑我只能娶这样的女人为妻。”

“这倒是真的。”伯爵实话实说，“要是您愿意的话，我们可以不用等了，现在就骑马回弗洛林市。”

“我们都已经跑了这么远了，”王子说，“我们或许可以等——”他后面的话没有说出来。因为这时候，芭特卡普正骑着马从他们下方缓缓经过。“我要这个女人。”他终于挤出这句话。

“我想没人会取笑的。”伯爵说。

“我现在就要去求婚。”王子说，“让我们单独待一会儿。”他矫健地骑着白马向山下跑去。

芭特卡普从未见过这么高大的一匹马，也没有见过这样的一个人。

“我是你的王子，现在我要你嫁给我。”洪佩尔丁克说。

芭特卡普轻声说：“我愿意当您的仆人，但我拒绝嫁给您。”

“我是你的王子，你不能拒绝。”

“我愿意当您忠实的仆人，但我一定要拒绝。”

“拒绝就得死。”

“那就杀了我吧。”

“我是你的王子，而且我人还不错，你怎能宁死也不愿意嫁给我呢？”

“因为，”芭特卡普说，“人们因为相爱才会结婚，而我并不擅长这个游戏。我曾经尝试过一次，结果很糟，所以我发誓再也不会爱上其他人。”

“爱？”洪佩尔丁克王子说，“有谁提到了爱情吗？我可以告诉你，这人绝不是我。事情是这样的：总得有个男性继承人来继任弗洛林的王位。这个继承人就是我。等我的父亲死了，继承人就不是继承人，就变成了国王。这个国王还是我。等到我成了国王，我就要结婚，让我的妻子给我生孩子，直到生出男孩为止。所以你有两个选择：要么嫁给我，成为方圆一千英里内最富有和权力最大的女人，在圣诞节的时候派发火鸡，为我生个儿子；要么就在不久的将来痛苦地死去。你自己想想看吧。”

“我永远也不会爱上你。”

“就算我有那玩意儿，我也不想要。”

“那么，我们结婚吧。”

第四章

筹　备

直到我开始撰写这个“精华版”，我才知道这一章的存在。在这样的时候，我的父亲总会说“发生了一件又一件事，三年的时间过去了”；然后他会解释说，终于等到了这么一天，芭特卡普以弗洛林未来王后的身份被正式介绍给了全世界；他还会说，那一天，弗洛林市的广场挤满了人，盛况空前，大家都等着认识她；到这个时候，他就会开始讲起绑架这件可怕的事。

你能相信吗，在莫根施特恩的原始叙述中，这其实是最长的一章？其中十五页是讲述洪佩尔丁克为什么不能娶一个普通人，于是他们和贵族们大打出手，争执不休，最后，他们给芭特卡普安了一个哈默史密斯公主的头衔——在洛塔隆国王的属地中，哈默史密斯是最微不足道的一块弹丸之地。

接下来讲的是那个巫士开始让洛塔隆国王的身体好转，并用了十八页篇幅来描述治疗过程。（莫根施特恩挺讨厌医生，因此，在他们不让巫士在弗洛林工作时，他总是表现得尖酸刻薄。）

接下来的七十二页——你可以数数看——都是讲一个公主是怎么练成的。他记录了芭特卡普每一天、每个月的日子是怎么过的，记录了她学习如何行屈膝礼，如何倒茶，如何接待来访的大人物，等等等等。在这些篇幅中，讽刺之情跃然纸上，因为相比讨厌医生，莫根施特恩更讨厌王族。

但从叙事的角度来看，这一百零五页中没有出现一点风波。所以，一言以蔽之：发生了一件又一件事，三年的时间过去了。

第五章

宣　告

弗洛林市的广场挤满了人，盛况空前，人们都等着认识洪佩尔丁克王子的未婚妻——哈默史密斯的芭特卡普公主。人们在四十个小时之前开始聚集，但直到二十四个小时之前，都还没到一千人。然而，随着介绍时间越来越近，人们就从王国的各个地方赶来。大伙儿谁都没见过这位公主，但关于她的美貌的传闻则一个接着一个，而且一个比一个夸张。

中午时分，洪佩尔丁克王子出现在他父亲城堡的阳台上，并举起了手臂。此刻广场已经人满为患了，渐渐地，所有人都安静了下来。有消息说国王快死了，有的说国王已经驾崩了，有的说国王不仅死了，而且是早就死了，还有的说国王健康得很。

“我的子民们，我亲爱的同胞们，是你们赐予我们力量，今天我来请求你们的祝福。你们肯定都已听说，我敬爱的父亲的身体已经大不如前。当然了，他今年已经九十七岁了，所以，我们还能有什么更高的要求呢？你们也该知道，弗洛林需要一位男性继承人。”

人群这时开始沸腾了——马上就要说到那位让他们如雷贯耳的女士了。

“再过三个月，我们的国家将迎来建国五百周年庆典。为了给这件喜事喜上加喜，在当天日落之际，我将迎娶哈默史密斯的芭特卡普公主为妻。你们现在都还不认识她，但马上你们就能一睹她的芳容了。”他手一挥，阳台的门随即打开。芭特卡普走到阳台上，在他身边站定。

人们全都倒吸了一口气。

这位二十一岁的公主远远胜过当初那个十八岁的伤心姑娘。她身体上的瑕疵不见了，过细的手肘此时已变得圆润，另外一边过粗的手腕现在已变得纤细。她的头发曾经和秋天一个颜色，现在依然是秋天的颜色，只是从前她都是自己梳理头发，现在则有五个美发师全天候帮她打理头发。(这时候美发师已经出现很久了；事实上，自从有了女人，就有了美发师，亚当就是第一个美发师，不过詹姆士国王的学者都极力抹杀这一点。)她的肤色依旧是冬日里的奶油色，只是现在有了两个侍女专门打理她的手臂和腿，另有四个侍女打理她身体其余部分的皮肤，如此一来，她的皮肤便呈现出了某种光泽，只要她一动，身上似乎就会散发出不停闪动的微光。

洪佩尔丁克王子执起她的一只手，高高举起，人群便开始欢呼。“这就够了，不必冒险过多露面。”王子说着就要回城堡。

“有些人已经等了很长时间了，”芭特卡普答，“我想到他们中间去走一走。”

“除非形势所迫，否则我们不会和老百姓待在一起。”王子说。

“我以前就认识很多平头百姓。”芭特卡普告诉他，“我想，他们不会伤害我的。”

说完她就离开阳台。片刻之后，她重新出现在了城堡的巨大台阶上，然后一个人满怀热忱地走到了民众中间。

无论她走到哪里，人们总是会让出一条路来。她在广场中来回穿梭，而且人们总是在她走到之前就让开一条路让她通过。芭特卡普向前走着，步速缓慢，笑意盈盈，而且是一个人，仿佛降临尘世的仙女。

在场的大部分人会一辈子铭记那一天。他们中从未有人如此接近这样一个完美的人，绝大多数人立刻就喜欢上了她。当然也有人一边承认她很讨人喜欢，一边还要慢慢观察她是否有资格当王后。嫉妒她的人自然也不在少数。不过几乎没有人会把她当成憎恨目标。

只有三个人在策划谋杀她。

芭特卡普对此当然一无所知。她一直保持微笑。人们想要摸摸她的礼服，没问题，随他们去；他们想要摸摸她的皮肤，没问题，随他们去。她非常刻苦地学习了王室礼仪，而且非常想要成功，因此她保持着挺拔的身姿，脸上挂着温柔的笑容。如果有人告诉她，死神就在她身边，她听了也只会哈哈一笑。

然而——

就在广场最远端的角落里——

就在这片土地上最高的建筑里——

就在最阴暗的阴影的深处——

一个黑衣男子站在那里等待着。

他脚穿黑色皮靴，身穿黑色衬衫和裤子，戴着比乌鸦还要黑的黑色面具。然而，最黑的还要数他那双闪闪发亮的眼睛。

闪亮，残酷，致命……

成功地走到百姓中间后，芭特卡普感觉累坏了。人群的触摸让她筋疲力尽，她便休息了一会儿。然后，快到下午3点时，她换上了骑马装，去牵马儿。这是她生活的一部分，时间流逝，这个习惯一直没有改变。她依旧很喜欢骑马，不管天气好坏，每天下午她都会到城堡另一边的野地里一个人骑上好几个钟头。

那个时候也是她的最佳思考时间。

这并不是说思考开拓了她的眼界。然而，她告诉自己，只要她能一直思考，她就不是供人摆布的洋娃娃——这又有什么坏处？

策马穿过森林、河流和石楠花，她的大脑不停地转动。在人群中走了一圈儿，她非常感动，而且是以最为奇怪的方式感动着。尽管三年来她什么都没干，就是接受训练，好成为一个合格的公主和王后，今天却是她第一次真正了解到，那即将成为现实。

我就是对洪佩尔丁克喜欢不起来，她心想。这并不是说我恨他。我和他一年到头也见不上几次面——他要不是出门了，要不就是在死亡动物园里取乐。

按照芭特卡普的思考方式，有两个主要问题：第一，没有爱情的婚姻是不是一件错事；第二，如果是错的，是不是已经来不及弥补了。

在骑马的时候，按照她的思考方式，她得出了答案：第一，不；第二，是。

嫁给不喜欢的人并不算错，但也称不上对。如果全世界都这样，那就不太妙了，因为随着时间的流逝，人们就会开始埋怨对方。然而，当然并不是每个人都会这么做，所以还是忘了这件事吧。第二个问题的答案就比较简单了：她已经承诺会嫁给他，这就已经足够了。没错，他是非常坦白地告诉过她，要是她拒绝，他迫不得已准会杀了她，这样才能保持对王权应有的尊敬；然而，如果她愿意，她是完全可以说“不”的。

自从开始接受公主培训以来，每个人都说她很可能是这世界上最美的女人。现在她还即将成为最富有和权力最大的女人。

不要期冀从生活中得到太多，芭特卡普一边骑马一边告诉自己。要学会知足。

暮色四合，芭特卡普来到了山顶。她从城堡出来可能已经有半小时了，每天的骑程已经完成了四分之三。突然她勒住了马儿，因为在昏暗的天色下，三个陌生人正站在她对面。

最前面的人肤色黝黑，可能是个西西里人，面色温柔，就像天使一样。他的一条腿很短，还是个驼背，可他却以惊人的速度敏捷地向她走过来。另外两个人依旧站在原地。其中一个同样肤色黝黑，像是西班牙人，腰板挺直，身材瘦削，就像他随身携带的宝剑一样。第三个人留着大胡子，大概是个土耳其人，无疑是她见过的块头最大的人。

“打搅了。”西西里人说着，扬起了手臂。他的笑容比他的脸更像天使。

芭特卡普犹豫了一下：“什么事？”

“我们是穷苦的马戏团演员。”西西里人解释道，“天黑了，我们迷了路。我们听说这附近有个村子，或许我们可以到那里去表演。”

“事实可不是这样，”芭特卡普告诉他，“附近并没有村庄，几英里范围内都没有。”

“那么，也没有人会听到你的尖叫声了。”西西里人说着，蹦跳着向她冲了过来，动作敏捷得可怕。

芭特卡普只记得这些。或许她真的尖叫了，但如果她这么做了，也只是出于恐惧，因为她并没感觉到疼。那个人的手巧妙地碰到了她的脖子，随后她便失去了意识。

她醒来时听到了水流的拍打声。

她身上裹着一张毯子，那个大个子土耳其人正把她抬到船底。有那么一刻，她很想大叫，但随后这几个人开始说话了，所以她觉得还是先听听为妙。听了一会儿后，她就越来越难以听到那几个人的说话声了。因为她的心跳得太厉害了。

“我觉得你现在就应该结果了她。”土耳其人说。

“要是你能少动动脑筋，我会更高兴的。”西西里人答。

这时传来一声衣服撕裂的声音。

“这是什么？”西班牙人问。

“和我系在她马鞍上的一样，”西西里人答，“是吉尔德军官的制服。”

“我还是觉得——”土耳其人说。

“只能让人在吉尔德边境上发现她的尸体，不然我们就拿不到剩下的钱了。现在你明白了吗？”

“我弄明白怎么回事儿后就会感觉好很多，就是这样。”土耳其人嘟囔道，“就因为我是个大块头，而且一兴奋就有点儿流哈喇子，人们就总以为我是个傻瓜。”

“人们之所以觉得你是个傻瓜，”西西里人说，“是因为你的确是个傻瓜。这和你流口水一点关系都没有。”

接下来传来了风帆飘动的声音。“当心你的脑袋。”西班牙人警告道，然后船开动了，“我看弗洛林的人肯定会为她的死难过。她很受人爱戴。”

“一定会开战。”西西里人表示同意，“我们拿钱就是为了挑起战争。这真是个不错的行当，我们一定要成为行家。要是我们这次干好了，我们的生意准会源源不断。”

“我可不喜欢这么干。”西班牙人说，“老实说，我真希望你当初没接这票活儿。”

“酬金可是大大的。”

“我真不愿意去杀掉一个女孩。”西班牙人说。

“上帝可一直在这么干来着。要是他不觉得有问题，你也不该为此劳心。”

一直到现在，芭特卡普动都没动。

西班牙人说：“那就告诉她，咱们是为了赎金才绑走她的。”

土耳其人同意：“她太美了，要是她知道了，准会发疯的。”

“她已经知道了。”西西里人说，“她早就醒了，把我们的话一字不落地全听去了。”

芭特卡普裹着毯子躺在那儿，依旧一动不动。他是怎么知道的？

她真糊涂了。

“你怎么能肯定？”西班牙人问。

“西西里人的第六感无所不知。”西西里人说。

自大狂，芭特卡普心想。

“是的，相当自大。”西西里人说。

他肯定会读心术，芭特卡普心想。

“你张满帆了吗？”西西里人说。

“安全，满帆。”西班牙人握住舵柄说。

“我们有一个小时的时间，所以现在还没有危险。她的马大约需要二十七分钟跑回城堡，他们需要几分钟才能弄明白发生了什么事儿，我们留下了明显的痕迹，所以他们应该会在一个小时之后追来。再过十五分钟，我们应该能到峭壁，而且，运气好的话，我们天亮就能到吉尔德边境，到时候她的死期就到了。等王子找到她残缺不全的尸体，她身上应该还是热的。我真希望我们能留下来看他是怎么伤心的，那肯定跟荷马史诗里面的场景一样。”

为什么他要让我知道他的计划？芭特卡普心里纳闷。

“亲爱的女士，你还是继续睡上一会儿吧。”西班牙人说，然后他的手指突然碰到了她的太阳穴、肩膀和脖子，她又一次失去了意识……

芭特卡普不知道她昏迷了多久，可当她眨眼醒来时，他们依然在船上，那条毯子也还裹在她身上。这一次，她没敢思考，不然那个西西里人肯定会知道的。她突然甩掉毯子，一下子跳进了弗洛林海峡。

她尽可能在水下游，只有憋不住气了才会浮上水面，就这样，她拼尽了浑身最后一点力气，在没有月亮的晚上拼命游着。她身后的黑暗中传来了呼喊声。

“跳下去，跳下去！”西西里人喊。

“我只会狗刨。”土耳其人说。

“我还不如你呢。”这是那个西班牙人在说话。

芭特卡普不停地游着，把他们甩得越来越远。她的手臂都疼了，但她没有停下。她不停地踢腿划水，她的心怦怦直跳。

“我能听到她在划水。”西西里人说，“左转舵。”

芭特卡普改成蛙泳，悄无声息地越游越远。

“哪儿去了？”西西里人尖声喊道。

“鲨鱼会把她撕成碎片的，别担心。”西班牙人警告道。

哦，老天，真希望你闭口不谈鲨鱼的事儿，芭特卡普心想。

“公主，”西西里人喊道，“你知道鲨鱼闻到水里有血腥味会有什么反应吗？它们会发疯的。它们一旦发起狂来，就没人能控制得住。它们撕扯，把猎物撕成碎片，然后咀嚼，吞到肚子里。公主，我在船上，水里现在也没有血，所以我们现在都很安全，但是我手里有把刀，我亲爱的女士，要是你不回来，我就割破我的胳膊，划破我的腿，把血滴到杯里，然后尽可能扔到远处，鲨鱼在水里能闻到几英里之内的血腥味，你的美不会持续太长时间了。”

芭特卡普静静地划着水，不禁犹豫起来。虽然百分百是她的想象，但她还是总能听到周围有巨大的尾鳍摆水时发出的哗哗声。

“回来，赶快回来。这是最后一次警告。”

芭特卡普心想：就算我回去，他们也会要了我的命，所以，又有什么区别呢？

“区别就是——”

芭特卡普心想：他又来了。这人真的会读心术。

“——要是你回来，”西西里人接着说，“我以绅士和刺客的双重身份向你保证，我会让你死得全无痛苦。我敢担保，鲨鱼可不会给你这样的承诺。”

这会儿，鲨鱼在黑夜之中似乎越来越近了。

芭特卡普怕极了，不由得浑身颤抖。她真为自己感觉羞愧，但事实就是如此。她只希望能得到片刻时间去看看是不是真的有鲨鱼，他是不是真的割肉取血了。

西西里人疼得叫了一声。

“他割破了手臂，女士。”土耳其人喊道，“现在他把血滴到杯里了。杯底至少有半英寸深的血了。”

西西里人再次疼得叫了出来。

“这次他割破了大腿。”土耳其人接着说，“杯子快满了。”

我才不相信他们呢，芭特卡普心想。海里根本没有鲨鱼，杯子里也没有血。

“我已经举起手臂，准备扔了。”西西里人说，“你可以告诉我们你的方位，也可以不告诉，反正选择权在你手里。”

我绝不能暴露，芭特卡普下定决心。

“永别了。”西西里人说。

一声液体泼溅到液体里的声音传来。

接下来平静了一会儿。

然后，鲨鱼开始发狂了——

“她并没有被鲨鱼吃掉。”我父亲说。

我瞧着他：“什么？”

“你看上去太投入了，而且很担心，所以我觉得我该让你放松一下。”

“噢，看在老天的分上，”我说，“你以为我是个三岁小孩子吗？我怎么会那样呢？”听上去我真像是发飙了一样，不过和你说句心里话：我确实有一点太投入了，而且我很高兴他能告诉我这一点。我的意思是，如果你是个小孩子，还不会思考，那么可以这样想一想，这本书名叫《公主新娘》，而且我们现在才刚刚开了个头，所以很显然，作者是不会让鲨鱼把女主角咬成碎片的。要是你是个年轻人，很容易会被某些事情迷住；因此，对于年轻读者，我在此只是要重复一下我父亲刚才说的话，因为这句话对我起到了安抚作用：她并没有被鲨鱼吃掉。

然后，鲨鱼开始发狂了。芭特卡普能听到它们在她周围用强有力的尾鳍大力地拍打海水，水流的哗哗声和尖厉刺耳的叫声不绝于耳。这会儿没人能救我了，芭特卡普意识到。我就快没命了，就要成为鲨鱼的点心了。

万幸的是，就在这个时候，月亮出来了——当然了，这对鲨鱼来说可不是什么幸运的事儿。

“她在那儿。”西西里人大喊道。西班牙人飞快地掉转船头。随着小船越驶越近，土耳其人伸出了一条粗壮的手臂。然后，她又回到了那些杀人犯之间，暂时安全了。沮丧不已的鲨鱼开始在他们周围拼命撞击小船。

“给她保暖。”西班牙人扶着舵柄，边说边把他的斗篷扔了过来。

“别感冒了。”土耳其人说着用斗篷包住了芭特卡普。

“别多此一举了。”她答，“反正天一亮，你们就会杀了我。”

“到时候下手的是他，”土耳其人说，他指的是西西里人，这家伙的伤口用衣服包着，“我们只负责不让你跑掉。”

“闭上你的嘴，你这个白痴。”西西里人命令道。

土耳其人立刻不言语了。

“我可不认为他是个白痴，”芭特卡普说，“而且我也不认为你很聪明，你把血倒进海里，简直愚蠢透顶。这可不是聪明人会干的事儿。”

“管用了，不是吗？你被抓回来了，不是吗？”西西里人朝他走了过来，“女人一旦被吓坏了，准会大叫。”

“可我没叫。你是沾了月亮的光。”芭特卡普带着几分胜利的感觉答道。

西西里人打了她一巴掌。

“够了。”土耳其人随后说。

小个子驼子死死盯着大块头：“你想和我打吗？我看你并不想这么做。”

“不是的，先生，”土耳其人含糊地说，“不是的。但请不要动粗。求你了。要动粗就冲我来吧。如果你觉得有必要，就来打我。我不在乎。”

西西里人扭头看向船的另一边。“她会叫的。”他说，“她就要叫了。我的计划很理想，我所有的计划都完美无缺。都怪这该死的月亮出来得不是时候，破坏了我的完美计划。”他瞪着他们上方那个黄色的楔形物，像是要把月亮一口吞掉似的。然后，他直视前方。“那边！”西西里人指了指，“疯狂峭壁到了。”

确实如此。茫茫夜色之中，数千英尺高的垂直峭壁赫然耸立在大海之上。其实这座峭壁是弗洛林和吉尔德之间最近的通道，但没有人走过这里，反而要乘船绕行好几英里。这倒不是说这座峭壁难以攀爬，据说上世纪就有两个人爬了上去。

“直接把船开到最陡峭的部分。”西西里人指挥道。

西班牙人说：“遵命。”

芭特卡普有点儿糊涂了。她心想，几乎不可能爬上这片峭壁，而且从来没人说起过有秘道可以穿过峭壁。可是他们已经快到了，他们的船距离巨大的岩石越来越近，只有不到四分之一英里的距离了。

西西里人第一次露出了笑容：“一切顺利。我本来还担心这段海上行程会耗费我太多时间呢。我本来留出了一个小时的时间。现在肯定还富余十五分钟。我们现在领先追踪者好几英里了，安全了，安全了，安全了。”

“就没人在跟踪我们了？”西班牙人问。

“没人。”西西里人向他保证，“那将令人难以置信。”

“绝对难以置信？”

“绝对，彻底，全方位难以置信。”西西里人再次向他保证，“你为什么要这么问？”

“不为什么。”西班牙人答，“只是我刚才刚好回头看了一下，结果就看到有个人在那里。”

他们全都扭头看。

确实有个人。借着月光，可以看到在他们后面不到一英里的海面上还有条帆船，船很小，看上去像是被漆成了黑色。一个巨大的风帆在黑夜中翻腾着。船上只有一个人，正握着舵柄。一个黑衣人。

西班牙人看着西西里人：“肯定是当地的渔民想找乐子，所以一个人趁着夜色驾船到鲨鱼大批出没的海上来转转。”

“可能有一个更合理的解释。”西西里人说，“因为吉尔德没人知道我们干的事儿，弗洛林的人不可能这么快就赶到这里，所以这家伙当然不可能是来追我们的，尽管看上去倒是很像。这不过是个巧合，仅此而已。”

“那家伙就快追上我们了。”土耳其人说。

“这也太令人难以置信了吧。”西西里人说，“在我偷我们坐的这条船之前，我打听了很长时间整个弗洛林海峡上哪条船最快，所有人都告诉我是这条。”

“你说得对。”土耳其人表示同意，然后回头看，“他并没有追上我们，只是距离越拉越近而已。”

“那只是角度不同而已。”西西里人说。

芭特卡普的目光一直没有离开那面巨大的黑帆。与她在一起的这三个人自然把她吓坏了。可不知怎的，因为一些她自己也解释不清楚的原因，她更害怕那个黑衣人。

“好吧，快点儿。”西西里人说，他的声音里有一丝急躁。

疯狂峭壁已经近在眼前了。

西班牙人娴熟地操纵着这条船（这可不太容易），这会儿海浪不停地拍打着岩石，水雾缭绕，阻碍了视线。芭特卡普以手遮眼，头向后仰，在黑暗之中看向隐约可见的峭壁顶端，似乎根本爬不上去。

然后那个驼子向前一跃，在小船抵达峭壁正面的时候，他跳了起来，手里突然多了一条绳子。

芭特卡普惊讶地看着眼前的一切，一句话都没说。绳子很粗，看上去很结实，似乎连接着崖顶。只见西西里人不停地拉动绳索，终于把绳子拉得紧绷起来。绳索套住了峭壁顶端的什么东西，可能是一块巨大的岩石，也可能是一棵参天大树。

“快点儿！”西西里人命令道，“如果那小子是来追我们的——当然这有些不符合常理，可如果的确如此，我们就得快点儿登顶，然后割断绳子，这样他就爬不上来，也就追不上我们了。”

“爬？”芭特卡普说，“我可爬不——”

“嘘！”西西里人命令她。“准备！”他命令西班牙人。“把船凿沉。”他命令土耳其人。

随后所有人都忙活了起来。西班牙人用绳子绑住了芭特卡普的手和脚。土耳其人抬起一条粗壮的大腿，猛踩船心，船底立马就出现了一个大窟窿，并且开始下沉。然后土耳其人走到绳子边上，一把握住了绳子。

“放到我身上。”土耳其人说。

西班牙人抬起芭特卡普，把她放在土耳其人的肩膀上。然后他用绳子把他自己系到土耳其人的腰上。然后西西里人跳了过来，紧紧抱住土耳其人的脖子。

“全体上去。”西西里人说。（这时候还没有火车，不过这种说法最早是木匠装载木头时使用的。这时候当然已经有了木匠。）

随后土耳其人开始向上爬。峭壁至少有一千英尺高，他一个人带着三个人，可他一点儿也不发愁。只要涉及的是力气，他就从不发愁。要是涉及看书，他就感觉肚子里卡着个东西；要是说到写字，他准会出一身冷汗；要是有人说到了加法，或者更糟，说到了长除法，他总是立刻就改变话题。

力气从来都不是他的敌人。就算骏马踢到了他的胸口，他也不会倒退一步。他可以用两条腿夹住一百磅重的面粉袋，然后不假思索地一下子就把袋子弄开。还有一次，他仅凭借着背部的肌肉就抬起了一头大象。

他手臂上的力气最大。一千年来，从来没有人能有菲兹克这么有力的手臂。（他的名字就叫菲兹克。）他的手臂不仅粗壮、灵活、敏捷，而且从来都不会感觉累，这就是他从不发愁的原因。要是给他一把斧子，告诉他去砍光整片森林，他的腿可能会支撑不了这么长时间，支撑不了这么重的重量，斧子可能因为砍了这么多树而坏掉，可菲兹克的手臂永远有用不尽的力气。

所以喽，就算西西里人挂在他的脖子上，公主趴在他的肩膀上，西班牙人系在他的腰上，菲兹克也一点儿都没感觉累。他其实还挺开心的，因为只有别人用到他的力气的时候，他才不会感觉自己是个累赘。

他一点点地向上爬，不一会儿已经爬了两百英尺，还剩下八百英尺要爬。

西西里人比他们所有人都怕高。他一睡觉就做噩梦，而且准是梦到从高处掉下去。所以，这会儿他趴在巨人的脖子上向上爬，简直吓得要命，而且他是最害怕的一个。或者说，他应该是最害怕的一个。

但他不会允许这种情况的存在。

他小时候发现自己是个驼子，永远也没法征服全世界，所以，从一开始，他就依靠他的头脑。他训练他的头脑，与之斗争，让他的头脑乖乖听话。就这样，现在周围一片漆黑，在距离地面三百英尺的高空，而且还要继续向上爬，他本来会哆哆嗦嗦，但他却连颤抖都没有。

他满脑子都在想那个黑衣人。

压根儿就没可能有人能这么快就追上他们。可那面黑色的风帆的确是从某个鬼地方跟过来了。怎么可能？怎么可能？西西里人搜肠刮肚想找出答案，却想来想去也想不明白。他太灰心丧气了，只好深深吸了一口气，尽管他害怕极了，可还是回头看了一眼漆黑的水面。

黑衣人还在那儿，飞快地向峭壁驶过来。这会儿他距离他们只有不到四分之一英里了。

“再快点儿！”西西里人指挥道。

“真抱歉，”土耳其人温顺地说，“我以为我现在已经在加快速度了。”

“懒家伙，懒家伙。”西西里人催促道。

“我已经到极限了。”土耳其人答道，但他挥动着两只胳膊，比刚才更快了。“你的脚挡住了我的脸，我看不太清楚，”他接着说，“所以麻烦你们告诉我，咱们爬了有一半了吗？”

“我认为已经过半了，”西班牙人在巨人的腰部位置说，“你太棒了，菲兹克。”

“谢谢。”巨人说。

“那个家伙就快到峭壁了。”西班牙人又说。

不必问，大家也知道“那家伙”是谁。

现在已经爬了六百英尺了。巨人依然在挥动手臂。六百二十英尺。六百五十英尺，这会儿速度更快了。七百英尺。

“他下船了。”西班牙人说，“他跳到了我们的绳子上。他开始向上爬来追我们了。”

“我能感觉到他的存在，”菲兹克说，“他的体重在拉扯绳子。”

“他绝对追不上的！”西西里人叫道，“难以置信！”

“你总在说这个词！”西班牙人厉声道，“我觉得你有点词不达意。”

“他爬得有多快？”菲兹克说。

“我害怕。”西班牙人这样答。

西西里人鼓起勇气，低头看了一眼。

黑衣人简直像是在飞一样。他这会儿已经爬了一百英尺。可能更高。

“我原以为你挺强壮！”西西里人喊道，“我本以为你力大无穷！可结果还是人家赢了。”

“我带着三个人呢，”菲兹克解释道，“而他只有一个人，而且——”

“只有胆小鬼才会找借口逃避。”西西里人打断了他的话。他又看了一眼下面。此时黑衣人又爬了一百英尺。然后他又向上看。崖顶现在已经隐约可见了。或许再爬一百五十英尺，他们就安全了。

手脚都被绑着，因为害怕而感觉很难受。芭特卡普也不知道她希望出现什么样的情况。她只知道一点：她绝对不愿意再经历这样的事情。

“飞吧，菲兹克！”西西里人大声喊道，“只剩下一百英尺了。”

菲兹克果然“飞”了起来。他让自己只想着三件事：绳子、他的手臂和手指。他用手臂用力，用手指紧紧握住绳子，绳子绷得紧紧的——

“他已经爬过一半了。”西班牙人说。

“他也只能爬到一半了。”西西里人说，“我们再爬五十英尺就到了，而且只要我们一上去，我就解开绳子……”他哈哈笑了出来。

四十英尺。

菲兹克飞快地拉着绳子往上爬。

二十英尺。

十英尺。

终于登顶了。菲兹克成功了。他们来到了峭壁顶端，西西里人第一个从巨人身上跳了下去，然后土耳其人把公主从巨人身上搬下来，西班牙人一边解开他自己身上的绳子，一边回头看崖下。

黑衣人这会儿距离崖顶只有不到三百英尺了。

“真遗憾，”土耳其人在和西班牙人一块低头看时说，“这么会爬山，真应该有更好的——”他突然住了口。

西西里人把绳子从大橡树上解了下来。绳子像是活了一样，仿佛非常灵活的水蛇终于可以冲回家了。绳子快速地滑过崖顶，呈螺旋形坠下了月光笼罩下的海峡。

西西里人大笑起来，他一直笑个不停，直到西班牙人说：“他做到了。”

“做到了什么？”驼子急匆匆地跑到崖边。

“及时松开了绳子。”西班牙人说，“看到了吗？”他指了指。

黑衣人这会儿悬在半空中，紧紧贴在陡峭的石壁上，距离海面七百英尺。

西西里人着迷地看着。“你们知道，”他说，“我一直在研究死亡和死法，而且是个行家。你们可能有兴趣知道，在远没有跌落到海里之前，他就会没命的。在摔落的过程中他就死了，根本用不着等到最后摔死。”

黑衣人无助地挂在半空中，只是用双手抓着峭壁。

“噢，我们可真够残忍的。”西西里人说着扭头看着芭特卡普，“我敢肯定你想见识一下。”他走到她身边，把手脚都被绑住的芭特卡普带了过来，好叫她也看看那个黑衣人在三百英尺之下是怎么做最后的悲惨挣扎的。

芭特卡普闭上眼睛，别转过头。

“我们不是得走了吗？”西班牙人问，“我记得你告诉过我们时间很紧。”

“没错，没错，”西西里人点点头，“不过我可不想错过这么一个死法。我可以每周举行这种表演，卖票赚钱。这样我就能不再做暗杀买卖了。瞧瞧那家伙，你们觉得他一生中遇到的事儿有没有在他面前闪过？书上就是这么说的。”

“他的手臂非常强壮，”菲兹克评论道，“他挂在石壁上很长时间了。”

“他坚持不了多长时间了，”西西里人说，“他很快就要掉下去了。”

就在这个时候，黑衣人开始向上爬。当然了，速度不是很快。而且很费劲。然而，毫无疑问，尽管疯狂峭壁几乎是垂直的，他还是在向上爬着。

“真是难以置信！”西西里人喊道。

西班牙人转头看着他：“别再说这个词了。你说有人在跟踪我们是难以置信的，可等我们回头一看，就见到了那个黑衣人。你说有人能把帆船开得和我们一样快也是难以置信的，可他还真就追上了我们。现在的情况你也说难以置信，可快看——快看——”西班牙人指着黑漆漆的下方，“看，他越爬越高了。”

黑衣人的确越爬越高。他寻找裂缝当抓握点，向崖顶爬了十五英尺，距离死神越来越远，简直神了。

西西里人这时走到西班牙人近前，野蛮的眼神中透着不服气的光芒。“我拥有最聪明的大脑，并且把我的聪明才智都用在做坏事上，”他说道，“因此，如果我说了什么，那就不是猜测，而是事实！事实就是，这个黑衣人并不是在追我们。更合理的解释是这样的，他只是一个普通的水手，爱好爬山，而且碰巧和我们有着相同的目的地。我觉得事实就是如此，我也希望这个事实能打消你们的疑虑。不管怎么样，我们都不能冒险让他看到我们和公主在一起，因此，你们中得有一个人去把他干掉。”

“要我去吗？”土耳其人问道。

西西里人摇摇头。“不是你，菲兹克，”他终于说道，“我还需要你的力气去扛那个姑娘。现在把她举起来，我们得快点儿了。”他转身看着西班牙人，“我们直接去吉尔德边界。结果那家伙后尽快来和我们会合。”

西班牙人点点头。

西西里人蹒跚着走开了。

土耳其人扛起公主，跟在驼子后面也走了。就在他快要走出西班牙人的视线时，他转过身，大声喊道：“快点儿来找我们。”

“我哪次不是这样？”西班牙人挥挥手，“待会儿见，菲兹克。”

“待会儿见，伊尼戈。”土耳其人答道。然后他便走远了。这会儿只剩下西班牙人一个人了。

伊尼戈走到崖边，跪了下来，动作和平常一样快速优雅。黑衣人现在就在他下方二百五十英尺处的峭壁上，还在吃力地爬着。伊尼戈平躺下来，紧盯着下面，希望能透过月光发现那个正在爬山的家伙有何秘诀。伊尼戈很长一段时间都一动不动。他喜欢学东西，却学得很慢，所以他必须认真学才行。最后，他终于意识到一件神奇的事，那就是黑衣人把手攥成拳头，然后卡在岩石中间，以此作为支撑点。然后黑衣人会把另一只手举到上方，寻找上面岩石里的裂缝，然后把这只手攥成拳头，卡在裂缝里。只要能找到脚支点，他一定会善加利用，但大多数时候，他都是通过把拳头卡在裂缝里向上爬。

伊尼戈太惊讶了。这个黑衣人肯定是个了不起的探险家。这会儿这个人已经离伊尼戈很近了，他这才意识到这个人还蒙着脸，那个黑色面具正好挡上了他的整张脸。又是个亡命之徒？没准儿。那么他们为什么要打架？伊尼戈摇摇头。这样一个家伙，死了真可惜，可他得听吩咐办事儿，所以只能如此。有时候他的确不怎么喜欢西西里人的命令，可他又能怎么样呢？他又不像西西里人那么聪明，所以他伊尼戈永远也没本事去指挥别人。西西里人精于算计，很会出主意。伊尼戈则只顾眼前。西西里人说了“杀了他”，那为什么还要把同情心浪费在这个黑衣人身上呢？有一天会有人杀了伊尼戈，而这个世界并不会停下来哀悼一番。

这会儿他一跃而起，像刀片一样薄的身体已经准备好了。准备好了行动。只是那个黑衣人还离得很远。他这会儿除了等什么都干不了。伊尼戈讨厌等待。为了找点乐子，他把他唯一的最爱从剑鞘里抽了出来：

一把六指宝剑。

剑身在月光下闪烁着光芒。它代表着无上的荣耀和忠诚。伊尼戈把剑放到唇边，用他那颗伟大的西班牙人之心里所蕴含的全部热情去亲吻这把金属铸成的宝剑……

伊尼戈

在西班牙中部的山区，在高出托莱多市区的高山上，有一个叫阿拉贝拉的村庄。这个村子很小，空气非常清新。这是阿拉贝拉唯一的优点：能见度可以达到几英里。

可是那里没有工作，野狗在街上乱跑，泛滥成灾，食物总是不够吃。空气虽然清新，可白天太热，晚上太冷。说到伊尼戈的生活嘛，他经常饿肚子，没有兄弟姐妹，而他妈妈是难产死的。

他是个特别快活的人。

这是因为他的爸爸。多明戈·蒙托亚长相滑稽，脾气暴躁，没有耐心，总是精神恍惚，而且从来都没有笑过。

伊尼戈爱他。全身心地爱他。别问为什么。你想不出原因的。噢，或许多明戈也很爱伊尼戈，可爱是多面的，没有一面是合理的。

多明戈·蒙托亚是个铸剑工匠。要是你想要一把宝剑，你会去找多明戈·蒙托亚吗？要是你想要一把剑身与剑托平衡的剑，你会去托莱多后面的深山里吗？要是你想要一把大师铸造的宝剑，一把可以传世的宝剑，你会去阿拉贝拉吗？

当然不会。

你会去马德里，因为闻名天下的耶斯特在马德里，要是你有钱，他有时间，那么你准能得到你的武器。耶斯特是个大胖子，乐天派，是马德里城内最有钱、最有声望的人之一。这是他应得的。他打造的宝剑件件都是精品，贵族们得到了耶斯特打造的剑，一准儿会向同伴夸耀一番。

但也有例外的时候——提醒你一下，这种时候并不常见，可能一年有一次，也许概率更小——有人找耶斯特打造连他也不会做的武器。遇到这样的时候，耶斯特会说“唉，我很抱歉，我做不了”吗？

当然不会。

这种时候他会说：“当然了，我很荣幸，请预付50%定金，剩下的钱交货前付清。请一年后来取货。非常感谢。”

转天他就会去托莱多后面的深山里。

“喂，多明戈。”到了伊尼戈父亲的小屋外，耶斯特会这样喊。

“喂，耶斯特。”多明戈·蒙托亚在小屋门口应道。

然后两个男人就会彼此拥抱，伊尼戈则会跑过来，耶斯特会抚抚他的头发，然后伊尼戈就会在这两个人说话的时候给他们煮茶。

“我需要你帮忙。”耶斯特一上来总是会这样说。

多明戈则会嘟囔一声。

“这礼拜一个意大利贵族找我铸剑。剑柄上要装饰珠宝，而且还要用珠宝拼出他现在的情妇的名字，而且——”

“做不了。”

只有三个字。但已经足够了。多明戈·蒙托亚说“做不了”，那就是真的做不了。

忙着煮茶的伊尼戈知道接下来会怎么样：耶斯特将要发挥他的魅力了。

“做不了。”

耶斯特开始使用金钱攻势。

“做不了。”

然后他又用上了智慧，一旦他运用智慧来说服别人，就能无往不利。

“做不了。”

然后他苦苦哀求，还会起誓保证。

“做不了。”

跟着他开始破口大骂，威胁恐吓。

“做不了。”

最后，他就一把鼻涕一把泪地哭了起来。

“做不了。还要茶吗，耶斯特？”

“再来一杯，谢谢——”随后他抛出重磅炸弹，“你为什么不做？”

伊尼戈赶紧过来倒茶，这样才不会听漏一个字。他知道这两人从小一块长大，都认识了六十年了，而且都很喜欢对方，听到他俩吵吵，他感觉激动极了。有件事挺奇怪：他们一碰头就只会吵架。

“为什么？我这位胖子朋友问我为什么？他用他那世界级的屁股坐在那儿，居然有脸问我为什么？耶斯特。一来就给我找麻烦。一次，哪怕只有一次，你要是来说‘多明戈，我需要一把剑给一个八十岁的老人去决斗’，那么我会抱住你说‘没问题’，因为铸一把剑，让一个八十岁的老人在决斗中活下来是件很有意义的事。因为这把剑必须很坚固，这样他才能赢，同时还要很轻，以免他本就没什么力气的手臂垮掉。我会竭尽全力去找未知的金属，既坚固又分量轻，或设计出不同的配方混合已知金属，用已经失传千年的配方把青铜、铁和空气混合在一起。如果你给我这样的机会，我会亲吻你的臭脚，胖子耶斯特。但为了让愚蠢的意大利人讨好他那愚蠢的情妇，就去造一把该死的剑，还要用该死的珠宝拼出该死的首字母，没门，我不干。”

“我最后一次求你了。你就行行好吧。”

“我最后一次告诉你，我很抱歉，做不了。”

“我答应了造这支剑。”耶斯特说，“我不会做。全世界只有你会做，而你却说你做不了。这就是说我会失信于人。我会名誉扫地。也就是说我必死无疑，因为在这个世界上，我唯一在乎的就是名誉，没有了名誉，我就活不下去了。你是我最亲爱的朋友，我可以现在就死，死在你的面前，让你温暖的友情笼罩我的尸体。”耶斯特说完便抽出一把刀。这可是把宝刀，是多明戈在耶斯特结婚当天送给他的。

“永别了，小伊尼戈，”接下来耶斯特会说，“上帝让你快乐一生。”

伊尼戈是不能插话的。

“永别了，多明戈，”接下来耶斯特会说，“虽然我死在了你的小屋里，尽管是你的固执之过把我送上了不归路，换句话说，虽然我即将死在你的手上，你也千万不要难过。我爱你，我一直这么爱你，上帝不会让你受尽良心的折磨。”他解开衣服，一点点把刀伸向胸膛。“太疼了，简直超乎我的想象！”耶斯特喊道。

“武器距离你的肚子还有一英寸呢，怎么可能伤到你？”多明戈问。

“我正在心里演练我的死亡，别打扰我，让我没有烦恼地死去。”他把刀尖向前一推，挨在了皮肤上。

多明戈一把把刀子夺走。“总有一天我不会阻止你的。”他说，“伊尼戈，晚饭多加一个人。”

“我就要结果我自己的性命了，不骗你。”

“你真会演戏。”

“今天晚上吃什么？”

“稀粥，和往常一样。”

“伊尼戈，去外面我的马车里看看是不是碰巧有什么吃的。”

马车里总有美食。

吃完了饭，讲完了奇闻轶事，就到了分别的时刻了。而在分别之前，他们总会提到那个要求。“我们在马德里搭伙干吧。”耶斯特说，“当然啦，在招牌上我的名字得排在你前面，可作为伙伴，我们在所有方面都是平等的。”

“不行。”

“好吧。你的名字排在我前面。你是最棒的铸剑师，所以你应该排在第一位。”

“祝你一路顺风。”

“你为什么不呢？”

“我的朋友耶斯特，因为你闻名世界，而且非常富有，所以你的名字应该排在第一，因为你能造出很棒的武器。可你还得为找上门来的傻瓜铸造宝剑。我很穷，除了你和伊尼戈，全世界没人知道我，但我不必去应付那些傻瓜。”

“你是一位艺术家。”耶斯特说。

“不，还算不上。只是一个工匠而已。但我梦想成为艺术家。我祈祷有朝一日，如果我能十二万分地小心铸剑，如果我非常非常幸运，我可以打造出一件武器，一件艺术品。到时候再叫我艺术家吧，我一定会答应的。”

耶斯特走进马车。多明戈走到车窗前小声说：“我只提醒你一件事：等你拿到了这把镶嵌有首字母珠宝的剑，一定要说这是你做的。千万别对任何人说到我。”

“放心吧，我会保守秘密的。”

他们拥抱并挥手告别。马车驶走了。生活就是这么过的，后来，那把六指剑出现了。

伊尼戈清楚地记得事情是怎么开始的。那会儿他正在做午饭——自打六岁开始，他的父亲就把做饭的工作交给了他——小屋的门上传来了一阵沉重的敲门声。“开门哪，”一个洪亮的声音响起，“快开门。”

伊尼戈的父亲过去开门。“遵命。”他说。

“你是个铸剑师，”那个洪亮的声音说，“而且是个杰出的铸剑师。我听说事实就是这样。”

“要是这样该多好啊，”多明戈答，“可我技术平平。大多数情况下我只做修理生意。要是您的匕首刀刃钝了，我或许可以包您满意。可要是其他的，我就爱莫能助了。”

伊尼戈蹑手蹑脚地走到他父亲后面，偷眼观瞧。那个洪亮声音的主人非常健壮，留着黑色的头发，肩膀很宽，正坐在一匹棕色骏马上。显然是个贵族，可伊尼戈看不出这人来自哪个国家。

“我希望找人为我打造一把自亚瑟王的神剑以来最好的宝剑。”

“我希望您梦想成真。”多明戈说，“现在，如果您允许的话，我们的午餐就快做好了，我们要——”

“给我站住别动。你就站在原地，不然我就要生气了。我得提前警告你，我生起气来可是非常吓人的。我的火气能要了你的命。好了，你刚才说你们的午饭怎么了？”

“我说还要几个小时午餐才能做好。我现在清闲得很，而且不打算挪动一步。”

“有传言说，”那个贵族说道，“托莱多后面的深山里住着一位奇士。这个人是世界上最伟大的铸剑师。”

“这个人有时候会到这里来，不过你肯定弄错了。他的名字叫耶斯特，住在马德里。”

“只要你能实现我的愿望，我就给你五百个金币。”宽肩膀贵族说道。

“这个村子里的人一辈子也赚不到这么多钱。”多明戈说，“说真的，我非常愿意接受您的提议。可我确实不是您要找的人。”

“听了那些传闻，我相信多明戈·蒙托亚能解决我的问题。”

“您有什么问题？”

“我是一位著名的剑客。可没有一把剑能够满足我的特殊需要，因此，我无法登峰造极。如果我有一把能满足我特殊要求的剑，那么在这个世界上，我将战无不胜。”

“您所说的特殊需要是什么？”

贵族抬起了他的右手。

一股兴奋之情在多明戈的心中升起。

这个人有六根手指。

“你明白了？”贵族说。

“是的，”多明戈打断道，“普通的剑的平衡性不适合你，因为每把剑的平衡度都是基于人的五根手指设计的。抓握普通的剑柄会让你的手痉挛，因为它们都是为五根手指的人打造的。对于一个普通的剑客，这当然不是问题，但对于一个伟大的剑客，一位大师，终究还是有不便之处。这世界上最伟大的剑客必须时刻保持自在。对武器的抓握必须自然得像眨眼睛一样，不能叫他分心。”

“你完全明白我的难处——”贵族又道。

可多明戈这会儿已经陷入自己的思绪中，听不进别人的话。伊尼戈从没见过他父亲这么激动。“当然了……需要测量一下……每一根手指，手腕的周长，从第六根手指的指甲到剑柄的距离……需要测量的地方太多了……还有你喜欢做哪些动作……是砍，还是劈？如果你喜欢砍，你是喜欢从右到左做动作，还是喜欢平行做动作？……要是你会劈，你喜欢向上刺吗，你的肩膀会用多大的力，你的手腕会用多大的力？……你是不是希望剑尖有一层涂层，以便可以更轻易地刺进敌人的身体，还是你很享受折磨你的对手？……要做的事情太多了，要做的事情太多了……”他没完没了地说着，最后那个贵族只能下马，几乎要握住他的肩膀才能让他安静下来。

“你就是传说中的那个人。”

多明戈点点头。

“那你会给我打造一把自亚瑟王的神剑以来最棒的剑了。”

“呕心沥血，在所不辞。我可能会失败。但没有人会比我更努力。”

“多少钱？”

“等你拿到了剑再给钱吧。现在我要开始测量了。伊尼戈，把我的工具拿来。”

伊尼戈冲到了小屋最黑暗的角落里。

“我坚持留下一部分预付款。”

“没这个必要。我可能做不成。”

“我坚持如此。”

“那好吧。一个金币。留下这点钱就可以了。但是等到我开始工作以后，就别再拿着钱来烦我。”

贵族拿出了一个金币。

多明戈把金币扔到抽屉里，连看都没看一眼。“现在感觉一下你的手指，”他指挥道，“用力摩擦你的手，摇晃你的手指——你决斗时会很兴奋，所以剑柄必须符合你在兴奋时的手掌抓握；要是我在你放松的情况下测量，就不准了，就算是千分之一英寸的误差也会让我们和完美失之交臂。而这正是我的目标。完美。我不能允许一点误差的存在。”

贵族笑了笑：“需要多久？”

“一年以后再回来吧。”多明戈说完就开始工作了。

如此一年。

多明戈只在累坏了的时候才去睡觉。只在伊尼戈强迫他吃饭的时候才吃东西。他研究，焦躁不安，不停地抱怨。他真不该接下这笔生意，根本不可能做到。转过天来，他又进入了极度亢奋的状态：他真不该接下这笔生意，这也太容易了，根本不值得他费力去做。兴奋，失望，兴奋，失望，每一天、每个小时都是如此。有时候伊尼戈一觉醒来，就看到他在哭。“怎么了，父亲？”“我做不到。我铸造不了这把剑。我的两只手不听使唤。我真想杀了我自己，可那时候你该怎么办呢？”“去睡觉吧，父亲。”“不，我不需要睡觉。失败不需要睡觉。反正我昨天已经睡过了。”“求你了，父亲。去打个盹儿吧。”“好吧，就睡几分钟，免得你总是听我唠叨。”

有些夜里，伊尼戈醒来时发现他在跳舞。“怎么，父亲？”“我发现了我的几个错误，我刚刚纠正了我的错误判断。”“这么说就快完成了，父亲？”“明天就成了，这会成为一项奇迹。”“你太棒了，父亲。”“我可不仅仅是棒而已，你怎么敢侮辱我。”

可转天夜里，多明戈又开始淌眼泪。“出什么事了，父亲？”“那把剑，那把剑，我做不出来。”“可是，父亲，昨天夜里你还说你找出了错误。”“我弄错了。今夜我找出了更多的错误，这些错误更加严重。我真是全世界最可怜的人了。告诉我你不会介意我杀了我自己，好结束这段痛苦的经历。”“可我介意，父亲。我爱你，如果你停止了呼吸，我也不活了。”“你并不是真的爱我，你只是在可怜我。”“谁会去可怜史上最伟大的铸剑师呢？”“谢谢你，伊尼戈。”“你大受欢迎，父亲。”“我也爱你，伊尼戈。”“睡觉吧，父亲。”“好啊，睡觉吧。”

整整一年，日子就是这么过的。在这一年里，剑柄做好了，平衡感又出问题了；搞定了平衡感，又出现了剑刃不够锋利的问题；剑刃变锋利了，又导致平衡感出了问题；等再次解决了平衡感的毛病，又要解决剑尖过粗的问题；等磨尖了剑尖，整体剑身又显得过短，所以前功尽弃，只好扔掉不要，重新来过。一遍，又一遍。多明戈的身体一点点垮掉。他一直在发烧，可他强迫他虚弱的身体挺住，因为他必须打造出一把自亚瑟王的神剑以来最好的剑。多明戈的较量对象是传说中的神剑。这正在一点点地摧毁他。

如此一年。

一天晚上，伊尼戈醒来看到他父亲坐在那儿。有些出神。非常平静。伊尼戈顺着他的目光看过去。

六指剑做好了。

虽然小屋里黑漆漆的，六指剑却依旧闪烁着光芒。

“终于完成了。”多明戈轻声说，他无法把视线从那把宝剑上抽开，“好像用了一生的时间。伊尼戈。伊尼戈。我是艺术家了。”

宽肩膀贵族可不这么认为。他回来买剑时只是看了几眼那把剑。“不值得等待这么长时间。”他说。

伊尼戈站在小屋一角看着，屏住了呼吸。

“你失望了？”多明戈几乎没法说出这句话。

“我并不是说这是把烂剑，你懂的，”贵族接着说，“但这当然不值五百个金币。我给你十个。可能只值这个价。”

“你错了！”多明戈大声喊道，“这把剑根本不值十个金币。连一个金币都不值。给你。”他猛地打开抽屉，那枚金币曾在里面待了一整年，“这枚金币是你的。都是你的。你什么损失也没有。”他取回那把剑，转身走开。

“我要那把剑，”贵族说，“我没说我不要。我只是说我会支付相当的价钱。”

多明戈猛地转过身，眼神异常犀利：“你在吹毛求疵。你在讨价还价。这是一件艺术品，而你却只看到了钱。这么美的东西等着你自由拿取，你却只看到了你那鼓鼓的钱包。你没有损失。你没有理由继续留在这里了。赶紧走吧。”

“那把剑。”贵族说。

“那把剑属于我的儿子，”多明戈说，“现在我把剑送给他了。他是这把剑永远的主人。再会。”

“你这个乡巴佬，蠢货，把我的剑给我。”

“你是艺术的敌人，我可怜你的无知。”多明戈说。

这是他说的最后一句话。

贵族突然出手杀了他。贵族的剑只是一闪，多明戈的心脏就被斩成了碎片。

伊尼戈尖叫起来。他无法相信眼前的一切。一切都没有发生。他又大叫了一声。他的父亲还好好的，很快他们就能一起喝茶了。他不住地尖叫着。

整个村子都听到了。二十个人来到了小屋门前。贵族推搡着想要冲出人群。“那个人攻击了我。知道吗？他拿着一把剑。他攻击了我，我只是在自卫。现在把路让开。”

这当然是谎话，所有人都心知肚明。可这个人是个贵族，根本拿他没有办法。他们让开了路，这个贵族上了马。

“胆小鬼！”

贵族转过身来。

“蠢猪！”

人群再次让开了一条路。

伊尼戈站在那儿，手里拿着六指宝剑，重复了一遍他的话：“胆小鬼。蠢猪。杀人凶手。”

“有没有人来管管这个小家伙，以免他变得没规没矩。”贵族对众人说。

接下来伊尼戈跑了过去，站在贵族的骏马前，挡住了贵族的去路。他用双手举起六指剑，喊道：“我，伊尼戈·蒙托亚，要和你决斗，你这个胆小鬼，蠢猪，杀人凶手，笨蛋，傻瓜。”

“把他弄走，别挡我的路。把这个小不点弄开。”

“这个小不点已经十岁了，他会坚持到底。”伊尼戈说。

“你的家人总有一天会死的，你还是知足吧。”贵族说。

“等到你求我饶你一命，我就会知足。现在下马！”

贵族下了马。

“抽出你的剑。”

贵族从剑鞘里抽出了他的杀人武器。

“我要杀了你，给我父亲报仇。”伊尼戈说，“开始吧。”

他们开始了战斗。

当然了，这不是一场势均力敌的决斗。不到一分钟，伊尼戈就被缴了械。但是在最初的十五秒里，那个贵族没有占到一点便宜。在那十五秒里，他心里浮现出了一些奇怪的念头。尽管只有十岁，伊尼戈身上已经显出了天赋。

没有了武器，伊尼戈笔直地站在那里。他一个字都没说，没有开口求饶。

“我不会要你的命，”贵族说，“因为你是个天才，而且很勇敢。但你不懂分寸，这样一来，如果不小心，你就会遇到麻烦。但我会帮你，让你有命活下去，我给你的帮助就是给你留个记号，让你记住以后绝不能当个冒失鬼。”说完他的剑闪了两下。

伊尼戈的脸开始流血。两道血顺着他的额头流到了下巴上，每道血都是顺着脸颊流下来的。随后在场的每个人都明白了一件事：这个男孩子这辈子都要做个刀疤脸了。

伊尼戈没有倒下。他的脑海里一片空白，可他不会栽倒在地。血流如注。贵族收剑入鞘，重新上马，绝尘而去。

这时候伊尼戈才允许自己昏倒。

他再次张开眼睛时，只见耶斯特的脸出现在面前。

“我战败了，”伊尼戈轻声说，“我让他失望了。”

耶斯特只说了句：“睡会儿吧。”

伊尼戈睡着了。他额头上的血流了整整一天，伤口疼了整整一个星期。他们埋葬了多明戈，然后伊尼戈第一次离开了阿拉贝拉村，此后再也没有回来。他的脸上缠着绷带，坐着耶斯特的马车去了马德里。到了那里，他住在耶斯特的房子里，听从耶斯特的命令。一个月后，绷带拆掉了，深深的伤疤却依旧发红。后来伤疤变软了，却依旧是伊尼戈脸上的鲜明特征：两边脸上各有一道巨大的平行疤痕，从太阳穴一直延伸到下巴。整整两年，耶斯特都很照顾他。

后来，一天早晨，伊尼戈走了。在他住的地方，枕头上钉着一张字条，上面写着六个字：“我必须去学习”。

学习？学习什么？除了马德里，这个孩子还要记住什么？耶斯特耸耸肩，叹了口气。他无能为力了。现在的孩子都让人搞不懂。世事变化得太快了，这个年轻人尤为难懂。他管不了了，他爱莫能助，生活不是他能控制的，这个世界不是他能控制的，是的，他无能为力。他只是个铸剑的胖子。他只知道这么多。

所以他接着铸剑，身上的肉越长越多，日子就这么过去了。随着他的体重越来越重，他的名声也越来越大。人们从世界各地赶来求他铸剑，于是他把价格抬高了一倍，因为他不想再辛勤工作，他的年纪越来越大；尽管他开始收双倍价格，这个消息从公爵传到了王子耳朵里，又传到了国王耳朵里，他们却只是更想要一把他铸的剑。现在要等上两年他才会交一把剑，可来排队买剑的贵族还是无穷无尽，耶斯特越来越累，于是他又把价格抬高了一倍，可等到连这样的价格都不能阻止他们的时候，他决定把现在的价格抬高三倍，此外，必须提前用珠宝支付全部钱款，而且要等上三年，但订单还是源源不绝。他们只要耶斯特铸的剑，而且即便现在的剑没有了过去的水准（毕竟多明戈再也帮不了他了），这些愚蠢的有钱人也根本注意不到。他们想要的就是他制造的武器，他们争先恐后地带着珠宝找上门来。

耶斯特变得非常有钱。

非常胖。

他身体的每一部分都下垂了。他的手指是马德里最粗的。光是穿衣服就需要一个钟头，吃早餐也需要一个小时，做所有事都慢吞吞的。

但他依旧可以铸剑。人们依旧对他的剑趋之若鹜。“我很抱歉，”一个不同寻常的早晨，他对一个到他店里来的西班牙年轻人说，“现在铸造一把剑需要四年，价格高到就连我自己都不好意思说了。还是找别人为你打造武器吧。”

“我有武器。”西班牙人说。

他把六指剑扔过耶斯特的工作台。

他们紧紧地拥抱在一起。

“别再走了，”耶斯特说，“只剩下我一个人的时候，我就会吃很多东西。”

“我不能留下来，”伊尼戈告诉他，“我来这里只是为了问你一个问题。你知道的，过去十年里我一直在学习。现在我回来就是为了让你告诉我，我是不是有资格了。”

“有资格？有什么资格？你究竟学到了什么？”

“剑术。”

“简直疯了！”耶斯特说，“你花了整整十年去学剑术？”

“不，不只是学了剑术，”伊尼戈答，“我还做了其他很多事。”

“给我讲讲吧。”

“好吧。”伊尼戈讲了起来，“十年是多久？大约是3600天。还差不多是86000小时，我曾经算过，所以记得很清楚。我每个晚上都努力做到只睡四个小时。十年下来，就是14000小时，剩下的大约72000小时就是我用来做事的时间。”

“睡觉。我明白了。还有呢？”

“噢，捏石头。”

“抱歉，我的耳朵有时候不太好使，我怎么听着像是你说你在捏石头？”

“这是锻炼手腕力量的。以便我能控制剑。和苹果一样大小的岩石。我每天都要捏石头，每只手捏差不多两个小时。我每天还会再用两个钟头练习跳跃、躲避和快速移动，这样我才能拥有灵活的步伐，随心所欲地刺出我的剑。干这些就又用掉了14000小时。现在我还剩下58000小时。每天我用两个小时用尽全速跑步，这样我的腿就变得既快又强壮。到了这里，我还剩下50000小时。”

耶斯特仔细打量眼前这个年轻人。他身材瘦削，高六英尺，像棵树苗一样挺拔，双眼炯炯有神，但流露出紧张的神色；即便站着不动，他看起来也和惠比特犬一样快。“最后50000小时？肯定是用来学习剑术的。”

伊尼戈点点头。

“在哪里？”

“在所有我能找到老师的地方。威尼斯，布鲁日，布达佩斯。”

“我可以在这里教你？”

“这倒是真的。但是你关心我。这样你就不会严格要求我了。你准会说：‘躲得漂亮，伊尼戈，今天练够了，我们去吃晚饭吧。’”

“这听起来像是我会说的话，”耶斯特承认，“可这为什么这么重要？值得你花人生中这么长一段时间吗？”

“因为我不能再叫他失望了。”

“叫谁失望？”

“我的父亲。这么多年我一直在磨练自己，就是为了有朝一日能找到那个六指男人，在决斗中送他上西天。可他是个名剑客，耶斯特。他自己是这么说的，而且我也看到了他的剑是多么快速地刺向了多明戈。等我找到了他，我绝对不能输掉决斗，所以我现在必须来找你。你了解剑，也了解剑客。你一定不能说谎。你觉得我有资格了吗？如果你说是，我现在就上天入地去找他；如果你说不行，我会再用十年；如果还不行，我一定还会再花十年来磨练我自己。”

于是他们来到了耶斯特的院子里。已经快到中午。天很热。耶斯特坐在椅子上，椅子在树荫下。伊尼戈站在阳光下等着。“我们无须考验你的决心，我们知道你已经有足够的动力去完成致命的一击，”耶斯特说，“因此我们只需要测试你的智慧、速度和耐力。测试这个不需要有敌人。那个敌人就在你的心里。想象一下你的敌人。”

伊尼戈抽出了宝剑。

“六指剑客正在奚落你。”耶斯特喊道，“尽力去干吧。”

伊尼戈开始围着院子跳跃起来，剑光闪闪。

“他用了阿格里帕防卫术。”耶斯特大叫。

伊尼戈立刻变换了姿势，加快了出剑的速度。

“现在他要用博内蒂攻击术来偷袭你。”

但伊尼戈很快就化守势为攻势。他使出了另一种步法，身体移动的方式也变了。这会儿瘦削的他汗如雨下，宝剑的光芒令人目眩。耶斯特一直在大喊指挥，伊尼戈一直在移动，宝剑从未有过片刻停歇。

下午3点，耶斯特说：“够了。我都看累了。”

伊尼戈把六指剑收入剑鞘，等待评判。

“你想知道我是否认为你有资格去和你的杀父仇人决斗，把他送进地府，而这个剑客是个公认的高手，有钱到可以请保镖，虽然年纪大了，但经验也增加了。”

伊尼戈点点头。

“我会把事实和盘托出，接受与否则在你。首先，从没有哪个高手能像你这么年轻，要达到你现在的水平，至少要练三十年，而你只有二十二岁。噢，事实就是你是个鲁莽的小伙子，疯狂让你做出了这些行为。你现在不是，也永远不能成为一个高手。”

“谢谢你的坦言相告。”伊尼戈说，“我必须告诉你，我本来希望听到更好的消息。我现在不知道该说什么才好，所以请原谅我。我要去——”

“我还没说完。”耶斯特说。

“还有什么好说的？”

“我非常爱你的父亲，这你是知道的，可有一点你不知道：在我们非常年轻的时候，还不到二十岁，我们亲眼看到了‘科西嘉剑神’巴斯蒂亚的表演。”

“我不认识什么剑神。”

“在剑术上，就连大师也比不上他。”耶斯特说，“巴斯蒂亚是最后一个享有这种头衔的人。很久很久以前，你还没出生，他就已经死在海上了。从那以后就再没有过剑神，你永远也不能打败他。但我告诉你：他也不能打败你。”

伊尼戈一声不吭地站了很长时间：“那么说我合格了。”

“那个六指剑客的好日子到头了。”耶斯特这样回答。

转天早晨，伊尼戈踏上了复仇之路。他早就在心里好好策划了一番。他首先要找到那个六指剑客。他会走到他面前，然后说一句“你好，我叫伊尼戈·蒙托亚，你是我的杀父仇人，准备受死吧”，然后，决斗开始。

这真是一个完美的计划。简单，直接，不拖泥带水。一开始，为了报仇，伊尼戈做了各种各样疯狂的打算，但后来他觉得越简单似乎就越好。他原本想象用各种办法耍弄他的敌人，叫他痛哭流涕，低头求饶，让他害怕得放声大哭，收买他，流口水，做尽所有没胆量的事儿。但到了最后，这些想象都不见了，取而代之的是简单的复仇方法——敌人只会简单说上一句："哦，是的，我记得我杀了他。我也很高兴能送你上路。"

伊尼戈只有一个问题：他找不到那个敌人。

他一直觉得这是再简单不过的事情。毕竟能有多少剑客的右手上有六根手指头呢？但凡有这样的人，他附近总会有人在谈论。只需要问个问题："请问——我可不是疯子——你最近有没有见过六指剑客？"迟早会有人给他肯定的答案。

但这个答案并没有早早到来。

而你肯定不希望屏息等待迟来的肯定答案。

头一个月一无所获。伊尼戈往返奔波于西班牙和葡萄牙。第二个月他去了法国，那一年中剩下的时间都在那里寻找仇人。第二年他去了意大利，后来他又去了德国，随后把整个瑞士翻了个遍。

整整五年过后，他开始担心了。这时候他已经跑遍了巴尔干半岛和大部分斯堪的纳维亚地区，找弗洛林人和吉尔德人打听过，还去了俄国，一步一步找遍了地中海地区。

到了这个时候，他也明白了现在的形势：用十年来学习时间太长了，久到什么事情都可能发生。那个六指剑客可能参加十字军去了亚洲，也可能在美洲发了财，更可能去了东印度群岛当隐士，还可能……还可能……

死了？

已经二十七岁的伊尼戈开始喝更多的酒帮助自己入睡。到了二十八岁时，他开始喝更多的酒帮助自己消化午餐。等到了二十九岁，只有早晨喝酒才能让他清醒过来。他的世界在他周围渐渐崩塌。这不仅是因为他每一天都生活在失败之中，还有一件特别讨厌的事发生了：

他开始厌烦剑术了。

他太出色了。他一路上维持生计的办法就是找当地的高手决斗，缴了对方的械，然后拿走他们的赌注。他就用赢来的东西买吃的、住宿和买酒喝。

但是那些当地的高手都不值一提。就算是在大城市里，那些高手也都是些泛泛之辈。即便是在首都，大师级的高手也不堪一击。他找不到对手，没有人能帮他保持锋芒。他的生活貌似失去了希望，他的追求似乎没有实现的一天，所有的一切都变得毫无意义。

三十岁的时候，他放弃了萦绕于心头的复仇大计。他不再寻找杀父仇人，忘记了要吃东西，只是偶尔睡上一觉。他整日与酒相伴，这就足够了。

他现在只是个空壳。是自从那位科西嘉剑神开始用剑以来最厉害的剑术机器。

就在这个时候，西西里人找到了这样的他。

一开始，那个小个子驼子只是供给他烈性酒。但后来，西西里人一边夸奖，一边刺激，开始让他渐渐远离酒瓶。因为西西里人有一个梦想：凭借他的狡诈、土耳其人的力气，外加西班牙人的剑，他们或许会成为文明世界里最能干的犯罪集团。

事实的确如此。

在黑暗的地方，他们的名字让人闻风丧胆；每个人都有难以满足的欲望。“西西里三人组”（即便在当时也是二人为伴，三人成组）的名气越来越大，赚到的钱也是越来越多。无人能出其右。伊尼戈的宝剑再次闪烁着精光，比从前更快。几个月后，土耳其人的力气变得更惊人了。

可驼子才是头头儿。这一点向来毋庸置疑。伊尼戈知道，没有了驼子，他会陷入怎样的境地：醉倒在地，沿街讨酒。西西里人的话不仅是法律，还是真理。

所以当他说“杀了那个黑衣人”，所有的其他可能性就都不存在了。那个黑衣人必须死……

伊尼戈走到崖边，手指关节噼啪直响。黑衣人还在他下面五十英尺的地方爬着。伊尼戈开始不耐烦了。他低头盯着黑衣人慢吞吞地向上爬：找裂缝，把手卡进去，再找另一个裂缝，把另一只手卡进去；还剩下四十八英尺。伊尼戈拍打着剑柄，越拍越快。他仔细看了看那个蒙面人，在一定程度上希望他就是那个六指剑客，可他不是——这个人的手指不多也不少。

还剩下四十七英尺。

四十六英尺。

“喂。”伊尼戈再也等不下去了，大声喊道。

黑衣人抬头看了一眼，咕哝了一声。

“我一直在看你。”

黑衣人点点头。

“你也太慢了。”伊尼戈说。

“你瞧，我其实并不打算无礼，”黑衣人终于开口了，“可我这会儿正忙着，所以尽量别让我分心。”

“我很抱歉。”伊尼戈说。

黑衣人又咕哝了一声。

“我看你的速度是快不了了。”伊尼戈说。

“要是你想快点，”黑衣人说，显然现在非常生气，“你可以降下根绳子或是树枝，或者找些别的东西来帮我。”

“我倒是可以这么做，”伊尼戈表示同意，“但我认为你不会接受我的帮助，因为我在这里等你，就是为了干掉你。”

“这确实阻碍了咱俩的关系。”黑衣人说道，“你怕是只能等了。”

还剩四十三英尺。

四十一英尺。

“我可以以西班牙人的身份向你保证。”伊尼戈说。

“这可不好，”黑衣人答，“我认识的西班牙人多如牛毛。”

“我在这里就快疯了。”伊尼戈说。

“欢迎你随时和我交换位置，我很乐于接受。”

三十九英尺。

然后黑衣人停下来休息。

黑衣人悬在空中，双脚摇晃地悬挂着，整个身体的重量都靠卡在缝隙里的双手支撑。

“赶紧吧。”伊尼戈央求道。

“我已经爬了很长时间了，”黑衣人解释道，“我累坏了。只要休息十五分钟，我就能恢复过来。”

还要十五分钟！简直难以置信。“瞧，我们还富余一根绳子，我们最开始爬上来时没用上，我现在把绳子放下去给你，你抓紧了，我把你拉上来，然后——”

“这可不好。”黑衣人又说了一遍这句话，“你一开始可能会拉，但随后可能故伎重施，放掉绳子，毕竟你正急着要了我的命，这样做当然可以非常快地完成任务。”

“要不是我告诉你，你根本就不知道我打算杀了你。这难道不能让你知道我是个值得信赖的人吗？”

“坦白说，不能，我希望你不会感觉受到了冒犯。”

“就没有法子让你相信我？”

“还没想到。”

突然间伊尼戈把右手高高举起：“我以多明戈·蒙托亚的灵魂起誓，

你会活着抵达崖顶。”

黑衣人沉默了很长一段时间，然后仰起头：“我并不认识你说的这个多明戈，可你的语气告诉我，我必须相信你。把绳子扔给我吧。”

伊尼戈很快便把绳子绕在了岩石上，然后扔了下去。黑衣人紧紧抓住，悬挂在空中。伊尼戈使劲拉。不出片刻，黑衣人已经来到了他身边。

“谢谢你。”黑衣人说着无力地坐在岩石上。

伊尼戈在他身边坐下。“等你准备好了，咱们就开始。”他说。

黑衣人喘着粗气：“再次感谢你。”

“你为什么要追我们？”

“你们的东西很值钱。”

“我们可没打算卖掉。”伊尼戈说。

“那是你们的事。”

“那你有什么目的？”

黑衣人没有回答。

伊尼戈站起来走开，去观察一下这块供他们决斗的地方。这里是一片壮丽的高地，到处都是需要躲避的绿树，会把人绊倒的根茎，会让人失去平衡的小块岩石，还有砾石，如果你能飞快地爬上去，便可以从另一面跳下去，而且整个地方都笼罩在月光之下。再也不能要求比这更合适的决斗试练场了，伊尼戈心想。这里应有尽有，一端还是不可思议的悬崖，落差足有一千英尺，人在施展剑术的时候总得顾忌那片悬崖。太完美了。这个地方完美到了极点。

前提是这个黑衣人会用剑。

真正的剑术。

随后，伊尼戈做了每次决斗前都会做的事：他把六指宝剑从剑鞘里抽了出来，用脸蹭了两次宝剑的剑身，一次沿着一道伤疤，一次沿着另一道疤。

然后他开始端详那个黑衣人。杰出的水手，这一点不错；很会爬山，毫无疑问；浑身是胆，毋庸置疑。

但他会使剑吗？

会真正的剑术吗？

拜托了，伊尼戈心想。我上次接受考验还是很久以前的事儿了，就让这个人考验我一番吧。让他是个剑术高手。让他行动敏捷快速，聪明又强壮。让他拥有无可匹敌的头脑去施展剑术，让他拥有和我类似的背景。拜托，拜托，我等得太久了：他——一定——得——是个——高手啊！

"我的呼吸恢复平稳了，"黑衣人在岩石另一边说，"感谢你让我休息。"

"我们最好现在就开始。"伊尼戈答。

黑衣人站了起来。

"你看上去像个正人君子，"伊尼戈说，"我很不情愿杀你。"

"你看上去像个正人君子，"黑衣人答，"我很不情愿死去。"

"可我们当中必须有一个得死。"伊尼戈说，"开始吧。"

说完他举起了六指剑。

然后把剑放在左手里。

近来他决斗时都是先用左手。这对他来说是很好的练习，尽管凭借惯用的右手，他是世界上唯一仍在世的剑神，然而，他的左手让他变得更有价值。在他使用左手的时候，或许有三十个活人能与他势均力敌。这个人数可能多达五十个，也可能只有十个。

黑衣人也是用左手，伊尼戈感觉很高兴，这就更加公平了。他的弱势对别人的强势。妙极了。

他们碰了一下剑，随即黑衣人就使出了阿格里帕防卫术，伊尼戈觉得他的剑招很高明，毕竟这里到处都是岩石，而阿格里帕防卫术则需要使用者先是站稳脚跟，把滑动的动作减到最低限度。他自然而然地用上了卡波·费罗招式去突袭黑衣人，但他防守得密不透风，很快就不再使用阿格里帕防卫术，转而开始使用蒂博招式进行攻击。

伊尼戈不由得笑了。很久以来都没人能攻击他了，真是太刺激了！他任由黑衣人进攻，让他积攒勇气，他自己则在树木之间优雅地后退，同时施展博内蒂防卫术保护自身周全。

随后他的腿轻轻移动，便绕到了最近的一棵树后面，黑衣人并没有料到他会来这么一招，因此反应慢了下来。伊尼戈飞快地从树后闪身出来，立刻展开了攻击。黑衣人开始后退，脚步踉踉跄跄地维持着平衡，同时一直在向别处移动。

黑衣人很快就恢复了平衡，伊尼戈对他刮目相看。大多数和黑衣人一样体形的人准会跌倒，要不最起码也是一只手撑地摔倒。这个黑衣人却没有，他只是飞快地移动脚步，猛力扭动身体直立起来，同时还在和他缠斗。

现在他们正平行向着崖边移动，大部分树木都被他们甩到了身后。黑衣人正被慢慢逼着向一片巨型砾石堆退去，因为伊尼戈急着要看快到那片砾石区时，不能完全自由地施展刺戳或做出回避动作，这个黑衣人会怎样移动。他不停地逼迫黑衣人后退，随后，他们进入了砾石区。伊尼戈突然撞向附近的一块岩石，然后用惊人的力量反弹回来，飞快地扑了过来。

他初步领先。

他刺到了黑衣人，可只是擦伤了他的左手手腕。除了这处擦伤，他并没有伤到黑衣人其他部位。可伤口出血了。

黑衣人立刻匆忙后退，远离砾石，来到开阔地上。伊尼戈追了过去，并没有费心去阻止对手的疾速行动，反正以后有的是时间。

接下来，黑衣人发动了最猛烈的攻势。提前一点征兆也没有，速度和力气都叫人生畏。他的剑在月光下闪闪发光，一开始，伊尼戈还只是很开心地后退。他并不完全熟悉黑衣人的进攻招式——大都是麦克伯恩式，却还穿插着几招卡波·费罗式——他持续向后移动，同时专心观察敌人，想要找出最好的办法阻止这次进攻。

黑衣人步步紧逼，伊尼戈意识到自己距离身后的悬崖越来越近，但他并没有因此分散注意力。现在的关键是比敌人善于思考，找出他的弱点，就让他先得意一阵子吧。

突然之间，就在距离崖边越来越近的时候，伊尼戈意识到对方的进攻招式里有一个破绽，只需要简单一招蒂博术就能破解整个攻势，但他不愿意这么快就结束战斗。就让他的对手再享受一会儿胜利的滋味吧，生活中这样的时刻可是少之又少。

现在崖边距离他仅有咫尺之遥了。

伊尼戈在不停地后退，黑衣人在不停地进攻。

然后伊尼戈使出了蒂博术反击。

黑衣人挡住了他的回击。

他居然能挡住！

伊尼戈又使了一遍蒂博术，依然不起作用。他转而用起了卡波·费罗招式，随后又试了博内蒂招式，跟着使出了法布里斯式；情急之下，他施展出了只用过两次的塞因克特招式。

没有一招能派上用场！

黑衣人一直在进攻。

马上就到悬崖了。

伊尼戈从来都没有害怕过，就连一点点恐慌的感觉都不曾有过。但他很快就得出了一个结论——因为没有时间去细细研究了——他得出的结论就是，尽管黑衣人对在树木之间的移动反应缓慢，而且不善于在砾石之间战斗，因为这些时候他的行动受到了限制，然而一到了空间宽阔的开阔地上，他就变成了一个狠角色，一个惯用左手、戴着黑色面具的狠角色。“你很棒。”他说。他的脚后跟已经到了崖边了。他已经没有退路了。

“谢谢，”黑衣人答，“这可是一番苦练换来的。”

“你比我强。”伊尼戈承认。

“貌似如此。但如果这是真的，你为什么还在笑？”

“因为，”伊尼戈答，“我知道某些你不知道的事。”

“是什么？”黑衣人问。

“我不是左撇子。”伊尼戈答，说着他把六指宝剑倒到了右手，情势一下子就逆转了。

黑衣人在六指宝剑的砍斩下连连败退。他尝试横跨躲避，尝试挡开进攻，尝试躲开现在已经无可避免的厄运。可他无处可逃。他可以挡住五十次刺戳，但第五十一次进攻紧随而来，此时他的左臂已经出血了。他可以阻挡三十次还击，却阻挡不了第三十一次，然后他的肩膀也流出血来。

伤口并不足以致命，但随着二人在岩石之间闪避，黑衣人身上的伤口越来越多。随后，黑衣人发现他来到了树林中间，这对他来说可不是好消息，所以他立刻赶在伊尼戈发起猛攻前逃出树林。他紧接着来到了开阔地，可伊尼戈步步紧逼，他现在所向披靡。黑衣人又退回到砾石之间，相比在树林里，他在这里更不具有优势，于是他懊恼地大喊一声，再一次跑向开阔地。

可这一次剑神不答应了，渐渐地，致命的悬崖再一次成了这场战斗的要素，只是这会儿换成了黑衣人被逼向了悬崖。他很勇敢，也很强壮，身上的伤口没有让他开口求饶，而且黑色面具下，他的脸上没有流露出一点害怕的神色。“你真令人吃惊！”他喊道。这时伊尼戈加快速度挥舞本就让人眼花缭乱的宝剑。

“谢谢。这身本事也不是平白无故得来的。”

死亡即将来临。伊尼戈一招连着一招，不停地向前刺去，黑衣人一次次想方设法避开进攻，可一次比一次难度更大，而且，伊尼戈手腕的力量仿佛使不尽似的，他越发凌厉地刺出宝剑，很快黑衣人就有点体力不支了。“你看不出来，”他说道，“因为我穿着斗篷，戴着面具。我现在其实正在笑。”

“为什么笑？”

“因为我也不是左撇子。”黑衣人说。

他也换了手，两个人又开始了缠斗。

伊尼戈开始败退。

“你是谁？”他叫道。

“一个无名小卒。另一个爱剑之人。”

“我一定要知道！”

“你要学会适应失望。”

他们飞快地在开阔地上斗了起来，剑身已然看不清了，可是，老天，大地在颤动，噢，噢，噢，天空在摇晃，伊尼戈快输了。他想把两人引到树林中去，但黑衣人没有上当。他想要退到砾石中去，但黑衣人同样不答应。

而在开阔地里，黑衣人不可思议地更胜一筹。他并没有特别厉害。只是在许多细微方面更具优势，所以才能微微领先。更敏捷一点，更强壮一点，更快速一点。但优势并不是很大。

但这已经足够了。

他们在崖顶中心开始了最后的猛攻。没有人肯让步。金属撞击声越来越大。伊尼戈的血管中爆发出了最后一股力量，他用上了各种办法，使出了所有招式，用尽了每一年、每一天、每一个小时积累的经验。但是他被限制住了。限制他的人正是黑衣人。他被束缚住了。束缚他的人正是黑衣人。他被挫败了，被阻挠了，被牵制了。

被打败了。

败在黑衣人之手。

最后一击下，六指宝剑从他手里飞了出去。伊尼戈无助地站在那里。然后他跪倒在地，垂着头，闭上了眼睛。“下手利索点。”他说。

“愿我的双手在杀掉你这样一个艺术家之前从我的手腕上断掉。”黑衣人说，“我宁可毁了达·芬奇的画。不过——”说到这里，他用剑柄狠狠敲了一下伊尼戈的脑袋，“因为我也不能让你追来，所以请你理解，我非常尊重你。”他又狠狠敲了一下，西班牙人失去了知觉。黑衣人很快把伊尼戈的手绑在了一棵树上，把他留在那里，让他无依无靠地睡一会儿。

接下来，他把剑放回剑鞘中，顺着西西里人的踪迹，向黑暗中追了过去……

“他打败了伊尼戈！”土耳其人说。他不太肯定是否愿意相信这个事实，但肯定的是这是个坏消息。他很喜欢伊尼戈。菲兹克会找伊尼戈陪他玩押韵游戏，而伊尼戈是唯一一个不会为此而嘲笑他的人。

他们正在一条山间小路里狂奔，赶往吉尔德边界。小路很窄，遍布着炮弹一样的岩石，所以西西里人费了很大劲才能不至落后。菲兹克则毫不费力地扛着依旧被捆住手脚的芭特卡普。

“你说什么？我没听到，再说一遍。”西西里人喊道，于是菲兹克等着驼子追上来。

“看到了吗？”菲兹克指了指。在远处，在这条山路的底端，可以看到黑衣人正在飞奔而来。“伊尼戈输了。”

“简直难以置信！”西西里人怒道。

菲兹克从来都不敢忤逆驼子。“我真笨。”菲兹克点点头，“伊尼戈并没有栽在那个黑衣人手里，是他打败了黑衣人。为了证明这一点，他换上了黑衣人的衣服，戴上了他的面具，穿了他的斗篷和靴子，而且变胖了八十磅。”

西西里人眯缝眼睛看着那个狂奔的人。“白痴！”他大声骂土耳其人，“这么多年过去了，你难道还认不出伊尼戈吗？那个人根本不是伊尼戈。”

“我永远都学不会。”土耳其人同意道，“如果有什么疑问，你可以一直认为我是错的。”

“伊尼戈肯定滑倒了，要不就是中了诡计，反正那个人是用了花招才打败了伊尼戈。这是唯一可能的解释。”

可能，可怜，巨人心想。但他没胆子把这说出来。他不敢告诉西西里人。他或许会在深夜里悄悄告诉伊尼戈，可现在伊尼戈已经死了。他还可能轻声说可恨、可恶、可惜，但在西西里人再次说话之前，他也只能说这几个押韵的词了，因为他得打起十二分精神听西西里人说话。没什么比逮到菲兹克思考更能令驼子立时火冒三丈的了。因为他就是不能相信像菲兹克这样的人也能思考，他从来不问他有什么想法，因为他毫不关心。要是他发现菲兹克玩押韵游戏，就会嘲笑他，然后想方设法打击菲兹克。

“解开她的脚。”西西里人命令道。

菲兹克放下公主，一把扯断绑住她双腿的绳子。然后他为她揉搓脚踝，好让她可以走路。

西西里人立刻一把把她抓过去带走。“快点追上我们。”西西里人说。

“有什么指示吗？”菲兹克喊道，几乎有些慌神了。他最讨厌被这样扔下，一个人去应付。

“干掉他，干掉他。”西西里人有点生气了，“一定要成功，因为伊尼戈已经叫我们失望了。”

“可我不会剑术，我不知道怎么使剑——”

“那就用你擅长的法子。”西西里人几乎控制不住自己了。

“噢，是的，太对了，我擅长的法子，谢谢你，维齐尼。”菲兹克对驼子说，随后鼓足勇气说了句，“我需要一点提示。”

“你总说你知道如何利用你的力气，还说你力大无穷。就用你的力气吧，我可不关心你怎么用。到那后面去伏击那家伙，”他指了指这条山路上一个急转弯处，“然后把他的脑袋像蛋壳一样砸碎。”他指指一块块炮弹大小的岩石。

“我做是做得到的，当然了。”菲兹克点点头，他很擅长扔重物，“但这似乎缺乏体育道德，是不是？”

西西里人失控了。他这样子可是非常吓人的。大部分人失控时会尖叫，大喊，暴跳如雷。可维齐尼不一样，他非常非常安静，他的声音听起来就像是从死人喉咙里发出来的。他的眼睛里闪烁着怒火。“我告诉你，并且只告诉你一遍：阻止那个黑衣人。彻彻底底地阻止他。如果你失败了，就不要找理由来辩解。我会找另一个巨人来。”

“请不要抛弃我。”菲兹克说。

“那就按吩咐去做。”他再次抓住芭特卡普，一瘸一拐地沿着山路向上走去，消失在了黑暗中。

菲兹克看了一眼正从山下沿着山路向他这边跑来的人影。他们之间的距离还很远。还有时间练习一下。菲兹克抄起一块炮弹大小的岩石，对准了三十码开外的山上的一条裂缝。

嗖的一声。

正中目标。

他拿起一块较大的石头，向双倍距离开外的一条影影绰绰的裂缝扔去。

不算太准。

向右偏了两英寸。

菲兹克还算满意。要是对准了中心，就算偏离了两英寸，也能把脑袋砸开花。他来回摸索，找到了一块适合投掷的石头，刚好符合他的手掌大小。然后他走到了山路的急转弯处，走到了最幽暗的阴影处。他安静地藏好，拿着杀人岩石耐心地等待着，一分一秒地数着，盼着黑衣人的死期快点到来……

菲兹克

土耳其女人因能诞下巨婴而闻名于世。唯一一个甫一出生体重就超过二十四磅的快乐新生儿来自土耳其一个南方联盟。土耳其医院记录单显示共有十一个婴儿出生时体重超过二十磅，还有九十五个婴儿的体重在十五到二十磅之间，而全部这一百零六个安琪儿出生时出现了普通婴儿出生时都会出现的情况：他们瘦了三到四盎司，但是不到一个星期，他们的体重就都恢复了。更为准确地说，是其中一百零五个在出生后瘦了下来。

菲兹克除外。

在他出生后的第一个下午，他的体重增长了一磅。（因为他出生时重十五磅，又早产两个星期，医生并没有特别注意。“就是因为你早产两周，”他们向菲兹克的母亲解释道，“原因就是如此。”其实原因当然不是如此，可医生要是弄不明白某些事——他们弄不明白事情的频率比我们想象中的还要高——他们就会揪住与病例有关的情况，说上一句“原因就是如此”。如果菲兹克超过预产期出生，他们准会说：“噢，超过了预产期，原因就是如此。”也可能这样说：“噢，分娩过程中下雨了，所以增加的重量就是雨水，原因就是如此。”）

半年后，健康婴儿的体重会是出生时的两倍，一年后会增加到三倍。菲兹克一岁时，他的体重是八十五磅。据说他并不胖，他看上去就像一个非常正常的八十五磅强壮小孩。其实不那么正常。对于一个一岁小孩来说，他的毛发过重了。

到了上幼儿园时，他已经需要刮胡子了。这时候他的身形已经像个正常成年人了，其他孩子把他的生活搅得愁云惨雾。一开始，他们自然吓得要死（就算是在当时，菲兹克都是一副凶神恶煞的样子），可后来他们发现他居然是只小绵羊，而他们不会白白放过欺负他的好机会。

“笨蛋，笨蛋。”他们在早晨喝酸奶的时候奚落菲兹克。

“我不是。”菲兹克会大声说。（他会在心里说“鸭蛋，鸭蛋”。他从不敢自诩为诗人，因为他并不是诗人；他只是喜欢韵律。不管别人说了什么，他都能从中找出韵律。有时候韵律说得通，有时则不。菲兹克从来不关心能不能说得通，重要的是有韵律。）

“胆小鬼。”

小气鬼。“我才不是。”

“那来打一架吧。”其中一个小孩说，然后使出浑身力气纵身一跳，击中了菲兹克的肚子，这个小孩很清楚菲兹克只会说声“哦呀”，而且依旧站在那里一动不动，因为不管你怎么欺负他，他都不会还手。

“哦呀。”

又被撞了一下。接着又一下。一记重拳打中了他的肾脏。有人踢中他的膝盖。就这样，你一拳，我一脚，一直到最后，菲兹克号啕大哭着跑开。

一天在家里，菲兹克的父亲喊道：“过来。”

菲兹克像往常一样乖乖听话。

“擦干你的眼泪。”他的母亲说。

刚才两个孩子狠狠打了他一顿。他拼尽全力止住了哭泣。

“菲兹克，不能再这样下去了，”他的母亲说，“不能再任由他们欺负你了。”

对付你。“我不是很在乎。”菲兹克说。

“你应该在乎。”他的父亲说。他是个木匠，有一双大手。“到外面来。我教你怎么打架。”

“求你了，我不想——”

“听你父亲的话。”

他们鱼贯走到了后院里。

“现在握拳。”他的父亲说。

菲兹克用尽全力握拳。

他的父亲看看他的母亲，然后看看天空。“他连握拳都不会。”他的父亲说。

“他尽力了，他还只有六岁。别对他太严格。”

菲兹克的父亲很关心他的儿子，他尽量保持柔和的声音，以免吓哭菲兹克。可这并不容易。“宝贝，”菲兹克的父亲说，“瞧，攥拳时，你不要把大拇指放在其他手指里面，而是要一直把大拇指放在其他手指外面，因为如果把大拇指放在其他手指里面，在打别人时，你的大拇指就会折断，这可不好，因为你打别人时，你的全部目标就是把对方打倒，而不是伤到你自己。”

摔倒。“我不想伤害任何人，爸爸。”

“我并不希望你去伤害任何人，菲兹克。可如果你知道如何照顾你自己，而他们知道你能保护自己，就再也不会来打扰你了。”

干扰。“我不是非常介意。”

“我们介意。”他的母亲说，“他们不应该因为你需要刮胡子就欺负你，菲兹克。”

“现在接着说拳头，”他的父亲说，“学会了吗？”

菲兹克又攥住了拳头，这一次把大拇指放在了外面。

“他学得真快。”他的母亲说。她和他的父亲一样关心他。

“现在来打我。”他的父亲说。

“不要，我可不想这么干。”

“去打你的父亲，菲兹克。”

“也许他不知道怎么打人。”菲兹克的父亲说。

“看来是不知道。”菲兹克的母亲伤心地摇摇头。

“看好了，宝贝，”菲兹克的父亲说，“看见了吗？很简单。就像你已经学会的那样，握紧拳头，把手臂向后伸，对准你要击打的目标，出拳。”

“给你的父亲看看你学得有多快。”菲兹克的母亲说，“用力打。狠狠给他一拳。”

菲兹克向他父亲的胳膊挥出了拳头。

菲兹克的父亲再次无奈地望了望天。

“他离你的胳膊不远了。”眼见儿子马上就要哭出来了，他的母亲赶紧说道，“菲兹克，刚开始学，这样已经很棒了。快告诉他，他有个很不错的开始。”她对丈夫说。

“方向是对了，”菲兹克的父亲挤出了这句话，“要是我再往西边站一码，就完美了。”

“我累了。”菲兹克说，“要是学得这么多，这么快，肯定会非常累的。反正我已经做到了。我能走了吗？”

“还不行。”菲兹克的母亲说。

“宝贝，过来打我，实实在在地打我一下，试试看。你是个聪明的孩子。狠狠给我来一下。”菲兹克的父亲央求道。

“明天吧，爸，我保证。”泪水开始在菲兹克的眼眶里打转。

“哭也不管用，菲兹克。”他的父亲生气了，“对我不管用，对你的母亲也不管用。你要按照我说的去做。现在我要你来打我，你一个晚上不打，我们就在这里站一个晚上；你一个星期不打，我们就在这里站一个星期；你——”

砰！！！

（这时候还没有急诊室，这太糟糕了，至少对菲兹克的父亲来说太糟糕了，因为被菲兹克打中之后，没有地方可以收治他，所以他只能躺在床上，昏迷了一天半，只在卖牛奶的人来给他接好破碎的下巴骨时醒了一会儿。这时候已经有医生了，可在土耳其，他们还没有开始考虑宣称他们能治与骨头有关的病。卖牛奶的人依旧是“骨科医生”，而这是基于这样一个推理：牛奶对骨骼很好，那么，谁还能比卖牛奶的人更会医治骨伤呢？）

等到菲兹克的父亲能够随意睁开眼睛之后，他们三个人进行了一次家庭谈话。

“你非常强壮，菲兹克。”他的父亲说。（其实严格说来这并不准确。他的父亲想说的是“你非常强壮，菲兹克”，可说出来的更像是“嗞嗞嗞嗞嗞，嗞嗞嗞”。自从那个卖牛奶的人用金属线绑好了他的下巴，他就只能发一个音：嗞。可他脸上的表情富于变化，他的妻子完全能懂他的意思。）

“他说的是：‘你非常强壮，菲兹克。’”

“我想也是。”菲兹克答，“去年有一次我气极了，就打了一棵树一下。结果我把树打倒了。那是一棵小树，不过我觉得这肯定能说明问题。”

“嗞嗞嗞嗞嗞嗞，嗞嗞嗞。”

“他说他不当木匠了，菲兹克。”

“噢，不要。”菲兹克说，“你很快就会好的，爸，那个卖牛奶的人向我保证过的。”

“嗞嗞嗞嗞嗞嗞嗞，嗞嗞嗞。”

“他不想当木匠了，菲兹克。”

“那他要做什么呢？”

这次是菲兹克的母亲自己回答的——她和她的丈夫聊了大半夜，做出了一个决定：“他要当你的经纪人，菲兹克。搏击是土耳其的国家运动项目。我们一定可以名利双收。”

“可是，爸，妈，我不喜欢搏击。”

菲兹克的父亲伸出手，轻轻拍了拍儿子的膝盖。“嗞嗞嗞嗞嗞嗞嗞嗞嗞。”他说。

“一定会非常有意思的。”他的母亲翻译道。

菲兹克流出了眼泪。

在一个炎热的周日，他在桑迪基村开始了第一场职业比赛。菲兹克的父母费了九牛二虎之力才把他送进了搏击场。他们有信心菲兹克一定能打赢，因为他们之前可是下了苦功夫的。他们教了菲兹克整整三年，然后终于一致认为他已经有资格了。菲兹克的父亲负责教搏击术和搏击场上的战略，他的母亲更多地负责饮食和训练。他们快乐极了。

菲兹克却痛苦极了。他被吓坏了，太害怕了，整天战战兢兢的。不管他们如何向他保证，他就是不肯到搏击场里面去。因为他知道，尽管他的外表看起来足有二十岁了，而且胡子拉碴的，可在内心里，他还是那个喜欢押韵的九岁小孩。

“不要！”他说，“我不去嘛，我就是不去嘛，你们不能强迫我。”

“看在我们已经辛辛苦苦训练了三年的分上。”他的父亲说。（他的下巴已经好得和从前一样了。）

“他会把我打伤的！”菲兹克说。

“生活本就充满了痛苦。”他的母亲说，“如果有人说的和这不一样，那他一定是在兜售什么东西。”

“求你们了。我还没准备好。我不记得怎么抓握。我不够优雅，还总是摔倒。这都是实话。”

的确如此。他们唯一担心的就是他们是不是有点赶鸭子上架。“否极泰来。”菲兹克的母亲说。

“上吧，菲兹克。”他的父亲说。

菲兹克就是不听话。

“听好了，我们这可不是在威胁你。”菲兹克的父母异口同声地说，“我们都很关心彼此，所以我们不会做出威胁这种事。如果你不想打，没人能强迫你。我们只是要把你丢下，再也不理你了。”（菲兹克认为孤独一个人就是下地狱了。他在五岁时就把他的这个想法告诉了父母。）

他们走进了搏击场，去面对桑迪基村的搏击冠军。

这个人自从二十四岁开始蝉联了十一年冠军。他非常优雅，身强体壮，身高六英尺，只比菲兹克矮半英尺。

菲兹克没有半点胜算。

他笨手笨脚的，总是摔倒，要不就是抓握时慢半拍，所以根本什么都抓不到。桑迪基村冠军把他当成玩具一样耍。菲兹克一会儿被扔了出去，一会儿栽倒在地，一会儿又被绊倒了，还有时候东倒西歪地倒在地上。他总是会站起来再去打，可桑迪基村冠军的速度太快了，脑筋又好使，而且经验非常非常丰富。观众哈哈大笑，一边吃着果仁蜜馅点心，一边享受着这场闹剧。

后来，菲兹克用胳膊勒住了桑迪基村冠军。

观众顿时变得鸦雀无声。

菲兹克把他举了起来。

此时，就算有根针掉到了地上，也能听得见。

菲兹克紧紧抓住他。

一直没有松开手。

“够了。”菲兹克的父亲说。

菲兹克把那人放了下来。“谢谢你，”他说，“你是个非常棒的搏击手，我只是运气好而已。”

前桑迪基村冠军咕哝了一声。

“把手抬起来，你赢了。”他的母亲提醒他。

菲兹克站在搏击场中央，高高举起了双手。

“嘘——”观众喊道。

“畜生！”

“大猩猩！”

“臭猩猩！”

“嘘！！！”

他们没有在桑迪基村逗留很长时间。事实上，从那时候开始，他们不会在任何地方久留，不然就会非常危险。他们打败了伊斯皮尔的冠军。“嘘！！！”然后是西马尔的冠军。“嘘！！！”后来他们又去了博卢开打。又去了齐莱开打。

“嘘！！！”

“我不在乎别人说什么。”菲兹克的母亲在一个冬天的下午告诉他，“你是我的儿子，你很出色。”天色灰暗，他们心急火燎地离开君士坦丁堡，有多快就走多快，因为刚才还没等大多数人坐稳，菲兹克就打倒了这里的冠军。

“我并不优秀，”菲兹克说，“他们完全有理由骂我。我的块头太大了。只要我站在搏击场上，看上去就像是我在欺负别人。”

“也许吧。”菲兹克的父亲有点犹豫地说，“菲兹克，也许你输掉几场比赛，他们就不会这么骂我们了。”

妻子扭头看着丈夫：“儿子才刚十一岁，你已经开始想要他放水了？”

“我不是这个意思，别误会，别这么激动嘛。可如果他表现出一点难过的样子，他们就会对我们好一点了。”

“我很难过。”菲兹克说。(的确如此。)

“那就再表现得难过一点。”

“我会试试看的，爸。”

“真是个好孩子。”

“身强体壮不是我能控制的，这不是我的错。我甚至都没有练习过。”

“我觉得现在是时候到希腊去了。”菲兹克的父亲接着说，“我们打败了土耳其所有能和我们较量的人，而体育运动的发祥地在希腊。没有比希腊人更赏识天才的了。”

“我就是讨厌他们喊‘嘘!!!’。”菲兹克说。(确实如此。现在他认为下地狱就是遭人丢弃，永远找不到亲人，周围还有很多人喊“嘘!!!”。)

“到了希腊肯定人人都爱你。”菲兹克的母亲说。

他们去了希腊开打。

“嘘!!!”

他们又去了保加利亚。

南斯拉夫。

捷克斯洛伐克。罗马尼亚。

“嘘!!!”

后来他们又去了东方。挑战了朝鲜的柔术冠军。暹罗的空手道冠军。全印度的功夫冠军。

“嘘!!!”

他的父母在蒙古去世了。“我们为你做了一切，菲兹克，祝你好运。”说完他们就去世了。真是太可怕了，一场瘟疫横扫了整个地区。菲兹克本来也会死的，只是他天生不会得病。他独自一人穿越了戈壁滩，有时候会和过往的商队一起走，借他们的牲口骑。就是在那个时候，他学会了如何让他们不再发出“嘘!!!”的声音。

方法就是和所有人一起打。

那时候他和一个商队穿越戈壁滩，商队的头领说："我打赌，我这些骑骆驼的人能把你打得落花流水。"他们只有三个人，于是菲兹克说："好啊。"他尝试和他们开打，胜利嘛，自然是属于他的。

每个人看上去都挺高兴。

菲兹克很兴奋。如果可能，他再也不和一个人打了。有一段时间，他从一个地方流浪到另一个地方，和帮派打架，以便能在当地混口饭吃，可他的商业头脑实在不灵光。此外，他现在已经快二十岁了，不再像从前一样那么喜欢当独行侠了。

他加入了一个巡回马戏团。其他表演者全都嘟嘟囔囔的，因为他们说他吃得太多了。所以，除了表演的时候，他都是一个人待着。

然而，在菲兹克二十岁那年的一天晚上，生活给了他一记重创："嘘!!!"又回来了。他简直不敢相信。他刚刚把六个人打服了，又把另外六个人打得脑袋开花。他们到底想要他干什么？

事实很简单：他太强壮了。他自己从来没有量过身高，但所有人都小声嘀咕，他的身高肯定超过了七英尺；他从来没上秤称过体重，可人们说他肯定有四百磅重。不止如此，他现在速度非常快。这么多年积累的经验让他成了一个超人。所有技巧他都心知肚明，别人不管怎么抓握，他都可以反击。

"畜生！"

"大猩猩！"

"臭猩猩！"

"嘘!!!"

那天晚上，菲兹克在帐篷里哭了。他是个怪物。（动物——他依旧喜欢押韵游戏。）一个长了两只眼睛的独眼巨怪。（现在，他那半睁半闭的眼睛里流出了水，和眼泪差不多。）到了转天早晨，他已经恢复了平静：起码还有马戏团里的朋友围绕在他身边。

那个星期，马戏团炒了他的鱿鱼。观众现在会“嘘”所有表演者，那个胖女人威胁要罢工，侏儒们火冒三丈，他们都把矛头指向了菲兹克。

此时他们正在格陵兰岛中部演出，每个人都知道，无论是当时还是现在，格陵兰岛都是世界上最荒凉的地方。在格陵兰岛，每二十平方英里的土地上只有一个人。或许这个马戏团是脑袋进水了才会到这里来演出，可这不是重点。

重点是菲兹克又变成孤零零一个人了。

而且是在世界上最荒凉的地方。

他独自坐在一块石头上，看着马戏团越走越远。

他一直坐到转过天来，这时候西西里人维齐尼找到了他。维齐尼在他面前说尽了好话，还答应不让他再听到“嘘”声。维齐尼需要菲兹克，但不及菲兹克对维齐尼的需要程度的一半。只要有维齐尼在，你就不会孤单。不管维齐尼说了什么，菲兹克都照做。即便他说的是砸碎那个黑衣人的脑袋……

砸就砸吧。

但不是伏击。不是用胆小鬼的方式。不能违背体育道德。他的父母总是教他要遵守规则。菲兹克站在阴影里，大手里紧紧攥着那块大石头。他能听到黑衣人的脚步声越来越近。越来越近。

菲兹克从隐蔽处一跃而出，用惊人的力量扔出了石头，准头极好，正好砸到了距离黑衣人的脸一英尺远的一块砾石。“我是故意的。”菲兹克说，跟着又拾起了一块石头，准备投掷，“我向来不失手。”

“这我相信。”黑衣人说。

他们面对面站在狭窄的山路上。

“你想干什么？”黑衣人问。

“我们能面对面，完全是神的旨意。”菲兹克说，“不用阴谋诡计，不用武器，只用技能对技能。”

“你的意思是你放下石头，我放下宝剑，我们像文明人一样，杀死对方，是吗？”

“要是你愿意，我现在就能要了你的命。”菲兹克轻声说，然后举起了石头准备扔，“我是在给你机会。”

“悉听尊便。”黑衣人说完便取下了剑和剑鞘，“不过，说真的，我觉得与你肉搏，我的胜算并不大。”

“现在我把对别人说的话对你说一遍。”菲兹克解释道，“我天生神力，身体生来就很强壮，这不是我的错。”

“我并没有指责你。”黑衣人说。

“那就开始吧。”菲兹克说着放下石头，摆好了战斗姿势，瞧着黑衣人慢慢地向他移动过来。有那么一刻，他几乎产生了不舍的感觉。这家伙显然还不赖，虽然他杀了伊尼戈。他不抱怨，不用决斗的方式解决，不求饶，不花钱收买。他只是接受命运。不怨天尤人。明显是个有个性的罪犯。(不过菲兹克不知道他是不是个罪犯。那副面具明显就证明了这一点。或者更糟：他被毁了容？还是脸被酸性物质烧伤了？要不就是他生来长了一张可怕的脸？)

“你为什么要戴面具和头巾？”菲兹克问。

“我觉得不久的将来每个人都会戴的，”黑衣人这样回答，“舒服极了。”

他们在狭窄的山路上面对面站着。有那么一刻，谁都没动。然后他们开始交手了。菲兹克一上来先让着黑衣人，好看看黑衣人的力量，对于算不上巨人的人来说，他也算是膂力过人了。他任由黑衣人发起佯攻，左躲右闪，一会儿抓这儿，一会儿抓那儿。然后，等到确信黑衣人不会羞辱地死去之际，菲兹克用手臂紧紧勒住了黑衣人。

菲兹克把黑衣人举了起来。

用力勒。

用力勒。

接着他抓住黑衣人的身体，先是把他扔到一边，再扔到另一边，跟着用一只手捏他的脖子，用另一只手捏他的脊椎底端，抓住他的两条腿向上抬，把他的胳膊弯到身后，然后把这个被卷成球的人一下子扔到了附近的一条裂缝里。

哦，这其实只是理论而已。

事实是这样的：

菲兹克把黑衣人举了起来。

用力勒。

然后黑衣人挣脱了他的钳制。

嗯，真是出人意料啊，菲兹克心想。我还以为我已经弄死他了呢。“你动作很快。”菲兹克称赞道。

“我的本事大着呢。”黑衣人说。

随后他们又交起手来。这一次菲兹克可没有给黑衣人机会去瞎搞。他一把揪住他，抓着他的脑袋摇晃了两下，然后用他的脑袋往最近的砾石上撞，一拳又一拳地猛打他，随后，为了保险起见，他还用力勒住他，然后把他扔到了附近的裂缝里。

不过这只是他的一厢情愿而已。

事实上，他一直没有真正抓住过黑衣人。菲兹克的大手还没抓住黑衣人，他就一缩身体，身体一转一扭，便逃脱了菲兹克的手，所以依旧活得好好的。

我真不明白这是怎么回事，菲兹克心想。我的力气不好使了吗？是不是我得了高山病，所以力气消失了？以前戈壁上的病就夺去了爸妈的力气。肯定是这样，我肯定感染上瘟疫了，可如果是这样，那家伙怎么还生龙活虎的？不对，我肯定还很强壮，准是别的原因。现在该怎么办呢？

突然间他搞明白了。他已经很长时间没有和别人单打独斗了，早就已经忘了该怎么打了。这么多年以来，他一直和一群人打，要么就是和帮派打，所以现在和一个人打，他得想一会儿才能想起来该怎么打。因为和一群人打时方法是不一样的。在十二个人打你一个的时候，步法、手法、动作，都是不一样的。要是对手只有一个人，就必须彻底调整战术。快点，菲兹克回想以前的经历。那时候他是怎么和桑迪吉村的冠军搏击的？那时战斗的情形在他脑海里闪过，然后他又想起了在伊斯皮尔、西马尔、博卢和齐莱同其他冠军搏击时获胜的情形。他还想到，就因为他又快又轻易地打败了君士坦丁堡的冠军，所以只好飞快地从那里逃走。是的，菲兹克心想。当然了。突然间他重新调整到了从前一对一的作战模式。

可这时候黑衣人已经扼住了他的喉咙！

黑衣人骑在他身上，一只手臂在前，一只手臂在后，紧紧勒住了菲兹克的气管。菲兹克向后伸手，可就是抓不到黑衣人。菲兹克没法把他的手臂伸到后背去把敌人拉下来。菲兹克冲向一块砾石，在快到砾石的时候，猛地一转身，想把黑衣人撞到砾石上，用冲击的力量把他撞下去。这肯定是一记猛击，菲兹克很清楚。

可压在他气管上的力道更大了。

菲兹克又冲向砾石，跟着又是一转身，他很清楚黑衣人被撞的力道有多大。可是黑衣人依旧没有松手。菲兹克抓住了黑衣人的手臂。他用他巨大的拳头猛击黑衣人的胳膊。

这会儿他已经喘不上气了。

菲兹克不停地挣扎。他感觉两腿发软，眼前的世界变得苍白起来。可他没有放弃。他是大力神菲兹克，押韵游戏爱好者，无论如何也不能放弃。此刻他的手臂软绵绵的，整个世界似乎下起了雪。

菲兹克跪了下去。

他仍在击打，却一点力也用不上。他仍在战斗，可他的拳头连个小孩子都伤不了。要窒息了。没有空气了。什么都没有了，菲兹克完了，这个世界变得荒凉一片。我被打败了，我就要死了，他想道，随后便摔倒在山路之上。

他对了一半，错了一半。

昏迷和死亡之间存在着一个瞬间，就在巨人砰的一声栽倒在岩石遍布的山路上时，这一刻出现了，而在死亡来临之前，黑衣人松开了手。他摇摇晃晃地站起来，靠在一块砾石上休息，等到能走路了，他才起来。菲兹克四仰八叉地躺在地上，呼吸微弱。黑衣人到附近找绳子想把巨人绑起来，可刚一开始找他就放弃了——得要多么结实的绳子才能绑住力气这么大的人哪！他肯定会把绳子扯断的。黑衣人转而回去找他的剑，然后把剑佩好。

已经打倒了两个，还剩下（最难对付的）一个……

维齐尼在等着他。

事实上，他布置了一个小型野餐。他从总是随身携带的背包里拿出一块小方巾，在上面摆了两个酒杯。方巾中心放着一个皮质酒架，边上有一些奶酪和几个苹果。这个地方简直美到了极点：位于那条山路的高点，秀美风景尽收眼底，一直可以看到弗洛林海峡。芭特卡普无助地躺在野餐食物边上，嘴被堵着，手被绑着，眼睛也被蒙上了。维齐尼把他那把长刀架在她雪白的脖子上。

“欢迎。”黑衣人快来到近前时，维齐尼说道。

黑衣人停下脚步，打量着眼前的情况。

“你打败了我的土耳其人。”维齐尼说。

“可以这么说。”

“现在就剩下你和我了。”

“也可以这么说。”黑衣人说着，缓缓地向驼子的长刀移动了半步。

驼子笑了笑，加大力道把刀子推向芭特卡普的喉咙，眼看就要出血了。“如果你希望她上西天，大可以接着往前走。”维齐尼说。

黑衣人不敢动了。

“很好。”维齐尼说。

月光之下，一切都很静谧。

“我非常理解你想要干什么。”西西里人最后说道，“我声明一点，我对你的所作所为非常不满意。你一直在拐走我在有理由的情况下偷来的东西，我觉得这很没有教养。”

“我来解释一下——”黑衣人开口说，开始慢慢向前移动。

“你在把她往死路上推。”西西里人喊道，使劲把刀子向前一推。芭特卡普的喉咙上立刻流出了一滴血，鲜红的血映衬着她雪白的肌肤。

黑衣人连忙向后退。“请让我解释一下。”他又说了一遍，但这回与驼子隔了很远一段距离。

驼子再次打断了他：“你要说的我都已经知道了。虽说我没上过学，但说到书本以外的知识，这世上没人能比得上我。人们说我会读心术，但说实话，我并不会，真不会。我只是通过逻辑推理和智慧来预测事实。我说你是个拐子，承认吧。”

“我承认，她值一大笔赎金，仅此而已。”

“有人雇了我用她来实现某些目的。我要完成别人的委托，这很重要。如果我按照委托的办，就要杀人。我接到的委托里可没有赎金，只有死亡。因此你的解释一点意义也没有，我们不能一起做生意。你希望让她活着索要赎金，而让她在不久的将来断气则对我非常重要。”

“你有没有想到，到了这一步，我已经付出了巨大的努力和代价，而且做出了个人牺牲。”黑衣人说，“如果现在失败，我会非常生气。如果她在不久的将来断气，你很可能会遇到相同的厄运。”

“我毫不怀疑你有能力杀了我。不管是谁，只要能对付得了伊尼戈和菲兹克，当然也能处理掉我。但是，你有没有想到，如果你这么做了，我们俩就都得不到我们想要的东西了，你失去了肉票，我失去了性命。”

“这么说我们现在陷入死胡同了。”黑衣人说。

“恐怕是这样。”西西里人说，“从身体上来说，我不是你的对手，但我的头脑比你灵光。”

“你很聪明吗？”

“没有一个词能形容出我全部的智慧。我狡诈，油滑，机灵，善于欺骗，手段高明，精于诡辩，我是个大恶棍，为人精明，小心谨慎而又深谋远虑，恶毒凶残并且诡计多端，好耍花招，谁都能出卖……噢，我告诉过你了，能全面形容我的头脑的词还没有发明出来，不过我这样说好了：这个世界已经存在成百上千万年了，生活在这个世界上的人有数十亿，然而，我，西西里人维齐尼，带着纯粹的坦诚和谦虚说，我是这么多年来世上最狡猾、圆滑、诡诈和奸诈的人。”

“这么说，”黑衣人说，“我要与你进行一场智慧的较量了。”

维齐尼不禁一笑：“为了公主？”

“你知道我心里想的是什么。”

“我告诉过你，这只是表象而已。这无非是逻辑推理加上智慧。至死方休？”

“又对了。”

“我接受。”维齐尼喊道，“开始战斗吧！”

“倒酒。”黑衣人说。

维齐尼在两个酒杯里倒满了深红色的液体。

黑衣人从黑色衣服里拿出了一个小包，交给了驼子："打开，吸一下，但当心别摸到。"

维齐尼拿过小包，按照指示做了："我什么都没闻到。"

黑衣人拿回了小包："你没闻到的东西是艾克因粉末，无臭，无味，可溶于任何液体。正巧是人类所知的最致命的毒药。"

维齐尼开始兴奋起来了。

"我看你是不会把酒杯递给我的。"黑衣人说。

维齐尼摇摇头："自己拿吧。我的长刀不会离开她的喉咙。"

黑衣人弯腰去拿酒杯，然后转过身。

维齐尼已经迫不及待了，咯咯直笑。

黑衣人独自忙活了很长时间。随后他转过身来，一只手拿着一个酒杯。他小心翼翼地把右手的酒杯放到维齐尼面前，又把左手的酒杯放到方巾对面远离驼子的地方。他在左手那个杯子前坐了下来，把空艾克因袋子放在奶酪边上。

"猜猜看，"他说，"哪一杯是有毒的？"

"猜？"维齐尼喊道，"我从不猜测。我只会思考，掂量，推断，然后做出决定。但我向来不会猜测。"

"智慧的较量开始了。"黑衣人说，"等到你做了决定，我们喝了酒，分出谁选对了，谁一命呜呼，较量就算结束了。我需要补充一下，我们都要喝，而且要在同一时间咽下去。"

"这太简单了，"驼子说，"我只需要根据我对你的了解，根据你的思维方式，做出推断即可。你是哪种人呢——会把毒药放到自己的酒杯里，还是会放到敌人的酒杯里？"

"你在拖延时间？"黑衣人说。

"我正在享受。"西西里人答道，"这么多年了，还没有人能挑战我的智慧，我太高兴了……顺便问一句，我能把两个酒杯都闻闻吗？"

“悉听尊便。只要保证放回原地就好。”

西西里人闻了闻他那个酒杯，然后把手伸到对面，拿起了黑衣人的酒杯，也闻了闻。“如你所说，没有一点气味。”

“如我所说，你在拖延时间。”

西西里人笑了，盯着高脚杯。“只有大傻瓜才会把毒药放在他自己的酒杯里，”他说，“因为他知道，只有傻瓜才会先去拿别人给他的酒杯。我当然不是傻瓜，所以我当然不会要你的那杯酒。”

“这就是你最终的选择？”

“不。因为你知道我不是大傻瓜，所以你知道我绝不会被这种雕虫小技骗到。你早就设想到了。所以我也不会要我的那杯。”

“继续。”黑衣人说。

“乐意之至。”西西里人想了一会儿，“我们现在都认为你面前的那杯最可能是有毒的那杯。但毒药是艾克因粉末，艾克因产自澳大利亚，众所周知，澳大利亚有很多罪犯，罪犯不值得信赖，正如我不相信你，这就是说我显然也不能选择你面前的那杯酒。”

黑衣人开始有点紧张了。

“但是，你可能已经预料到我知道艾克因的产地，所以你可能也知道我了解罪犯和犯罪行为，因此，我显然也不能选择我面前的这杯。”

“你的确拥有过人的智慧。”黑衣人轻声说。

“你打败了我的土耳其人，这说明你特别强壮，特别强壮的人都相信他们强大有力到不会死，相信就连艾克因都不能伤害他们，所以你可能把毒药放在了你的杯子里，因为你相信你的力量能够拯救你。因此，我显然不能选择你面前的那杯酒。”

黑衣人这会儿已经非常紧张了。

“可你还打败了我的西班牙人，这说明你肯定博学多才，因为他学习了很多年才这么有本事，而如果你善于学习，那么你显然不只是强壮了；你知道我俩不是你死就是我活，你不想死，所以你会尽量让毒药离你远远的。因此，我显然不能选择我面前的酒。”

“你喋喋不休，只是要引我暴露隐情。”黑衣人气愤地说，“这不好使。从我这里，你别想套到一个字，我可以向你保证。”

“我已经从你身上了解到了一切。”西西里人说，“我知道毒药在哪儿了。”

“只有天才才能推理出来。”

“我是多么幸运啊，我碰巧就是一个天才。”驼子说，越来越高兴了。

“你吓唬不了我。”黑衣人说，但他的声音里透着恐惧。

“那么我们能喝了吗？”

“挑吧，选吧，别再拖拖拉拉的了，你不会知道，你不可能知道。”

黑衣人爆发了，西西里人只是微微笑了笑。然后，他脸上现出了异样的表情，并指着黑衣人的身后。“那到底是什么？”他问。

黑衣人扭头看了看：“我什么都没看到。”

“噢，我可以发誓，我真看到了一个东西，算了。”西西里人开始哈哈大笑。

“我不明白这有什么好笑的。”黑衣人说。

“我等会儿再告诉你。”驼子说，“我们先把酒喝了吧。”

然后他拿起了他面前的酒杯。

黑衣人则拿起了他面前的酒杯。

他们都喝了。

“你猜错了。”黑衣人说。

“只是你认为我猜错了，”西西里人说，他的笑声越来越大，“这就是好笑的地方。你扭头时我把酒杯换了。”

黑衣人哑口无言。

“蠢货！”驼子大叫道，“你犯了一个最常犯的错误。那句最有名的话怎么说来着？‘切勿班门弄斧’。但还有句话不那么人所共知：‘在生死攸关的问题上，千万不要和西西里人对着干。’”

他得意极了，直到艾克因粉末发挥了作用。

黑衣人飞快地跨过尸体，然后粗暴地扯断了公主眼上的眼罩。

“我听到了所有的事——”芭特卡普说，随后“啊”了一声，因为从前她从没在死人边上待过。“你杀了他。”她最后小声说。

“我可是让他笑着死的，”黑衣人说，“祈祷我也会这样对你吧。”他把她举了起来，砍断了她身上的绳子，让她站好，然后拉着她就走。

“求你了，”芭特卡普说，“给我点时间，让我喘口气。”黑衣人放开了他的手。

芭特卡普揉了揉手腕，停下，又去按摩脚踝，并且最后看了一眼西西里人。“我想，”她喃喃地说，“自始至终都是你那杯有毒吧。”

“两杯都有毒。”黑衣人说，“我用过去两年的时间练就了对艾克因粉末的免疫力。”

芭特卡普抬头看着他。她觉得他很可怕，戴着面具和头巾，是个危险人物；他的声音紧绷而沙哑。“你是谁？”她问。

“我只是个无名小卒，”黑衣人答，“你只需要知道这个就够了。”说完他把她拉了起来，“休息够了。”他再次拉着她，而这一次她只能跟着他走了。

他们沿着山路走着。月光很明亮，到处都是岩石，在芭特卡普眼中，这些石头看起来死气沉沉的，又发黄，就和月亮一样。她和公然策划杀死她的三个人待了好几个小时。所以她搞不懂为什么她现在更害怕了——这个让她这么害怕、戴方巾的可怕男人到底是谁？还有什么比死更糟的事情？“只要你放了我，我一定会给你一大笔钱。”她好容易挤出这句话。

黑衣人瞥了她一眼：“这么说你很有钱？”

“我就快很有钱了。”芭特卡普说，“不管你想要多少赎金，我保证，如果你放我走，我一定让你得到这笔钱。”

黑衣人只是哈哈笑。

“我并不是在说笑话。”

“你保证？你？就因为你保证了，我就该放你走？你的誓言值多少？一个女人的誓言？噢，真是太有意思了，公主殿下。随便你是不是在说笑话。”他们沿着山路来到了一片开阔地。黑衣人随后停了下来。天空中仿佛有成百上千万颗星星在竞相释放光芒，有那么一会儿，他貌似在专心端详那些星星，芭特卡普看到他面具下的目光从一个星座转移到了另一个星座。

然后，他突然走下那条山路，向着一片野地走去，依然拉着她在他身后走。

她被绊倒了，他把她拉起来；她又摔倒了，他又把她拉起来。

“我走不了这么快。”

“你可以！而且你一定会这么做。否则你只会活受罪。你觉得我会折磨你，让你生不如死吗？”

芭特卡普点点头。

“那就跑吧！”黑衣人喊道，他自己也跑了起来，在月光下纵身跃过岩石，拉着公主在他身后。

她尽全力跟上他。她吓坏了，不知道他会怎么对付她，所以她不敢再摔倒了。

五分钟之后，黑衣人突然停住了脚步。“喘口气吧。”他命令道。

芭特卡普点点头，大口吸着气，尽量让心跳慢下来。可随后他们又跑了起来，这一次依然提前没有任何提示，他们便冲过了山岭区，向前跑去……

“你要带我……到哪里去？”他再次让她休息的时候，芭特卡普气喘吁吁地问。

“像你这么傲慢的人当然不会期待我给你答案。”

“说不说随你。他一定会找到你的。”

“‘他’？王子殿下？”

“洪佩尔丁克王子。他是最伟大的猎手。他能在乌云密布的日子里追踪到猎鹰，他也一定会找到你的。”

“你很有信心你的爱人能拯救你，是不是？”

“我从没说过他是我的爱人，不过我相信他一定能救我。我知道的。”

“你承认你不爱你的未婚夫了？非常好。真是个诚实的女人。你是个少有的怪人，公主殿下。”

“我和王子从一开始就对彼此很坦白。他知道我不爱他。”

“你的意思是你不懂爱。”

“我很懂爱。”芭特卡普说。

“我看你还是闭嘴吧。”

“我曾经爱的程度之深，绝对超乎像你这样的凶手的想象。”

他给了她一巴掌。

“这是说谎的惩罚，殿下。在我的家乡，女人说谎是要被惩戒的。”

“可我说的全是真的，我的确深深爱过，我——”芭特卡普看到他又抬起了手，于是赶紧住了口，不再言语。

随后他们又跑了起来。

在接下来的好几个小时里，他们都没说话。他们一直在跑，跑着跑着，仿佛他能猜到她什么时候跑累了似的，他会停下来，放开她的手。她就赶紧调整呼吸，以便接着飞奔，因为她肯定随后一定还会再跑。过不久，他就会默默地抓住她，再次开跑。

天快亮时，他们第一次看到了舰队。

他们沿着一道高耸的峡谷跑着，仿佛来到了世界的顶端。他们一停住，芭特卡普便扑通一声坐在地上休息。黑衣人一语不发地站在她面前。“你的爱人来了，而且不是一个人。”他说。

芭特卡普没听明白。

黑衣人指了指他们来时的路。

芭特卡普放眼观瞧，只见弗洛林海峡的海面上到处都是灯光，仿佛布满了星星的夜空。

“他肯定出动了弗洛林的全部舰艇来救你。”黑衣人说，“太壮观了，我还是第一次见到。”舰艇驶过，他瞧着船上的提灯。

“你不可能躲开他的。”芭特卡普说，“要是你放了我，我保你毫发无损。”

“你倒是挺大方的，但我绝不会接受这样一个提议。”

“我的提议能保你性命，这的确很慷慨。”

“殿下！”黑衣人说着，突然用手卡住了她的喉咙，“如果要论及生死，还是让我来吧。”

“你不会杀我的。你不能把我从杀手那里抢来，然后自己动手杀了我。”

“既聪明又可爱。”黑衣人说。他一把把她拉起来，开始沿着大峡谷边缘狂奔。这里足有数百英尺深，到处都是岩石和树，巨大的阴影笼罩其间。黑衣人突然停下来，回头盯着舰队。“坦白说，”他道，“我真没料到会来这么多。”

“你永远也不能揣摩透我的王子的心思，所以他才是最伟大的猎手。”

“我很想知道，”黑衣人说，“他是会联合行动，还是会分散行事，一部分去搜索海岸线，一部分到陆地上找你？你怎么看？”

“我只知道他会找到我。而且，如果你不先把我放了，他肯定对你不客气。”

“他肯定和你讨论过什么吧？猎杀的快感。过去他都是怎么安排舰艇的？”

“我们从不讨论打猎，我可以向你保证。”

“不讨论打猎，不谈情说爱，你们都聊些什么呢？”

“我们并不常见面。”

“真是一对体贴的未婚夫妇。”

芭特卡普感到心烦意乱：“我们一直对彼此非常坦诚。并不是每个人都能这样。”

“请允许我告诉你一件事，殿下，你非常冰冷——”

“我不——”

“——非常冰冷，非常年轻，而且如果你能活下来，我想你身上会结霜的——”

“你为什么要指责我？我甘心忍受我的生活，这是我自己的事，而且我发誓我也没有冷冰冰的，但我认为我最好还是不要谈感情，感情只会伤我的心。”她的心是一座秘密花园，围墙非常非常高。“我曾经深爱过一个人，”过了一会儿，芭特卡普说，“结果非常悲惨。”

“另一个有钱人？是呀，他甩了你，找了另一个更有钱的女人。”

“不是。是个穷小子。很穷，并且因为贫穷而死。”

“你很遗憾吗？你有没有感觉痛苦？承认吧，你根本就没当回事儿——”

“不要嘲笑我的悲伤！那一天，我已死。”

舰队开始发射信号炮。爆炸声响彻群山。黑衣人看着舰队开始变换队形。

就在他看舰队的时候，芭特卡普用尽仅余的力气狠狠撞了他一下。

有那么一刻，黑衣人在峡谷边缘晃了几晃，为了找回平衡，他的手臂摆得就像风车。他胡乱摆着手臂，在空中一通乱抓，随后滑了下去。

黑衣人摔下去了。

他向下滑，身体被岩石撕扯着，伸出手想抓住什么阻止下滑趋势，可这道峡谷太陡峭了，根本无计可施。

只能向下滑，向下滑。

他从岩石上面向下滚，已经完全失控了。

芭特卡普看着她的“壮举”。

最后他在她下面很远处停了下来，没有发出任何声音，而且一动不动。“你去死吧，我才不在乎呢。”她说着转过身去。

她身后传来了说话声。很低的声音，从远方传来，微弱，温暖，熟悉：“遵……命……”

这会儿山间已迎来了黎明。芭特卡普应声转过身来，伴随着第一缕晨光，她低头看到黑衣人奋力摘下了面罩。

“噢，我亲爱的韦斯特利，”芭特卡普说，“瞧我做的好事！”

回应她的只是谷底的一片沉寂。

芭特卡普没有片刻犹豫。她滑下去找他，一直尽力保持不跌倒；开始下滑之后，她就觉得她听到他在一遍又一遍地喊她，但她却听不清他在说什么，因为在她的内心之中，秘密花园的围墙正在轰然倒塌，这声音淹没了其他所有声音。

再说了，她很快就失去了平衡，峡谷把她吞没了。她摔下去的过程很快，摔得也很重，可这有什么要紧？如果韦斯特利在下面等着她，她会很高兴地跳下一千英尺，跳到下面的钉床上。

向下跌。向下跌。

翻滚，撞击，撕扯，失控，她不停地滚呀，滚呀，奔向了她的爱人……

洪佩尔丁克王子站在舰队的一条舰船上，举目望着疯狂峭壁。这就和其他狩猎一样。他叫自己不去想猎物。寻找的是一头羚羊或是未婚妻无关紧要，过程都是一样的：收集线索，采取行动，研究，然后执行。如果准备工作做得不够，很可能你的行动也会迟缓。还要抓紧时间。因此，他一边沉思，一边继续盯着陡峭的石壁。

显然，最后有人爬了上去。从下到上都有脚踏过的痕迹，而且成一条直线，这就是说，有一点可以肯定，有人拉着绳子，一下又一下地攀上了一千英尺高的峭壁，偶尔会用脚踢出踏脚点保持平衡。要想爬上这样一面峭壁，既要有力气，还要有周详的计划，于是王子在脑海中做了这样的标记：我的敌人身强体壮，并且做事沉稳。

这会儿他的目光落到了崖顶下方三百英尺的石壁上。事情开始变得有趣了。由此开始，脚踏的痕迹更深了，而且多了起来，同时还不是成一条直线向上延伸。要么是有人有意从距离崖顶三百英尺的地方放开了绳子——这有些讲不通——要么就是在有人还有三百英尺就爬到崖顶的时候，另有人割断了绳子。很显然，最后这部分是徒手爬石壁。谁有这么大本事？为什么这个人要在这么关键的时刻练习爬山，而一旦摔下去，就是七百英尺的致命落差？

"我一定要去疯狂峭壁的顶端查看一番。"王子说，甚至都没有费力转过头去。

鲁根伯爵在他身后说了句"遵命"，然后等待进一步指示。

"把一半舰艇派到南面去搜寻海岸线，一半向北搜寻。黄昏时分到火沼泽附近会合。让我们的船去找最近的可能登陆地点，你带着你的士兵跟着我。备好白马。"

鲁根伯爵向炮手发出信号，王子的指示随即响彻疯狂峭壁。几分钟后，舰队开始兵分两路，只有王子的巨型战舰沿着海岸线行驶，寻找最近的登陆点。

"那里！"过了一会儿，王子命令道，他的战舰随即开始驶向一个小海湾中的安全停靠点。这需要时间，但并不是很长，因为舰长技术娴熟；更重要的是，王子很快就会失去耐性，所以没人敢冒险拖拉。

洪佩尔丁克从舰艇上一跃跳到了岸上，船员降低木板，白马从上面走到了沙滩上。在王子取得的各项成就中，最令他满意的就数这些马了。总有一天，他会拥有一队白马骑兵，但是找到血统纯正的白马可是个缓慢的过程。现在他已经找到了四匹，这四匹马全都一模一样：雪白，不知疲倦，身形巨大。二十个手掌连在一起那么高。在平地上，它们的速度无可匹敌，即便是在山上或布满岩石的地上，除了阿拉伯马，没有哪种马能追得上它们。王子骑马的时候总是要这四匹马一起出动，他只骑其中一匹。骑一匹，牵三匹，中途换马，以免有哪匹马因为他的体重太重而累垮。

这会儿他跨上马，绝尘而去。

不到一个小时，他就来到了疯狂峭壁边上。他下马，跪了下来，开始研究这一带。曾经有人把绳子系在了一棵巨大的橡树上。树根处的树皮都开裂和剥落了，所以可能是先到达崖顶的人解开了这条绳子，还在绳子上的人这时候距离崖顶还有三百英尺，而且这人最后通过某种方式还是活着爬了上来。

一片乱七八糟的脚印让他有些捉摸不透了。很难确定到底发生了什么事。或许有人在这里碰头，因为有两个人的脚印似乎离开了，同时还有一个人留下来在崖边走来走去。然后崖边有了两个人。洪佩尔丁克仔细研究这些脚印，然后确定了两件事：第一，有人在这里比剑了；第二，双方都是高手。瞧瞧那步幅，还有飞快的步法伪装，全都没有逃过他那双永远不会出错的眼睛，因此他又重新评估了他的第二个结论：那两个人至少是高手级的，也许比高手还要厉害得多。

接下来他闭上了眼睛，集中精神闻有没有血的气味儿。这么猛烈的一场比剑，肯定会见血。现在他要把整个身心投入嗅觉上。王子多年来一直精于此道，有一次，他在追一头受伤的母虎，后来这头猛兽从一根树枝上偷袭他，从那以后，他就开始闻血的味道。一开始，在根据血迹打猎时他使用双眼，但差点儿为此送命。现在他只相信他的嗅觉器官。如果一百码内有血迹，他一定能找到。

他张开眼睛，坚定地朝着一片巨大的砾石走去，随后他发现了血滴。血滴不少，而且都已经干了。但滴落的时间不超过三个小时。洪佩尔丁克笑了。如果胯下的坐骑是白色宝马，那么三个小时不过是弹指一挥间。

随后他重新开始研究那场决斗，因为有些地方他还没弄明白。看上去像是从崖边开始，然后到了别的地方，随后又回到了崖边。有时候左脚看上去占优势，有时候是右脚占优势，根本没有逻辑性可言。显然两位剑客换了手，可为什么一个使剑高手会这么做呢？除非是惯用手受了伤，到了拿不了剑的地步，而显然这种情况并没有出现，因为如果伤口这么深，肯定会血流如注，留下大片血迹，而这片区域里并没有这么多血迹来证明这一点。

奇怪。真奇怪。洪佩尔丁克转来转去。然而，更奇怪的是，比到最后，似乎并没有人死。他在一个人形边缘上跪了下来。显然，曾经有人在这里昏过去了。但依然没有血迹。

“这里有过一场惨烈的决斗。”洪佩尔丁克王子说。这话是对鲁根伯爵说的，这会儿他终于带着一百名披坚执锐的骑兵追了上来。“我猜……”王子停顿了片刻，仔细看着脚印，“我猜，在这里昏过去的人是从这里跑的，”他指向了一个方向，“而那个胜利者是沿着这条山路走的，两个人的方向正相反。我还认为，那个赢了的人走的是公主被掳走的那条路。”

“我们是不是派人去两边追？”伯爵问。

“我看不必。”洪佩尔丁克王子答，“跑掉的那个无关紧要，我们要找的是公主。而且我们不知道前面会遇到什么陷阱，所以我们需要带上所有军队。显然，这次绑架是吉尔德人策划的，他们什么都干得出来。”

“这么说，您觉着这是个陷阱？”伯爵问。

“我向来把一切都当成陷阱，直到其被证明并非如此。”王子答，“要不是这样，我哪能活到现在？”

说完，他就跨上一匹白马，疾驰而去。

来到发生肉搏的那条山路时，王子甚至都没有下马。从马背上，他就能把一切看得清清楚楚。

“有人打败了一个巨人。”等伯爵到了近前时，他说，“巨人已经跑了，你看到了吗？”

当然了，除了岩石和山路，伯爵什么都没看到：“我一直相信您的判断。”

“看那里！”王子喊道，因为这会儿他头一次在山路上的碎石中看到了一个女人的脚印，“公主还活着。”

白色宝马再一次驰骋在山间。

等到伯爵再次赶上他的时候，王子正跪在驼子僵硬的尸体边上。伯爵下了马。“闻闻看。”王子说着扬手把一个酒杯交给他。

“什么都没闻到，”伯爵说，“一点儿味儿也没有。”

“是艾克因，”王子答，“我敢打赌绝对是。我不知道还有别的东西可以这么杀人于无形。”随后他站了起来。“公主还活着，这条路上都是她的脚印。”他冲那一百个骑马的士兵说，“如果她死了，我就要血洗吉尔德！”现在他步行沿着山路追踪脚印，而只有他一个人能看出那些脚印。追着追着，只见那些脚印转向了一片更荒凉的地带，他依旧跟了过去。伯爵和士兵们在他后面排成一列，使出全力跟上他。士兵们踉踉跄跄，马被绊倒，就连伯爵都摔倒了好几次。洪佩尔丁克王子甚至都不迈大步了。他步履稳健地跑了起来，机械地迈着一双桶似的腿，咚咚咚，就像是节拍器一样。

黎明后的两个小时，他来到了那道陡峭的峡谷。

“奇怪。”他对这会儿已经累得够呛的伯爵说。

伯爵只是在不停地喘着粗气。

“有两个人从这里下去了，而且并没有爬上来。”

“的确奇怪。”伯爵勉强说出了这句话。

“不，奇怪的不是这个。”王子纠正道，“显而易见，绑架者并没有爬上来，因为峡谷太深了，而我们的大炮肯定叫他知道我们追来了。于是，他做了一个决定，那就是更充分利用时间，沿着谷底跑。他的做法深得我心。”

伯爵等着王子说下去。

“奇怪之处在于，一个剑术大师，连巨人都能打败，还善于使用艾克因粉末，竟然会不知道这道峡谷通往何处。”

“通往何处？”伯爵问。

“火沼泽。”洪佩尔丁克王子说。

“这么说，他迟早是我们的囊中物了。”伯爵说。

“对极了。”杀戮之前，他的脸上都会荡漾着微笑；这会儿，他的脸上便是笑意盈盈……

韦斯特利的确一点都不知道他即将跑进凶险万分的火沼泽。他只知道，在芭特卡普摔落谷底，来到他身边之后，要想爬上去就会浪费太多时间，这和洪佩尔丁克王子假设的一样。韦斯特利只是注意到谷底是一片平坦的岩床，而且通往他希望的方向。所以他和芭特卡普便沿着谷底飞奔，他俩都清晰地感觉到有股巨大的力量正在追逐他们，而且毫无疑问，这力量距离他们越来越近。

他们越往前走，山谷的地势就变得越陡峭，韦斯特利很快就意识到，之前他还有可能帮助她爬上去，现在这个可能性基本为零了。他已经做出了决定，已经没有转圜的余地了：不管这道峡谷通往何处，他们都要一路走到底了。

（故事讲到这里，我的妻子提出了抗议，她感觉受到了严重的欺骗，因为居然没有那对恋人在谷底和解的场景。我给她的回答——）

是我，我没弄错，上面那一段正好一字不差都是莫根施特恩说的；在未删节的版本里，他总是会提到他的妻子，不是说她喜欢下一部分，就是说她认为这是一本特别棒的书。莫根施特恩夫人非常支持她的丈夫，可不像我认识的一些妻子一样（不好意思，海伦），但有个问题：我早就受够了所有这些关于他告诉我们她的想法的插入语，我觉得这种手法并不能起到多大作用，再说了，他总是通过她来恭维他自己，现在我们都知道，炒作得太过只是有害而无利，那些失败的政治候选人在支付电视账单时一准儿会告诉你这一点。就这样，我只留下了这一个特别的插入语，因为仅此一次我完全同意莫根施特恩夫人的意见。我觉得不提和解的场景真是太不公平了。所以我写了我自己的版本，把我认为芭特卡普和韦斯特利会说的话都写了进去，可我的编辑海勒姆认为，在这个问题上，我和莫根施特恩一样不公平。要是你把原作者的话都删掉了，就不应该往里面加入你的话。这是海勒姆的看法。我们真的就这个问题争论了一次又一次，我猜足有一个月那么久：见面时争，写信争，打电话争。最后我们终于达成了妥协：你读到的普通字体的内容完全出自莫根施特恩，一字不差。删减有之，但没有一点改动。但我说服海勒姆同意让哈考特出版社至少会把我写的这一场印出来，巴兰坦出版社早就同意这么做了，现在哈考特出版社也同意了。我写的故事一共有三页，这可真不少；如果你想要看看，可以写字条或明信片给哈考特贸易出版社的耶伦卡·哈维，地址是纽约市东二十六大街15号，只要写明索要和解场景即可。千万别忘记写上回邮地址，有很多人写信来索要东西却没写回邮地址，人数之多，肯定会让你大吃一惊的。出版商同意支付邮费，所以你只需要花钱买信纸或明信片即可。与我合作的是一家慷慨的出版社——要是我是唯一一个给大家留下这种印象的现代美国作家，我会非常郁闷（他们都很讨厌——抱歉这么说，约万诺维奇先生），那么就让我在此解释一下他们为何会这么慷慨，愿意支付这么大一笔邮费，那是因为他们认为不会有人写信来。所以拜托各位，即便你兴趣寥寥，或压根儿不感兴趣，也请你写信来索要我的和解场景。你可以不看（我可不是真要你不看），但我希望看到这些出版界的天才花钱，至于原因嘛，实话实说，那就是他们不肯花大钱宣传我的书。现在我来重复一遍地址，并附上邮编等信息：

纽约市东二十六大街15号

哈考特贸易出版社

耶伦卡·哈维

邮编：10010[1]

务必注明索要和解场景。我写得有点多了，所以现在我要接着刚才被我中断的那一段，继续莫根施特恩的内容。故事越来越精彩了。完毕。

（故事讲到这里，我的妻子提出了抗议，她感觉受到了严重的欺骗，因为居然没有那对恋人在谷底和解的场景。我给她的回答很简单，是

1　我的写作生涯可以追溯到艾森豪威尔当总统时期，而自从那时候以来，我想这是我的第一条脚注。这么说是为了表示时光如流水，一去不回头。要是你等不及想看复合场景，那就不必等了。只要上网就行了：www.PrincessBrideBook.com。这样从你的电脑屏幕上就可以看了。——原注

这样的：第一，从低到高，每位神明都有权在某些时候保持真正的隐私。第二，不管那对恋人说了什么，“我的宝贝”“我的唯一”“太幸福了，太幸福了”等等，尽管可以感动当时在场的人，但就和牙膏会被挤扁一样，等到那些话被印到了纸上，事后再去阅读，就会变得索然无味。第三，他们并没有提到任何重要的信息，因为每次芭特卡普说“给我讲讲你的事”，韦斯特利就会很快截断她的话，说“等以后吧，亲爱的，现在还不是时候”。然而，为了公平起见，应该注意几点：一、他哭了；二、她眼中的眼泪一直没干过；三、他们拥抱了不止一次；四、他俩都坦白承认，能再相见，他们高兴极了；五、一刻钟后，他们就争论了起来。话题是无意中引出的，当时两个人正面对面跪在地上，韦斯特利用手捧住她美丽的脸。“我离开你时，”他轻声说，“你已经美丽不可方物，是我不敢奢求的人。在我们分离的这些年里，我充分发挥想象力，想象完美的你。每天晚上，你的脸总是萦绕在我的眼前。而现在，在我看来，相比我眼前的可人儿，这些年来伴我走过孤独岁月的影像就像个丑八怪。”

“不要再提我的美貌了，”芭特卡普说，“人们总是说我有多漂亮。我还有头脑，韦斯特利。说说这个吧。”

“我有一生一世的时间这么做，”他告诉她，“可现在我们没时间了。”他说着站了起来。从峡谷上跌下来，他摔得不轻，受了皮肉之伤，但好在骨头没断。他扶着她站起来。

“韦斯特利？”芭特卡普说，“在我开始滑下来找你之前，那时我还站在上面，我听到你说了什么，但内容听不清楚。”

“我忘了。”

“大骗子。”

他对她笑笑，吻了她的脸：“那不重要，相信我。过去的就让它过去算了。”

“我们不能开始有秘密瞒着对方。”她是认真的。

他看得出来。“相信我。”他说。

“我相信。所以告诉我你说了什么，要不就告诉我为什么不能对我讲。”

韦斯特利叹了口气：“那是我想要对你说的话，亲爱的；准确地说，应该是我用尽仅余的力气向你喊的话：‘你无论如何都要留在上面！不要下来！求你了！’”

“你不想看到我。”

“我当然想见到你。我只是不想在下面见到你。”

“为什么不想？”

“因为现在，我的甜心，我们或多或少被困住了。带着你，我们没有一整天是爬不出去的。我自己一个人很可能用不了一天就能爬上去，但是带着你这个小可爱，根本不可能做到。”

“胡说，你还爬上了疯狂峭壁呢，这儿并没有那么陡峭。”

“告诉你吧，我已经有些筋疲力尽了。爬上悬崖后，我和一个略通剑术的家伙打了一架。之后又和一个巨人搏斗了一番，感觉非常不错。然后，我骗过了那个西西里人，把他毒死，那时候只要犯一个错误，就意味着你会被刀割破喉咙。那之后，我们又跑了好几个钟头，我都快跑断气了。后来我又被推下了两百英尺高的岩石峡谷。我很累了，芭特卡普。你知道什么叫累吗？而且，为了救你，我昨天一夜没睡。”

“我又不是傻瓜，你知道的。”

“别再吹牛了。”

“别再这么无礼了。”

“你最后一次看书是什么时候？一定要说实话。图画书可不算数，我说的图画书就是有图片的书。”

芭特卡普转身走开了。“除了图片，要读的东西多得很。”她说，

“哈默史密斯公主现在生你的气了，这会儿正在认真考虑是不是要回家去。”然后她突然转身冲进了他的怀中，说：“噢，韦斯特利，我不是这个意思，我真不是这个意思，要是有一句假话，就天打什么劈。”

韦斯特利知道她想说的是“天打雷劈”，很清楚她的确很抱歉。于是他把她搂紧，闭上了他那双写满爱意的眼睛，只是轻声说了句：“我知道这是个失误，相信我，如有假话，天打什么劈。”

就这样，他们开始沿着谷底平坦的石床尽可能快地跑了起来。）

韦斯特利自然比芭特卡普先意识到他们的前方正是火沼泽。他也说不清是怎么判断出来的，可能是风中夹杂着的一点点硫黄，也可能是前方远处有一丝黄色的火焰在日光下一闪。可在他意识到之后，他就开始尽可能随意地寻找别的路，好避开火沼泽。他飞快地向上看了一眼陡峭的峡谷石壁，肯定他无法带着芭特卡普爬上去。他把耳朵贴到地上，确定追踪者的速度——每隔几分钟他都这么做一次。这会儿，他猜他们再过不到半个小时就能追上来了。

他站起来带着她继续跑，他们都没有说话，以免打乱呼吸，就跑不动了。她迟早会意识到他们正跑向何处，所以他决定用尽一切可能的办法不让她害怕。“我想我们现在可以慢一点了，”他告诉她，然后稍稍减慢了速度，“他们还离得很远呢。”

芭特卡普放松地深吸了一口气。

韦斯特利假装检查了一下周围的环境，然后给了她一个灿烂的微笑。“真幸运，”他说，“我们应该很快就到火沼泽了。”

芭特卡普当然听到他说了什么。可她的的确确感觉非常不好……

现在来说一说两个相关主题：第一，一般的火沼泽；第二，具体说一说弗洛林/吉尔德火沼泽。

第一，当然了，“火沼泽”这个名字并不恰当。没人知道这个名字是怎么来的，不过这两个词凑在一起，很有画面感，所以原因大抵如此。有的沼泽地里含有大量硫黄和其他气泡，它们持续不断地爆破，就会形成火焰。沼泽上长满了郁郁葱葱的大树，地上都是阴影，所以火焰爆发就显得特别震撼。这样的沼泽很幽暗，几乎经年都很潮湿，因此吸引了喜欢潮湿气候的昆虫和鳄鱼来安家落户。换句话说，火沼泽就是沼泽，其实就是这么一回事儿；其他东西都是添枝加叶而已。

第二，弗洛林／吉尔德火沼泽确实有一些特别奇怪的特点：首先，有雪沙；其次，有罗刹鼠，关于这个，我们稍后再说。“雪沙”这个名字其实也不准确，而且一般都被当成闪电沙。这么对比简直风马牛不相及。闪电沙很潮湿，所以人陷进去后是被淹死的。雪沙则像是滑石粉，人陷进去后是窒息而亡。

然而，弗洛林／吉尔德火沼泽的最特别之处就是还有吓唬小孩的作用。在这两个国家里，孩子淘气捣蛋，大人一准会说要把他们扔到火沼泽里：“再犯一次，就把你丢到火沼泽里。”这就像大人们常说“把盘子里的东西吃光，在某些国家，人们还在饿肚子呢”这句话一样，而且，孩子们越长越大，想象力越来越发达，在他们的想象中，火沼泽也是越来越危险。当然了，没有人真正进入过火沼泽，然而，每一年都会有一只染病的罗刹鼠从火沼泽里走出来死掉。发现了鼠兽的尸体后，火沼泽的神秘感和恐怖感更加重了几分。已知最大的火沼泽在珀斯境内，有一天的车程。那个火沼泽根本不可能通过，方圆超过二十五英里。而位于弗洛林和吉尔德之间的这片火沼泽几乎只有那个火沼泽的三分之一大。从没人能去探索一番那里是不是可以通过。

芭特卡普盯着那片火沼泽。小时候，有一整年她一直在做噩梦，梦到她要死在那里。现在她就连一步都挪不动了。在她前面，参天大树向地上投下了漆黑的阴影。火焰从四面八方突然冒出来。“你不能要求我从这里过去。”她说。

“我必须这么做。”

“我曾经梦到我会死在这里。”

“我也是，我们都这样。那一年你八岁吧？我当时八岁。”

“八岁。或者六岁。我也记不清了。”

韦斯特利拉起她的手。

她根本就走不动了：“我们一定得这样吗？”

韦斯特利点点头。

“为什么？”

“现在没时间了。”他轻轻拉了拉她。

她依旧动也不能动。

韦斯特利搂住她：“宝贝，亲爱的宝贝。我有刀，还有剑。我穿越整个世界来到这里，并不是为了失去你。”

芭特卡普搜寻着，想找到充足的勇气。她在他的眼中找到了。

他们手拉着手走进了火沼泽。

洪佩尔丁克王子目不转睛地看着。他跨坐在一匹白马上，研究着谷底的脚印。情况清楚明了：绑架犯拽着他的公主走进了火沼泽。

鲁根伯爵骑在马上，与王子并排：“他们真的进去了吗？”

王子颔首。

伯爵只盼着得到否定的答案，他问：“您认为我们应该去追吗？”

王子摇摇头：“到了里面，他们非死即生。如果他们死了，我并不希望和他们一起死；如果他们活了下来，我很愿意在另一边恭候他们。”

“绕道太远了。”伯爵说。

“对我的白马来说小菜一碟。”

“我们会尽可能快地跟上您的。”伯爵说，他再次看了看火沼泽，“那人肯定是走投无路了，要不就是吓坏了，不然就是个傻瓜，否则就是吃了熊心豹子胆。”

“我觉得这个人四点兼具。”王子答……

韦斯特利在前面带路，芭特卡普跟在后面，开头还算顺利。她意识到重要的就是忘记儿时的噩梦，火沼泽是很可怕，但没有那么可怕。起初，挥发性气体的气味几乎令人窒息，但没多久，闻惯了后就觉得不那么强烈了。那些突然迸发出来的火焰很容易避开，因为在火焰喷发出来前，其附近会传出一阵沉闷的爆裂声，非常清晰。

韦斯特利右手执剑，左手拿长刀，等着第一只罗刹鼠出来，但到目前为止，连罗刹鼠的影子都没看到。他之前割了长长一根坚韧的藤蔓绕在肩膀上，一边走，一边鼓捣。“等我把这个弄好了，”他一边在参天巨树下面稳稳地移动，一边告诉她，“我们就用它把彼此连在一起，这样一来，不管多黑，我们都不会走散了。事实上，我觉得这只是预防措施而已，根本没有必要，因为说实话吧，我几乎有点失望了：这里是很可怕，但也没有那么可怕。你同意吗？”

芭特卡普很想同意来着，她本来正要表示同意的，可就在这时，她遇到了雪沙。

韦斯特利转过身来，刚好看到她消失不见。

芭特卡普只是有那么一会儿分心，地上看起来也是硬邦邦的，而且她也不知道雪沙是什么样儿的；可等到她迈出去的那只脚开始下陷，她就没法抽回来了，而且，她还没来得及呼救，整个人就都陷了进去，就好像掉进云里一样。这是世界上最细的沙子，而且数量并不多，起初没有一点难过的感觉。她只是轻轻地从这些柔软的粉末中向下坠，距离生命越来越远，但她不让自己惊慌失措。韦斯特利教过她应付这种情况的法子，这会儿她就在按照他说的做：张开手臂，伸开手指，努力摆出人淹死后漂浮在水面上的姿势，因为韦斯特利告诉过她，她伸展得越开，下陷的速度就越慢，而她下陷的速度越慢，他就能更快地下来找她，把她救出去。雪沙一直在往芭特卡普的耳朵里灌，两边鼻孔里都是雪沙，她知道，如果她睁开眼睛，就会有成百上千万极细的雪沙流进她的眼睛里，而且现在她害怕极了。她已经下陷了多长时间？可能有几个小时了，她已经闭气闭得非常难受了。"你必须屏住呼吸，直到我找到你为止。"他曾经这么说，"必须做出死人漂浮的姿势，必须闭上眼睛，屏住呼吸，我会来救你的，到时候，我们要把这个有趣的故事讲给我们的儿孙听。"芭特卡普一直在向下陷。沙子的重量开始残酷地压着她的肩膀。她的腰背部疼了起来。在毫无用处的情况下保持手臂伸展，手指伸开，简直太痛苦了。她一直在下沉，上方的雪沙越来越重，越来越重。是不是就和他们小时候想的那样，这里是个无底沙坑？你要一直沉啊沉啊，血肉消失，骨头接着下陷？不对，肯定会在某个地方停下来。长眠之地，芭特卡普心想。多美的事啊。我太累了，筋疲力尽，真想休息一下。"韦斯特利，快来救我！"她声嘶力竭地喊道。或者说她准备这么喊，因为，要想喊，就得张开嘴，她一张开嘴，其实只喊出了"韦"这个字。然后，雪沙就涌进了她的喉咙里，她就快没命了。

开始时韦斯特利非常顺利。在她整个人彻底陷进去之前，他就已经扔掉了刀剑，并且从肩膀上取下了藤蔓。接下来他飞快地把藤蔓系在一根巨树上，紧紧抓住另一端，然后头朝前扎进了雪沙里，一边踢脚一边下陷，以便能加快速度。在他心里，他坚信他会成功。他相信他会找到她，他知道她可能心烦意乱、歇斯底里，还可能大脑受到重挫。但她能活下来，这才是最重要的。雪沙已经堵住了他的耳朵和鼻子，他希望她没有害怕，还记得要伸展身体，以便他头朝下扎进来后能很快找到她。如果她还记得，救她上来就不难，其实就和在泥浆里救溺水的游泳者一样。溺水的游泳者缓缓地下沉，而你俯冲进水里，踢腿，挥动那只自由的手臂，游到他们身边，抓住他们，带他们浮上水面，接下来，唯一真正的问题就是说服你的儿孙们相信，这件事确实发生过，根本不是另一个家族里虚构出来的故事。他只顾着琢磨尚未出生的婴儿，这时候发生了一件他没意料到的事情：藤蔓不够长。他悬了一会儿，紧紧抓住藤蔓的一端，这根藤蔓穿过雪沙，直直向上，另一端稳稳地连接着巨树。只有疯了才会放开藤蔓。任你身体怎么使力，也不可能一路回到表面。如果使劲踢腿，可能会上升几英尺，但不可能再多了。所以，如果他放开藤蔓，而且没有立刻找到她，他们俩就都完了。韦斯特利毫不犹豫地放开了藤蔓，因为他已经走了这么远，决不容许失败，失败根本不是要考虑的问题。然后他开始下陷，不出片刻，他就抓住了她的手腕。出于恐惧和惊讶，他马上叫了出来，雪沙一下子就钻进了他的喉咙，因为他抓住的是一个骨骼手腕，只有骨头，一点肉都没有了。雪沙就是这样。一旦骨骼上的肉没有了，往往就会开始上浮，仿佛在安静的潮汐中漂浮的海藻，骨骼会移动，有时候会浮到表面，更多则是永恒不尽地在雪沙里游荡。韦斯特利赶紧扔掉那个手腕，盲目地伸出双手，一通乱抓，希望能抓到她身体的某个部位，毕竟失败不是问题；失败不是问题，他告诉自己；这是个无需考虑的问题，所以忘掉失败吧；只要一心一意去找她就行了，然后他就找到了她。更确切地说，是摸到了她的脚。他一把拉过她的脚，然后用手臂圈住了她的纤腰，他开始蹬腿，蹬腿，用尽剩下的力气蹬腿，他需要上去几码，抓住藤蔓。他从不认为在一小片雪沙的海洋里找一根藤蔓是件难事。失败不是问题。他只需要蹬腿，等他蹬到了足够的程度，他就能向上升，等到上升到了足够的程度，他就会伸手去够藤蔓，等他伸出手，就能够到藤蔓，够到藤蔓后他就会把她绑在藤蔓上，然后用尽最后一点闭住的气，拉着他们两个人逃出生天。

事实也的确如此。

她昏迷了很长时间。韦斯特利做了他所能做的一切；把她耳朵、鼻子和嘴巴里的雪沙都清理了出来，而最需要小心处理的就是她眼睛里的沙子。她沉默的时间如此之长，他不禁隐隐担心起来；就仿佛她知道自己已经死了，很害怕发现事实就是如此。他把她搂在怀里，缓缓地摇晃她。终于，她眨了眨眼睛。

有那么一会儿，她只是来回看看。"这么说，我们还活着？"她最后还是开口了。

"我们的命很硬。"

"真是个大惊喜啊。"

"不需要——"他本想说"不需要担心"，但她的恐慌来得太快了。这是正常反应，他并不曾尝试阻止她，而是紧紧搂住她，任由她经历这歇斯底里的状态。她浑身发抖了一会儿，仿佛她很想变成碎片。但最糟糕的情况不过如此了。在这之后，她安静地啜泣了几分钟。随后，芭特卡普恢复了正常。

韦斯特利站了起来，把剑扣紧，挎好长刀。"来吧，"他说，"我们还有很长的路要走。"

"除非你如实相告，"她答，"我们为什么必须受这份罪？"

"现在不是时候。"韦斯特利伸出了手。

"现在时机刚好。"她一动不动。

韦斯特利叹口气。她是认真的。"那好吧，"他最后说，"我会解释的。可我们必须得走了。"

芭特卡普等待着。

"我们必须穿过火沼泽，"韦斯特利开口道，"原因既充分又简单。"他一开口，芭特卡普便站了起来，紧紧跟在他身后走着，"我的计划一直是去另一端。我得承认，我没想到要从火沼泽里面穿过去；我本打算绕过去的，可那道峡谷逼着我改变了计划。”

“我要听那个既充分又简单的原因。”芭特卡普催促道。

“火沼泽的另一端是巨鳗湾的入口。‘复仇号’巨船就停在那个海湾最深的海域里。‘复仇号’是幽冥海盗罗伯茨的唯一财产。”

“就是那个杀了你的人？”芭特卡普说，“那个人？那个把我的心撕成碎片的人？幽冥海盗罗伯茨夺走了你的生命，你要和我说的就是这个故事。”

“完全正确，”韦斯特利说，“那艘船就是我们的目的地。”

“你认识幽冥海盗罗伯茨？你和这样一个人有交情？”

“不仅如此，”韦斯特利说，“我并不指望你立刻就能充分理解这件事。只是请你相信这是真的。我就是幽冥海盗罗伯茨。”

“根本不可能，因为这个人已经干了二十年抢劫的勾当了，而你是在三年前离开我的。”

“我自己也经常为生活中的阴错阳差而惊讶万分。”韦斯特利坦白道。

“你坐船去卡罗来纳时，他是不是真的抓住你了？”

“的确如此。他的‘复仇号’捕获了我坐的船‘女王之傲号’，我们都要被处死。”

“可幽冥海盗罗伯茨没有杀你。”

“没错。”

“为什么？”

“我也说不清，可我想这是因为我求他‘请不要杀了我’。我想就是这个‘请’字勾起了他的兴趣。我没有像其他人那样求饶，也没有说要给他钱。不管怎么样，他拿着剑没动，问了我一个问题：‘我为什么要独独放过你？’而我就解释了我的任务，我告诉他，我要去美洲赚钱，然后和世界上最美丽的女人——也就是你团聚。‘我怀疑她是不是真如你想象的一样美丽。’他说着又举起了剑。‘头发是秋天的颜色，’我说，

‘肤色是冬日里的奶油色。’‘冬日里的奶油色，嗯？’他说。此时他来了兴致，起码是有一点点兴趣，因此我继续描述你的样子，到了最后，我知道我已经让他相信了我对你的感情是真的。‘告诉你，韦斯特利，’他说，‘我真的对你很抱歉，可如果我独独饶了你，消息很快就会传出去，人们会说幽冥海盗罗伯茨开始心慈手软，还标志着我要开始走下坡路了。如果他们不再害怕你，当海盗就得不停地干活儿，干活儿，干活儿，而我太老了，过不了这种生活。’‘我发誓我不会说出去的，就连对我心爱的人也不会说一个字，’我说，‘而且如果你能不杀我，我会给你当五年的贴身仆从和奴隶，要是我抱怨一句，或者惹你发火了，你可以当时当地就砍下我的脑袋，那时我会赞美着你的公平死去。’我知道我已经说动了他。‘到下面去，’他说，‘我可能明天才杀你。’”韦斯特利停了一会儿，假装清清喉咙，因为他发现第一只罗刹鼠正在后面跟着他们。这会儿似乎还没有必要提醒她，所以他只是接着清清喉咙，匆忙地躲避喷发出的火焰。

“转过天来发生了什么事儿？”芭特卡普催促道，“接着说啊。”

“嗯，你知道我是个多么勤勉的人，你该记得我善于学习，而且我一直在训练自己每天工作二十个小时。我决定尽可能利用剩余的时间学习怎么当个海盗，因为这至少可以让我不要总想着即将到来的死亡。所以我去给厨师帮忙，清理船舱，总的说来，别人叫我干什么，我就干什么，希望幽冥海盗罗伯茨能注意到我的干劲儿。‘我来取你的命。’转天早晨他说。我说：‘谢谢你多给了我一些时间，这真是太棒了，我学到了很多东西。’他说：‘就一个晚上？就这点时间你能学到什么？’于是我说：‘没人告诉过你的厨师盐和辣椒有什么区别。’‘这艘船上的东西是有点辣。’他承认，‘接着说，还有什么？’我告诉他，如果能以另一种方式把盒子堆起来，船舱里的地方就大多了，于是他注意到我已经重新整理了船舱，幸运的是，空间确实变大了。他最后说道：‘很好，你可以给我当一天仆人。我以前从没有过仆人；没准我不喜欢，那我明天早晨再杀你不迟。’接下来的一年里，他每天晚上都对我说这样的话：‘谢谢你所做的一切，韦斯特利，现在晚安吧，我明天早晨可能就会要了你的命。’

“当然了，到了年底，我们之间就变得不只是主仆关系。他这人又矮又胖，一点也不坏，和你想象的幽冥海盗罗伯茨一样，我想他和我喜欢他一样喜欢我。那时候我已经学了很多：航海，肉搏，剑术，扔长刀，而且身体处于最佳状态。到了某一年的年底，船长对我说：‘别再当仆人了，韦斯特利，从现在开始你就是我的二副。’于是我说：‘谢谢，先生，但我不能当海盗。’他说：‘你还想去找你那位拥有秋日头发的美女，是不是？’我甚至都不用回答。‘只要当一两年海盗，你就能发财，到时候随便你走。’我说：‘你的人都跟了你这么年了，他们也没发财。’他说：‘这是因为他们不是船长。我很快就要退休了，韦斯特利，到时候‘复仇号’就是你的。’我得承认，亲爱的，我有点儿动心了，但我们没有达成最后决定。他同意让我在几次俘获其他船只的行动中协助他，好看看我是不是喜欢干这个。我确实喜欢。”这会儿又有一只罗刹鼠跟在他们后面。在他们向前走的过程中，两只老鼠形成了夹击之势。

芭特卡普此时也看到了它们：“韦斯特利——”

“嘘。没事的。我看到它们了。我要讲完吗？这会让你不去注意它们吗？”

“你帮着他俘获了几次别的船只，”芭特卡普说，“以便看看你是不是喜欢。”

韦斯特利躲开了突然爆发的火焰，挡在芭特卡普身前，以免热气伤到她：“我不仅喜欢，事实证明我还很有天赋。我太有天赋了，以至于罗伯茨在一个四月的早晨对我说：‘韦斯特利，下条船是你的。让我们看看你的本事吧。’那天下午，我们盯上了一艘西班牙的船，这船油水很大，是开往马德里的。我把船驶到近处。他们吓坏了。“你是谁？”他们的船长喊道。‘韦斯特利。’我告诉他。‘从没听说过。’说完他们就开火了。

“真糟糕。他们一点也不害怕我。我慌了手脚，担心我把一切都搞砸了。很快他们就开走了。我得说我真是太灰心丧气了。罗伯茨叫我去他的船舱。我就像个挨了鞭子的小孩一样偷偷溜了进去。‘打起精神来。’他告诉我，然后关上舱门，就剩我们两个人，‘我要告诉你一件我从没说过的事，你一定不能说出去。’我自然说我会保守秘密。‘我根本不是幽冥海盗罗伯茨，’他说，‘我的名字是瑞安。我是从上一任幽冥海盗罗伯茨那里接手的这条船，将来你也要从我手里接管这艘船。把船传给我的那个人也不是真正的幽冥海盗罗伯茨，那人名叫坎伯邦德。真正的幽冥海盗罗伯茨已经退休十五年了，一直在巴塔哥尼亚过着国王一般的生活。’我坦白说我被搞糊涂了。‘其实非常简单，’瑞安解释道，‘真正的罗伯茨干了几年后就发了大财，所以他就想退休。克卢尼既是他的朋友，也是他的大副，于是他把船留给了克卢尼，他和你的经历差不多：他尝试俘获的第一艘船差点儿把他轰到海里去。所以罗伯茨意识到人们害怕的是他的名号，所以他把‘复仇号’驶到港口，换掉了所有船员，克卢尼就告诉所有人他就是幽冥海盗罗伯茨，谁会知道他不是呢？等到克卢尼发了财，想要退休，他就把这个名号传给了坎伯邦德，坎伯邦德又传给了我，而我，来自利物浦郊外布德尔的菲利克斯·雷蒙德·瑞安，现在把‘幽冥海盗罗伯茨’这个称号授予你，韦斯特利。我们现在要做的就是登陆去招募一些年轻的新海盗。我会以大副瑞安的身份陪你航行几天，并且给所有人讲一讲我和你，幽冥海盗罗伯茨，一起在这几年叱咤大海的经历。然后，等到他们都信以为真了，你就放我走，接下来，海上世界就是你的了。’”韦斯特利对芭特卡普笑了笑，“现在你明白了。你也该知道为什么害怕是很愚蠢的行为了。”

“可我还是害怕。”

“到最后还是个快乐的大结局。想想吧：三年多以前，你是个挤奶女工，我是个农场小子。现在你就快变成王后了，我也成了海上霸主。这样的人当然无意死在火沼泽。”

“你怎么能肯定？”

“噢，因为我们在一起，手牵着手，真心相爱。”

“啊，是的，”芭特卡普说，“我总是忘记这事儿。”

她的话和语气都有那么一点点冷淡，如果不是一只罗刹鼠从树枝上攻击了韦斯特利，他一定会注意到的。那只罗刹鼠用它那口巨牙狠狠咬住了韦斯特利毫无防护的肩膀，一下子把他扑倒在地，血立刻飞溅出来。随后另外两只一直跟着他们的罗刹鼠也发动了攻击，它们没理会芭特卡普，而是把因为饥饿产生的力量都用来攻击韦斯特利流血的肩膀。

（说到罗刹鼠这种异常巨大的啮齿动物，就要先说说南美水豚，据说这种水豚的体重可以达到一百五十磅。它们其实就是大水鼠，现在基本上没有危险。世界上最大的纯种老鼠来自塔斯马尼亚岛，实际重量为一百磅。但它们很笨拙，成年后往往就会变懒，大部分塔斯马尼亚岛牧民轻而易举就学会了避开它们的方法。火沼泽罗刹鼠是一种纯种老鼠，体重通常是八十磅，速度和猎狼犬一样快。它们还是食肉动物，性格非常狂暴。）

这些罗刹鼠竞相去咬韦斯特利肩膀上的伤口。它们用巨大的前牙撕咬他左肩上毫无防护的嫩肉。他不知道芭特卡普是不是已经被吃掉一半了；他只知道，如果他不赶快采取行动，她很快就会被撕成碎片。

于是他故意向喷出的火焰滚了过去。

他的衣服着了火，这正中他的下怀，但更重要的是，这些罗刹鼠被热气和火焰吓得赶紧避到了远处，虽然只有那么一瞬间，却已经足够了，韦斯特利借机伸手抽出长刀，一下子就投中了距离他最近的罗刹鼠的心脏。

另外两只罗刹鼠立刻转而扑向了它们的同伴，开始啃噬那只还在尖叫的罗刹鼠。

韦斯特利这时拿出了剑，飞快的两次刺戳后，三只罗刹鼠都送了命。“快！”他冲芭特卡普说，这时她还站在第一只罗刹鼠跳过来攻击时她站的位置，已经被吓傻了。“包扎，包扎，”韦斯特利喊道，“赶紧包扎我的伤口，不然我们都得死。”说完他滚到地上，撕下烧坏的衣服，然后开始把泥巴糊在肩膀上很深的伤口上。“这些家伙就和鲨鱼一样，是一群嗜血怪兽，它们喝血为生。”他把更多的泥巴敷到伤口上，“我们得止住血，还要把伤口盖住，以免他们闻到味儿。只要它们闻不到味儿，我们就有一线生机；要是它们闻到了血的气味，我们就算交待在这里了。所以过来帮帮我，求你了。”芭特卡普把她的衣服撕碎，两个人一同包扎起伤口，用火沼泽的泥土包住伤口，然后用碎布条一遍又一遍地裹住伤口。

“很快就能知道结果了。”韦斯特利说，因为另外两只耗子正盯着他们。韦斯特利站起来，手里拿着剑。“要是它们攻击，就说明它们闻到了。”他轻声说。

两只巨大的罗刹鼠就站在那里看着。

“来吧。”韦斯特利轻声说。

这时候又来了两只。

韦斯特利的剑突然一闪，最近的那只罗刹鼠身上便血流如注。另外三只心满意足地扑向同伴，有那么一段时间顾不上其他了。

韦斯特利抓起芭特卡普的手，再次开始向前走。

“你的伤口怎么样？”她问。

“很疼，不过我们可以过一会儿再说这个。现在赶快走。”他们疾速向前走去。他们已经在火沼泽里待了一个小时了，而他们一共用了六个小时才走出火沼泽——事实证明，头一个小时是这六个小时中最容易的部分。但他们还是穿了过去。还活着，还在一起。而且手拉着手。

快到黄昏时，他们终于看到了停在海湾最深海域内的“复仇号”。还处在火沼泽范围内的韦斯特利跪了下来，使劲拍了一下膝盖。

因为他和他的船之间出现了一些障碍。舰队的一半战舰从北边驶了过来。这会儿另一半舰船也从南面过来了。还有一百名骑马的士兵，个个身穿盔甲，手拿武器。伯爵在士兵前面，而在所有人前面的是王子和四匹白马，王子骑在一匹白马上，处于尖头位置。韦斯特利站了起来：“我们穿过火沼泽的时间太长了。全怪我。”

“我接受你的投降。”王子说。

韦斯特利拉紧芭特卡普的手。“没有人会投降。”他说。

“你在做傻事。”王子答，“我认为你是个勇士。千万别当傻瓜。”

“关于胜利，有什么是愚蠢的吗？”韦斯特利很想知道，“依我看，如果你想抓到我们，就得到火沼泽里面来。我们已经在这里待了好几个小时了，我们知道哪里有雪沙。我想就算是太着急了，你和你的人也不会到里面来追我们。到了早晨我们就能逃走了。”

“我对此表示怀疑。”王子说着，随手一指大海。一半的战舰开始追击“复仇号”巨船。“复仇号”别无他途，只能驶离。“投降吧。”王子说。

“绝无可能。”

“马上投降！”王子喊道。

“宁死不降！”韦斯特利吼道。

“你能保证不伤害他？”芭特卡普轻声说。

“什么？”王子说。

“什么？”韦斯特利说。

芭特卡普向前走了一步，说：“如果我们投降，不发生任何冲突，如果回到昨天黄昏之前的生活，你能发誓不伤害这个男人吗？”

洪佩尔丁克王子举起右手：“我以我即将离世的父亲的坟墓和我已经故世的母亲的灵魂起誓，我绝不会伤害那个男人，如果我这么做了，那么就算我活上一千年，也再不能打猎。”

芭特卡普转身看着韦斯特利。“好了，”她说，“不能要求再多了，现实就是如此。”

“现实就是你宁愿保命，”韦斯特利说，“和你的王子在一起，也不愿和你的爱人死在一起。”

“我宁愿活着，也不愿意死，这一点我承认。”

“我们说的是爱，小姐。”

沉默了很长一段时间后，芭特卡普说：

“没有爱，我也可以活下去。”

说完她便留下韦斯特利一个人走开了。

洪佩尔丁克王子看着她走过长长一段距离，向他靠近。“等我们走远了，”他对鲁根伯爵说，“抓住那个穿黑衣服的男人，把他扔到死亡动物园的第五层。”

伯爵点点头：“有那么一刻，我相信您是真的在发誓。”

“我说的是事实，我从不撒谎。”王子答，“我说我绝不会伤害他，但我没说过他不会受苦。而且出手折磨他的是你，我只是个观众而已。”他张开双臂迎接他的公主。

“他是从‘复仇号’上来的，”芭特卡普说，“他是——”她本想说出韦斯特利的故事，但这不是她该重复的，“——一个普通水手，我从小就认识他了。你会安排他回船上吗？”

“还要我再发誓吗？”

“不需要了。”芭特卡普说，因为她和所有人一样，都知道王子要比所有弗洛林人都直截了当。

“来吧，我的公主。”他拉起了她的手。

芭特卡普和他一起走了。

韦斯特利看着这一切。他默默地站在火沼泽的边缘。天色越来越暗了，可他身后的火焰把他的脸照得清晰分明。他累了，目光因此有些呆滞。他被罗刹鼠咬，身上挨了几剑，一直绵绵无休，向疯狂峭壁发动了冲击，救了人，也杀了人。他拿他的世界来冒险，现在她却与他渐行渐远，和一个无赖王子手拉着手走了。随后芭特卡普走远了，消失在了视线之中。

韦斯特利深吸了一口气。他意识到二十来个士兵开始向他合围过来，他或许可以让他们颇费一番力气才能取胜。

可这么做又是为了什么呢?

韦斯特利没有了斗志。

“来吧，先生，”鲁根伯爵走了过来，“我们必须把你安全送到你的船上。”

“我们都是行动主义者，”韦斯特利答，“谎言不适合我们。”

“说得好。”伯爵说着突然一个转身，便把韦斯特利打晕了。

韦斯特利就像一块被猛击的石头轰然倒地，他最后的意识是看到了伯爵的右手：有六根手指。韦斯特利还是第一次见到这种畸形的人……

第六章

欢　宴

哥伦比亚大学弗洛林史专家邦焦尔诺教授称这一章再次凸显了莫根施特恩是个讽刺大师，其手法已臻化境。(这就是他说话的风格——“已臻化境”“诙谐幽默”，诸如此类。)

“欢宴”这一章详细地描写了什么？猜猜看。对了！就是宴会。距离王子和公主的婚礼还有八十九天，所以弗洛林的每个大人物都要为这对未婚夫妇举行宴会，而莫根施特恩在这些篇幅里描述的就是这些有钱人是怎么娱乐的。什么样的宴会，什么样的食物，装饰是谁负责的，座位是如何安排的，反正就是介绍了这些事情。

只有一个部分还有点意思，但也不值得用四十四页的篇幅来讲：洪佩尔丁克王子对芭特卡普越来越有兴趣，越来越彬彬有礼，甚至连打猎时间都减少了。而且，更重要的是，自从挫败了绑架事件后，发生了三件事：第一，所有人都相信这个阴谋是吉尔德人搞出来的，所以两国之间的关系现在有些剑拔弩张；第二，芭特卡普得到了所有人的爱戴，因为有传言说她表现得非常勇敢，甚至活着从火沼泽里走了出来；第三，洪佩尔丁克王子终于在他自己的土地上成了英雄。以前他并不很受待见，毕竟他只顾着打猎，而且一旦老国王年老糊涂，整个国家就可能变得岌岌可危，但他挫败绑架事件的方式让所有人都意识到，这家伙非常勇武，而拥有这样一位未来的领导人是他们的幸运。

不管怎么说，这四十四页的篇幅只是描写了头一个月的宴会。好在并不是每一场宴会都介绍到了，正合我意的是，内容再次转向了正题。

芭特卡普又参加了一个冗长的宴会，结束之后，她躺在床上，筋疲力尽，天已经很晚了，睡着之前，她琢磨着韦斯特利这会儿驰骋在哪片大海之上，还有那个巨人和西班牙人，他们怎么样了。就这样，通过三篇简短的倒叙文字，莫根施特恩又回到了我认为的正式故事之中。

伊尼戈恢复了意识，天还黑着，他依然在疯狂峭壁顶上。远处下方，弗洛林海峡中的海水在咆哮着。伊尼戈动了动，眨眨眼睛，想要揉揉眼睛，却做不到。

他的手还被绑在大树上。

伊尼戈又眨了眨眼睛，把眼睛上的蜘蛛网眨掉。他之前跪在黑衣人面前，准备受死。显然胜利者另有打算。伊尼戈尽可能地环视四周，他的六指剑还在那里，在月光下闪闪发光，仿佛失去了魔力。伊尼戈尽力伸出右腿去够剑柄。然后事情就很简单了：他慢慢地把剑弄到近处，用一只手抓住，接下来，用剑把绑住他的绳子弄断就更容易了。站起来后，他有些晕头转向，赶紧揉了揉耳朵后面的部位，黑衣人打的就是那里。有一块肿块，很大，这是肯定的，不过没什么大问题。

大问题是现在该做什么。

对于这种情况，也就是计划失败了，维齐尼曾经给过严格的指示：回到原点。回到原点等着维齐尼，然后重新集结，重新计划，重新开始。伊尼戈甚至还编了一句押韵的话给菲兹克，好让巨人在遇到问题时一下子就能记起该怎么办：“傻瓜，呆瓜，回到原点，听话，听话。”

伊尼戈很清楚原点在哪里。他们是在弗洛林市盗贼总部得到这份委托的。和以往一样，是维齐尼一个人做的安排。他去见了雇主，接受了委托，并且做了计划，这一切都是在盗贼总部干的。因此，盗贼总部就是目的地。

只是伊尼戈很讨厌那个地方。那里人人都那么危险，个个都是大块头，卑鄙无耻，即使他是世界上最厉害的剑客，又怎么样呢？人们会怎么看待他？他看起来就像是个骨瘦如柴的西班牙人，别人会认为抢劫他是件很有意思的事。总不能挂着一块牌子走来走去，上面写着："当心，我是自从科西嘉剑神死了之后最伟大的剑客。别偷东西。"

再说了，这正是伊尼戈的痛处，他才不是什么最伟大的剑客，再也不是了，他不是，因为他刚才不是被打败了吗？曾经他是真正的剑神，可现在，现在——

这里我删掉了整整六页的伊尼戈的独白，莫根施特恩通过伊尼戈仔细思考了瞬息的辉煌后感到的痛苦。写这些独白的原因是莫根施特恩的上本书遭到了批评家的炮轰，而且销量极差。（说句题外话：你知道吗，罗伯特·勃朗宁的第一本诗集一本都没卖出去？这可是真的。就连他母亲也不会到当地的书店里买他的诗集。你有没有听过更丢脸的事？设想你变成了勃朗宁，而那是你的第一本书，你私下里希望现在你是个大人物，已经功成名就，地位显赫。你熬了一个星期才去找你的出版人问书卖得怎么样了，因为你不想看起来急不可耐。随后你可能会顺道拜访，那时所有的一切都是英国化的，而且非常低调，而你是勃朗宁，你随便聊了聊，然后才提到了重点："噢，顺便问一下，你知道我的诗反响怎么样吗？"他那位一直担惊受怕的编辑可能会说："噢，你知道如今诗歌的市场怎么样，诗歌从前那样突然开始广受欢迎的情况已经结束了，那时只需要一点时间就能流传开来。"最后，终于有人说："没卖出去，鲍勃。抱歉，鲍勃，不行，我们还没得到确实的消息说有一本书卖出去了。我们觉得皮卡迪利大街的哈查兹书店或许有潜在的买家，但这也起不了多大作用。抱歉，鲍勃。当然了，如果有什么突破，我们一定会通知你的。"题外话结束。）

无论如何，伊尼戈在疯狂峭壁上完成了独白，然后用了几个小时找了个渔民，把他送回了弗洛林市。

盗贼总部比他记忆中的还要糟糕。以前菲兹克总是和他一起来，他们一起玩押韵游戏，只要有菲兹克在，那些小偷就不敢轻举妄动。

伊尼戈惊慌地在漆黑的街道上走着，非常害怕。一个这么厉害的人为什么要害怕？他在害怕什么？

他在一个脏兮兮的门阶上坐了下来，开始思索。在他周围，黑漆漆的夜里传来了阵阵哭喊声，酒馆里则传出了淫荡的欢笑声。随后他意识到，他之所以害怕，是因为他坐在这里，紧握六指剑寻求信心，他突然回到了维齐尼发现他之前的日子。

失败。

一个没有目标的人，一个没有明天的人。伊尼戈已经很多年没有碰过白兰地了。这会儿他感觉他的手指正在摸钱。现在他听到他的脚步声正向着最近的酒馆而去，此刻他看到他的钱摆在了柜台上。下一秒，白兰地酒瓶已经到了他手里。

他跑回了那个门阶。他打开酒瓶，闻了闻瓶中的劣质白兰地，然后喝了一小口。他咳嗽起来。他喝了一大口，又咳嗽起来。他灌了几口，咳嗽，再灌几口，然后笑了出来。

恐惧开始离他而去。

毕竟，他为什么要害怕呢？他是伊尼戈·蒙托亚（此时瓶子里的酒只剩下一半了），伟大的多明戈·蒙托亚之子，所以到底有什么可怕的呢？（此时白兰地已经被喝光了。）恐惧怎么敢接近像伊尼戈·蒙托亚这样的剑神？噢，再也不会害怕了。（开始喝第二瓶。）永远也不会害怕了。

他独自坐在那儿，充满自信，强壮无比。他的生活好得很。他的钱足够买白兰地，有了白兰地，就有了全世界。

门阶既破旧又荒凉。伊尼戈弯着腰坐在那里，感觉非常满意，用曾经颤抖的手紧抓着酒瓶。别人说什么，你做什么，生活会变得非常简单。没什么比他手中的酒更简单、更美好的了。

他现在要做的事就是一边喝酒，一边等着维齐尼来找他……

菲兹克不知道自己昏迷了多长时间。他只知道，在他摇摇晃晃在山路上站起来的时候，他的喉咙疼得要命，而那正是黑衣人刚才勒住他的地方。

该怎么办呢？

计划失败了。菲兹克闭上眼睛，努力地想：计划失败的时候应该到一个地方去，可他想不起是哪个地方了。伊尼戈还为他编了一句押韵的话，以免他忘了，可现在，就算是这样，他还是笨到想不起来了。是什么呢？是不是“傻瓜，呆瓜，等着维齐尼，抱着大西瓜”？押韵是押韵了，可大西瓜在什么地方？要不就是“傻子，呆子，现在就去填饱肚子”。这也押韵，可里面还有什么样的指示呢？

该怎么办呢？该怎么办呢？

难道是“蠢材，蠢材，用你的脑子，也做一回天才”？没人帮助他。没什么能帮到他。在他的一生中，他从没做过一件正确的事，一直到后来维齐尼来了。想也没想，菲兹克便冲进了夜色中去追西西里人。

他找到维齐尼之后，只见他正在打盹儿。维齐尼刚才在喝酒，这会儿睡着了。菲兹克跪下来，双手做成祈祷的姿势。“维齐尼，真对不起。”他说。

维齐尼还在睡觉。

菲兹克轻轻摇了摇他。

维齐尼依然没有醒。

这次他使劲摇了摇。

还是没醒。

“噢，我知道了，你死掉了。”菲兹克说完站了起来。“他死了，维齐尼死了。”他轻声说。他的脑筋没有帮上忙，他的喉咙里则爆发出一声非常痛苦的尖叫声，响彻黑夜：“伊尼戈！”然后他转身冲下山路，因为如果伊尼戈还活着，就万事大吉了，情况肯定会变得不一样；没有了维齐尼命令他们，骂他们，情况肯定会变，可至少有时间能玩押韵游戏了。所以等到菲兹克到了疯狂峭壁，他喊道：“伊尼戈，伊尼戈，我来了。”只有岩石听到了他的呼喊声：“我来了，伊尼戈，我是菲兹克。”可只有大树听见了他的呼唤：“伊尼戈，伊尼戈，回答我，求你了。”直到最后，菲兹克得出了结论：维齐尼死了，伊尼戈不见了，简直糟透了。

实际上菲兹克简直认为天塌了，所以他跑了起来，边跑边喊：“我马上就要找到你了，伊尼戈。”“我就在你身后，伊尼戈。”“嘿，伊尼戈，等一等。”（等一等，整一整，他一边跑，一边玩押韵游戏，而且一旦他找到了伊尼戈，玩押韵游戏就没意思了。）但喊了大约一个小时后，他的喉咙就喊不出声了，毕竟他不久之前差点被人掐死。他跑呀跑呀，最后来到了一个小村子，并且在村外找到了一个石头堆成的洞穴，刚好够他躺进去。他坐了下来，背靠着一块石头，双手抱膝，喉咙疼得直钻心。后来村子里的孩子们发现了他。他们屏住呼吸，壮着胆子爬到距离菲兹克最近的地方。菲兹克希望他们能走开，所以他一动不动，假装和伊尼戈一起：伊尼戈说“木桶”，菲兹克立马接上一句“古董”，也许他们还会一起唱一小段儿；然后，伊尼戈说“小夜曲”，这么简单的挑战可难不倒菲兹克，因为他很快就对上“小野菊”；然后伊尼戈会说一个关于天气的词，菲兹克会说一个韵脚相同的词。就这样，到了最后，村子里的顽童们再也不害怕他了。菲兹克看得出来这一点，因为他们爬得离他特别近，而且突然大喊大叫，还做起了鬼脸。他并没有真的责怪他们，他看上去就像是那种遭人嘲笑的人。他的衣服撕坏了，喉咙发不出声，眼睛里闪烁着狂野的光芒；如果他和他们一般年纪，他可能也会大喊大叫。

只有在这个时候他们觉得他很有趣，而他则认为这种情况很丢脸，不过他并不知道该用什么词来形容这种情况。现在小孩子们不再大喊大叫了。他们开始嘲笑他了。嘲笑，菲兹克心想，然后他想到了“笑柄”这个词，因为对他们来说他就是个笑柄，一个好笑的大家伙，而且还不会制造声音。从现在到将来，他都遭人嘲笑，是一个大笑柄。

菲兹克蜷缩在他的洞穴里，努力想着积极的一面。至少他们还没拿东西砸他。

至少还没这么糟。

韦斯特利醒来时，发现自己被铁链锁在一个巨大的笼子里。罗刹鼠在他的肩膀上又咬又抓，伤口已经开始溃烂。他暂时不去理会身体上的不适，开始研究周围的环境。

他肯定是在地下。能证明这一点的并不是没有窗户；更为重要的是，这里极其黑暗。从他上方的某个地方，传来了动物的叫声：偶尔有一两声狮吼，还能听到猎豹的吠叫。

他醒过来没多久，那个白化病饲养员就来了，他身上没有一点血色，白得就像死桦树。给笼子照亮的烛光映衬得那个白化病人像是一个从未见过太阳的生物。白化病人拿了一个托盘，端着很多东西过来，有绷带和食物，还有用来治伤的粉末和白兰地。

“我们这是在什么地方？”韦斯特利问。

白化病人耸耸肩。

“你是谁？”

依旧是耸耸肩。

对于别人的问话，这家伙似乎只会做出这种反应。白化病人给他治伤，韦斯特利问了一个又一个问题。然后白化病人把食物给他，热乎乎的，好吃得不得了，而且管饱。

耸耸肩。

又耸了耸肩。

“谁知道我在什么鬼地方？”

耸耸肩。

“你说谎，但总得和我说点什么吧，给我一个答案也好。谁知道我在哪里？”

一个低声传来：“我知道。他们知道。”

“他们？”

耸耸肩。

“你是说王子和伯爵？”

点点头。

“只有这两个人？”

点点头。

“我被送进来的时候已经恢复一点意识了。伯爵当时正在下命令，是三个士兵把我抬进来的。他们也知道。”

白化病人摇摇头，轻声说：“知道。”

“你的意思是他们死了？”

耸耸肩。

“这么说我也会死？”

耸耸肩。

韦斯特利躺在巨大的地下牢笼的地面上，看着白化病人一声不吭地把东西收拾到托盘上，悄悄地走出视线。如果那几个士兵死了，那么假设他最后也会步他们的后尘，也不能说没有道理。可如果他们想要除掉他，那么假设他们不想很快动手，也不能说没有道理，否则为什么还要给他治伤，还要用热气腾腾的美食让他恢复体力？不，他的死只是时间问题。可与此同时，考虑到抓他的人的个性，假设他们会尽全力折磨他，更不能说没有道理。

而且会是百般折磨。

韦斯特利闭上眼睛。他即将面对痛苦，所以必须做好准备。他必须让头脑快速运转起来，必须控制他的精神，不能在精神上屈服于他们的折磨，绝不能让他们把他打倒。他不会任由他们把他打垮。他要坚强地去面对一切。只要他们能给他充足的时间做好准备，他知道他就一定能战胜痛苦。事实证明他们的确给了他充足的时间（酷刑机要好几个月后才能建好）。

可他们终究还是打垮了他。

芭特卡普参加了三十天的庆祝活动，而后面还有六十天要出席各种宴会，她真的认为她没有力量坚持下去了。微笑，微笑，握手，鞠躬，感谢，一遍又一遍地重复。光是一个月已经够她受的了，怎么还能再坚持两个月？

事实证明，由于国王身体的原因，情况变得既简单又悲伤。在还剩下五十五天的时候，洛塔隆的健康状况开始急剧恶化。

洪佩尔丁克王子下令另请名医。（上一位巫士麦克斯还活着，但因为很久以前他们就把他扫地出门了，所以现在请他回来给国王看病绝称不上明智之举；如果在洛塔隆只是病重的时候，这个麦克斯都是滥竽充数，那么现在洛塔隆都快死了，他又怎么能突然成为妙手回春的神医呢？）新来的医生都同意使用各种可靠的药物，在他们来诊治的四十八小时后，国王驾崩了。

当然了，婚礼日期没有任何变化，毕竟一个国家并不是每天都能迎来建国五百周年纪念日，可那些庆祝活动要么是被彻底取消，要么是被大幅缩减。洪佩尔丁克王子在距离大婚还剩下四十五天的时候加冕为弗洛林国王，如此一来，一切都变了，因为以前除了打猎，他对其他一切都不重视，现在他必须去学习，学习一切，学习治理一个国家。他终日埋首书堆，或者与智者为伍，了解如果对这个征税，什么时候应该对那个征税，如何处理错综复杂的外交事务，可以信赖什么人，应该保持什么样的距离，采取哪些手段，等等。在她的明眸前，洪佩尔丁克王子从一个可怕的行动派变成了一个聪明的狂人，因为他必须赶在其他国家胆敢前来干涉弗洛林的未来之前把所有事都摆平。因此，当婚礼真正来临的时候，就变成了一件微不足道的小事，婚礼时间很短，夹在大臣会议和财政危机会议之间举行，而成为王后之后的第一个下午，芭特卡普在城堡里闲逛，有些无所适从。后来，洪佩尔丁克国王和她一起走到城堡的阳台上，去和已经耐心等了一天的庞大人群打招呼，此时她才意识到她已经是王后了，不管有何价值，现在她的生命都属于她的子民。

他们一起站在城堡的阳台上，接受欢呼、呐喊以及无穷无尽如雷鸣般的叫好声，直到芭特卡普说："我能再到他们中间去吗？"国王点头答应了，于是她再次走下阳台，就像宣布结婚的那一天，容光焕发的她独自一人来到了平民之中，人们再一次让开路让她通过，他们哭了，欢呼着，不停地鞠躬——

然后有一个人发出了嘘声。

洪佩尔丁克在阳台上看到了这一切，并立刻采取了行动，指示士兵到嘘声传出的区域，同时派遣更多军队飞快地围拢在王后周围。芭特卡普安全了，而那个发出嘘声的人也被抓到了，跟着便被带走了。

"等等。"芭特卡普说，依旧因为这突如其来的情况而震惊不已。押走那个发出嘘声的人的士兵停了下来。"把她带到我这里来。"芭特卡普说。不一会儿那个人就被带到了她面前，她们面对面站着。

这个女人已经上了年纪，脸上布满皱纹，而且弯腰驼背。芭特卡普回忆了一下她认识的人，却并不记得这个女人。“我们认识吗？”王后问。

老妇人摇摇头。

“那么为什么你要这么做？为什么选择今天这个大喜的日子？为什么你要侮辱王后？”

“因为你配不上这欢呼声。”老妇人说，突然间她大叫起来，“你本来拥有爱情，却为了富贵而抛弃了爱情！”她转身面向人群，“我告诉你们的都是真的，她和她的爱人一起闯过了火沼泽，后来她却弃之如敝屣，她就是这么一个人，贱人王后。”

“我早已答应王子——”芭特卡普说，可那个老妇人一直在喋喋不休。

“问问她是怎么穿过了火沼泽的？问问她是不是一个人穿过了火沼泽？她甩掉了她的爱人，当上了这个肮脏的王后，真是个垃圾王后——我已经很老了，生死对我来说已经不重要了，所以我是这里这么多人之中唯一一个敢说真话的人。如果你们愿意，就向这个渣滓王后卑躬屈膝吧，但我不愿意；如果你们喜欢，就为这个烂人王后欢呼吧，但我不会；热烈赞颂这个粪坑王后的美貌吧，但我不要。不要算上我！”这会儿她向芭特卡普冲了过来。

“把她带走。”芭特卡普明令道。

可士兵们无法阻止她，这个老妇人向她冲过来，她的声音越来越大，越来越大！越来越大！越来越大，越来越大！越来越——

芭特卡普尖叫着醒了过来。

她躺在床上。一个人。很安全。婚礼还有六十天。

可她的噩梦已经开始了。

转天夜里，她梦到她生了他们的第一个孩子……

打断一下，嘿，现在给老莫根施特恩一个“造假高手”的称号，怎么样？我的意思是，至少有那么一刻，你是不是以为他们真的结婚了？

反正我就是这样认为的。

现在来说说我对我父亲给我读这本书时给我留下的最深印象之一。还记得那时我得了肺炎，但后来我好了点，所以疯狂地想要接着看书。当你只有十岁时，你会认为，不管怎么样，故事一定要有个完美结局。那些作者可以绞尽脑汁吓唬你，但你知道结局，所以一点也不担心，从长久来看，正义一定会取得胜利。至于韦斯特利和芭特卡普，噢，他们肯定会遇到他们的麻烦，但他们一定会结婚，从此以后幸福地生活在一起。要是我能找到一个人和我打赌，我一定会赌上我家里最值钱的东西。

在我父亲读到婚礼“夹在大臣会议和财政危机会议之间举行”这句话时，我说：“你读错了。”

我的父亲是个小个子光头理发师——还记得吗？识字不多。噢，你总不能难为一个阅读有困难的人吧，还说他读错了，因为这确实很不好。“我就是按照书里读的。”他说。

“我知道，但你就是读错了。她不会嫁给大坏蛋洪佩尔丁克。她要和韦斯特利结婚。”

“这里就是这么说的。”我的父亲说，有点生气了，他重新看了一遍。

“你一定是漏掉了一页吧。接着从前的读，嗯？”

这会儿他已经很生气了。“我没漏掉一个字。每个字我都读出来了。书上有字，我把这些字读了出来，晚安。”说完他就走了。

“喂，求你了，别走。”我在他身后喊道，但他终究是个很固执的人。后来我的母亲说：“你父亲说他的喉咙太疼了。我告诉他不要读太多。”她为我把被子塞好，把枕头拍松，不管我怎么抗议，今晚都到此结束了。只有等到明天才能听故事了。

整整一夜我都在想芭特卡普和洪佩尔丁克结婚的事。这太让我震撼了。我怎么才能找出合理解释呢？可这个世界不是这个样子的。好人和好人在一起，坏人都应该下地狱。可他们结婚了——我就是没法把他们两个人联系在一起。老天，我确实努力了。我先是以为或许是芭特卡普产生了幻想，把洪佩尔丁克当成了韦斯特利，又或者，或许韦斯特利和洪佩尔丁克是失散已久的亲兄弟，而洪佩尔丁克很高兴找回了弟弟，他说："瞧，韦斯特利，在我和她结婚时还不知道你的真实身份，所以我现在就要和她离婚，然后你就可以娶她了，这样我们都开心了。"时至今日我都认为那时的我最富创造力。

可这不行。有什么地方不对劲，我可不能视而不见。突然之间，一股不满情绪在啃咬着我，最后，它终于咬出了一个足够大的地方安居下来，然后蜷缩在里面，一直住在里面，在我写这篇文字的时候，这种感觉依然在我心里潜伏着。

转天晚上，父亲接着给我读书，结果一看婚礼只是芭特卡普在做梦而已，我尖叫道："我早就知道，我一直知道。"父亲说："现在你高兴了，好了，我们可以继续了吗？"我说："开始吧。"他便接着读了下去。

可我并不高兴。噢，我想我的耳朵很高兴，我的故事感很高兴，我的心也很高兴，可在我那被称为"灵魂"的地方，那种该死的不满情绪则在摇晃它那颗黑色的脑袋。

我一直没弄明白这是怎么回事。后来我十几岁了，我的家乡有一个伟大的女人，她叫伊迪丝·奈塞尔，现在她已经过世了，她写了很多很棒的书，都是教人们如何鼓励他们的孩子。她有本书叫《兄弟姐妹》，还有一本书叫《家中最大的孩子》。由哈珀出版社出版。伊迪丝不需要大肆宣传，因为她早已不在了，但如果你担心自己算不上合格的父母，那么在为时未晚的时候，赶紧拿一本伊迪丝的书去读吧。我之所以认识她，是因为他的儿子埃德来我爸爸这里理发，她是个作家，而十几岁的我有个秘密心愿，我以后也要当个作家，只不过我从来都没对别人说起过这件事。这真是挺让人尴尬的：理发师的儿子，要是他们能拼命努力，或许可以当上 IBM 公司的销售员，可要成为作家？根本没可能。

别问我为什么，可伊迪丝最后还是发现了我这个不为人知的雄心壮志，从那时开始，我们有时候会一起聊一聊。我记得有一次，我们在奈塞尔家的门廊里一边喝冰茶，一边聊天，门廊外面是他们的羽毛球场，我看着几个孩子在那里打羽毛球，埃德刚刚把我杀得片甲不留，就在我从羽毛球场往门廊走的时候，他说："别担心，一切都将会圆满解决的，下次你一定会赢我的。"我点点头，然后埃德说："要是羽毛球你打不赢我，也会在其他方面赢我。"

我走到门廊里，喝了口冰茶，伊迪丝正在看这本书，她拿着书对我说："这并不一定是正确的，你知道的。"

我说："什么意思？"

这时她放下书，看着我，然后说："生活并不公平，比尔。我们告诉我们的孩子生活是公平的，这么做很不好。这不仅是一个谎言，还是一个残酷的谎言。生活并不公平，过去不公平，以后也绝不会公平。"

你相信吗？对于当时的我来说，这就好像漫画里魔术师曼德雷克脑袋上出现了灯泡一样。"生活并不公平！"我说，我的声音太大了，以至于把她吓了一跳，"你说得太对了。生活并不公平。"我太开心了，要是我知道怎么跳舞，我一定会翩翩起舞的，"这太棒了，不是吗？这真是妙极了，不是吗？"现在我估摸着伊迪丝当时准以为我疯了。

但是，大声地说出来，自由地表述心里的话，对我来说意义重大，当时我意识到，我说出来的就是在我父亲停止给我读书的那天晚上我体会到的不满情绪。我一直想弄明白那种情绪是什么，却一直没有做到。

我想这本书的宗旨就是如此。所有那些哥伦比亚大学的专家可以对那些非常有趣的讽刺高谈阔论，他们都疯了。这本书说的就是"生活并不公平"，我告诉你，告诉所有人，你们最好相信这一点。假如我有一个被宠坏了的胖儿子——他不会去偷莱茵戈德小姐的东西，但他越来越胖，即便他变瘦了，却依然很胖，他还是个被宠坏的孩子，生活永远不足以让他开心，或许这是我的错，要是你愿意的话，可以把错全推到我身上，关键在于我们生来就是不平等的，生活并不公平。我或许会有一个冷冰冰的妻子，她很聪明，能叫人兴奋，非常棒，我们之间没有爱，这没问题，只要我们一辈子不会对彼此有所期待就行。

瞧。（大人可以不看这一段。）我并不是要说这本书将以悲剧收场，我在全书头一句话中已经说了，这是我最喜欢的一个结局。但后面会出现很多不愉快的情节折磨你，尽管你已经做好准备，可还是会有超乎你承受范围的情节出现。会有人死，而你最好能这样理解：一些不该死的人死了。一定要有思想准备。这可不是好奇猴乔治使用便壶。没有人提醒过我这是我自己的毛病（一会儿你就能知道我是什么意思了），这是我的错，所以我不会让同样的事情发生在你身上。一些不该死的人死了，是因为：生活并不公平。忘掉你父母说过的所有蠢话，记住莫根施特恩说的话，这样你就能快乐许多。

好了，说得够多了。现在继续讲故事，让我们接着从噩梦时间讲起。

转天夜里，她梦到她生了他们的第一个孩子，是个女儿，一个非常漂亮的小女孩儿。芭特卡普说："我很抱歉，我没能给你生个儿子。我知道你需要一个继承人。"洪佩尔丁克说："我的宝贝，千万不要为了这个烦恼，快瞧瞧上帝赐给了我们一个多么可爱的孩子。"说完他就走了。芭特卡普把孩子举到她完美的乳房前，那个孩子说："你的奶水是酸的。"芭特卡普说："噢，我很抱歉。"她给孩子吃另外一边乳房，那孩子又说："不吃，这边也是酸的。"芭特卡普说："我真不知道该怎么办了。"宝宝说："你一直知道该怎么办，你一直清楚得很，你总是做对你自己有利的事，并且对全世界置之不理。"芭特卡普说："你在说韦斯特利？"小婴儿说："我当然是在说韦斯特利。"于是芭特卡普耐心地解释道："一开始我以为他死了，你知道的，所以我才答应嫁给你的父亲。"

那孩子说："我现在就要死了。你的奶水里一点爱意也没有。你的奶水杀死了我。"随后那个婴孩身体变硬，开始碎裂，在她手里化为飞灰。芭特卡普不停地尖叫。醒来后她依然尖叫不止，这时候距离她的婚礼还有五十九天。

转天夜里，第三个噩梦接踵而至，梦里又出现了一个婴儿，这回是个男孩，一个非常强壮的男孩。洪佩尔丁克说："亲爱的，是个儿子。"芭特卡普说："我没叫你失望，谢天谢地。"说完他就走了。芭特卡普喊道："现在我能看看我的儿子吗？"所有的医生都在她的寝室外面匆匆地跑来跑去，但没人把她的孩子送进来。"出什么事了？"芭特卡普喊道。首席医生说："我也弄不明白，可他不愿意见您。"芭特卡普说："告诉他我是他的母亲，我是王后，是我生了他。"随后婴儿来到了她面前，人们再也想象不出更英俊的孩子了。"关上门。"芭特卡普说，于是医生关上了门。婴儿尽可能地远离她的床，站在房间一角。"过来，亲爱的。"芭特卡普说。"为什么？你也要杀了我吗？""我是你的母亲，我很爱你，现在过来。我从来没有杀过人。""你杀了韦斯特利。你有没有在火沼泽看到他的脸？那时候你走了，丢下他不管。我认为这就是你在杀死他。""等你长大了，你就能了解了，现在我再告诉你一遍：过来。""凶手，"婴儿喊道，"凶手！"不过这时她已经从床上下来，一把抱住了他，说道："别再说了，立刻给我闭嘴！我爱你。"他说："你的爱是毒药，可以杀人。"他死在了她的怀里，她开始大哭。即便醒了，她依旧哭泣不止，此时距离她的婚礼还有五十八天。

转天夜里，她不再睡觉。她走来走去，看书，做女红，一杯接一杯地喝印度热茶。她累极了，感觉非常难受，可她害怕做梦，她宁愿清醒时痛苦，也不愿意经历睡着后的不安，但她还是做梦了：天亮时她母亲怀孕了，不，不只是怀孕，她的母亲生孩子了，芭特卡普站在房间一角，看着她自己出生，她父亲看到她的美丽，不由倒吸了口气，她的母亲也倒抽了一口气，而产婆则是第一个表现出担心的人。产婆是个温柔的女人，整个村子里的人都知道她非常喜欢婴儿，她说："瞧呀——这下有麻烦了——"她父亲说："什么麻烦？你什么时候见过这样的美貌？"产婆说："你难道不明白她为什么会被赐予这等美貌吗？这是因为她没有心，这里，你听——这个婴儿活着，却没有心跳声。"她把芭特卡普的胸腔对准她父亲的耳朵，她父亲只是点点头说："我们得找个巫士来给她安一颗心。"可产婆说："我认为这么做不妥。我听说过这样的生物，这种没有心的人越长大就越漂亮，他们没有心，只有破碎的身体和灵魂，这些没有心的人会带来痛苦，所以我建议，因为你们都还年轻，再生一个孩子吧，一个正常的孩子，现在就放弃这个孩子，不过当然了，最后还是得由你们两个人来决定。"她父亲对她母亲说："你说呢？"她母亲说："产婆是村子里最好的人，她肯定知道怪物是什么样的，我们还是听她的吧。"于是芭特卡普的父母用手掐住婴儿芭特卡普的喉咙，婴儿开始透不过气来。即便芭特卡普醒了过来，依旧感觉窒息，此时距离她的婚礼还有五十七天。

从此以后，噩梦开始变得异常恐怖。

在距离婚礼还有五十天的时候，芭特卡普晚上去敲了洪佩尔丁克王子的寝室房门。他应声后，她走了进去。"我看出问题了，"他说，"你看上去气色很不好。"她的确如此。当然了，她依旧美丽如昔，却失去了活力。

芭特卡普不知道如何启齿。

他领她坐在一把椅子上，给了她一杯水。她喝了一小口，呆呆地出神。他把水杯放到了一边。

"有什么话尽管说，公主。"他说。

"是这样的，"芭特卡普说，"在火沼泽，我犯了世界上最大的错误。我爱韦斯特利。他一直是我的爱人。看来今后我也只会爱他一个人。

你我相识的时候，我并不知道这一点。请一定相信我下面说的话：那时你说，我要么嫁给你，要么去死，我回答你‘杀了我’。我是认真的。现在我也是认真的：如果你叫我五十天后必须嫁给你，那么我绝对活不过明天早晨。”

王子惊讶万分。

过了很长一段时间后，他跪在芭特卡普的椅子边上，用最轻柔的声音说道：“我承认，在我们一开始订婚的时候，我们之间并没有爱情。这是你的选择，也是我的选择，虽然这个主意是你提出来的。可你肯定注意到了，在上一个月的宴会和庆祝活动中，我温柔了很多。”

“是的。你既亲切又优秀。”

“谢谢。话虽如此，我希望你能理解我是多么难以说出下面这句话：我宁愿死，也不愿意成为你和你心爱之人结合的障碍，从而让你不愉快。”

芭特卡普几乎要感激地流下眼泪了。她说：“因为你的善良，我一生都会为你祈福的。”然后她站了起来，“那么说好了。我们的婚礼取消了。”

他也站了起来：“或许只有一件事除外。”

“是什么？”

“你有没有想过有一个可能，他或许不想娶你了？”

在这一刻之前，她从未这样想过。

“我并不愿意提醒你，但在火沼泽，你并没有回馈他的感情。原谅我说这个，亲爱的，但从某种意义上来说，你确实是临危舍弃了他。”

芭特卡普重重地跌坐在椅子上，这会儿轮到她吃惊了。

洪佩尔丁克再次跪在她身边：“你的韦斯特利，这个水手，他是个骄傲的人吗？”

芭特卡普勉强轻声说：“我有时觉得他比所有人都骄傲。”

“噢，那想想吧，亲爱的。他和幽冥海盗罗伯茨一起坐船去了别的地方，他在过去一个月里熬过了你带给他的伤害。如果他现在想要单身怎么办？又或者，更糟糕的是，如果他找了别的女人，又怎么样？”

芭特卡普这会儿连低声说话都做不到了。

“我的小宝贝，我想我们应该达成妥协：如果韦斯特利依旧愿意娶你，那么祝福你俩；如果出于某些说来令人不愉快的原因，他的骄傲不让他娶你，那么你就按照原来的计划嫁给我，做弗洛林的王后。”

“他不会娶别人的。我肯定。我的韦斯特利不会这样。”她看着王子，“可我要如何证明呢？”

“这样怎么样：你给他写封信，把一切都告诉他。我会复制四封，并且命令我的四艘最快的战舰到各个方向去找他。幽冥海盗罗伯茨一般都在距离弗洛林一个月航程的海域活动。不管哪艘船舰找到了他，都会挂上休战白旗，把你的信交给他，让韦斯特利做决定。如果他不愿意，他可以把这个消息告诉我的舰长；如果他愿意，我的舰长会带他来这里，而我则只能娶一个不如你的新娘，来满足一下我自己。”

“我想——我不肯定——可我确实认为这是我听过的最宽宏大量的决定。”

“那么帮我一个忙：在我们知道韦斯特利的心意前，让我们继续现在的关系，这样各种庆祝活动就不会停止。要是我看起来太喜欢你了，请记住，这是我不由自主。”

“我同意。”芭特卡普说着走向大门，但这之前她先吻了一下他的脸颊。

他跟在她后面。“走吧，去写信吧。”他回吻了她，笑着目送她在走廊里转了个弯，消失在视线中。毫无疑问，不管他心里有什么想法，在未来的日子里他都会表现得特别喜欢她。因为等到她在他们结婚当晚死于谋杀的时候，至关重要的是每一个弗洛林人都会意识到他对她的深刻爱意，以及他痛失爱人的痛苦，从那之后，所有人都会毫不犹豫地跟随他，和他一起向吉尔德发起复仇战争。

起先，在他雇西西里人的时候，他认为最好假手别人杀了她，并且制造出是吉尔德士兵下手的假象。后来黑衣人莫名其妙地突然出现，从中作梗，破坏了他的计划，王子简直怒不可遏，几乎要发狂了。但现在他的乐观天性给他自己吃了颗定心丸：事情一直朝着最好的方向发展。人们现在特别爱戴芭特卡普，而在绑架事件前，他们并没有这么喜欢她。等到他在城堡的阳台上宣布她被谋杀了——他这会儿已经可以在心里预见到那时的情形了——他赶到时已经太晚了，来不及救她，她已被勒死了，但刚好看到吉尔德士兵从他卧室的窗户跳到下面的柔软土地上，在他趁着建国五百周年之际向民众宣布这个消息的时候，广场上的每个人肯定都会痛哭流涕。尽管他会有点心虚不安，因为他以前可从没用两只手杀死一个女人，但凡事总有第一次。再说了，要是你希望事情按照你预想的方式发展，你就得亲自动手。

那天晚上，他们开始折磨韦斯特利。鲁根伯爵亲自下的手，王子只是坐在一边，大声地问问题，并且在心里称赞伯爵折磨人的本领高强。

伯爵对痛苦很有研究。他对痛苦喊叫背后的原因很感兴趣，不亚于他对痛苦本身的兴趣。鉴于王子整日追寻猎物，鲁根伯爵就阅读和研究所有关于痛苦的书。

“好了，”王子对躺在第五层大笼子里的韦斯特利说，“在开始之前，我希望你能回答我一个问题：迄今为止，你对你受到的待遇有没有任何不满？”

“没有。”韦斯特利答，事实上他确实没有。噢，他或许希望偶尔能解开枷锁，可现在他是个俘虏，所以不能再有其他要求了。白化病饲养员很会治伤，他的肩膀已经痊愈了；而且他带来的食物总是热乎乎的又有营养，红酒和白兰地让他身体发暖，很好地抵御了地下牢笼的黑暗。

“这么说你身体很好了。”王子又问道。

“因为被铁链锁着，我想我的腿有些发僵，但其他方面都很好。”

“太好了。那么我向你保证一点，而上帝就是我的见证：回答我下一个问题，今天夜里我会取掉你的枷锁。但你必须实话实说，不能有一点保留。如果你撒谎，我会知道的，然后我就会让伯爵给你点苦头尝尝。”

“我没什么可隐瞒的，”韦斯特利说，“问吧。”

“是谁雇你来绑架公主的？准是吉尔德的人。我们在公主的马上找到的衣服碎片可以证明这一点。告诉我那个人的名字，我就放了你。快说。”

“没有人雇我，”韦斯特利说，“我一个人单干。而且我也没有绑架她，是我从另外几个绑架她的人手里把她救了出来。”

“你看起来是个很有理智的家伙，我的公主说认识你很多年了，所以看在她的分上，我再给你最后一次机会：说出那个雇你的吉尔德人的名字。告诉我，否则就等着吃苦头吧。”

“我发誓没人雇我。”

伯爵用火烧韦斯特利的双手。他并没有给韦斯特利造成永久性的伤害或把他弄成残疾，他只是把韦斯特利的手放在油里，并把一支蜡烛放到近处，把油加热到沸腾冒泡。等到韦斯特利喊了很多遍“没人——没人——没人——我用生命起誓！”后，伯爵就把韦斯特利的手浸在水里，随后和王子通过地下入口离开了，还把药留给了白化病人——每逢这样的折磨时间，他总是恭候在一旁，但他向来躲在暗处，从来不会引起注意。

“我感觉精力充沛。”伯爵和王子沿着地下楼梯向上走时，伯爵说道，“那个问题很完美。显然他说的是实话，我们都知道这一点。”

王子点点头。伯爵是他的心腹，所以知道他对这次复仇战争制订的所有秘密计划。

“我很期待以后会出现什么情况。”伯爵接着说，“哪种痛苦最难以忍受？是身体上的痛苦吗？还是告诉他只要说实话，就能得到自由，等到他说了实话，却被冤枉是个骗子，这时精神上的痛苦是不是更大？”

“我看是精神上的。”王子说。

“我看您错了。”伯爵说。

其实他俩都错了。韦斯特利其实一点也不痛苦。他尖叫不过是在表演给他们看，好叫他们得意；一个月来他一直在训练他的防御能力，他现在可是准备充分。伯爵把蜡烛拿近的时候，韦斯特利抬眼看着天花板，并且垂着眼睑，以免别人发现，他进入一种稳定的游离状态，让大脑去专注于别的事情。他想的是芭特卡普，想念她那与秋日一般颜色的头发，想念她完美的肤色。他把她拉到他身边，让她在灼烧的过程中在他耳边轻轻低语：“我爱你。我爱你。我把你丢在火沼泽，就是为了考验你对我的爱。你对我的爱，是不是也和我对你的爱一样强烈？两份这么强烈的爱可以同时存在于一个星球之上吗？有这么多空间吗，我亲爱的韦斯特利？……”

白化病人给他包扎伤口。

韦斯特利静静地躺在那里。

白化病人第一次主动开了口。他轻声说：“你最好告诉他们。”

韦斯特利耸耸肩。

白化病人低声道：“他们不会罢休的。只要开始，就不会罢休。他们想知道什么，你就说什么，结束这一切。”

耸耸肩。

白化病人轻声说：“酷刑机就快弄好了。他们现在正在动物身上测试。”

耸耸肩。

白化病人低声说：“我说这些都是为你好。”

“为我好？有什么好？反正他们就是要把我弄死。”

这回白化病人点点头。

王子发现芭特卡普正在他的寝室门外闷闷不乐地等着他。

“这是我的信，”她说，“我总是写不好。”

“进来，快进来，”王子轻声说，“或许我们可以帮你。”她坐在从前坐过的那把椅子上。“好了，我闭上眼听着呢，快念给我听。”

“‘韦斯特利，我的爱，我的宝贝，我的唯一，我的心上人。回来吧，快回来吧。不然我也活不成了。你备受折磨的芭特卡普。’”她瞧着洪佩尔丁克，“怎么样？你觉得我有没有把心里话都说了出来？”

“确实还可以改进一下，”王子承认道，“不能给他太多空间耍花招。”

“你能帮我改进一下吗？求你了。”

“我会尽全力的，美丽的女士，但首先我能更了解他的话，会更有帮助的。你的韦斯特利真的那么棒吗？”

“与其说他很棒，不如说他完美，”她答，“一点缺点也没有。他是个了不起的人。完美无缺。是个理想人物。”她看着王子，“我说的有帮助吗？”

“我看是感情让你变得不再客观。你真的以为那个人无所不能吗？”

芭特卡普想了一会儿：“不能说他无所不能，应该说他能做得比所有人都好。”

王子咯咯笑了两声：“换句话说，举个例子说吧，你的意思是如果他想打猎，他就能超过所有人——再举个例子说，可以超过我。”

“噢，我觉得如果他想，就能轻易做到，可他刚好不喜欢打猎，至少据我所知他不喜欢，不过他可能喜欢也说不定，我不知道。我一直不知道他对登山这么感兴趣，可他在最不利的情况下登上了疯狂峭壁，而且所有人都同意那可不是很容易的事。”

“噢，我们为什么不用‘非凡的韦斯特利’作为信的开头呢？这样可以唤起他的谦逊品质。”王子建议道。

芭特卡普开始写，随后又停了下来：“‘非凡’的‘凡’字中间有一个点还是两个点？”

“我想是一个点，可爱的小东西。”王子答，微微笑着看芭特卡普写了起来。他们一共写了四个小时，她说了很多遍“没有你我就写不出这封信”这句话。王子一直表现得很谦逊，他以写信为由，问了很多关于韦斯特利的小问题，同时还没有引起怀疑。就这样，在天亮之前，她一边微笑着回忆，一边告诉他，韦斯特利小时候最害怕旋转扁虱。

于是，那天晚上，在第五层的牢笼里，王子问了一个他每次都会问起的问题：“告诉我那个雇你绑架公主的吉尔德人的名字，我保证你能立刻恢复自由。”韦斯特利给了他一成不变的回答：“没有人，没有人，只有我一个人。”而一整天都在准备旋转扁虱的伯爵则小心翼翼地把这些虫子放在韦斯特利的皮肤上。韦斯特利闭上眼睛，不停地求饶。差不多一个小时后，王子和伯爵走了，苦差事依旧要白化病人来做。他把旋转扁虱烧死，然后从韦斯特利身上把它们挑下来，以免它们会意外让他中毒。而在从地下台阶向地面走的时候，王子没话找话地说：“这次效果好多了，你不觉得吗？”

很奇怪，伯爵没有回答。

洪佩尔丁克隐隐有些不高兴了，毕竟，说实话，折磨别人向来不是他的爱好，他情愿当时当地就解决掉韦斯特利。

要是芭特卡普承认，他，洪佩尔丁克，是更厉害的男人，该有多好。

但她不会！她就是不会！她一开口，说的就是韦斯特利，问的也只是有没有韦斯特利的消息。几天过去了，几个星期过去了，一个又一个聚会过去了，弗洛林的每个人都很感动，因为他们那个伟大的猎手王子终于恋爱了，可等到只剩下他们两个人的时候，她说的只是："我真想知道韦斯特利在哪里，他在做什么，怎么会这么久还不回来。我看我没法活着等到他来了。"

王子要发狂了。因此，每一个晚上，伯爵把韦斯特利折磨得满地打滚，王子看来真的很舒服。王子每每会看上一个钟头，然后带着伯爵离开，伯爵依然异常沉默。而在地下，白化病人会一边给韦斯特利治伤，一边轻声说："告诉他们吧。求你了。他们会用更残酷的手段来折磨你的。"

韦斯特利勉强挤出一丝笑容。

他从未感觉到痛苦，一次也没有，从来没有。他只是闭上眼睛，让大脑集中在别的事情上。这是个秘密。只要可以令大脑不去注意当下，而是专心想着如冬日奶油一般的皮肤，噢，就让那两个家伙自得其乐去吧。

他的复仇时间总有一天会来的。

韦斯特利现在首先是为了芭特卡普而活。但无可否认，他还期待一件事。

他的时间……

洪佩尔丁克王子则忙得一点时间都没有。在弗洛林，似乎每件事最后都要由他来拿主意。他不仅要结婚，他的国家还即将迎来五百年建国庆典。他不仅在心里反复酝酿发动战争的最好方式，还要不停地流露出深情的眼神。每一个细节都需要关注，都需要做到完美。

他的父亲一点忙也帮不上。不仅死不了，还总是含含糊糊地说话（你以为他父亲死了，可那只是一个假象而已，千万别忘了，莫根施特恩只是在描写噩梦，所以别弄混了），而且开始言之有理。贝拉王后整日围绕在他身边，做着翻译，而就在距离大婚还有十二天的时候，洪佩尔丁克王子惊讶地意识到了一件事，那就是他居然忘记了部署他计划中关于吉尔德的重要部分，于是一天深夜，他把耶林叫到了城堡。

耶林是弗洛林市的总执法官，他是从他父亲那里继承的这份差事。（死亡动物园的那个白化病饲养员是耶林的堂兄，他们是王子的非贵族亲信。）

“殿下。”耶林说。他个子不高，但为人诡诈，一双眼睛贼溜溜，一双手滑溜溜。

洪佩尔丁克王子从书桌后面走出来。他走到耶林身前，小心翼翼地看了看周围，然后低声说：“根据可靠来源提供的消息，近来很多吉尔德人开始潜入我们的盗贼总部。他们都装扮成了弗洛林人，对此我深表担心。”

“我尚未听说这样的事。”耶林说。

“王子的间谍无处不在。”

“我理解，”耶林说，“由于有证据显示他们曾经妄图绑架您的未婚妻，所以您认为这样的事还会发生？”

“有可能。”

“那么我会封锁盗贼总部。”耶林说，“不能进，也不能出。”

“这还不够。”王子说，“我希望清空盗贼总部，把所有恶棍都抓起来，一直关到我安全地去度蜜月为止。”耶林并没有立刻点头同意，于是王子说：“把你的问题说出来。”

“我的人不愿意到盗贼总部去。很多盗贼都抵制变化。”

“把他们连根拔起。组建一支鬼见愁小队。一定要完成任务。”

“至少需要一个星期才能让一支像样的鬼见愁小队行动起来，”耶林说，“但时间还很充分。”他鞠了一躬，开始告退。

就在这个时候，一声尖叫声响起。

耶林在一生中听过很多尖叫声，但没有哪个声音像现在这样令人毛骨悚然：他是个勇敢的人，但这个声音还是把他吓了一跳。这不是人的声音，但他猜不出这声音是从哪种兽类的喉咙里发出来的。（其实是动物园第一层里的一条野狗在叫，但从前可没有野狗这么叫过。可从前也没有哪条野狗被扔进过酷刑机里。）

那叫声越来越大，显得极度痛苦，叫声响彻整个城堡的属地，响彻夜空，穿过围墙，飘进了广场里。

叫声没有消失，而是飘荡在夜空之下，这是一个有声提醒，告诉人们痛苦的存在。在广场里，有六个小孩子被吓得也在黑夜里尖叫，希望这么做能掩盖住那种叫声。有的孩子哭了起来，还有的只是跑回了家。

接下来，叫声开始变小了。现在广场里几乎听不到了，这会儿完全消失了。此时在城堡的围墙内几乎听不到了，在城堡的围墙内，那声音完全消失了。那可怕的叫声穿过土地，向着死亡动物园的第一层收缩，而鲁根伯爵正坐在那里，摆弄着一些按钮。那条野狗已经断气了。鲁根伯爵站起来，唯有这样他才能控制自己不会为了成功而尖叫出来。

他离开动物园，径直跑向洪佩尔丁克王子的寝室。伯爵到那里时耶林正要走。王子正坐在房间里的书桌后面。耶林走后就剩下他们两个人了，伯爵向他的殿下深深鞠了一躬。“酷刑机，”他最后说道，“做好了。”

有那么一会儿，洪佩尔丁克王子并没有回答。这情况真有点棘手，毕竟他才是老大，伯爵只是他的手下，然而，在整个弗洛林，鲁根的本事可是无人能及。作为一个发明家，显然他已经改进了酷刑机的所有缺陷。作为一名建筑师，死亡动物园的安全因素主要都是他负责设计的，而且无可否认，正是鲁根设计了地下第五层唯一一个生门。他还帮助王子打猎和发动战争。对于这样一个下属，你总不能想也不想就说“走开，别吵我”这样的话。于是王子确实过了一会儿才回答。

“瞧，泰，”他最后说道，“你搞定了那台机器的所有缺陷，我真是太高兴了。我始终相信你一定能办妥。我迫不及待地想看看那机器怎么样了。可我该怎么办呢？我现在忙得不可开交：有参加不完的宴会，还要假装爱慕她；我要决定五百年建国庆典游行的队伍有多长，从哪里开始，何时开始，哪个贵族走在哪个贵族前面，以便所有人都能在游行结束时和我说上话；此外，我还要设计谋杀我的妻子，并且把谋杀的罪名栽赃给一个国家；一旦我的计谋成功，我还要发动战争。所有这些事情都需要我亲力亲为。说到底，我有些难以招架了，泰。所以，你能不能自己去收拾那个韦斯特利，然后向我汇报进展？等有时间了，我就去参观，我肯定场面一定非常壮观，可是现在，我只想要一些自由空间，你没有感觉不愉快吧？”

鲁根伯爵笑了笑。“当然没有。”此外他没再说什么。他一直很喜欢独自给别人制造痛苦。独自折磨别人的时候，往往更能集中精力。

“我就知道你能理解，泰。”

这时敲门声响起，芭特卡普探进头来。“有什么消息吗？”她说。

王子对她笑笑，悲伤地摇摇头：“亲爱的，我答应你，只要有消息，我会立刻通知你。”

“可是，只剩下十二天了。”

“时间还很充裕，我的甜心，不必担心。”

“那我走了。”芭特卡普说。

“我也要走了。”伯爵说，“我送您回寝室，好吗？”

芭特卡普颔首，随后两人一起沿着走廊走到了她的寝室。“晚安。”芭特卡普飞快地说。自从他第一次出现在她父亲的农场里，每每伯爵靠近她，她都不由得感觉害怕。

“我肯定他会回来的。”伯爵说。他知道王子的所有计划，芭特卡普很清楚这一点。“我并不认识你的爱人，但他给我留下了很深的印象。不管是谁，只要能穿过火沼泽，就能在你结婚那天之前赶到弗洛林的城堡。”

芭特卡普点点头。

“他看起来非常强壮，力量惊人。”伯爵接着说，他的声音亲切而柔和，“我只是不知道他是不是一个真正敏感的人，而你知道，一些拥有超凡力气的人并不敏感。比如说，我想知道他是不是会哭鼻子。”

“韦斯特利绝不会哭的，”芭特卡普答，然后打开了寝室的门，“除非是他的爱人死了。”说完，她便关上了门，把伯爵关在了门外，一个人走到床边，跪了下来。接下来，她想道：韦斯特利，请你快点来吧，这么多个星期了，我一直在心里求你，你却一直杳无音信。那时候我们在农场，我以为我爱你，可那并不是爱。当我在谷底看到面具后面你的脸，我以为我爱你，但那不过是深深的迷恋而已。亲爱的，我想我现在是爱你的，我祈祷你能给我一个机会，让我在余生里不断地证明我是爱你的。只要你能来到我身边，我愿意余生在火沼泽里度日，从早晨歌唱到夜晚。只要让我握住你的手，我愿意终身留在雪沙里。我更愿意和你一起漫步云端，直到永远。但如果韦斯特利能和我在一起，就算是入地狱，我也觉得快乐无比……

她沉默不语。就这样，一个又一个小时过去了。三十八个晚上了，她没有做其他任何事，每一次，她的炽热情感变得越深沉，她的思想就变得越纯粹。韦斯特利。韦斯特利。正在飞越七大洋来找她。

对此毫不知情的韦斯特利也在用同样的方式度过每一个夜晚。受过酷刑后，白化病人治疗过他的鞭伤、烧伤或割伤后，等到只剩下他孤身一人待在巨大的牢笼里，他便开始想念芭特卡普，开始细细思量。

他非常理解她。在他心里，他意识到，在她向他表白后他把她一个人留在了农场，那时候她当然是认真的，可她当时只有十八岁。她对内心深处的想法有多少了解呢？后来，他摘下了他的黑色面具，她冲下峡谷去找他，皆是因为惊讶使然，震惊之情和感情不相上下。然而，正如他知道不管从西方升空是多么惬意，太阳每天依旧都会从东方升起一样，他也知道他是芭特卡普这辈子注定的爱人。黄金的确有诱惑力，成为王室成员也很有吸引力，但这不能和心中炽热的爱相提并论，她迟早会明白这一点的。她和太阳一样，只有一个选择。

因此，当伯爵带着酷刑机出现的时候，韦斯特利并没有特别不安。事实上，他根本不知道伯爵把什么东西弄进了巨大的牢笼里。实际上，伯爵什么都没带进来；具体工作都是由白化病饲养员完成的，他一趟又一趟地把东西搬进来。

在韦斯特利看来就是这样：各种东西。带有柔软边缘的小杯子，大小各有不同；一个很像是轮子的东西；还有一个东西，既像是杠杆，也像是操纵杆，很难看出来。

“晚上好。”伯爵说。

在韦斯特利的记忆里，他从来都没有表现得这么兴奋过。韦斯特利虚弱地一点头，作为回应。事实上他感觉和以往一样好，但这么做就不会露馅了。

“感觉有点不舒服？”伯爵问。

韦斯特利再次无力地点点头。

白化病人匆匆忙忙地进进出出，把更多东西搬了进来：很像是金属线的东西，卷须状，仿佛没有尽头。

“齐了。”伯爵终于说道。

白化病人点点头。

然后离开了。

“这就是酷刑机。”只剩下他们两个人时，伯爵说道，“我花了十一年时间组装这台机器。你也看得出来，我非常兴奋，也非常骄傲。”

韦斯特利勉强眨眨眼，表示肯定。

“我需要一点时间把机器组装起来。”说完他就忙了起来。

韦斯特利饶有兴味地看着组装过程，而且非常好奇，他会好奇也是很正常的。

“今天晚上早些时候你有没有听到叫声？”

韦斯特利又肯定地眨了眨眼。

“那是条野狗。就是这台机器让它发出了那种声音。”伯爵正在做的工作非常复杂，可他右手上的六根手指似乎从未有一刻不听使唤。“我对痛苦这件事很感兴趣，”伯爵说，“我肯定这几个月里你已经推测出来了。事实上，我用的是脑力方式。当然了，我为学术刊物写了很多关于这一主题的文章。大多数情况下我只写文章。目前我正在写书。我的书。我希望能成为一本书。至少如我们现在所知，这是一本关于痛苦的权威作品。”

韦斯特利发现整件事非常吸引人。他微微地呻吟一声。

“我认为痛苦是一种最被严重低估的情感。”伯爵说，“在我看来，那条蛇就代表着痛苦。痛苦与我们如影随形，而且，每当人们说‘和生死一样重要’的时候，我总是很生气，因为在我心里，正确的说法应该是‘和痛苦与死亡一样重要’。”随后伯爵沉默了一段时间，在这期间完成了一系列复杂的调整。“我有一个理论，”他稍后说道，“痛苦往往伴随着预期。这不是我独创的理论，我承认，可我会向你演示我的看法：今天晚上，我不会，注意了，是不会给你用上酷刑机。我本可以这样做。机器已经准备好了，而且测试完毕。但我只是把机器组装好，并且放在你身边，让你在未来二十四小时内盯着它看，琢磨这是什么，如何运转，是不是真那么可怕。”他紧紧这里，松松那里，又是拉又是拍又是调整。

酷刑机看上去是那么笨拙，韦斯特利真想哈哈笑。他只是又呻吟了一声。

“我要让你去充分想象，”伯爵说，他看着韦斯特利，“但是，在明天晚上给你用上酷刑机前，我希望你知道一件事，而且我说的都是实话：你是我所见过的最强壮、最聪明、最勇敢和整体来说最优秀的人，能认识你是我的荣幸，但为了我的书，为了造福未来的痛苦研究学者，我只能毁了你，我几乎为此感觉痛心疾首。”

“谢……谢……你……”韦斯特利低声说。

伯爵走到牢笼门边，回头道：“现在你可以停止表演了，别再假装虚弱，假装你被打垮了。你已经愚弄我一个月了。你实际上就和进入火沼泽那天一样强壮。我知道你的秘密，如果那对你来说能起到安慰作用的话。”

“秘密？”韦斯特利安静了下来，有些紧张。

“你让你的大脑专注于其他事情。”伯爵喊道，“在这些日子里，你就连一点点痛苦都没有。你抬起你的眼球，垂下你的眼睑，然后你就灵魂出窍，或许很有可能你的灵魂都是和她在一起，我也不知道。现在晚安吧。睡个好觉。我怀疑你还能不能睡个好觉。预期，还记得吗？”他挥了挥手，登上了地下台阶。

韦斯特利感觉心中突然一紧。

没过多久，白化病人就来了，跪在韦斯特利的耳边低语道：“这些天我一直在观察你。你不应该受到酷刑机的折磨。我还算是个有用处的人。别人谁都不能像我这样去喂那些动物。我很安全。他们不会伤害我的。要是你愿意，我现在就杀了你。这肯定会让他们的计划泡汤。我有一些很毒的毒药。我求你了。我见识过那台机器的厉害。那条野狗尖叫的时候我在场。求你让我杀了你吧。你会感谢我的，我发誓。”

“我必须活着。”

白化病人轻声说："可——"

韦斯特利打断了他："他们不能把我怎么样的。我没问题。我很好。我还活着，我一定会活下去的。"他大声说出了这番话，他满怀激情说出了这番话。然而，很长一段时间以来，他第一次感觉到了恐怖……

"你睡着了吗？"转天夜里，伯爵一来到牢笼里就问道。

"实话实说，没有。"韦斯特利用正常的声音回答。

"我很高兴你现在对我坦诚相待，我也会对你无所隐瞒。我们之间再也用不着伪装了。"伯爵说着放下了一摞笔记本、几支鹅毛笔和几瓶墨水。"我必须小心记录你的所有反应。"他解释道。

"以科学的名义？"

伯爵点点头："要是我的实验成功了，我将名垂青史。坦白说，我所追求的就是永恒。"他调整了一下机器上的几个按钮，"我想你一定很好奇这台机器是如何工作的。"

"我一整夜都在琢磨，但还是没想出个所以然来。这机器看起来就像是各种大小的软边杯子组合在一起的大家伙，还有一个轮子、一个刻度盘、一个控制杆，我正想不出它是怎么运转的。"

"还有胶水，"伯爵补充道，然后指了指一个装有黏稠物质的小桶，"可以把所有杯子粘住。"说完，他就开始忙活起来，拿起一个又一个杯子，把软边涂上胶水，并贴在韦斯特利的皮肤上。"到了最后，我会把一个杯子粘到你的舌头上，"伯爵说，"不过我会在最后时刻才这么做，不然你就提不了问题了。"

"这肯定不是很容易就准备妥当的，是不是？"

"稍后我会转换到那种模式，"伯爵说，"至少我现在只计划用上这些杯子。"他不停地把一个又一个杯子贴在韦斯特利的皮肤上，到了最后，他每一寸暴露在外的皮肤上都粘上了杯子。"仅就身体表面而言，够多了。”伯爵随后道，“接下来需要更加精心的处理。尽量不要动。”

“我的手、脑袋和脚都被铁链拴着，”韦斯特利说，“你觉得我能有多大幅度的动作？”

“你是真像表面上看起来的那么勇敢，还是你也有一点点害怕了？请说实话，求你了。别忘了，这是造福子孙后代的事。”

“我有一点害怕。”韦斯特利答。

伯爵把韦斯特利的话和现在的时间记下来，然后开始做起了精细工作。没多久，韦斯特利的鼻孔里面、耳膜上、眼皮下以及舌头上下也被粘上了特别小的软边杯子，在伯爵起身之前，韦斯特利的身体内外都覆满了这种杯子。“现在，”伯爵大声说道，希望韦斯特利能听得到，“我要做的就是让轮子以最快的速度旋转起来，这样机器就能运转起来。刻度盘上的刻度范围是一到二十，现在是第一次，所以我会设定到最低值，也就是一。然后我要把控制杆向前推，然后，如果我没有把事情搞砸，机器就会全面运转起来。”

然而，当伯爵推动了控制杆之后，韦斯特利再一次神游天外，等到伯爵开动了机器，韦斯特利则在抚摸和秋日一般颜色的秀发，轻触如冬日奶油一样的皮肤，然后，他的世界爆炸了，因为那些杯子，那些杯子无处不在——从前，没有这台机器，他们只是惩罚他的身体，却不能把他的灵魂怎么样；这台机器则把触角伸向了各个地方，他再也不能控制他的眼睛，他的耳朵再也听不到她充满爱意的喁喁低语，他的精神烟消云散，远离了炽热的爱，滑进了绝望的深渊，遭到了沉重的撞击，再次狠狠摔落，痛苦在加剧。从内到外，韦斯特利的世界在不停地撕裂，他什么都做不了，只能随之一起破裂。

然后伯爵关掉了机器，他一边拿起笔记本，一边说：“你肯定知道，抽吸泵的概念古已有之，这台机器的原理就是如此，只是它吸的不是水，而是生命；我现在只是吸走了你一年的性命。以后我会把挡位调高，调到二或三挡，甚至是五挡。从理论上来说，五挡时，你受到的痛苦将比现在严重五倍，所以请你具体地回答我的问题。现在坦白告诉我：你有何感觉？”

羞辱，疼痛，泄气，愤怒，极度痛苦到天旋地转，所有这些汇聚在一起，韦斯特利像个婴儿似的哭了起来。

“有意思。”伯爵说，并且小心翼翼地记录了下来。

耶林花了一个星期的时间才从他的手下中找到足够的人，组成了一支差强人意的鬼见愁小队。就这样，在距离婚礼还有五天的时候，他站在小队成员的前面，等待王子训话。他们所在的位置是城堡的庭院，王子出现的时候，伯爵和往常一样陪伴在他左右，而和往常不一样的是，伯爵似乎有些心事重重。他当然会心事重重，不过耶林不可能了解其中的原委。在过去的第一个星期里，伯爵吸走了韦斯特利十年的生命，而且考虑到弗洛林男性的平均年龄是六十五岁，假设开始试验的时候他已经二十五岁，那么试验对象就只剩下大约三十年的生命。那么如何划分才是最好的方法呢？伯爵有些左右为难了。可能性太多了，但哪一种从科学上来说最有意思呢？伯爵叹了一口气。生活向来不易。“把你们召来这里，”王子说，“是因为可能又有一项阴谋瞄准了我的新娘。我要你们每一个人都成为她的私人守护神。我要清空盗贼总部，把那里的人关上二十四小时，直到我的婚礼结束。只有到那时，我才能高枕无忧。先生们，我请求各位，请把这项任务视作与爱情一样重要，我知道你们不会失败。”说完他转了个身，带着伯爵匆匆离开了庭院，留下耶林去指挥。

对盗贼总部的清剿行动立刻就展开了。耶林每一天都夜以继日地工作，但盗贼总部足有一平方英里这么大，所以要做的事太多了。大多数罪犯从前都经历过不公正和非法的围捕，所以他们并没有抵抗。他们知道拘留并不等同于坐牢，所以如果只是关几天而已，又有什么要紧的呢？

然而，还有一些罪犯意识到，基于他们过去的种种恶行，一旦被抓住，就只有死路一条，所以他们无一例外地全都殊死抵抗。总的来说，通过鬼见愁小队的机动处理，耶林终于能够控制这些坏家伙了。

然而，在距离日落婚礼还有三十六个小时的时候，还有六个家伙在盗贼总部里负隅顽抗。耶林天一亮就起床了，这会儿又累又摸不着头脑，毕竟被抓住的罪犯中没有一个像是从吉尔德来的；随后，他集齐了鬼见愁小队中的精英，带领他们进入了盗贼总部，展开最后一次必须进行的突袭。

耶林带队径直去了福尔克布里奇酒馆，他把所有人都派出去执行任务，只留下两名队员供他派遣，这两个人一个聒噪一个安静。他敲了敲酒馆的大门，然后等待着。福尔克布里奇似乎是目前为止盗贼总部里权势最大的人，盗贼总部的一半地界似乎都是他的，似乎就没有他没犯过的罪。他向来没被抓住过，除了耶林，每个人都认为福尔克布里奇肯定是买通了什么人。而耶林则是知道福尔克布里奇的确买通了什么人，因为每个月里的一天，不管下雨还是出太阳，福尔克布里奇都会到耶林的家，给他送上满满一包钱。

“谁呀？”福尔克布里奇从酒馆里喊道。

“弗洛林市总执法官带鬼见愁小队前来执行任务。”耶林答道。做事完美无缺是他的长处。

“噢。”福尔克布里奇打开了门。他是个很有势力的人，但看起来却一点都不起眼，个子不高，还很胖。“进来吧。”

耶林走了进去，留下两个队员守在门口。“准备一下，动作快点。”耶林说。

“嘿，耶林，是我呀。”福尔克布里奇小声说。

“我知道，我知道。”耶林也轻声回应道，“拜托了，帮我个忙，准备一下。”

“你就假装我已经被抓走了吧。我保证我会一直待在酒馆里。我准备了很多吃的，没人会知道的。”

“王子可是个毫不留情的人。”耶林说，“要是我让你留在这里，一旦败露，倒霉的就是我。”

“二十年了，我一直给你送钱，就是为了不去坐牢——你有了钱，我没有坐牢。我送钱给你，却得不到好处，我这不是傻了吗？”

“我会补偿你的。我会给你安排弗洛林市最好的牢房。你不相信我？”

“我怎么能相信你这样一个人呢？二十年来，我一直给你送钱，就是为了不去坐牢，可突然之间，只是多了一点点的压力，你就对我说‘去坐牢’？我才不会相信你。”

“你！”耶林示意那个聒噪队员。

这个队员开始向前冲了过来。

“立刻把这个人押进马车里。”耶林说。

聒噪队员猛击福尔克布里奇的脖子，而福尔克布里奇则开始解释。

“下手别这么狠！”耶林喊道。

聒噪队员抓起福尔克布里奇，尽量拂掉他衣服上的灰尘。

“还活着吗？”耶林问。

“我不知道您想要他活着进马车，我还以为您只是想要他进到马车里。至于活着还是死了，都无所谓，所以——”

“够了！”耶林打断了他的话。他简直气极了，冲出酒馆，同时聒噪队员把福尔克布里奇带了出来。“所有人都抓起来了吗？”眼见队员拉着不同的马车离开盗贼总部，耶林问道。

“还有一个喝醉的剑客，”聒噪队员说，“他们从昨天起就想把他弄出来，可是——”

"我可不想为一个醉鬼费心，我是个大人物。赶紧把他从这里弄出去，现在就去办，你们两个一起去，带上马车，快点！日落前必须封锁这里，一个人都不能留，不然王子就会问我的罪，我可不希望王子冲我大发雷霆。"

"这就去，这就去。"聒噪队员答，他匆匆离去，让那个默不作声的队员去拉载着福尔克布里奇的那辆马车，"他们从昨天开始就想逮住那个剑客，动手的可是几个身手最好的执法队员，可那家伙似乎剑术高超，搞得他们一无所获。不过我倒是有个妙计，肯定管用。"那个沉默队员拉着马车跟在后面。他们拐了一个弯，只见一个醉汉在前面另一个转弯处大声地含糊说着什么。

"我已经烦了，维齐尼。"一个声音从远处传来，"我已经等了三个月了，时间太久了，对一个热情似火的西班牙人尤为如此。"这会儿声音更大了，"我满怀热情，维齐尼，你什么都不是，只是个拖拖拉拉的西西里人。要是你九十天以后还不来，我和你就算是掰了。你听到没有？掰了！"此时声音小了很多，"我不是那个意思，维齐尼，我就是太喜欢这个脏兮兮的台阶了，你不要着急……"

聒噪队员放缓脚步："这家伙整天这么叨叨。别理他，别让他看见马车。"安静队员几乎已经把马车拉过拐角了，于是他赶紧把马车停住。"你待在马车这里。"聒噪队员又说，然后小声道，"我的计策是这样的。"说完，他一个人转过弯，盯着前面那个骨瘦如柴的家伙，只见他正坐在台阶上，手里紧紧抓着一个白兰地酒瓶。"嘿，老兄。"聒噪队员说。

"我一步也不会动。别再说什么'嘿，老兄'了。"喝白兰地的人说道。

"那就听我说，求你了：我是洪佩尔丁克王子亲自派来的，王子现在需要娱乐活动。明天是我们国家的建国五百周年庆典，届时将有十几位最伟大的杂技演员、剑客和演员同台竞技。本领最大的两个人将在明天为新娘和新郎比赛。现在我来说说我来这里的原因：昨天，我的几个朋友想把你唤醒，后来他们说，你使出了绝妙的剑术抵抗来着。所以，如果你喜欢，那么我将做出巨大的个人牺牲，送你去参加剑术比赛；如果你和传言中一样剑术高超，那么你就有可能获得殊荣，明天为王室新婚夫妇表演。你认为你能赢得这场比赛吗？”

“小菜一碟。”

“那么趁现在还有时间，抓紧去参加吧。”

西班牙人奋力站起来。他把宝剑从剑鞘里取出来，在晨光中挥舞了几下。

聒噪队员噔噔噔飞快地向后退了几步，说：“没时间浪费了，赶快走吧。”

然后醉汉开始喊道：“我——在——等——维——齐——尼——”

“小气鬼。”

“我——不——小——气，我——只——是——遵——守——规——则——”

“你这个无情的家伙。”

“不——无——情，不——小——气，你难道不了解我在……”说到这他的声音渐渐低了下去，有那么一会儿，他只是眯缝眼睛看着。然后，他轻轻说道：“菲兹克？”

在聒噪队员后面，那个安静队员道：“谁在说‘克’这个字？”

伊尼戈从台阶上向下走了一步，急切地想要摆脱白兰地，让两只眼睛聚焦：“‘谁在说‘克’这个字’？你在说笑话吗？”

安静队员说：“说假话。”

伊尼戈大叫一声，开始摇摇晃晃地往前走：“菲兹克，真是你！”

“是我！”他伸出手，在伊尼戈摔倒前抓住了他，并把他扶正。

“就这样抓着他。”聒噪队员说，然后他飞快地移动起来，扬起右手，打算像对付福尔克布里奇一样对付伊尼戈。

砰!!!

菲兹克把聒噪队员一下子扔到了马车里福尔克布里奇的旁边，用一块脏毯子把他们盖住，然后赶快去扶伊尼戈。这会儿伊尼戈正靠在一座建筑物上。

“见到你真是太好了。”菲兹克随后说。

“哦……是……是呀，可是……”伊尼戈的声音渐渐低了下去，“我太虚弱了，都经受不住惊喜了……”这是他说的最后一句话，然后他就昏倒了，毕竟他太累了，又喝了这么多白兰地，而且很久没吃东西了，睡得也不好，此外他还经历了很多其他事情，其中没有一样对身体有好处。

菲兹克用一只手臂把他举起来，用另一只手臂拉着马车，飞快地向福尔克布里奇的房子走去。他把伊尼戈送进屋里，把他放到楼上福尔克布里奇的羽床上，随后拉着马车，匆匆赶往盗贼总部的入口。他言之凿凿，说两个罪犯都在脏毯子下面，在入口外面，鬼见愁小队清点了一下他们从罪犯身上剥下来的靴子数量。数量没错，所以在上午11点的时候，盗贼总部的高大围墙内终于空无一人了，并且被封闭了起来。

执行完任务之后，菲兹克绕过围墙，来到了一个安静的地方，等待着。他只有一个人。对他来说，只要他的手臂还能动，围墙向来构不成问题。他飞快地翻过了一堵墙，沿着安静的街道匆匆跑回福尔克布里奇的房子。他煮了点茶，端到楼上，给伊尼戈强灌了下去。片刻之后，伊尼戈凭借自己的力量眨了眨眼睛。

“看到你真是太好了。”菲兹克随后说。

“噢，是的，是的。”伊尼戈表示同意，“我很抱歉我昏倒了，可九十天了，我什么都没干，光是一边等维齐尼，一边喝白兰地，结果今天看到了你，真是太惊喜了，我胃里空空如也，所以就承受不了了。不过我现在没事了。”

“很好。”菲兹克说，“维齐尼死了。”

“他怎么了？你是说，维齐尼……死……”然后他又昏了过去。

菲兹克忍不住骂了自己两句：“噢，你这个傻瓜，如果有一个正确的办法，还有一个错误的方法，相信你肯定会选择愚蠢的方式。傻瓜，呆瓜，回到原点，听话，听话。”随后菲兹克真觉得自己是个白痴了，因为一连好几个月他都没想起这句顺口溜，现在他不用再琢磨了，却想起来了。他飞快地跑下楼，做了些茶，还拿了一点饼干和蜂蜜上来，再次喂给伊尼戈吃。

等到伊尼戈眨了眨眼的时候，菲兹克说：“休息吧。”

“谢谢你，我的朋友，我不会再昏倒了。”然后他闭上眼睛，睡了一个小时。

菲兹克在福尔克布里奇的厨房里忙活了起来。他真不知道该怎么做一顿可口的饭菜，可他会加热，也会把食物晾凉，还会闻一闻哪些是新鲜的肉，哪些是烂肉，所以，他倒是没费多大力气就鼓捣出了一顿饭，有看上去像是烤牛肉的烤肉，还有像是土豆的东西。

热气腾腾的食物散发出了意想不到的香味，伊尼戈的心情开始好转，他躺在床上，吃掉了每一口菲兹克喂给他的食物。“我一直没想到我的身体居然变得这么糟。”伊尼戈一边吃，一边说。

“嘘，你会好的。”菲兹克说着又切了一块肉，放到了伊尼戈的嘴里。

伊尼戈把肉嚼烂，咽了下去：“首先，你出现得太突然了，再有就是维齐尼的事儿了，这一点最重要。我真的承受不了了。”

“不管是谁，都会承受不了的。现在好好休息吧。”菲兹克又去切肉。

“我感觉自己就像个婴儿，非常无助。”伊尼戈说着又吃了一口，嚼嚼吞了下去。

“到了黄昏的时候，你就会像往常一样强壮了。”菲兹克保证道，并且又切好了一块肉，“那个六指男人叫作鲁根伯爵，他现在就在弗洛林市。”

“太好了。”伊尼戈这次勉强说出了这句话，才再一次昏了过去。

菲兹克站在这个一动不动的人边上。“见到你真是太好了。”他说，“隔了这么长时间，我打听到了很多消息。”

伊尼戈只是躺在床上一动不动。

菲兹克匆匆拿来了福尔克布里奇的浴缸，把漏眼堵住，忙活了一阵子后，他往浴缸里装满了冒着热气的洗澡水，然后，他把伊尼戈泡在水里，用一只手把他按在水里，用另一只手按紧伊尼戈的嘴巴，等到白兰地开始从西班牙人的身体里蒸发出来的时候，菲兹克把缸里的水倒掉，然后又倒满了水，这一次他倒的是冰水，然后又把伊尼戈放进去，等到冰水开始变热，他又往缸里倒满了热水，随后再一次把伊尼戈放了进去，现在，白兰地真正从他身体里的每个毛孔渗透了出来。就这样，他们来来回回地折腾了好几个小时，洗了热水洗冰水，洗了冷水洗热水，喝茶，吃烤肉，随后又开始洗热水澡和冷水澡，然后打个盹儿，再接着吃烤肉，喝一点茶水，接下来，他们洗了一次时间最长的蒸汽浴，这一次，蒸出来的白兰地并不多，然后他们最后洗了一次冷水浴，跟着他们睡了两个小时，下午3点左右，他们一起坐在楼下福尔克布里奇的厨房里，这会儿，九十天以来，伊尼戈的眼睛第一次闪闪发光。他的手还在抖，但几乎难以察觉，或许这次酗酒前的伊尼戈可以用一流的剑术在六十分钟内打败现在这个伊尼戈——可这世界上的其他很多高手或许连五分钟都招架不住。

“现在长话短说，给我讲讲在我在这里喝酒的时候，你都在什么地方？”

“噢，我在一个渔村住了很长时间，随后我流浪了一段时间，接下来，就在几个星期前，我发现我自己到了吉尔德，那里人人都在说即将到来的婚礼，还说可能要打仗了。我还记得芭特卡普，那时候我扛着她爬上了疯狂峭壁；她太漂亮了，身体软软的，我以前从没这么接近过这样的美人，我觉得要是能看到她的结婚庆典就太好了，所以我就到这里来了。可我的钱丢了，后来我看到他们在招募鬼见愁小队，需要巨人加入，我就跑去申请，他们用棍棒狠狠打了我几下，想看看我是不是足够强壮，结果棍棒都断了，他们认为我的确有资格。在过去一个星期里，我都在鬼见愁小队当一等队员，报酬非常不错。”

伊尼戈点点头：“真是太好了，这次你一定要从开始就简单地说：那个黑衣人，他把你打败了吗？”

“是的。他把我打得很惨。我们是力量对力量。我太慢了，而且疏于练习。”

“这么说是他杀了维齐尼？”

“我也是这么认为的。”

“那他是用剑还是用力量？”

菲兹克努力回想当时的情形：“没有剑伤，维齐尼身上好像也没有伤口。那里只有两个酒杯，还有维齐尼的尸体。我猜是毒死的。”

“为什么维齐尼要喝下毒药？”

这菲兹克可就搞不懂了。

“但他确实是断气了吗？”

菲兹克非常肯定。

伊尼戈开始在厨房里踱步，他走得很快，步伐很是凌厉，就像他以前一样：“好了，维齐尼死了，这就够了。现在简短地告诉我六指鲁根在什么地方，我要去杀了他。”

“这可能不太容易，伊尼戈，因为伯爵总是和王子在一起，而王子住在他的城堡里，只有等到大婚后他才会离开城堡，因为他担心还会有吉尔德人来偷袭，为了保证安全，除了大门，其余的门都被封死了，而且有二十个守卫守在正门。”

“嗯，”伊尼戈说，这会儿踱步的速度更快了，“要是你能用力量打五个，我用剑打五个，也就是消灭了十个守卫，这可不好，因为还剩下十个守卫，他们会杀了我们。可是，”此时他的步速更快了，“如果你能撂倒六个，我制服八个，就是说清除了十四个守卫，这样就不那么糟了，可依然很棘手，毕竟还剩下六个，他们可能杀了我们。”此刻他一转身，看着菲兹克，“你最多能对付多少个人？”

“噢，有些守卫是鬼见愁小队的成员，所以我想最多也只能对付八个人。”

“剩下十二个给我，我也不是对付不了，但喝了三个月白兰地，清醒的第一个晚上就去报仇可不是明智之举。”突然之间，伊尼戈的身体变得松松垮垮，他的眼睛片刻前还很明亮，这会儿却变得湿润了。

“怎么了？”菲兹克喊道。

“噢，我的朋友，我的朋友，我需要维齐尼。我不善于策划。我只会听命行事。维齐尼告诉我该怎么做，这世上没人能比他做得更好了。可是我的脑子就像上好的红酒，总是浑浑噩噩的。我左想右想，可根本就没有逻辑可言，我什么都想不起来了，快来帮帮我吧，菲兹克，我该怎么做？”

菲兹克这会儿也想哭了：“我可是天底下最笨的笨蛋了，这你是知道的。虽然你给我编了那么好的一句顺口溜，可我还是想不起该回到这里来。”

“我需要维齐尼。”

“可维齐尼已经死了。”

跟着伊尼戈又站了起来，浑身迸发出的光彩照亮了整个厨房，他的手指第一次因为兴奋而咯咯直响：“我不需要维齐尼，我需要打败他的那个人——我需要黑衣人！你看，他用剑打败了我，他用力量胜过了你。他肯定比维齐尼还会计划，脑筋也更好使，他一定能告诉我怎么冲进城堡，结果那个六指禽兽。要是你知道一点点关于他现在在哪里的消息，那就赶快简短地告诉我。”

“他和幽冥海盗罗伯茨去了七大洋。”

“他为什么要这么做？”

“因为他是幽冥海盗罗伯茨的水手。”

“水手？一个普通的水手？一个平平常常跑船的竟然用剑战胜了伟大的伊尼戈·蒙托亚？真是难以置信。他肯定就是幽冥海盗罗伯茨。不然就说不通了。”

“反正他是去了很远的海上。鲁根伯爵就是这么说的，王子本人下的命令。王子不希望有海盗在附近活动，毕竟吉尔德曾经给他找了很多麻烦，还记得吗，他们曾经绑架了公主，而且他们还想——”

“菲兹克，是我们绑架了公主。你的记性一直这么差，不过就算是你也应该记得，我们把吉尔德人的军服碎片放到了公主的马鞍下面。维齐尼这么做，是因为他收到的委托就是这样。有人想栽赃给吉尔德，而主使人肯定是个贵族，还有比那位好战的王子更可能的人选吗？我们永远也不可能知道谁雇了维齐尼。我猜肯定是洪佩尔丁克。至于伯爵所说的黑衣人的下落嘛，考虑到伯爵就是那个残忍杀害我父亲的人，那么我们绝对可以相信，他肯定是个可怕的家伙，因此，他的话绝不可信。”他向大门走去，“来吧，咱们有事做了。”

天色越来越暗，菲兹克跟着他穿过盗贼总部的街道。“我们一边走，你一边给我讲明白，好吗？”菲兹克问。

“我现在就给你解释清楚……”他那如刀片一样单薄的身体穿过寂静的街道，菲兹克快步跟在一旁，“第一，我要接近鲁根伯爵，报杀父之仇；第二，我不知道如何计划去接近鲁根伯爵；第三，维齐尼本来可以给我制订计划，可是维齐尼现在帮不上忙了（这一点才最重要）；第四，黑衣人比维齐尼还会做计划；这就有了第五，黑衣人可以帮我去找鲁根伯爵报仇。”

“可我告诉过你，洪佩尔丁克王子在抓住黑衣人后，就给在场的所有人下了命令：让黑衣人平安返回他的船上。弗洛林的每个人都知道这件事。”

“第一，洪佩尔丁克王子计划杀死他的未婚妻，并且雇了我们去执行他的计划；第二，黑衣人破坏了王子的计划；这就有了第三，洪佩尔丁克王子肯定会设法抓住黑衣人，所有弗洛林人都知道，洪佩尔丁克王子的脾气非常火暴；这就引出了第四，要是有人是个火暴脾气，还有比向那个破坏他杀妻计划的人撒火更有意思的事情吗？”现在他们到了盗贼总部的围墙旁边。伊尼戈跳到菲兹克的肩膀上，菲兹克开始向上爬。“所以我的结论是，第一，”伊尼戈接着说，一分钟也没耽误，“因为弗洛林市的王子要对黑衣人发泄怒火，所以黑衣人现在肯定也在弗洛林市；第二，黑衣人现在肯定遇到麻烦了；第三，我现在在弗洛林市，并且需要一个会出主意的人帮我给我父亲报仇，而这个人也在弗洛林市，需要有人去救他，在人们需要对方的时候；这就有了（第四个也是最后一个）结论：成交。”

菲兹克爬到了墙头，开始小心翼翼地从另一边向下爬。“这下我全明白了。”他说。

“你什么都不明白，不过这不重要，因为你的意思就是你很高兴见到我，就像我也很高兴看到你一样，这样我们就不再孤单了。”

“我就是这个意思。”菲兹克说。

黄昏时分，他们开始盲目地在弗洛林市找了起来。天黑了，距离婚礼还有一天。鲁根伯爵即将在黄昏开始他每晚都会进行的试验，此时正在房间里收拾那些写有记录的笔记本。在城堡高墙后的地下五层，韦斯特利被锁在牢笼里，身上绑着枷锁，正沉默不语地在酷刑机边上等待着。从某种角度来看，他看上去依旧是韦斯特利，只是，他现在已经支离破碎了。他的二十年生命已经被吸走了。还剩下二十年。痛苦往往伴随着期待。很快伯爵就会来了。他一点希望都没有了，韦斯特利又哭了起来。

黄昏时分，芭特卡普去见了王子。她大声敲门，等了一会儿，又敲了敲。她能听到他在里面大喊大叫，要不是有重要的事儿，她绝不会敲第三次，可她的事很重要，所以她又敲了一下，门被人猛地拉开，他本来一脸怒容，见到她，便立刻换上了最甜蜜的微笑。"亲爱的，"他说，"进来吧。我一会儿就好。"然后他扭头看着耶林，"看看她，耶林。我的准新娘。有谁有过这么好的福气吗？"

耶林摇摇头。

"那么你认为，我尽一切可能去保护她，是错的吗？"

耶林又摇了摇头。因为吉尔德人潜伏到弗洛林的事儿，王子就快把他逼疯了。耶林派出了他手下所有的间谍去夜以继日地打探消息，可没有一个间谍探听到了关于吉尔德的消息。可王子坚持确有其事。耶林在心里叹了口气。他已经无计可施了；他只是个执法官，又不是什么王子。事实上，自从封锁盗贼总部以来，他只听说了一个隐隐令人不安的消息：封锁后还不到一个小时，有人告诉他一个传言，幽冥海盗罗伯茨的船可能向着弗洛林海峡开过来了。但是，根据他长期以来积攒的经验，这样的事可能就只是谣言而已。

"告诉你，那些吉尔德人无处不在，"王子接着说，"你似乎无力阻止他们，所以我就要改变计划了。除了城堡的正门，其他的门都封锁了，是不是？"

"是的。有二十个守卫守在正门。"

"再加八十个。我要一百个守卫。明白吗？"

“我会安排一百个人。鬼见愁小队成员都在听候调遣。”

“我在城堡里很安全。我有我自己的补给，食物，马厩，应有尽有。除非他们抓住我，否则我就能平安无事。那么，新的最终计划就是——记下来。所有建国五百周年庆典活动都推迟到婚礼之后举行。婚礼定在明天日落时分开始。我和我的新娘会骑我的白马到弗洛林海峡去，你的人要随行护送。我们从那里上船，开始我们期待已久的蜜月，整个弗洛林舰队的战舰给我们护航——”

“有四艘除外。”芭特卡普纠正道。

他惊讶地看着她，有那么一会儿什么都没说。然后他吻了她一下，不过动作并不显眼，以免耶林看到。“是呀，是呀，你瞧我这记性，有四艘舰艇除外。”他又转身面对耶林。

可是，从他的吃惊中，从他接下来的沉默中，芭特卡普已然明白了一切。

“这些舰艇要跟着我们，直到我认为安全了，他们才能离开。当然了，这之后吉尔德人还可能发动攻击，但我们必须冒这个险。让我想想是不是还有别的。”王子喜欢下命令，特别是那种他知道永远也不需要执行的命令。而且耶林写字的速度太慢了，这样一来就更好玩了。“你可以走了。”王子最后说道。

耶林鞠了一躬，便退下了。

“根本就没派四艘船出去。”只剩下他们两个人的时候，芭特卡普说，“别再费心和我撒谎了。”

“不管我做了什么，都是为你好，我的甜心。”

“可我并不这么认为。”

“你太紧张了，我也很紧张；我们明天就要结婚了，紧张也是情有可原。”

“你真是大错特错，你知道的。我很冷静。”事实上，她看起来确实如此，“你有没有派舰船出去已经不重要了。反正韦斯特利一定会来找我的。上帝一直都在，这我知道；爱情一直都在，这我也知道。所以韦斯特利一定会来救我的。”

“你真是个傻姑娘，现在回你的房间吧。”

“是的，我是个傻姑娘，是的，我要回房间了，你是个胆小鬼，你的心里什么都没有，只有恐惧。”

王子不由得哈哈大笑起来：“我是世界上最伟大的猎手，你居然说我是个胆小鬼？”

“我说了，我就是这么说了。随着年龄的增长，我的头脑也更灵活了。我说你是个胆小鬼，你就是个胆小鬼；在我看来，你去打猎，就是为了让你自己相信你不是世界上最弱的人。他一定会来找我，然后我们会远走高飞，那时就连你的打猎技术也帮不了你了，因为我和韦斯特利是因为爱结合到了一起，而你追踪不了爱，就算你有一千只猎犬也做不到，你破坏不了我们之间的爱的纽带，即便你有一千支宝剑也做不到。”

随后洪佩尔丁克冲她吼叫，撕扯她秋日般颜色的秀发，猛地把她拉倒在地，并且拉着她穿过又长又弯曲的走廊，来到了她的房间，到了那里，他一把把门推开，把她推了进去，并把她锁在了里面，随后，他冲向了死亡动物园的地下入口——

我父亲读到这里停了下来。

“继续呀。”我说。

“找不到刚才读的地方了。”他说，于是我只好等着，此时我因为得了肺炎，依然很虚弱，而且吓得出了一身的汗，好在他又开始读了，“伊尼戈让菲兹克打开门——”“嘿，”我说，“等等，这不对，你肯定漏掉了什么。”然后我很快就住口了，因为之前读到洪佩尔丁克和芭特卡普结婚的时候，我气坏了，说他漏掉了一些内容，现在和当时的情况一样，我可不想重蹈覆辙。“爸，”我说，“我不是这个意思，可是上一部分内容还是王子怒气冲冲地冲向动物园，下一部分就是伊尼戈的话，我想说，这两部分内容之间是不是应该还有一页其他内容？”

我父亲开始把书合上。

“我没想找茬儿，求你了，别把书合上。”

“我没打算这么做。”他说，然后看了我很长时间，“比利，”他说（他几乎从未这样叫过我；他这么叫我我就很高兴；换成别人我可就不乐意了，可要是理发师这么做，我就不知道了，我只会心里暖暖的），“比利，你相信我吗？”

“这是什么话？当然相信了。”

“比利，你得了肺炎。你太迷这本书了，我知道，毕竟我们已经为了它吵过一次了。”

“我再也不会和你吵了——”

“听我说，我从没向你说过谎，是不是？好了，相信我。我不想把这一章剩下的内容读完，我希望你说你能接受。”

“为什么？这一章的其余内容都讲了什么？”

“要是我能告诉你，我只要继续读下去就好了。你只要说不听后面的内容就行了。”

“除非我知道发生了什么，否则我是不会说的。”

“可是——”

“告诉我发生了什么，我才会告诉你是不是可以不听，我保证，如果我不想听，你就可以跳到伊尼戈那一段。”

“你不打算合作了？”

“等你睡着了，我可以偷偷溜下床；我才不关心你把书藏在了什么地方，我一定会找到，然后自己看这一章剩下的内容，所以，你最好告诉我。”

“比利，求你了！”

“我明白了，你可能也承认我会说到做到。”

我父亲重重叹了口气。

我知道这一回合是我赢了。

“韦斯特利死了。”我父亲说。

我说：“‘韦斯特利死了’是什么意思？你是说，他死了？”

父亲点点头：“洪佩尔丁克王子杀了他。”

“他只是装死，蒙混过关，是不是？”

父亲摇摇头，合上了书。

“讨厌。”我说着哭了起来。

“我很遗憾，”父亲说，“你还是一个人待会儿吧。”说完就走了。

“谁来收拾洪佩尔丁克？”我在他身后叫道。

他在过道里停了下来：“什么意思？”

“谁把洪佩尔丁克杀了？到了最后，总会有人收拾他的。是菲兹克吗？是谁？”

“谁也没有杀死他。他活得好好的。”

“爸，你是说他才是大赢家？老天，你给我读这段是为什么？”我把头埋在枕头底下，一直到现在，我从未像那天那样哭过。我感觉我的心几乎都要跳进枕头里了。关于哭泣这件事，我觉得最惊奇的就是，哭的时候你以为你会哭个没完没了，可实际上你哭的时间连你想象的一半都没有。哭泣这事儿不能用时间来计算。要是从感情的角度来看，越哭，心情就越糟，比想象的还要糟，但这不是用钟表来衡量的。等我父亲回来的时候，连一个小时都还没过。

“那么，”他说，“我们今晚还要继续吗？”

“开始。”我告诉他。我的眼泪干了，喉咙里也没有东西卡着了。

“准备好就开始。”

“从伊尼戈那里开始？”

“让我们听听那场谋杀吧。”我说，我知道我不会再放声痛哭了。和芭特卡普一样，我的心现在也是一座秘密花园，围墙很高很高。

随后洪佩尔丁克冲她吼叫，撕扯她秋日般颜色的秀发，猛地把她拉倒在地，并且拉着她穿过又长又弯曲的走廊，来到了她的房间，到了那里，他一把把门推开，把她推了进去，并把她锁在了里面，随后，他冲向了死亡动物园的地下入口，迈着大步向下冲去，在他砰的一声推开第五层牢笼的大门时，就连鲁根伯爵也被王子眼中反射出的强烈情感吓了一跳。王子走到韦斯特利身边。“她爱你，”王子喊道，“她依然爱你，你也爱她，想想看吧。这样想一想：在这个世界上，你们本可以很快乐，幸福又快乐。不管故事书里怎么说，一百年也不会有一对恋人有这样的机会，真的没有，可你们不会再有这样的机会了，所以，在我看来，你们的损失也是最大的。”说完，他一把抓住刻度盘，把刻度推到了顶点。伯爵喊道：“不要推到二十！”可为时已晚。死亡尖叫声已经发出。

这比野狗的尖叫声凄厉多了。首先，在拿野狗做实验的时候，刻度盘只是调到了六挡，现在是那时的三倍。所以很自然，叫声的持续长度是那时的三倍，音调也是那时的三倍。但这并不是更糟糕的地方。

这叫声是从人的喉咙里发出来的，不同之处就在于此。

芭特卡普在寝室里听到了这个叫声，她吓了一跳，但她根本不知道这是怎么一回事。

耶林在城堡的正门边听到了这叫声，他也吓了一跳，不过他想象不到这是怎么一回事。

全部一百位守在正门两侧的鬼见愁小队队员和士兵也都听到了叫声，他们无一例外地被搅得心里不安，并且讨论了很长时间，可没有一个人对声音有研究，所以都不知道这声音是怎么一回事。

广场上有很多百姓，婚礼和建国庆典就要开始了，他们都很兴奋，他们也听到了这叫声，没有一个人佯装没被吓到，可是，依然没有人知道这是怎么一回事。

这死亡尖叫声在黑夜中越来越响。

每一条通往广场的街道上都挤满了人，他们的目的地都是广场，他们也听到了尖叫声，等到他们承认被吓得目瞪口呆后，都没有去尝试探究这是怎么一回事。

伊尼戈立刻就明白这是怎么一回事了。

他和菲兹克正在一条小巷子里奋力从人群中挤过去，他停住脚步，回忆着。这条小巷连着通往广场的街道，现在这里也是人满为患了。

"我不喜欢这声音。"菲兹克说，有那么一会儿，他的鸡皮疙瘩都起来了。

伊尼戈一把抓住巨人，开始竹筒倒豆子似的说了起来："菲兹克——菲兹克——这是受到了极度痛苦才会发出的叫声，我了解这声音，鲁根伯爵杀了我父亲，我看着他倒下，那时候，我的心底就响彻着这种声音，现在是黑衣人发出了这声音——"

"你觉得是他？"

"在这样一个举国欢庆的日子，还有别人会遭受这种极度痛苦吗？"说完，他便开始寻找声源。

可周围的人太多了，他是很强壮，可他太瘦了，于是他喊道："菲兹克——菲兹克——我们必须追踪那个声音，我们必须找到声源，我动不了了，所以必须由你开路。飞吧，菲兹克；伊尼戈在求你，开出一条路来，求你了！"

噢，很少有人为了什么事来求菲兹克，就连伊尼戈也没有过，等到有人开口求他了，他一定会尽全力帮忙，于是菲兹克立刻开始向前推进。向前。人太多了。菲兹克更加奋力地推进。人群动了起来。菲兹克前面没有了障碍。全速前进。

死亡尖叫声这会儿渐渐变小了，被云层淹没了。

“菲兹克！”伊尼戈说，“现在，使出全力。”

菲兹克沿着小巷跑了起来，人们尖叫着给他让出一条路，伊尼戈则紧跟在他后面。小巷的尽头是一条大路，尖叫声现在越来越低了，菲兹克向左转，来到了那条大路的中间。他向前冲着，这条路任他走，因为没人挡路，没人敢挡他的路，现在越来越难听清楚尖叫声了，所以菲兹克用尽所有力气大吼了一声“安静”，跟着这条大路突然变得安静下来。菲兹克嘭嘭嘭走着，伊尼戈跟在后面，叫声还在那里，依然隐隐约约地从那里传来。他们来到了广场，又来到了城堡边上，然后，尖叫声消失了……

韦斯特利躺在酷刑机边上，已然没有了气息。王子一直把刻度维持在二十，很久，很久，其实他已经没有必要这么做了，直到最后，伯爵说：“结束了。”

王子看都没看韦斯特利一眼就走了。他一次跨上四层秘密地下台阶。“她居然叫我胆小鬼。”他说，然后便走远了。

鲁根伯爵开始做记录，然后扔掉了羽毛笔。他稍稍检查了一下韦斯特利，然后摇摇头。从研究的角度来说，他对死亡一点兴趣也没有；人死了，就对痛苦产生不了任何反应了。伯爵说：“把尸体处理掉。”即便看不到白化病饲养员，他也知道他就在附近。真是太遗憾了，他沿着王子走过的路，走上台阶时意识到。不是每天都能找到像韦斯特利这样的试验对象的。

他们都走了之后，白化病人走了出来，把那些杯子从尸体上拉出来，决定在城堡后面用废旧木料把尸体火化。这样就得用到手推车。他沿着地下楼梯匆匆跑上去，钻出秘密出口，飞快地向着工具房跑去；所有手推车都藏在后墙边上，前面是一堆锄头、耙子和绿篱剪边器。白化病人生气地发出了嘶嘶声，然后开始从其他工具之间穿行。每当他有急事的时候，似乎总是会碰到这样的问题。白化病人又嘶嘶两声，额外的工作，额外的工作，总是这个样子。你难道刚刚才知道这一点吗？

他终于把手推车拉了出来，然后穿过动物园那个致命的伪装正门，就在这个时候，有人对他说了句："我找不到那个尖叫声了。"白化病人猛地转过身，只见一个瘦削的陌生人站在城堡的属地上，手里还拿着一把剑。那把剑突然向着白化病人的咽喉刺来。"黑衣人在什么地方？"那个剑客随后说道。他的两边脸颊上各有一道巨大的倾斜伤疤，仿佛是个厉害角色。

白化病人轻声说："我不认识黑衣人。"

"叫声是从那个地方传出来的吗？"剑客指了指入口。

点点头。

"是谁在叫？我需要这个人，所以快点回答！"

低声答："韦斯特利。"

伊尼戈推断道："一个水手？而且是鲁根送来的？"

点点头。

"我该到什么地方去找他？"

白化病人犹豫了一下，随后指了指那个致命入口，轻声说："他在最底层，也就是五层之下。"

"那么你就没用了。菲兹克，让他安静一会儿。"白化病人意识到一个巨大的影子在他身后移动着。真有意思，他心想，那准是一棵大树——这是他记得的最后一件事。

伊尼戈现在正在兴头上，没什么能阻止他。菲兹克在入口处犹豫了一会儿：“为什么他要告诉我们真话？”

“他只是个眼见着要没命的饲养员，他为什么要说谎？”

“根本不是那回事。”

“我才不在乎！”伊尼戈厉声道，事实上他确实不在乎。他心里知道，黑衣人就在下面。菲兹克找到了他，就是为了这个，就因为菲兹克认识鲁根，就因为等了这么多年后，所有事情都要积攒在一起发生。如果上帝存在，那么黑衣人就在下面等着他。伊尼戈知道。他很清楚。而且，他绝对是正确的。但自然他也有很多不知道的事。比如说，那个黑衣人已经死了。比如说，他们走的那个入口是个死门，而且危机重重，是专门为了阻止他这样的闯入者而设的。下面有黑颈眼镜蛇，不过攻击他的野兽可能更危险。这件事他也不知道。

但他一定要报杀父之仇。而黑衣人肯定能帮他报仇。这对伊尼戈来说就够了。

他和菲兹克向着死亡动物园走去，他们此刻心情迫切，但用不了多久，他们就会追悔莫及。

第七章

婚　礼

伊尼戈让菲兹克打开门，这并不是因为他想要力大无穷的巨人给他做掩护，而是因为要想进去，就得用上巨人的力量：必须有人把那扇厚重大门的合叶弄坏，而这正是菲兹克的强项。

“开了。”菲兹克说。他只是转动门把手，门就开了，此时正向里面瞧。

“开了？”伊尼戈犹豫了一下，“赶紧关上。肯定有蹊跷。像王子的私人动物园这么重要的地方，为什么不上锁？”

“闻起来像是有什么可怕的动物在下面。”菲兹克说，“我闻到了！”

“让我好好想想，”伊尼戈说，“我一定能想到办法的。”他绞尽脑汁去想，却没想出个所以然来。人们不会把钻石丢在早餐桌上，而且肯定会把死亡动物园的大门锁得紧紧的。所以其中肯定有门道；只要动脑筋，答案就在那里。（为什么大门没上锁，答案其实就是：这里从来都不上锁。为什么从不上锁，答案其实就是：这里安全得很。凡是从正门进去的人没有一个能活着出来。这是鲁根伯爵出的主意，正是他帮助王子修建了这个地方。这个地方是王子选的，因为这里位于城堡属地最偏远的一个角落，四邻不靠，咆哮声不至于影响到仆人们，可这个入口却是伯爵设计的。真正的入口位于一棵巨树边，楼梯就在数根下面，从那里可以直达第五层。而这扇死门表面上看是真正的入口，从这里走，只能走普通通道，从第一层到第二层，从第二层到第三层，或者说，第二层到地狱。）

“好了。”伊尼戈最后说道。

“你想到了？”

“这扇门没上锁，原因很简单：那个白化病人想锁却还没来得及锁，他没上锁真是太笨了，可是，菲兹克，我的朋友，我们在他上锁前就撂倒了他。显而易见，他一弄好手推车，就会上锁，下门闩。就是这样，你不用再担心了。走吧。”

“和你在一起，我就有安全感。”菲兹克说着又一次拉开了大门。拉开门后，他注意到这门不仅没上锁，而且根本就没有锁，他不知道是不是该告诉伊尼戈，不过他决定不说，因为那样一来伊尼戈就得等，就得思考，而他们已经做得够多的了，还因为虽然他说他和伊尼戈在一起有安全感，但事实上他非常害怕。他听说过关于这个地方的各种各样的古怪传闻，狮子吓不到他，他也不在乎什么大猩猩，这些动物根本不值一提。他最怕的就是爬行动物了。还有爬虫。有刺的动物。还有……所有的一切，菲兹克决定做个诚实的人。蜘蛛，蛇，虫子，蝙蝠，他一看到这些动物就浑身不舒服。“还有动物的气味。”他说，并为伊尼戈撑着门，然后，他们一起大步走进了死亡动物园，大门在他们身后悄无声息地关闭了。

“真是个诡异的地方。”伊尼戈说着从几个大笼子边上走过，里面关着猎豹、蜂鸟和其他速度很快的动物。通道尽头还有一扇门，门上有个标识牌，上面写着：通往二层。他们打开了那扇门，只见眼前有一道向下延伸的陡峭楼梯。“小心点，”伊尼戈说，“挨着我走，注意保持平衡。”

他们向第二层走去。

“要是我告诉你一件事，你能答应我不笑话我或讨厌我吗？”菲兹克问。

“我发誓。”伊尼戈点点头。

“我已经吓得魂儿都没了。”菲兹克说。

“我已经吓得胆子都破了。”伊尼戈答。

“噢，对得真工整——”

“真平整。”伊尼戈又对了一句，对现在的情况感觉很高兴。沿着楼梯向下的过程中，菲兹克明显放松了下来，伊尼戈感觉很开心，于是他笑了笑，并且拍拍菲兹克宽阔的肩膀，表示他是个好人。然而，在他身体的最深处，他感觉肚子里有什么东西在翻搅着。一个力大无穷的人居然吓得没魂儿了，这太让他震撼了；在菲兹克说出这句话之前，伊尼戈还肯定地以为只有他一个人被吓得没魂儿了，要是一会儿遇上了麻烦，他们两个都吓坏了这事儿可不是什么好兆头。必须有人一直保持头脑清醒，他想当然地以为因为菲兹克脑筋不太灵光，所以他会发现保持清醒头脑并不那么困难。伊尼戈意识到事情有些不妙。好吧，他只要尽全力不让他们陷入困境就行了，就这样。

楼梯笔直向下延伸，很长，不过他们终于走到了尽头。又出现了一扇门。菲兹克猛地一推。门开了。又是一道走廊，两侧都是笼子，不过都是些大笼子，里面关着好几头不停吼叫的巨型河马，还有一条二十英尺长的短吻鳄，那家伙正在浅水里愤怒地猛烈摆动身体。

“我们得快点，”伊尼戈说着加快了脚步，“虽然我们可能更希望闲庭信步。”他小跑着奔向那个写有“通往三层”的标识牌。伊尼戈打开门向下看，菲兹克站在他后面也向下看。“嗯。”伊尼戈说。

这道楼梯有些不同，几乎算不上陡峭，还在半途转了个弯，所以不管楼梯底部有什么，他们站在上面准备下去时都看不见。墙上很高的地方点着奇怪的蜡烛，蜡烛投下了又细又长的阴影。

“噢，我真高兴我没有被挂得那么高。”伊尼戈说，他只是想开个玩笑。

“那么怕。”菲兹克脱口而出，不能自已地对上了这句话。

伊尼戈爆发了："真的！要是你不能控制自己，我可以把你送回去，你可以在那里等着。"

"别丢下我，我的意思是，不要让我离开你。求你了。我本来要对的是'那么长'，我也不知道怎么回事儿，'长'就变成'怕'了。"

"我真是拿你没辙了。走吧。"伊尼戈说着开始沿着弯曲的楼梯向下走，菲兹克跟在后面，这时大门在他们身后关闭了，并且发生了两件事：

第一，很显然，门上锁了。

第二，墙上高处的蜡烛突然灭了。

"别害怕！"伊尼戈尖叫着说。

"我没有，我没有！"菲兹克也尖叫着说。然后，伴随着怦怦的心跳声，他勉强挤出一句话："我们该怎么办？"

"很——很——很——很简单。"过了一会儿，伊尼戈说。

"你也害怕了？"菲兹克在黑暗中问。

"一点……也不。"伊尼戈小心翼翼地说，"先说明一下，我想说的是'很简单'，我也不知道那几个'很'字是从哪里来的。瞧：我们回不去了，而且我们也不愿意留在这里，所以我们只能像遇到这些小状况之前那样一直走。向下。下面才是我们的方向，菲兹克，不过我能看得出来你对现在的局面有那么一点点紧张不安，因此，出于我的好心，我不让你走在我的后面，也不让你走在我的前面，而是和我并肩一起走，我们迈出同样的步伐向下，你可以用一只手臂搂住我的肩膀，因为这样可能会让你感觉好一点，而我，为了不让你觉得自己傻里傻气，我也会用一只手臂搂住你的肩膀，这样我们就能一起走，互相保护，很安全，我们可以下楼了。"

"你要不要用空闲的那只手拿着剑？"

"我已经拿着了。你有没有攥拳头？"

"早就握紧了。"

“那么让我们往好的方面想想吧：我们正在探险，菲兹克，大部分人生生死死，都没有遇到过我们这样的机会。”

他们向下走了一步。又走了一步。然后走了两步，三步，很快就掌握了其中的要领。

“你认为他们为什么要在我们后面把门锁上？”他们向下走时，菲兹克问道。

“我猜是为了给我们的冒险增添点情趣。”伊尼戈答。这当然算不上特别正当的理由，却也是他能想出来的最好回答。

“现在开始转弯了。”菲兹克说，然后他们放慢了速度，稳稳当当地走过急转弯，继续向下走，“他们把蜡烛弄灭了，也是为了同样的原因——情趣？”

“很可能。不要挤我——”

“你不要挤我——”

就在此时，他们知道他们到了地方了。

多年以来，丛林动物学家一直在争论哪种巨蟒体形最大。支持水蟒的动物学家一直在吹嘘奥里诺科河里的水蟒体重超过五百磅，而支持蚺蛇属无毒大蟒的动物学家永远的回答就是在赞比西河外发现的非洲岩蟒有三十四英尺长，七英寸粗。这种争论自然是蠢到家了，因为“最大”只是一个模糊的概念，要是有人认真的话，争来争去也不会争出任何价值。

然而，不管派别如何，所有的蟒蛇爱好者都同意阿拉伯巨蟒虽然没有蚺蛇属无毒大蟒长，也不如水蟒重，但比这两种蟒蛇速度都快，也更贪婪。洪佩尔丁克王子养的这条阿拉伯巨蟒不仅速度和敏捷度惊人，而且王子故意一直让它处在饥饿状态，因此，这条蟒蛇从上方掉到他们身上，立刻就像闪电一样地缠住了他们。蟒蛇把他们的手缠得牢牢的，这下子拳头和宝剑就都派不上用场了；跟着，蟒蛇又缠住了他们的胳膊。“想想办法——”伊尼戈喊道。

“我做不到——我被缠住了——还是你想想办法吧——”

“跟他拼了，菲兹克——”

“这家伙太强壮了，我打不过它——”

“没有什么东西能强壮到是你制服不了的——”

蟒蛇此时又一缠，缠住了他们的肩膀上部；随后又一缠，也就是最后一击，缠住了伊尼戈的喉咙。此时他可以听到这头野兽的呼吸声，可以感受到它的气息，所以他只能小声说：“快上呀……我……我……”

菲兹克吓得浑身抖得像筛糠一样，小声道：“原谅我，伊尼戈。”

“噢，菲兹克……菲兹克……”

“什么……？”

“我想和你玩押韵游戏……”

“什么内容？……”

没有回答。

蟒蛇在他们身上缠了四圈。

“伊尼戈，什么内容？”

没有回答。

只有蟒蛇的呼吸声。

“伊尼戈，我希望在我死之前听到你把内容说出来，伊尼戈，我真想知道，伊尼戈，快告诉我内容吧。”菲兹克说，此刻他泄气极了，更重要的是，他非常生气，于是猛地一挣扎，把一只手臂从蛇的一圈身体中挣脱了出来，这样一来，挣脱蟒蛇的第二圈身体也就不那么难了，也就是说，他可以用这只手臂去帮助另一只手臂挣脱蟒蛇的缠绕。现在他大喊道：“除非我能知道内容，否则你哪儿也别想去！”他的声音真的非常惊人，既深沉，又洪亮，他在对这只蟒蛇说话，它妨碍了菲兹克玩押韵游戏，到了这时，不仅他的两只手臂都挣脱出了蟒蛇的第三圈身体，而且蟒蛇干扰了他，他气坏了，他的手向着蟒蛇呼吸的方向抓了过去，不过他不知道蛇是不是有脖子，不管学名是什么，反正他就是向着蛇嘴下面的地方抓了过去，他用两只巨掌抓住那个部位，狠狠地往墙上一撞，蟒蛇只是发出了嘶的一声，流出了唾液，不过第四圈的缠绕力道松了些，于是菲兹克又把蟒蛇往墙上撞了一下，跟着又是一下，接下来，他把两只手向后退了一点点，形成杠杆效果，然后开始把巨蟒狠狠地甩到墙上，就像是当地的洗衣妇把衬衣往石头上摔一样；等到蟒蛇没气了，伊尼戈才说道："说实话，我没想好押韵的话。我只是用这个办法让你行动起来。"

菲兹克累得上气不接下气："你骗我。我一生中唯一的朋友竟然是个骗子。"他使劲跺着脚走下楼梯，伊尼戈跌跌撞撞地跟在他后面。

菲兹克走到了楼梯底部的门边，砰的一声把门推开，让伊尼戈侧身进去，然后砰地把门关上。

门随即便锁上了。

过道尽头"通往四层"的标识牌清晰可见，菲兹克飞快地向那里冲了过去。伊尼戈跟在他后面，从关在笼子里的动物边上匆匆经过，那里有黑颈眼镜蛇、加蓬毒蛇，而能在最短时间内要人命的或许就是来自印度外海的可爱的热带石鱼。

"我很抱歉，"伊尼戈说，"这么多年才撒了一个小谎，这个平均值可不算高，特别是你得知道，咱俩还因此逃过一劫。"

"这可是原则问题。"菲兹克如是回答，他打开了通往四层的大门，"我父亲让我发誓永不撒谎，我这辈子连一次谎都没有说过。"然后他开始向下走。

"等等！"伊尼戈说，"起码要先检查一下我们要去的地方。"

这里有一道直梯，黑得伸手不见五指，完全看不清楚远处的出口。"这里不可能和之前我们到过的地方一样糟糕。"菲兹克厉声说，跟着开始向下走。

从某个角度来说，他是对的。对伊尼戈而言，蝙蝠向来称不上终极噩梦。噢，别人一样，他害怕蝙蝠，要是它们靠近，他也会尖叫着跑开；然而，在他心里，地狱里面可没有蝙蝠出没。但菲兹克是个土耳其人，人们说印尼的果蝠是世界上最大的蝙蝠；那么哪天对一个土耳其人说说这个试试看。有些土耳其人听过他们的妈妈喊“王蝙蝠来了”，随后便会传来这种毒物拍打翅膀的声音，你和这些人说说这句话看看会怎么样。

“王蝙蝠来了！”菲兹克喊道，他这会儿正站在漆黑的楼梯中部，吓得动弹不得；在他身后，伊尼戈正拼尽全力在黑漆漆的环境中向下冲。他从前没听过菲兹克这么叫，而且伊尼戈也不愿意蝙蝠落在他的头发上，可也没必要这么害怕吧？于是他想要问菲兹克“王蝙蝠有这么可怕吗”，可他刚说了一个“王”字，菲兹克就喊道：“狂犬病！狂犬病！”伊尼戈知道这一点就够了，于是他大叫：“低点儿，菲兹克。”可现在菲兹克还是动不了，伊尼戈只好在黑暗中摸索着，这时候拍打翅膀的声音变得越来越大，于是伊尼戈用尽全力拍了一下巨人的肩膀，大声喊了声“低点儿”，这回菲兹克倒是很听话，跪了下去，可这还不够，于是伊尼戈又拍了他一下，叫道：“身体放平，身体放平，整个身体放平。”他不停地喊，一直到菲兹克哆哆嗦嗦地躺在黑漆漆的楼梯上，他才停止呼喊，然后跪在他身上，六指宝剑在他的手中不停地挥舞——机会来了，正好可以试试九十天的酗酒生活让他的剑术下降了多少，还可以看看伟大的伊尼戈·蒙托亚还剩下多少能耐。没错，他学习了很长时间剑术；是的，他用半生还多的时间学习了阿格里帕攻击术、博内蒂防卫术，当然他还学会了蒂博招式，但是，有一年夏天，他和唯一一个懂得剑术的苏格兰人待在一起，那是一段非常绝望的时间。这人就是跛子麦克弗森，而且正是麦克弗森把伊尼戈所掌握的一切大大地嘲笑了一番，正是麦克弗森说：“蒂博招式不错是不错，但只限于在舞厅里战斗，但如果你在倾斜的地方遇到了敌人，而你的位置比你的敌人低，该怎么办呢？”后来伊尼戈整整练了一星期在较低位置的移动步法，然后麦克弗森把他带到一座山上，让他站在较高的位置。等到伊尼戈精通了高处位置的步法后，麦克弗森继续教他其他招式，因为他是个跛子，失去了腿部自膝盖以下的部分，因此对逆境有着特殊的感觉。“要是你的敌人把你眼睛弄瞎了怎么办？”麦克弗森有一次这么说，“他用硫酸泼你的眼睛，现在他冲过来杀你，你要怎么办？告诉我，西班牙人，一定不能死，西班牙人。”此时此刻，伊尼戈一边等着王蝙蝠的攻击，一边回忆麦克弗森教给他的步法——你必须依靠你的耳朵，你要从敌人的声音中分辨出他的心脏在哪里——而此时此刻，伊尼戈可以感觉到在他的头顶上方，王蝙蝠正成群结队地飞来，而在他身下，菲兹克哆嗦得就像是掉进冷水里的小猫。

“别哆嗦了！”伊尼戈命令道，之后他再也没有发出半点声音，因为现在他需要他的耳朵，他对着翅膀扑动的方向扬起头，右手中紧紧抓着宝剑，致命的剑尖在空中缓缓地旋转着。伊尼戈以前从没见过王蝙蝠，对它们一点都不了解——它们速度有多快？它们如何发动攻击？从什么角度攻击？每次会有多少只一起攻击？这会儿，致命的翅膀振动声已经到了他的头顶，或许只有十英尺，或许距离更远。蝙蝠在黑夜中能视物吗？它们也有这种器官吗？“来吧！”伊尼戈正准备大叫出这两个字，可根本无此必要，因为正如他预料的一样，蝙蝠翅膀一振，随后，伴随着一声他从未预料到的长长的尖厉叫声，第一只王蝙蝠向他猛冲下来。

伊尼戈等着，等着，鼓翼声冲向了左边，不过方向不对，因为他知道他的位置，而那头野兽也知道他的位置，这就是说它有法子对付他，或许会向他横切过来，或许会来个急转弯。他用大脑中仅存的理智把剑维持在现在的样子，缓缓地旋转着，没有去追寻鼓翼声。后来，鼓翼声停了下来，那只王蝙蝠悄无声息地掉转方向，向他的脸扑了过来。

六指宝剑在空中一闪，仿佛涂黄油一样。

王蝙蝠面临死亡时发出的声音和人声很像，只是更高亢，持续时间更短；伊尼戈的兴趣只持续了片刻，因为这会儿又有两只蝙蝠向他冲了过来，一左一右，从两边夹击他，麦克弗森告诉他始终要先对付强的，再对付弱的，所以伊尼戈先刺向了右边，又刺向了左边，随后两声接近人声的惨叫声响起又消失。宝剑现在变重了，三只死蝙蝠改变了宝剑的平衡性，伊尼戈想要把武器清理干净，但此时又响起了鼓翼声，这次只有一只，蝙蝠没有转向，而是直扑他的面门，想要他的命，他赶紧一猫腰，逃过了一次攻击；他把剑向上一刺，插入了这个致命怪物的心脏，这时有四只蝙蝠串在他的传奇宝剑上，伊尼戈知道他不会输掉这场较量，于是他从喉咙里吼了出来："我是伊尼戈·蒙托亚，我依然是剑神。来吧！"随后他听到三只蝙蝠的鼓翼声，他真希望他刚才能更谦虚点，可现在后悔已经太迟了，所以他需要发动突袭。他心动手动，快速变换姿势，面对三只野兽，站直身体，趁它们不备，在它们还在俯冲的时候刺出了宝剑。现在他的剑上已经串了七只蝙蝠，彻底失去了平衡，这种情况本来很糟糕，很危险，但有一点很重要：黑暗中，一切静了下来。鼓翼声消失了。

"你这个胆小的巨人。"伊尼戈说着，跨过菲兹克，冲下漆黑的楼梯。

菲兹克站起来，缓慢而吃力地跟在他后面，边走边说："伊尼戈，听着，我以前犯了个错误，你没有撒谎，你只是用了一计，我父亲总说用计是高明的，所以我再也不会生你的气了，你觉得怎么样？我觉得不错。"

站在黑漆漆的楼梯底部，他们转动了大门把手，走进了第四层。

伊尼戈看着他："你的意思是，如果我因为你救了我的命而彻底原谅你，你就会因为我救了你的命而彻底原谅我？”

“你是我的朋友，我唯一的朋友。”

“我俩真够差劲的。”伊尼戈说。

“有劲。”

“对得很不错。”伊尼戈说，于是菲兹克知道他们和好了。他们从一个个奇怪的笼子旁边走过，向着写有“通往五层”的标识牌走去。“这一层肯定最糟糕。”伊尼戈说完便向后跳了出去，因为，在一个浅色玻璃罩后面，一只嗜血苍鹰正在吃看上去像是人的胳膊的东西。而另外一边有一个巨大的黑色池子，里面的东西黑乎乎的，有很多触角，而池水似乎都被吸向了池子中央，那怪物的嘴就在那里。“快跑！”伊尼戈说，一想到掉进那个黑色池子里，他就不禁直哆嗦。

他们打开门，向下面的第五层看去。

目瞪口呆。

首先，他们打开的门没有锁，因此便不能困住他们；其次，楼梯上灯火通明；再次，楼梯是笔直的；最后，楼梯非常短。

而且主要区域内什么都没有。这里明亮、干净，绝对空无一物。

“我可不相信眼前看到的。”伊尼戈说着，握住宝剑，摆出迎战姿势，随后，向下迈出了第一步，“待在门边，蜡烛随时都可能熄灭。”

他又向下迈了一步。

蜡烛依然亮着。

第三步。第四步。楼梯只有大约十二阶，他又向下走了两阶，在楼梯中间停了下来。每一步的步幅约为一英尺，所以他现在距离菲兹克有六英尺，距离通往最后一层的大门也有六英尺，那扇门装饰华丽，装有绿色的把手。“菲兹克？”

上面的门边传来回答声：“怎么了？”

“我害怕。”

“不过看起来没危险呀。”

“不对。肯定有蹊跷。这就是伪装，为的就是让咱们上当。不管我们之前遇到了多么可怕的情形，现在肯定更糟。”

“可现在什么都看不见，伊尼戈。”

伊尼戈点点头：“所以我才害怕。”他向着最后那扇华丽的绿把手大门又走了一步。

又走了一步。还剩下四步。还剩下四英尺。

距离死亡还有四十八英寸。

伊尼戈又走了一步。现在他开始颤抖了，几近失控。

“你为什么哆嗦？”菲兹克的声音从上面传来。

“死神就在这儿。死神就在这里。”他又向下迈了一步。

距离死亡还有二十四英寸。

“我现在能去找你了吗？”

伊尼戈摇摇头：“没理由叫你也搭上一条命。”

“可这里是空的。”

“不对。死神在这里。”现在他已经失控了，“要是我能看到他，我一定要和他较量一番。”

菲兹克有些不知所措了。

“我是剑神伊尼戈·蒙托亚。来吧！”他一次又一次地转身，准备好宝剑，仔细盯着明亮的楼梯。

“你吓着我了。”菲兹克说，他关上门，走下楼梯。

伊尼戈向上迎了过去：“别下来。”他们在第六级台阶上会合。

此时距离死亡还有七十二英寸。

绿斑点隐士毒蜘蛛致人死命的速度比不上石鱼。很多人认为树眼镜蛇制造的痛苦要厉害得多，因为这种蛇能让人体溃烂。然而，从综合实力来说，这世上没有哪种毒物能比得上绿斑点隐士毒蜘蛛；相比绿斑点隐士，黑寡妇蜘蛛只能算是个洋娃娃。洪佩尔丁克王子的绿斑点隐士毒蜘蛛就生活在最底层大门的绿色豪华门把手后面。除非门把手动，否则它很少活动。只要一动，它就会发动闪电般的攻击。

菲兹克站在第六级台阶上，用一只胳膊搂住伊尼戈的肩膀："我们一起，一步一步向下走。这里什么都没有，伊尼戈。"

他们来到倒数第五级台阶上。"肯定有危险。"

"为什么？"

"因为王子是个魔鬼。鲁根也是个狠角色。而这里正是他们的杰作。"他们走到了倒数第四级台阶。

"你说得有道理，伊尼戈。"菲兹克说，声音既洪亮又平静；然而，他其实已经被吓破胆了。因为他所处的这个地方尽管明亮干净，却异常诡异，而他在世上唯一的朋友已经紧张到快崩溃了。要是你是菲兹克，脑筋不大灵活，而且你发现你站在死亡动物园的地下四层，正在找一个黑衣人，而你又认为这人不在这里，同时你在这世上的唯一朋友又快发狂了，你会怎么办？

现在还有三级台阶。

要是你是菲兹克，你肯定会慌了神儿，毕竟如果伊尼戈疯了，也就是说这次探险的领头人就要变成你了，而且如果你是菲兹克，你知道，这世上你最不愿意做的事就是带头了。于是菲兹克做出了在恐慌时刻总会做出的举动。

他猛冲了过去。

他大吼一声，跳下台阶，向大门狂奔过去，用身体砰的一声撞开了门，根本就没费力去转动那个漂亮的绿色把手；在大门被撞开后，他一直跑向那个巨型牢笼，只见黑衣人一动不动地躺在里面。菲兹克停住脚步，大大地松了口气，因为看到黑衣人沉默地躺在里面，意味着一件事情：伊尼戈是对的。如果伊尼戈说对了，他就不会发疯了；如果他不发狂，菲兹克就用不着领导任何人了。一想到这个，菲兹克便笑了。

伊尼戈被菲兹克的奇怪举动吓了一跳。他看不出有什么理由这么做，所以正要出声喊菲兹克，正在此时，他看到一只小小的绿斑点蜘蛛从门把手上向下飞奔，所以他在向笼子跑过去的时候，伸出靴子，一脚把蜘蛛踩死了。

菲兹克已经进到了笼子里面，跪在尸体边上。

“别说出来。”伊尼戈说着，走了进来。

菲兹克很努力地压抑着，可那句话已经写在了他的脸上：“死了。”

伊尼戈检查了尸体。他一生中见过很多尸体。“死了。”然后他一屁股坐在地上，非常痛苦，用两只手臂搂住膝盖，像个婴儿似的来来回回地摇晃着，摇过来，摇过去。

这太不公平了。人活着就会遇到不公平，可这也太离谱了。他，伊尼戈，一个不善于思考的人，有没有想过要是他找不到黑衣人会怎么样？他，伊尼戈，这么害怕野兽、爬行动物和有刺的动物，却还是毫发无伤地把他们两个带到了死亡动物园下面。他置身于危险境地而不顾，超越了他以为他具有的所有底线。而现在，在付出了这么多努力后，在和菲兹克为了他毕生的目标而重逢后，结果却发现那个可以帮他为死去的多明戈报仇的人已经死了。一切都不存在了。希望？没有了。未来？没有了。支撑他活下去的所有力量也都消失了。被扼杀了。被打破了。只剩下死路一条。

“我是伊尼戈·蒙托亚，多明戈·蒙托亚之子，我绝不认命。”他猛地站起来，沿着地下楼梯向上走，然后在高处停了下来，厉声发号施令，“快，快点。把尸体搬上来。”他在口袋里摸索了一会儿，却发现里面空空如也，钱都被他用来买白兰地了，“你有钱吗，菲兹克？”

“有一点。是在鬼见愁小队当差时发的钱。”

“希望你的钱足够我们请一个巫士，就这样。”

有人敲小屋的门，可麦克斯并没有去开门。“滚开。”他只是骂了这么一句，毕竟近来只有小孩子登门造访来嘲笑他。不过这会儿已经很晚了，差不多都到半夜了，小孩子是不应该在这时候出现的，再说了，敲门声很大，同时还砰砰响个不停，仿佛大脑在对拳头说：“快点儿，我要看看你的行动。”

于是麦克斯把门打开一条缝：“我不认识你们。”

“你是不是为国王工作了很多年的巫士麦克斯？”瘦子说。

“我被解雇了，你难道没听说？这是个勾人伤心的话题，你不应该随便乱说，晚安，下次要记得有礼貌。”他关上了小屋的门。

砰砰，砰砰，砰砰砰。

“滚开，我告诉过你们了，不然我就把鬼见愁小队叫来了。”

“我就是鬼见愁小队的人。”门外响起了另一个声音，这个声音浑厚、深沉，令你不由自主地想要友好地回应。

“我们需要一个巫士。事关紧急呀。”瘦子在外面说。

“我退休了。”麦克斯说，“反正你们也不需要一个被国王唾弃的人，是不是？我可能把让我治病的人给医死了。”

“他已经死了。”瘦子说。

“死了，嗯？”麦克斯说，此时他的声音里流露出了一丝兴趣。他又把门打开一条缝：“我擅长治死人。”

“求你了。”瘦子说。

“把人抬进来吧。我可不能保证什么。”巫士麦克斯想了一会儿答道。

巨人和瘦子抬进了一个体格壮硕的人，把他放在小屋的地上。麦克斯戳了戳尸体。“还不是很僵。”他说。

瘦子说：“我们有钱。”

“那就去找天才专家吧，干吗不去呢？为什么要把时间浪费在我这里？我不过是个被国王解雇的巫士。”当时他好悬没因为这事儿送了命。被解雇后的头两年，他真希望死了算了。他气得咬牙切齿，所以牙齿都掉了；气得发狂的时候，他就把为数不多的头发从头皮上揪下来。

“在弗洛林，你是唯一一个还活着的巫士。”瘦子说。

“噢，所以你们就来找我了？你们一个说：‘我们该拿这具尸体怎么办？’然后另一个说：‘我有个孤注一掷的办法，那就是去找那个被国王解雇的巫士。’跟着第一个说话的人说：‘我们有什么损失呢？反正他不可能把死人弄死。’接下来另一个人说——”

“你是一个优秀的巫士。”瘦子说，“你被解雇，都是政治博弈的缘故。”

“别用‘优秀’两个字来侮辱我，我曾是一个伟大的巫士——现在也是——听我说，小兄弟，从来没有哪个巫士能超越我，一半的巫士技巧都是我发明的，结果他们竟然把我赶走了……”他的声音突然低了下去。他年纪很大了，身体虚弱，如此慷慨陈词耗尽了他的体力。

“先生，求你了，坐下歇会儿——”瘦子说。

“别叫我‘先生’，小兄弟。”巫士麦克斯说。他年轻时就是个顽固的人，现在依然顽固。“我正忙着呢。你们进来的时候我正在喂我的女巫，现在我要把这活儿干完。”他抬起小屋地板上的活板门，把梯子放到下面的地窖里，爬下去后又把活板门锁上。做完这些之后，他把一根手指竖在嘴唇上，然后跑到一个正在煤炉边煮热巧克力的老妇人身边。麦克斯和瓦莱丽结婚似乎已经有一百万年那么久了，那还是在巫士学校的事儿，她当时在那里做药水盛放员。她自然不是女巫，可当麦克斯开始实习的时候，每个巫士都必须有一位女巫，就这样，因为瓦莱丽不介意，所以在公开场合他就管她叫女巫，而她也学习了很多女巫的技艺，这样在不得已的情况下，她也能蒙混过关。“听着！听好了！”麦克斯小声说，反复指着上面的小屋，“你肯定猜不到上面来了什么人——一个巨人和一个西班牙人。”

“一个巨人去拔牙了？”瓦莱丽说着，捂住心脏的位置。她的听力大不如前了。

“是西班牙人！西班牙人！一个从西班牙来的家伙。脸上有伤疤，是个非常难缠的家伙。”

“让他们把想要的东西偷走好了。我们还有什么值得拼死保护的东西吗？”

“他们不是来偷东西的，他们是来给咱们送钱的。给我。他们抬了一具尸体来，他们需要一个巫士。”

“你一直很擅长治死人。”瓦莱丽说。自从他被解雇以来，她还没见过他像现在这样，这么刻意去隐藏他的兴奋之情呢。她小心翼翼地控制住自己的兴奋之情。要是他能重新开始工作该有多好啊。她的麦克斯是一个天才，他们都会回来的，那些病人一个个都会回来的。麦克斯会再一次名满天下，到时候他们就可以搬出这个小屋了。从前这个小屋只是他们做实验的地方，现在却成了他们的住处。“今天晚上你没有其他事要办，为什么不去治治那个死人呢？”

“我可以这么做，这我承认，一点问题都没有，可我应该这么做吗？你很了解人的本性，他们可能一分钱都不给就走了。要是一个巨人不想给钱，我有什么办法逼着他给钱呢？谁愿意碰上这种倒霉事？我还是把他们赶走算了，然后你给我端一杯美味的热巧克力上来。再说了，我正在看一篇关于鹰爪的文章，这文章可棒着哩。”

“先收钱。快去吧。这是命令。要是他们不同意，就把他们赶出去。要是他们答应，把钱拿下来给我，我把钱放在青蛙的肚子里面，这样，就算他们改变主意，要把钱抢回去，也找不着。”

麦克斯开始顺着梯子往回爬：“我该收多少钱？我已经有多少年没当巫士了？有三年了吧？诊费现在可能已经涨了很多了。五十，你觉得怎么样？要是他们给五十个金币，我就考虑看看；要是他们没有，就赶他们走。”

“就这么办。”瓦莱丽表示同意。就在麦克斯关上活板门时，她悄悄地爬上了梯子，把耳朵贴在地板上偷听。

“先生，我们很着急，所以——”一个声音说。

“千万不要催我，小兄弟，要是你催起来没完没了，你就只能得到一个烂巫士，这就是你想要的？”

“这么说，你答应了？”

“我可没说这话，小兄弟，千万不要给巫士压力，千万不要。要是你给我压力，你就走吧——你们有多少钱？”

“把你的钱都给我吧，菲兹克？”同一个声音又说道。

“都在这儿了。”一个洪亮的声音响起，“你数数，伊尼戈。”

说话声中断了一会儿。“我们有六十五个金币。”那个叫伊尼戈的人说。

瓦莱丽正要拍手称快，这时麦克斯说：“我这辈子从来没收过这么少的诊费，你们肯定是在开玩笑，我要再离开一会儿。我要让我的女巫打个嗝儿，她现在应该吃完了。”

瓦莱丽飞快地跑回煤炉边，等着麦克斯来找她。“糟糕，”他说，“他们只有二十个金币。”

瓦莱丽从炉边走开。她知道真相，却不愿意道破，于是她改变了策略：“我们没有巧克力粉了。明天去找小贩买，二十个金币肯定够了。”

“巧克力粉没了？”麦克斯说，显然有些心烦意乱。巧克力仅次于止咳药水，是他的最爱之一。

“或许这个理由很充分，可以让你降低收费。”瓦莱丽说，“问问他们为什么要找巫士。”

“他们可能不会说实话。”

“要是你有所怀疑，就用风箱还阳法呀。瞧，要是我们不利用巫术去帮助好人，我会良心不安的，而我讨厌这样。”

“你真是个固执己见的女士。”麦克斯说，可他还是回到了楼上。“好吧，”他对瘦子说，“每天来缠着我施巫术的人有好几百个，有什么特别的理由让我偏偏去把这个家伙治好呢？而且，相信我，那最好是个充分的理由。”

伊尼戈本想说“这样他就能告诉我怎么去杀鲁根伯爵了”，可这似乎不能打动这个坏脾气的巫士去普度众生，于是他这么说：“他有妻子，还有十五个孩子，他们连点吃的都没有；要是他死了，他们一准饿死，所以——”

“噢，小兄弟，你还真是说瞎话不眨眼呀。”麦克斯说，然后他走到屋子一角，拿出了一个巨大的风箱，“我来问问他。”麦克斯咕哝着说，并向韦斯特利举起了风箱。

“这只是一具尸体，他可说不出话来。”伊尼戈说。

“山人自有妙计。”麦克斯回答，然后把巨大的风箱插进了韦斯特利的喉咙里，开始挤压风箱。“你们得明白，”麦克斯一边挤压，一边解释，“同样是死，程度却有不同：半死不活，吊着一口气，死透了。这个家伙属于第一种，也就是说他的体内还有记忆，他的一部分大脑还在运转。这里加一点压力，那里再加一点，有时候就能获得收效。”

风箱挤压了这么长时间，韦斯特利的身体开始变鼓了。

“你在干什么？”菲兹克说，不禁难过起来。

“别介意，我只是让他的肺里充满了空气，我保证不会伤害他。”又过了一会儿，他终于不再挤压风箱，随后他开始在韦斯特利的耳边喊话：“是什么如此重要？这里有什么事值得你还阳？有什么在等待你？”麦克斯随后把风箱放回角落，拿出了笔和纸，“需要一段时间才能起效，所以你或许可以回答我一些问题。你对这个人有多少了解？”

伊尼戈很不想回答这个问题，毕竟回答问题就得承认他们在他活着的时候只见过一次，然后就一决生死了，而这听起来肯定特别奇怪。“你这是什么意思？”他答。

“噢，比如说，”麦克斯说，“这人是不是怕痒？”

“怕痒？”伊尼戈怒气冲冲地吼道，“怕痒！现在事关生死，你却在这里讨论怕痒的问题！”

“别对我大呼小叫的，”麦克斯也吼了回去，“而且千万别嘲笑我的办法，要是对象合适，搔痒可是个很管用的办法。从前我碰到过一具尸体，那具尸体可比眼前这个糟，属于吊着一口气的那种，我不停地搔痒，脚趾，腋窝，肋骨，后来我拿了一根孔雀羽毛去挠他的肚脐；我忙了一天一夜，转天天亮时又忙活了一段时间，注意，我说的是转天天亮，然后那具尸体说：‘我就讨厌这个。’我说：‘讨厌什么？’他说：‘搔痒。我特地起死回生，叫你别再这么干了。’我说：‘你是说你不喜欢我用孔雀羽毛挠你的肚脐，这烦到你了？’他说：‘你准猜不到我有多烦。’我不停地问他关于搔痒的问题，让他和我说话，回答我，至于原因嘛，不必我说你也知道，一旦你让尸体说话了，你的努力就成功了一半。”

“知……恩……爱……”

菲兹克惊慌失措地抓住伊尼戈，他俩一块儿转过身，盯着黑衣人，这会儿他又安静了下来。“他说的是‘真爱’，”伊尼戈喊道，“你们听到他说的了——他想要起死回生，就是为了真爱。这个理由当然够充分。”

“小兄弟，用不着你告诉我什么样的理由算充分，真爱是除了止咳药水以外这世上最美好的东西。这所有人都知道。”

“这么说你会救他了？”菲兹克说。

“是的，当然了，如果他说的真是‘真爱’的话，我会救他；可你听错了，作为风箱还阳法的专家，我可以告诉你们所有合格的口技演员都愿意去验证的一件事，那就是尸体要想发出‘知’这个音可是难上加难，念出来往往就变成‘吃’了，所以你的朋友说的是‘吃……乌……卖’，他想说的显然是‘出卖’——显而易见，他不是做生意遇到了麻烦，就是赌牌被人使了诈，而这自然构不成让我施展巫术的理由。我很抱歉，我只要下定决心就不会改变心意，再见，把尸体带走吧。”

“骗子！骗子！”这时敞开的活板门下面突然传来了尖叫声。

巫士麦克斯转过身。“快回去，女巫——”他喝令道。

“我不是女巫，我是你的妻子——”现在她冲到了他身边，众人只见一个怒气冲冲的小老太婆跑了过来，“见过了你刚才的所作所为，我想我再也不想做你的妻子了——”巫士麦克斯想要她冷静下来，可她现在怒不可遏，“他说的就是‘真爱’，麦克斯，就连我都听到他说的是‘真爱’了，‘真爱’。”

“别再说了。”麦克斯说，他的声音中夹杂着恳求的意味。

瓦莱丽转身看着伊尼戈：“他拒绝你，是因为他害怕——他害怕自己完蛋了，他那曾经神奇的手指再也使不出巫术了——”

“这不是真的——”麦克斯说。

“你说得对，”瓦莱丽表示同意，“这不是真的，你的手指从未高贵过，麦克斯，你再也不能有什么成就了。”

“搔痒疗法——当时你也在场——你也看到了——”

“侥幸成功而已——”

“我救回的那些溺死的人——”

“运气使然——”

“瓦莱丽，我们已经结婚八十年了，你怎么能这么对我？”

“因为真爱已成往事，你并没有大方地说出你为什么不帮忙——好吧，那我来说，我要说的是，洪佩尔丁克王子解雇你再正确没有了——”

“不要在我的小屋里提到这个名字，瓦莱丽，你以前对我发过誓的，你说你绝对不会说起这个名字。”

“洪佩尔丁克王子，洪佩尔丁克王子，洪佩尔丁克王子——至少他知道什么样的人是滥竽充数——”

麦克斯飞奔向活板门，用双手捂住耳朵。

“可他的未婚妻就是他的真爱。”伊尼戈随后说，“要是你能让他起死回生，他就会去阻止洪佩尔丁克王子的婚礼——”

麦克斯的手离开了他的耳朵：“这具尸体，要是他起死回生，洪佩尔丁克王子就会受罪？”

“是奇耻大辱。”伊尼戈说。

“这才是我称之为充分的理由。”巫士麦克斯说，“把那六十五个金币给我，这活儿我接了。”他跪在韦斯特利身边。“嗯。”他说。

“怎么了？”瓦莱丽说。她知道这个语气代表什么。

“就在你说那些废话的时候，他已经从半死不活变成吊着一口气了。”

瓦莱丽拍了拍韦斯特利身体的几个部位。“已经开始僵硬了，”她说，“看来你要夜以继日地工作了。”

麦克斯自己也拍了拍：“你说神使是不是还没睡？”

瓦莱丽看了下时间：“我不这么认为，都快1点了。再说了，我再也不相信她了。”

麦克斯点点头：“我知道，可对于这事儿能不能成，要是能提前得到一些暗示，就太好了。”他揉揉眼睛，“我太累了，真希望我能提前预计到会有人找上门来，这样我今天下午就会睡一觉了。”他耸耸肩，“只好这样了，答应就是答应了。把我的《咒语词典》和《魔法附录》拿来。”

“我还以为这些魔法呀，咒语呀，你早就烂熟于胸了。”伊尼戈说，此时他开始心神不安了。

“我疏于练习了，我已经退休三年了，这些复活秘方可不是闹着玩儿的；要是搞错了一种原料，所有东西就会在你面前爆炸的。”

“给你魔法书，还有眼镜。”瓦莱丽喘着粗气，顺着地下室的梯子爬了上来。在麦克斯翻看的时候，她转身看着守候在一旁的伊尼戈和菲兹克，说：“你们来帮帮忙。”

“愿效犬马之劳。”菲兹克说。

“告诉我们一些有用的信息。我们有多少时间来施巫术？如果我们做到了——”

“不是如果，是肯定。”麦克斯从魔法书中抬起头说。他的声音变得更坚定了。

“在我们做到之后，”瓦莱丽接着说，“要维持多长时间的效力？老实说你们要去干什么？”

“噢，很难预测，”伊尼戈说，“我们要做的第一件事是冲进城堡，不可能肯定这种事做起来会怎么样。”

“一小时的药剂应该可以了。”瓦莱丽说，“时间必须充沛，否则你们都要死，所以为什么不选择一个小时呢？”

“我们三个都要战斗。”伊尼戈纠正道，“等到我们冲进城堡，就会去阻止婚礼，把公主抢出来，逃跑，还要抽时间给我去和鲁根伯爵决斗。”

瓦莱丽显然有些泄气，她疲惫地坐了下来。“麦克斯，”她说着，拍拍他的肩膀，“不太妙。”

他抬起头：“嗯？”

“他们需要一具能打架的尸体。”

麦克斯合上魔法书。“的确不太妙。”他说。

“可我花了钱了，”伊尼戈坚持道，“我给了你六十五个金币。”

"看这里——"瓦莱丽用拳头狠狠敲了敲韦斯特利的胸腔，"什么都没有。你们有没有听过这么空洞的声音？这个人的生命被吸走了。需要几个月才能恢复力气。"

"几个月我们可等不起——现在已经凌晨1点多了，婚礼在今晚6点举行。只剩下十七个小时了，哪些部位能恢复？"

"噢，"麦克斯说，不停地思考着，"舌头可以，大脑没问题，要是运气好，要是你能向正确的方向轻轻推他，他或许还能慢慢地走一走。"

伊尼戈绝望地看着菲兹克。

"要我怎么说呢？"麦克斯说，"你需要超级巫术。"

"只有六十五个金币，怎么可能得到超级巫术呢？"瓦莱丽安慰道。

这里删掉了一些章节，大约有二十页吧。这些篇幅基本上讲的就是一些场景的交替：城堡里在干什么，巫士在干什么，这些场景来回交替，每一次交替，莫根施特恩都会给出时间，比如"现在距离6点还有十一个小时"。莫根施特恩使用这样的手法，主要是因为他总喜欢讽刺王室，总喜欢描写他们多么愚蠢地沿袭着这些古老的传统，比如亲吻他们老祖宗留下的神圣戒指等等。

我删掉了一些动作场景，我在别的篇幅里可没删除过这样的章节，我的理由是这样的：为了集齐复活神药的配料，伊尼戈和菲兹克必须去拼命，比如伊尼戈要去找青蛙尘埃，而菲兹克就要去找燔祭泥，要想得到后者，首先需要菲兹克有件烈焰斗篷，这样在收集燔祭泥的时候才不至于被烧死。在我看来，这就和奥兹法师让桃乐茜的朋友们去邪恶女巫的城堡差不多；要是你知道我在说什么，你肯定会有和我相同的"感觉"，而且我也不想冒险，不愿意看到这本书讲到了高潮之处时，读者却说什么"这就和《绿野仙踪》没两样嘛"。不过我要说一点：在鲍姆写出《绿野仙踪》前，莫根施特恩就完成了这个弗洛林版本的历险故事，所以，尽管他才是首创者，结果却恰恰相反。要是有人，也许是某个行动自由的哲学博士生，能够帮助莫根施特恩建立名誉，那就真是太好了，因为相信我，要是受人忽视是件痛苦的事，这家伙肯定痛苦极了。

删减的另一个原因在于：你知道复活神药一定会生效。不可能花这么多篇幅在麦克斯和瓦莱丽这样一对古怪的夫妇身上，结果神药却没发挥作用。至少像莫根施特恩这样一个奇才不会做出这样的安排。

还有最后一件事：我的编辑海勒姆感觉关于巫士麦克斯的章节听起来犹太意味太重了，当代意味也太重了。我真的好好教训了他一顿；这说到了我的痛处，至于原因嘛，就举个例子来说吧，在电影《虎豹小霸王》中，布奇有这样一句台词："我的眼睛近视了，全世界都要戴近视镜。"而我的一个天才制作人说："那句台词必须删掉；只要有这句台词，我就不会让我的名字出现在电影里。"我问为什么，他说："当时人们不是那样说话的，这根本就是弄错了时代。"我记得我这样解释道："本·富兰克林也戴近视镜，在电影中那两个家伙生活的年代，泰·柯布是美国棒球联盟的打击王，我的母亲也和这两个人生活在同一个年代，她也戴近视镜。"我们握握手，化敌为友，但这句台词留在了电影中。

所以重点就是，如果麦克斯和瓦莱丽听起来像犹太人，为什么他们不该是犹太人？你觉得一个叫西蒙·莫根施特恩的人是个爱尔兰天主教徒？真有意思——莫根施特恩笔下的人物叫作麦克斯和瓦莱丽，而他的父亲是个医生。生活模仿艺术，艺术模仿生活，我真的把这二者搞混了，这就像我始终分不清波尔多葡萄酒和勃艮第葡萄酒——这两种酒的味道都很好，我想这才是唯一重要的事；莫根施特恩也是这样。现在我们继续看故事吧，确切地说，是从十三个小时后重新开始，此时已经是下午4点，距离婚礼还有两个小时。

"你的意思是，就这？"伊尼戈惊愕地说。

“就这。”麦克斯骄傲地点点头。很长时间以来，他都没有经历过这么长时间的紧张状态了。他感觉棒极了。

瓦莱丽太骄傲了。“太美了。”她说，随后转头看着伊尼戈，“你听起来很失望似的，那么你认为复活神药是什么样的？”

“反正不像高尔夫球大小的一坨泥巴。”伊尼戈答。

（又是我，在这一章里，这是我最后一次出现：不不，这里可不是弄混了时代；七百年前，苏格兰就出现了高尔夫球，不仅如此，还记得吗，伊尼戈向苏格兰人麦克弗森学过剑术。事实上，在年代问题上，莫根施特恩所写的一切都很准确；可以去看看任何像样的关于弗洛林史的书。）

“一般情况下，在最后时刻我都会包上一层巧克力，那样看上去就好多了。”瓦莱丽说。

“肯定已经4点了，”麦克斯说，“最好去准备好巧克力，这样就有时间让巧克力变硬了。”

瓦莱丽拿着那一坨药，顺着梯子下到了厨房：“你做得棒极了。笑一笑。”

“这药会管用吧，不会出意外吧？”伊尼戈说。

麦克斯坚定地点点头。可他笑不出来。他心底有个问题一直在困扰他：他从来不会忘事，尤其不会忘记重要的事，而且他也没有忘记这件事。

他只是没及时想起来而已……

4点45分，洪佩尔丁克王子把耶林叫到了卧室里。耶林立刻就赶来了，不过他知道即将发生什么事，所以非常担心。事实上，耶林已经写好了辞呈，就放在他口袋中的信封里。“殿下。”耶林说。

“汇报吧。”洪佩尔丁克王子说。他穿着华丽的白色结婚礼服，看上去依然像个强壮的桶，只不过更华贵了些。

“都已经按照您的吩咐办了，殿下。每一个细节我都亲自过问。”耶林真的特别累，他每一根神经都紧张不安。

“说得具体点。”王子说。还有七十五分钟，他就要去谋杀一个女人了，他从前可没杀过女人，他不知道是不是能在开始尖叫前就用手指抠紧她的喉咙。一整个下午，他都在用巨大的香肠来做练习，对各种动作已非常熟悉，然而，巨大的香肠毕竟不是人的脖子，但愿它们不是。

“今天早晨，除了正门外，连接城堡的所有通道都已被重新封锁了。若要出入，只能经过正门。我已经把正门的锁换了。新锁只有一把钥匙，由我亲自保管，随身携带。在我带着一百名守卫在城堡外面的时候，钥匙也在城堡外面，没有人能从里面离开城堡。在我来见您的时候，就和现在一样，钥匙就在城堡里面，没人能从外面进来。”

“跟我来。”王子说着走到了卧室的大窗边。他指着外面。窗户下面是一个漂亮的栽满植物的花园。花园另一边是王子的私人马厩。马厩另一边自然就是城堡的围墙了。“他们可以从那里进来，”他说，“翻过围墙，穿过马厩，经过我的花园，来到我的窗边，掐死王后，然后沿原路逃跑。”

“他们？”耶林说，不过他已经知道答案了。

“当然是吉尔德人。”

“但是，您提到的围墙是弗洛林城堡周围最高的围墙了，那个位置的围墙高五十英尺，因此，敌人从那里发动攻击的可能性非常小。”他正在极力控制自己。

“这么说的话，他们就更有理由选择这里了。再说了，全世界都知道吉尔德人是最优秀的登山者。”

耶林以前从未听过这样的说法。他一直认为瑞士人才是最优秀的登山者。“殿下，”他说，努力做出最后一次尝试，“到目前为止，我从未从一个密探那里听过有人要阴谋陷害公主。”

“我从可靠信源那里得到消息，就在今晚，有人要勒死公主。”

“这样的话，”耶林说着单膝跪倒在地，并拿出那个信封，“我只能辞职了。”这是一个艰难的决定，耶林家的人世代统领弗洛林的执法队，他们把他们的工作视若生命。“我不能胜任我的工作，殿下；请宽恕我，并相信我，我的失败是因为我的身体和头脑不济，并非我有意不把工作做好。”

洪佩尔丁克王子发现自己突然陷入了困境，毕竟，一旦战争结束，他就需要有人留在吉尔德，管理那里，因为他不可能同时身处两地，而他只信任耶林和伯爵——伯爵担不了这份差事，最近他一直都在写他那本愚蠢的《痛苦入门》。“我不接受你的辞呈，你做得非常好，根本就没有什么阴谋，而是我要在今晚谋杀王后，等到战争之后，你要代替我去管理吉尔德。现在站起来吧。”

耶林不知道该说什么才好，只好说：“谢谢您。”这句话看上去是那么无力，可他只能想到回答这几个字。

“等到婚礼结束了，我就会让她到这里来，以便做准备，同时我会用提前小心取得的靴子从那片围墙到卧室，再从卧室到围墙的一路上留下痕迹。你是执法官，我希望你能很快证实我的担心是真的：那些脚印只能是吉尔德士兵的靴子留下的。一旦我们做完了这些，我们就需要颁发一两份王室公告，我的父亲可以以不适合领导战争为由退位，而你，亲爱的耶林，很快就能入主吉尔德城堡了。”

耶林知道这不是撤职时的言辞：“我心里此时别无他想，只有为您效命一个念头。”

“谢谢你。”洪佩尔丁克说，他很满意，毕竟忠诚是收买不来的。带着这样的心情，他在门边对耶林说：“还有，噢，要是你看到白化病饲养员，告诉他，他可以站在后面看我的婚礼，这完全没问题。”

“遵命，殿下，”耶林说，随后补充道，“可我不知道我的堂兄去哪儿了，不到一个小时前，我去找他，但没找到。”

王子知道哪些消息意义重大，因为他不是无缘无故就成了世界上最厉害的猎手，还因为关于白化病饲养员，要是有什么可以肯定的话，那就是他始终随叫随到。“我的老天，你不觉得这是个阴谋吗？时机刚刚好，举国都在欢庆；要是吉尔德也要举行建国五百周年庆典，我知道我一定会去攻击他们的。”

“我立刻赶回正门，准备战斗，如有必要，就算肝脑涂地，也在所不辞。”耶林说。

“很好。”王子在他身后说。要是有人要发动攻击，准会选在婚礼最忙乱的时刻，所以他必须提前举行婚礼。这种国事庆典做起来都是拖拖拉拉的，但他大权在握，没人敢拖沓。婚礼不在6点举行了。他要在5点半前结婚，那时候他就能知道白化病人失踪的原因了。

下午5点，麦克斯和瓦莱丽在地下室里喝咖啡。“你最好上床去，”瓦莱丽说，“你看上去心事重重。你现在可不能像年轻时那样熬夜了。”

“我不累，”麦克斯说，“但另外一点你说对了。”

“和我说说。”瓦莱丽伸手抚摸着他曾经长有头发的地方。

“我只是一直在回忆复活神药。”

“那药真是太棒了，亲爱的。你应该自豪才对。”

“可是，我想我把剂量弄乱了。他们不是想要一个小时吗？在我按照秘方加入双倍配料的时候，我添加的剂量不够。我想药效只能持续四十多分钟。”

瓦莱丽此时摸着他的大腿：“让我们坦白说吧：没错，你是个天才，可即便天才也有生疏的时候。你已经有三年没练习了。四十分钟也足够了。”

“我想你是对的。不然我们又能做什么呢？事情已成定局了。”

“你的压力太大了，要是神药生效了，那完全是巫术使然。”

麦克斯也同意她的说法。“是超级巫术。”他点点头。

菲兹克扛着黑衣人的尸体来到了城堡的围墙边上，此时黑衣人的身体几乎已经僵硬了。现在已经快5点了，菲兹克扛着尸体，从巫士麦克斯的家一路来到了这里，穿过了一条又一条小街，经过了一个又一个小巷，这可是他这辈子做过的最困难的事之一。倒不是说尸体有多重。他甚至连粗气都没喘一下。但如果神药真就是表面上看起来的样子，只是一块巧克力，那么，他，菲兹克，一准儿会一辈子做噩梦，梦到尸体在他的手指中间渐渐变僵。

等到终于来到围墙的阴影下，他对伊尼戈说：“现在干什么？”

“我们得查看一下这里是不是依旧安全。可能有陷阱在等着我们。”这还是那片围墙，翻过去后，走不了多久就能到城堡属地那个较为偏远角落里的动物园。可要是白化病人的尸体已经被发现了，那么谁能确定有什么可怕的事在等待他们？

“那我现在要不要上去？”菲兹克问。

“我们一起去。”伊尼戈答，“把他靠在墙上，帮我一下。”菲兹克把黑衣人斜靠在墙上，以免他滑倒，然后伊尼戈跳到了他的肩膀上。菲兹克开始翻墙，墙上的每一条裂缝都足以供他把手指伸进去，这些最微小的缺陷正是他需要的。他爬得非常快，因为他已经熟悉这面墙了。过了一会儿，伊尼戈紧紧抓住了墙头，他说：“好了，现在下去吧。”于是菲兹克回到黑衣人身边等着。

伊尼戈沿着墙头悄无声息地爬着。他可以看到远处的城堡入口和入口两侧全副武装的士兵。动物园就在不远处。他可以看到，白化病人的尸体就在这片围墙最远端角落里的灌木丛最深处。一切都还是原来的样子。至少到目前为止他们还是安全的。他向下面的菲兹克打手势示意，随后菲兹克把黑衣人夹在两腿中间，开始依靠手臂的力量悄悄地向上爬。

等到他们都爬上了墙头，伊尼戈伸手接过死人，然后飞快地沿着墙头爬，找到了一个能更好监视正门的位置。从城堡外墙到城堡正门这段走道有些微微向下倾斜，倾斜角度不是很大，却很稳固。有很多守卫，伊尼戈飞快地数了数，至少有一百个人站在那里待命。现在可能已经5点过5分了，或许已经快到10分了。他估计得十分准确。距离婚礼还有五十分钟。伊尼戈随后转过身，匆匆爬回了菲兹克身边。“我看我们该给他吃药了，”他说，“距离婚礼只有四十五分钟了。”

“那就是说他只有十五分钟的时间用来逃跑。”菲兹克说，“我看我们应该至少等到5点半。婚礼前半个小时，婚礼后半个小时。”

“不行，”伊尼戈说，“我们要阻止婚礼开始，这才是最好的办法，至少我就是这么认为的。要攻其不备。要在婚礼前最忙乱的时候，这才是我们的最佳攻击时刻。”

菲兹克没有再争辩。

“而且，”伊尼戈说，“我们也不知道要他把这玩意儿咽下去需要多久。”

“我一个人可是不成的。这我知道。”

“我们得给他强灌下去，”伊尼戈说着，把巧克力色的神药拿了出来，“就像填鸭子一样。把你的手放在他的脖子上，然后把药推下去。”

“你说了算，伊尼戈，”菲兹克说，“只要告诉我该怎么做就行了。”

“我觉得我们得先让他坐起来，你说呢？我一直认为坐着比躺着更容易吞咽。”

“看来我们得费点力气了，”菲兹克说，“这会儿他的身体已经彻底僵硬了。我看要想弯曲他的身体可不容易。”

“你能做到的，”伊尼戈说，“我一直对你有信心，菲兹克。”

“谢谢你，”菲兹克说，“你只要永远别丢下我一个人就好。”他把尸体拉到他们二人中间，奋力让尸体呈现出坐姿，可黑衣人的身体太僵硬了，菲兹克弄得满头大汗的，才把尸体摆出了正确的角度。“你说我们得等多长时间才能确定巫术有没有效果？”

“你和我一样善于猜测。”伊尼戈说，“尽可能把他的嘴张大，把他的脑袋向后倾斜一点，我们把药送进去，就能知道怎么样了。”

菲兹克忙活了一通，才把死人的嘴弄成伊尼戈说的样子，不过他一下子就把死人的脖子向后弯了过去，角度刚刚好，伊尼戈跪好，正对着死尸的嘴，然后把神药塞进了死尸的嘴里。就在神药碰到死尸的喉咙时，他听到有人说：“单打独斗，你们都不是我的对手，你们这两个懦夫；单挑时我能打败你们，你们两个一齐上，我也能打败你们。”

“你复活了！”菲兹克叫道。

黑衣人一动不动地坐在那儿，只有嘴在动，活像一个口技艺人的傀儡：“这大概是我听过的最幼稚的话了，不过你又能盼着一个要把你勒死的人说什么呢？为什么我的胳膊不能动？”

“你之前已经死了。”伊尼戈解释道。

“而且我们也没有要勒死你，”菲兹克解释道，“我们只是要你把神药吃下去。”

“复活神药，”伊尼戈解释道，“是我从巫士麦克斯那里买来的，药效能持续六十分钟。”

“六十分钟以后会发生什么？我还得死？”（没有六十分钟，他只是这么以为而已。事实上只有四十分钟；不过他们说话已经用去了一分钟，所以还剩下三十九分钟。）

“我们不知道。可能你会病倒，需要人照顾一年，或者随便多长时间，反正就是照顾到你恢复体力为止。”

“真希望我能记起来我死的那段时间是什么样子的，”黑衣人说，“我会写下来。出一本这样的书肯定能赚大钱。我的腿也动不了。”

“过一会儿就好了。应该就是这个样子。麦克斯说舌头和大脑一定可以动，而且可能能走动，只是要慢一些。”

“我记得的最后一件事就是我死了，那么我为什么会在墙上？我们不是敌人吗？你们叫什么名字？我是幽冥海盗罗伯茨，不过你们可以叫我‘韦斯特利’。”

“菲兹克。”

“西班牙的伊尼戈·蒙托亚。我来告诉你是怎么回事吧——”他停下来，摇摇头，“不能这样，”他说，“要说的太多了，肯定会用掉很多时间，我还是拣重要的说吧：婚礼在6点举行，现在我们可能只有半个多小时了，我们要在这期间闯进城堡，把那个姑娘抢出来，然后逃跑；但在此之前，我要先杀了鲁根伯爵。”

“不利条件有哪些？”

“只有一个大门能进入城堡，而那里有大约一百名守卫守着。”

“嗯。”韦斯特利说，和刚才不一样，这会儿他有点高兴了，因为他发现他的脚趾能动了。

“有利条件呢？”

“你的头脑，菲兹克的力量，我的宝剑。”

韦斯特利不再摆动脚趾：“只有这些？就这样？没了？全部有利条件你都说了？”

伊尼戈尝试解释：“从一开始，我们就是在紧张的时间压力下做事的。比如说，昨天早晨我还是个绝望的酒鬼，而菲兹克还在鬼见愁小队里做苦工。”

“根本不可能。”韦斯特利喊道。

“我是伊尼戈·蒙托亚，我绝不接受失败，你一定能想出办法的，我对你绝对有信心。”

“她要嫁给洪佩尔丁克了，我又是这么孤立无援。”韦斯特利绝望地说，“让我死了算了，你们都别管我了。”

“你太容易屈服了，我们可是从怪物堆里打了个滚儿才把你救出来的，我们连命都不要了，就是因为你脑筋灵活，可以解决所有问题。我绝对有信心，你能——”

“我想死。”韦斯特利小声说，并且闭上了眼睛，“要是我有一个月去策划，或许我能想出好主意，可现在……”他的头从一边突兀地摆到了另一边，“我很抱歉。你们还是别管我了。”

“你的脑袋能动了，”菲兹克尽量表现出愉快的样子，“这难道不能让你振作起来吗？”

“我的头脑，你的力量，他的宝剑，去对抗一百个士兵？你认为脑袋微微摇晃一下就能让我高兴？你们为什么要把我救活？活着更糟。无助地躺在这里，眼睁睁地看着我的真爱嫁给杀了我的人？”

“我知道，一旦发泄完了后，你就可以想出——”

“哪怕我们有一辆手推车，事情也会好办些。”韦斯特利说。

“我们把白化病人那辆手推车放在什么地方了？”伊尼戈问。

“我想就在白化病人身边吧。”菲兹克答。

“或许我们能找到一辆手推车。”伊尼戈说。

“你一开始怎么不把这个算在我们的有利条件里？”韦斯特利说着坐了起来，盯着远处密密麻麻的军队。

“你能坐起来了。”菲兹克说，依旧努力表现出愉快的样子。

韦斯特利一直盯着那队士兵和向他们的方向倾斜的斜坡。他摇摇头：“我宁愿用这去换一件烈焰斗篷。”

“这我们就帮不了你了。”伊尼戈说。

“这个行吗？”菲兹克拿出了他的烈焰斗篷，问道。

“从哪儿……”伊尼戈问。

“就在你去找青蛙尘埃的时候——”菲兹克答，“这斗篷很合身，所以我把它藏了起来，带在身上。”

然后韦斯特利站了起来：“很好。我还需要一把剑。”

“为什么？”伊尼戈问，“你几乎都举不起来呀。”

“没错，”韦斯特利表示同意，“但别人可不知道这个。现在听我说，等我们到了里面，我们可能会遇到麻烦——”

“英雄所见略同。”伊尼戈插话道，“我们如何阻止婚礼？等我们做到了，我怎么才能找到伯爵？等我做到了，我到哪里去和你们会合？等我们会合后，我们要如何脱身？等我们脱身——”

“别一下子问他这么多问题。”菲兹克说，“放松点，他才刚刚活过来。”

“对，对，抱歉。”伊尼戈说。

黑衣人这会儿正沿着墙头非常慢地移动着。没有任何外力帮助。菲兹克和伊尼戈跟在他后面，穿过黑暗，向着手推车的方向移动。毫无疑问，空气中夹杂着一些兴奋的元素。

再来说说芭特卡普，她一点兴奋感都没有。事实上，她从未感到如此平静。她的韦斯特利就快来了，而韦斯特利就是她的整个世界。自从王子把她拖进了她的房间，这段时间以来，她就一直在琢磨让韦斯特利高兴的方法。他一定会来阻止她的婚礼。这是她的大脑里唯一的念头。

所以，当他听说婚礼提前的时候，她连一点点不安都没有。韦斯特利向来对意外事件早有准备，如果他会在6点来解救她，他也会很高兴在5点半来救她出去。

事实上，事情准备得要比洪佩尔丁克王子期望的还要快。在5点23

分，他和他的准新娘就跪在了年迈的弗洛林大主教面前。5点24分，大主教开始讲话。

5点25分，正门外面响起了尖叫声。

芭特卡普只是微微地笑了。我的韦斯特利来了，这个念头占据了她的整个脑海。

事实上，并不是她的韦斯特利引起了正门外的骚动。韦斯特利只是尽全力在无人搀扶的情况下，沿着斜坡笔直地走向正门。伊尼戈在他前面奋力推着沉重的手推车。手推车之所以这么沉，是因为菲兹克站在车上，手臂张开，眼中闪烁着光芒，用愤怒的声音吼道："我是幽冥海盗罗伯茨，我所到之处，从不留活口。"他把这句话说了一遍又一遍，随着他的怒火越来越旺，他的声音也在不停地回荡。他站在车上，穿过黑暗滑过来，气势逼人，看上去足有十英尺高，声音仿佛能传千里。但尖叫声也并非因此而起。

耶林站在正门边，眼见着一个巨人怒吼着在黑暗中向他们滑过来，心里自然开始七上八下。这倒不是因为他怀疑他的一百个手下对付不了这个巨人；他之所以不安，是因为巨人自然也知道他自己对付不了一百个人，所以巨人的帮手肯定埋伏在暗处伺机而动。或许是别的海盗。谁能说得好呢？然而，他的人还是坚定地围拢在一起。

这时巨人已经来到了斜坡中间，突然之间，他一下子快乐地燃烧起来，随后继续边喊边向前移动："不留活口，不留活口！"语气坚定，不容置疑。

正是看到他浑身着了火还很高兴地向前冲过来这番奇景，鬼见愁小队的队员才叫喊了起来。一旦如此，所有人就都被吓得四散奔逃……

第八章

蜜　月

恐慌刚一开始蔓延，耶林便意识到他几乎没有机会立刻把事情控制住。再说了，那个巨人马上就到眼前了，“不留活口”的吼声搅得人心烦意乱，根本不能思考，可好在他早有打算，匆忙把唯一一把可以打开城堡大门的钥匙藏在了身上。

还有一点很幸运，那就是韦斯特利对这样的动作早有提防。“把钥匙给我。”一等伊尼戈把剑稳稳对着耶林的喉结，韦斯特利就对耶林说道。

“钥匙不在我这里，”耶林答，“我以我父母的坟墓发誓——要是我撒谎，我母亲的灵魂将永受烈焰焚身之苦。”

“把他的手臂扯下来。”韦斯特利对菲兹克说，这会儿菲兹克已经被烧得嘶嘶直响，因为烈焰斗篷是有一定时效的，他真想把斗篷脱掉，可在这之前，他先是伸手去抓耶林的胳膊。

“你们要的是这把钥匙？”耶林说着把钥匙扔在地上，伊尼戈撤了剑，他们把他放跑了。

“把门打开。”韦斯特利对菲兹克说。

“我就要被烫死了，”菲兹克说，“我能先把这玩意儿脱下来吗？”看到韦斯特利点头，他一把就把着火的斗篷扯了下来，扔到地上，然后打开门锁，把门拉开得足够大，让他们几个穿过。

“把门锁上，把钥匙放好，菲兹克。”韦斯特利说，“现在肯定已经过了5点半了，再过半个小时，我们就要去阻止婚礼了。”

“赢了之后要怎么办？”菲兹克说，他正忙着藏好钥匙，关闭巨锁，

“我们在哪里会合？我这人没有指示，可是什么都干不了。”

韦斯特利还没来得及回答，伊尼戈就大喊一声，举起了宝剑。原来是鲁根伯爵和四个宫廷守卫正转过一个弯，向他们跑过来。此时是5点34分。

婚礼在5点31分结束，洪佩尔丁克不得不把所有说服别人的看家本事都使出来，才让婚礼顺利完成。就在正门外的尖叫声超出了合理的界限后，王子就以最温和的方式打断了大主教的发言，说：“主教大人，我的爱太强烈了，我已然无心等待，请直接进行最后的仪式。”

此时是5点27分。

“洪佩尔丁克，芭特卡普，”大主教说，“我已年迈，对婚姻并无多少见解，但我感觉，在这个最值得高兴的日子，我必须同你们分享我对此的看法。”（大主教的耳朵不好使，什么都听不到，他自从八十五岁左右的时候就失去了听力。在过去这些年里，他身上唯一真切的变化就是不知为什么，他的口齿越来越不清晰了。他说的其实是“连麦”“分音”。除非你看重他的名衔和过去的成就，否则你很难尊重他。）

“分音——”大主教说。

“主教大人，我再次以爱的名义打断您。请尽可能快地进行到最后。”

“分音寺一场梦宗兹梦。”

芭特卡普根本就没注意到婚礼是如何进行的。韦斯特利现在肯定已经沿着走廊跑过来了。他跑起来总是那么帅气。即便是在农场的时候，在她远远没有意识到自己的心意前，看着他跑步也是一件赏心悦目的事儿。

在举行婚礼的小教堂里，除了新郎、新娘和主教，鲁根伯爵是唯一一个在场的人，正门外的骚乱让他感觉紧张不安。他派了他的四个最好的剑客守在门外，所以没人能闯进这座小教堂，可是，很多人尖叫的地方正是鬼见愁小队守护的地方。城堡里面只有这四名剑客，因为王子可不需要有人目击即将发生的事。要是这个傻了吧唧的神父能抓紧点就好了。此时已经是5点29分了。

“爱情兹梦以外，还有一场更伟大的永恒兹梦。永恒寺我们的庞友，牢记仄一点，爱将永远跟谁里们。”

5点30分，王子站了起来，坚定地走到大主教身边。“结为夫妇，”他喊道，“结为夫妇。说这个！”

“我还没缩到仄里。”大主教答。

“现在到了，”王子答，“立刻！”

芭特卡普可以想象到韦斯特利正在转过最后一个弯。外面有四个守卫在等着他。他十秒钟就能解决一个守卫，她开始数数，然后她停了下来，因为数字向来是她的敌人。她低头看着自己的手。噢，我希望他依然觉得我美丽如初，她心想，那些噩梦已经把我折磨得不成人形了。

“结为忽户，里们结为忽户了。”大主教说。

“谢谢您，主教大人。”王子说着转身面向鲁根，“去平息那场骚乱！”他下令道。他的命令还没说完，伯爵就已经冲向了教堂大门。

此时是5点31分。

伯爵和四个守卫用了三分钟就来到了城堡正门，到了那里之后，伯爵简直不敢相信自己的眼睛，他亲眼看到韦斯特利被杀死了，可现在韦斯特利就站在他面前。和他在一起的还有一个巨人和一个奇怪的刀疤黑脸汉子。那两道刀疤碰触到了他心底最深处的回忆，可现在不是回忆的时候。“杀了他们，”他对四个守卫说，“不过，除非我有命令，否则那个不胖不瘦的人要留活口。”四个守卫抽出了他们的剑——

可已经太迟了；既迟又慢，因为菲兹克刚一跑到韦斯特利面前，伊尼戈就发动了攻击，只见剑光闪闪，第一个守卫还没倒地，第四个守卫已经断气了。

伊尼戈气喘吁吁地站了一会儿。然后，他向着鲁根伯爵的方向半转身体，飞快又规规矩矩地鞠了一躬。“你好，”他说，“我叫伊尼戈·蒙托亚。你是我的杀父仇人。准备受死吧。”

听了他的话，伯爵做出了一个惊人又意外的举动：他居然转身撒腿就跑。此时是5点37分。

洛塔隆国王和贝拉王后来到婚礼小教堂时刚好看到鲁根伯爵领着四个守卫顺着走廊匆匆离去。

“我们来得太早了吗？”贝拉王后说，此时她和国王走进小教堂，只见芭特卡普、洪佩尔丁克和大主教三个人在里面。

“发生了很多事。”王子说，“到了适当的时候，一切都会变得无比清晰。不过我怀疑，此时此刻，很有可能是吉尔德人发动进攻了。我需要时间，独自一人到花园里制订我的作战计划，所以可以请你们二位把芭特卡普送回我的寝室吗？”

他的要求自然得到了应允。王子随后便匆匆离去了，他来到一个柜橱边，打开橱柜的锁，拿出几双曾经属于吉尔德士兵的靴子，跟着便匆匆向外面走去。

芭特卡普走在老国王和王后中间，走得非常慢，内心非常平和。没有必要担心，韦斯特利一定会来阻止她的婚礼，然后带她远走高飞，厮守终身。在她向洪佩尔丁克的房间走了一半的时候，她才开始意识到她现在的真实处境。

没有韦斯特利。

她心爱的韦斯特利没来。他觉得他不应该来救她。

她重重地叹了一口气。要永别了，她并不觉得特别难过。只要她到了洪佩尔丁克的房间，一切就都结束了。他收集了很多宝剑和刀叉。她以前从未认真思考过自杀。噢，她当然想过自杀这回事儿，每个女孩子时不时都想过。可她从未认真想过。让她感觉非常惊讶的是，她发现自杀居然是这世上最简单的事。她走到了王子的寝室外，向国王和王后道了晚安，然后便径直走到了武器展示墙。此时是5点46分。

眼下是5点37分，伯爵的懦弱让伊尼戈大吃一惊，有那么一会儿，他只是站在那里一动不动。随后他便追了过去，当然了，他的速度更快，可伯爵穿过了一扇门，砰的一声关上门，还上了锁，伊尼戈无计可施，只能暂时让步。“菲兹克，”他绝望地喊道，“菲兹克，把门打烂。”

可菲兹克正守着韦斯特利。这是他的任务，和韦斯特利待在一起，并且保护他。尽管他们依旧在伊尼戈视线范围之内，菲兹克却什么忙都帮不上。韦斯特利已经开始走了起来，只是非常慢。他整个人非常虚弱，可他能依靠自身的力量行走。

“去撞，”菲兹克答，“用你的肩膀使劲儿撞。你一定行的。”

伊尼戈依言行事。他用肩膀撞了一次又一次，但他太瘦了，大门却结实得很。“他就要跑远了。”伊尼戈说。

“可韦斯特利一个人不行。”菲兹克提醒他。

“菲兹克，我需要你。”伊尼戈喊道。

“我马上就会来。”菲兹克说，因为有些事是无论如何都要做的，要是朋友需要帮助，你就要去帮他。

韦斯特利点点头，继续向前走，依旧很慢，依旧很虚弱，但他一直在向前走。

“快呀。”伊尼戈催促道。

菲兹克飞奔过来。他笨重地走到上锁的大门边，用庞大的身躯用力撞了过去。

大门纹丝未动。

“继续呀。”伊尼戈催道。

“我一定能撞开，一定能。”菲兹克保证道。这次他向后退了几步，然后用肩膀撞到了木门上。

大门被撞开了一道缝。可还不够。

菲兹克此时倒退了一段距离。他大吼一声，冲过走廊，快到门边的时候，他双脚跳离城堡的地面，撞了过去，大门轰然变成了碎片。

“谢谢你，太谢谢你了！”伊尼戈说着，一只脚已经迈过了破碎的大门。

“可我现在该怎么办呀？”菲兹克喊道。

“去找韦斯特利。”伊尼戈答，此时他已经使出了全速，穿过相连的房间去追伯爵。

“我真笨。”菲兹克骂了自己一句，然后转过身，去找韦斯特利。只是韦斯特利不见了。菲兹克可以感觉到恐慌在他的心中蔓延。这里可能有六道走廊。“哪边？哪边？哪边？”菲兹克说，他绞尽脑汁想呀想呀，努力要在他这一生中至少这一次做出正确的决定。“我就知道，你准会选错。”他大声说，然后他选择了一道走廊，尽可能快地向前跑去。

他确实选错了。

韦斯特利只能孤军奋战了。

伊尼戈越追越近。他现在已经可以清楚地看到那个贵族正在前面的房间里抱头鼠窜，等他追到了那个地方，伯爵则已经跑到了下一个房间。可伊尼戈正在缩短两人之间的距离。到了5点40分，他非常自信地感觉到，在追踪了二十五年之后，他终于要和他的杀父仇人单独共处一室了。

5点48分，芭特卡普非常确定她将离开这个人世。她站在那里，盯着王子的刀剑，一分钟后，她就将自尽。最能一剑毙命的似乎就是常用的那把剑，也就是弗洛林之剑。这把短剑一端很锋利，轻而易举就能插进身体，越到剑柄处，剑身越宽，呈现出三角形。据说这样放血的速度更快。这种短剑有各种大小，而王子的这把似乎是最大的一把，剑柄处和手腕一样粗。她把剑从墙上取下来，对准心脏的位置。

“这世间完美的乳房向来少之又少，你的除外。”她听到有人说。她看到韦斯特利躺在床上。现在是5点48分，她知道她永远都不会死了。

韦斯特利还以为要到6点15分他的一个小时才会结束。当然了，到那个时间确实是一个小时，可他并没有一个小时，他只有四十分钟。事实上，他的时限是5点55分。还剩下七分钟。可是，正如前文所说，他对此毫不知情。

而伊尼戈也不知道鲁根伯爵也有一把弗洛林之剑，更不知道他是使用这把短剑的高手。一直到5点41分，伊尼戈终于堵住了伯爵。这里是一个桌球室。“你好，”他本想这么说，“我叫伊尼戈·蒙托亚。你是我的杀父仇人。准备受死吧。”可他只来得及说出“你好，我叫伊尼——”这几个字。

跟着那把短剑便插进了他的腹中。短剑飞过来的冲击力带着他摇摇晃晃地向后退了好几步，砰的一声撞到了墙上。血飞溅出来，他一下子就变得非常虚弱，以至于连站都站不稳。“多明戈，多明戈。”他轻声说。然后，5点42分，他开始瘫倒……

芭特卡普被韦斯特利的行为弄糊涂了。她冲向他，原以为他会迎上来，在她走到一半时给她一个热烈的拥抱。他却只是对着她微笑，躺在王子的枕头上，身边放在一把剑。

芭特卡普只好向他跑去，扑到她唯一的爱人韦斯特利身上。

“轻点儿。”他说。

“在这样的时刻，这就是你会说的话？‘轻点儿’？”

“轻点儿。”他又说了一遍，这次他的语气可不温柔了。

她离开他的怀抱。“你是生气我要嫁给别人了吗？”她问道。

“你没有嫁给别人。”他轻声说，他的声音很奇怪，“只有在我的教堂里结婚才算数。”

“可那个老头儿已经宣布——”

“每天都有人变成寡妇。是不是，殿下？”这会儿他的声音有力了很多，因为他正和走进来的王子说话，而王子手里还拿着沾满泥的靴子。

洪佩尔丁克王子冲向他的武器，只见剑光一闪，他的手里就多了一把剑。“受死吧。”他说着便冲了过来。

韦斯特利轻轻地摇摇头。“不对，”他纠正道，“是去受苦。”

这种说法很是别扭，王子停了一会儿。再说了，为什么那个家伙只是躺在那儿？陷阱设在什么地方？“我想我不太明白你的意思。”

韦斯特利躺在那儿一动不动，但这会儿他笑得更灿烂了。“我很荣幸解释一番。”此时已经是5点50分。药效还能维持二十五分钟（其实只剩下了五分钟，他对此一无所知，可他又怎么能知道呢？）。他打开了话匣子，缓缓地，小心翼翼地……

伊尼戈也在说话。5点42分，他轻声说：“父亲……我……对不起……”

鲁根伯爵听到了这句话，却什么都没想起来，可他突然看到了伊尼戈手里紧紧握着的宝剑。“你是那个我以前教训过的西班牙小鬼。”他说着走近了几步，仔细盯着那两道疤，“真是不可思议。这么多年你一直在找我，结果现在却只是一败涂地？我想这真是我听说过的最惨的事情了。多么奇妙呀。”

伊尼戈什么都说不出来。血从他的肚子里汩汩向外流。

鲁根伯爵抽出了他的剑。

“父亲……对不起……对不起……”

“我不想听你说‘对不起’！我叫多明戈·蒙托亚，我因为那把剑而含冤九泉，你可以收起你的‘对不起’了。如果你注定失败，为什么你不干脆在多年以前就死了算了，也好让我得以安息？”随后麦克弗森也来指责他：“你们这些西班牙人啊！我就不应该教一个西班牙人——脑瓜子不好使，记性也不好，该怎么处理伤口来着？我教过你多少次了——该怎么处理伤口来着？”

“盖住……”伊尼戈说，他一把将短剑从身体里拔出来，并用左拳堵住伤口。

伊尼戈的眼睛又开始有焦点了，虽然视线还很模糊，却足以看到伯爵正拿着剑要刺他的心脏。对于这次攻击，伊尼戈也没有太好的法子，只能稍稍一闪身，用左肩迎向剑尖，毕竟那里的伤不会致命。

看到剑刺偏了，鲁根伯爵有点惊讶，可刺到一个毫无反抗能力之人的左肩也不错。要是那个人插翅难逃，你就可以慢慢折磨他。

麦克弗森又开始尖叫了：“你们这些西班牙人啊！还是给我换个波兰人吧，起码波兰人还记得要利用墙壁，只有西班牙人才会忘记墙壁的用处——”

伊尼戈慢慢地移动着身体，一寸一寸向墙壁挪了过去，踢腿形成推动力，利用墙壁起到他需要的支撑作用。

鲁根伯爵又发动了攻击，可出于很多原因，而最有可能的原因就是他压根没预料到对方还能动，因此他没有刺中心脏，所以只好满足于刺穿了那个西班牙人的左臂这个结果。

伊尼戈并不在乎。他甚至都没感觉到疼。他只对他的右臂感兴趣，他握紧剑柄，手部用力，猛地向敌人挥了一剑，鲁根伯爵也没料到他会有这一手，所以情不自禁地惊呼一声，向后猛退了一步，重新评估现在的情况。

力量从伊尼戈的心脏流向了他的右肩，又从右肩流向了他的手指，随后延伸到了六指宝剑上。他猛地从墙壁上弹开，嘴里念叨着："你好……我叫……伊尼戈·蒙托亚……你是我的……杀父仇人……准备受死吧。"

双剑交锋。

伯爵希望速战速决，使出了逆转博内蒂攻击术。

可他找不到一招致命的机会。

"你好……我叫伊尼戈·蒙托亚，你是我的杀父仇人……准备受死吧……"

两把剑再次交锋。伯爵转而用起了莫罗佐防卫术，毕竟伊尼戈一直在流血。

伊尼戈把拳头又往伤口里按了按："你好，我叫伊尼戈·蒙托亚，你是我的杀父仇人，准备受死吧。"

伯爵围着台球桌后退。

伊尼戈踩到自己的血，脚下打滑。

伯爵还在后退，耐心等待时机。

"你好，我叫伊尼戈·蒙托亚，你是我的杀父仇人，准备受死吧。"他用拳头向肚子里面按，不愿意去想他碰到了什么，推到了什么，又把什么东西放回了原处，可他第一次感觉有力量可以动一动，于是六指宝剑向前一刺——

刺中了鲁根伯爵的一边脸颊——

又是剑光一闪——

又刺中了另一边脸颊，与刚才刺中的地方平行，血喷溅而出——

“你好，我叫伊尼戈·蒙托亚，你是我的杀父仇人，准备受死吧。”

“别再说这句话了！”伯爵开始感觉到勇气越来越少。

伊尼戈用剑刺中了伯爵的左肩，就像刚才伯爵刺伤他一样。然后他刺穿了伯爵的左臂，和伯爵刺穿他左臂时是同一个位置。“你好。”此刻声音更加有力了，“你好！你好。我叫伊尼戈·蒙托亚。你是我的杀父仇人。准备受死吧！”

“不要——”

“用钱来收买我呀——”

“我把我所有的钱都给你。”伯爵说。

“还有权力。答应我给我权力。”

“我把权力都给你。求你了。”

“我要什么，你就得给我什么。”

“好的，好的，只要你说出来。”

“我要多明戈·蒙托亚，你这个混蛋！”六指宝剑又是一闪。

伯爵尖叫了一声。

“这只是刺到了你的心脏左边。”伊尼戈又是一击。

又是一声尖叫。

“这一剑刺中了你的心脏下方。你能猜得出来我现在要干什么吗？”

“把我的心挖出来。”

“你在我十岁时就剜出了我的心，现在我要你的心。我和你都信奉公平——还有比这更公平的吗？”

伯爵最后尖叫了一声，然后便被吓死了，一头栽倒在地。

伊尼戈低头看着他。伯爵那张僵硬的脸表情呆滞，脸色灰白，那两道平行的伤口依旧向外冒血。他的眼睛向外凸，张得大大的，充满了恐惧和痛苦。这真是太完美了。如果你喜欢这种情形的话。

伊尼戈就很喜欢。

此时是5点50分，他跌跌撞撞地从房间里走出来，向前走去。他既不知道前方是什么地方，也不知道要走多长时间，不过他只希望近来指示他的人现在不会遗弃他……

“我要告诉你一件事，然后，生与死，由你自己决定。”韦斯特利愉快地躺在床上说。在房间另一边，王子高举着宝剑。“我要告诉你的是：放下你的剑，如果你这样做了，那么我将把这个包袱留给你。”他看了一眼芭特卡普，“你会被缠住，但不至于送了命，而且很快就能恢复自由，去做你自己的事。要是你选择战斗，那么，我们两个都会没命。”

“我要歇口气。”王子说，“我觉得你是在虚张声势——你被关了好几个月，而且一天前正是我亲手杀了你，所以我怀疑你的手臂还有没有力气。”

“你说的可能是对的。”韦斯特利表示同意，“等到战斗的时刻到来，记住一点：我可能确实是在虚张声势。我躺在这里，可能就是因为我没力气站起来。好了，你好好考虑一下吧。”

“你现在还能活着，就是因为你刚才说了‘去受苦’。我希望你能解释一下。”

“这是我的荣幸。”此时已经是5点52分了。还剩下三分钟。而他以为他还有二十三分钟。他停顿了很长时间，然后说道：“你肯定已经猜到了，我不是个普通水手。事实上，我正是罗伯茨本人。”

“事实上，我既不惊讶也不害怕。”

“‘去受苦’这几个字的意思就是：如果我们决斗，并且你赢了，那么我死；如果我们决斗，但赢的是我，你可以活着，但是以我的标准活着。”

“什么意思？”这依旧可能是个陷阱。他已经摆好了迎战的姿势。

“有人说你是个打猎高手，不过我对此表示怀疑。”

王子笑了。这个人在故意惹他生气。为什么？

“如果你是个优秀的猎人，那么，那时候你追踪你的未婚妻，必定是从疯狂峭壁开始的。当时有人在那里进行了一场决斗，如果你注意到了移动和步法的痕迹，你一定知道决斗的双方都是高手。事实的确如此。记住一点：那场决斗是我赢了。而且我是海盗。我们有特别的剑招。”

现在是5点53分了。“我也不是对剑术一窍不通。”

“你首先会失去你的双脚，”韦斯特利说，“先是左脚，然后是右脚。脚踝以下齐断。六个月内你可以使用假肢。然后你会失去双手，手腕之下齐断。此时的伤口会好得快些。五个月就差不多了。”此时韦斯特利开始意识到他的身体里出现了一些奇怪的变化，他于是加快了语速，也加大了音量，“然后是你的鼻子。你再也闻不到任何气味了。接下来是你的舌头。齐根割断，一点不剩。然后是你的左眼——”

“然后是我的右眼，接下来是我的耳朵。我们可以开始决斗了吗？”王子说。此时已经5点54分了。

“错！”韦斯特利的声音响彻整个房间，“你的耳朵可以留下，如此一来，你就能听到每个小孩在看到你那副可怕的样子后发出的尖叫声，以及他们在你靠近时因为害怕而发出的痛哭声，每个女人发出的‘老天，这是个什么怪物？’的叫喊声也将永远在你耳边回荡。这就是‘去受苦’的意思。意思就是我要让你极度痛苦地活着，要让你活在羞辱当中，活在这种诡异的悲惨之中，直到你再也无法忍受——这就是你的命运，像猪一样地过活。你现在明白了，你这个卑鄙又令人作呕的混蛋，我现在再说一遍，生还是死，这由你决定：放下你的剑！”

剑哐当一声掉在地上。

此时是5点55分。

韦斯特利开始翻白眼，他的身体开始扭曲，而后一半身体摔到了床外，王子见状连忙伏下身体，抓住他的宝剑，站了起来，并开始把剑举高。此时韦斯特利叫道：“现在你的时候到了：去受苦吧！”他再次睁开了眼睛。

不只睁开了，还放着光。

“我很抱歉，我没打算做什么，我什么都不想干。你瞧。”王子又一次放下了宝剑。

“把他绑起来，”韦斯特利对芭特卡普说，“动作快点，用窗帘饰带，那东西看上去很结实，足以捆住他——”

“还是你来做吧。”芭特卡普答，“我去把饰带拿来，但最好由你来绑住他。”

“女人，”韦斯特利吼道，“你是幽冥海盗罗伯茨的财产，叫……你……做……什……么……你……就……做……什……么！”

芭特卡普只好拿来饰带，尽全力把她的丈夫捆了起来。

洪佩尔丁克平躺在地上，任她把自己捆住。他似乎异常高兴。“我不是怕你。”他对韦斯特利说，“我放下我的剑，是因为对我来说，追踪你们的乐趣更大。”

“你这样认为的，是吗？我怀疑你能不能找到我们。”

“我将征服吉尔德，然后我就去找你们。在你最意想不到的角落，你一转过去，就会发现我在那里等着你。”

“我是大海之王，我会满心愉悦地等待着你。”他对芭特卡普喊道，“绑好了吗？”

“差不多了。”

这时门口人影一晃，伊尼戈走了进来。芭特卡普见他满身是血，不禁失声尖叫起来。伊尼戈没理她，看了看周围：“菲兹克呢？”

“他不是和你在一起吗？”韦斯特利说。

伊尼戈在最近的墙上靠了一会儿，希望能恢复一些体力。然后他对芭特卡普说：“扶他起来。”

“你是说韦斯特利？”芭特卡普答，“他为什么需要我帮他？”

“因为他一点力气也没有，现在按照我说的做。”伊尼戈说，随后突然瘫倒在地。王子开始奋力挣脱饰带——没错，他是被绑了起来，而且绑得很紧，可他力大无穷，而且怒火攻心。

“你是在虚张声势，我一开始就猜对了。”洪佩尔丁克说。伊尼戈道：“我说漏嘴了，这可真够笨的。我很抱歉。”韦斯特利说：“你赢了吗？”伊尼戈道：“是的。”韦斯特利说：“我们还是找个地方防守吧，至少我们可以互相配合。”芭特卡普说：“我来扶你起来，我可怜的宝贝。”菲兹克说：“噢，伊尼戈，我需要你，求你了，伊尼戈。我迷路了，我太难受了，又害怕，真希望我面前能出现一张友好的脸。”

他们一起缓缓走到床边。

只见菲兹克正牵着四匹高大的白马，绝望地在王子的花园里瞎转。

“这里。”伊尼戈小声说。

“三张友好的脸。”菲兹克说着用脚后跟跳起跳落，事情好转的时候，他总是这么做。“噢，伊尼戈，我把一切都给毁了，后来我迷路了，还跌跌撞撞闯进了马厩，然后就发现了这些漂亮的白马，我一想，这些马正好有四匹，要是我们能找到那位女士的话——你好，小姐——我们也正好有四个人，我心想为什么不把马牵走呢，要是我们碰到了，正好可以用上。”他停顿了一下，想了想，“我猜事实的确如此。”

伊尼戈太高兴了。“菲兹克，你可以独立思考了。”他说。

菲兹克又想了一会儿：“这么说你不会因为我迷路而对我发火了？”

“要是我们有个梯子——”芭特卡普说。

“噢，用不着梯子就能下来，”菲兹克说，“只有二十英尺高，我会接住你们的，不过一次只下来一个人就好了，求你们了；天黑了，要是你们一起跳下来，我或许会漏掉一个的。”

就这样，在洪佩尔丁克挣扎的时候，他们一个接一个地跳了下去，菲兹克轻轻接住了他们，并把他们放在白马上，而且钥匙还在他身上，所以他们可以从正门出去，只是耶林早已重新集结了鬼见愁小队，不然他们完全可以畅通无阻地离开。就这样，在菲兹克打开门锁之后，他们就见到全副武装的鬼见愁小队整齐列队站在门前，耶林站在首位，他们个个表情严肃。

韦斯特利摇摇头：“我现在无计可施了。”

“小儿科。”这话居然出自芭特卡普之口，然后她领着其余人来到耶林面前，“伯爵死了，王子深陷险境。现在赶快行动，或许还有机会去救他。所有人，行动起来。”

一个队员都没动。

“他们只听我的，”耶林说，“我是执法官，而且——”

“我。”芭特卡普说。“我。”她重复了一遍，众人只见一个倾国倾城的美女蹬着马鞍，站在马上，一双美目变得越来越骇人。“我，”她说了第三次也是最后一次，“是——

王——

后。”

这句话的真实性不容置疑，她有权有势，将来还可能会报复，这全都毫无疑问。她盛气凌人地扫视着鬼见愁小队成员。

“去救洪佩尔丁克。”一个队员说，说完他们全都冲进了城堡。

“去救洪佩尔丁克。”耶林说，现在只剩他一个人了，可很显然，他看起来不那么投入。

“事实上，我撒了一个小谎，”他们骑马奔向自由的时候，芭特卡普说，“毕竟洛塔隆还没有正式退位，不过我认为‘我是王后’比‘我是公主’听起来有气势多了。”

“我只能说，你真让我刮目相看。”韦斯特利告诉她。

芭特卡普耸耸肩：“我已经在王家学院待了三年了，我以前的土气早就没有了。”她看着韦斯特利，“你还好吗？你刚才躺在床上的时候我担心死了。你直翻白眼。”

“我估摸着我会再次死去，所以我请求恒久爱情之王赐予我力量，让我坚持过完今天这一天。显而易见，答案是肯定的。”

“我不知道还有这样一位神明。”芭特卡普说。

“其实我也不知道，但如果他并不存在，我也不想知道。”

四匹骏马仿佛是飞向了弗洛林海峡。

“在我看来，我俩就像是命中注定的一样。”芭特卡普说。

韦斯特利看着她：“命中注定，女士？”

“命中注定要厮守在一起。直到我们当中有人死去。”

“我已经死过一次了，而且再也不想死了。”韦斯特利说。

芭特卡普看着他：“时候到了，我们不都要死吗？”

“要是我们都发誓比对方活得久，就不会死，现在我就发誓。”

芭特卡普看着他：“噢，我亲爱的韦斯特利，我也发誓。”

“从此以后，他们幸福地生活在一起。”我父亲说。

“哇哦。”我说。

他看着我：“你不高兴？”

“不是，不是，只是，只是结局来得太快了，我有些接受不了。我以为还有其他内容呢。我是说，海盗船正在等着他们吗，还是那就是个谣言？”

“那就去找莫根施特恩先生抱怨吧。‘从此以后，他们幸福地生活在一起’就是结局。”

事实上，我父亲撒了一个小谎。我一直觉得这个故事的结局就是这样的，直到我做了这本书的删节工作，才看到了最后一页的内容。莫根施特恩是这样安排的结局：

芭特卡普看着他：“噢，我亲爱的韦斯特利，我也发誓。”

突然间，他们可以听到洪佩尔丁克的咆哮声在身后传来，距离比他们想象的还要近：“截住他们！别让他们跑了！”无可否认，他们是吓了一跳，可也不必担心：他们骑的可是整个王国里最快的马，他们已经领先很多了。

可后来伊尼戈的伤口崩裂了，韦斯特利又旧病复发，菲兹克转错了弯，芭特卡普的马甩掉了一个蹄铁。整整一夜，他们身后的追踪声越来越响亮……

这才是莫根施特恩的结局，有点像《美女还是老虎？》[1]的效果（记住，这时候还没有《美女还是老虎？》）。他是个讽刺作家，所以他写了这样一个结局，而我父亲是个浪漫主义者——我意识到这一点时已经太晚了——所以他才念到那里，将之作为结局。

噢，我是负责删节这本书的，所以我有权加入我自己的一些想法。他们成功逃脱了吗？海盗船有没有在那里等着他们？你可以有你自己的答案，可对我来说，我的答案是肯定的。他们逃脱了。他们恢复了力量，经历了许多次探险，生活得快乐无比。

不过这并不意味着我认为这本书有一个大团圆结局。因为在我看来，他们会经常吵架，芭特卡普最终失去了美丽的容颜，菲兹克在一场搏击中败下阵来，一个天才少年用一把剑战胜了伊尼戈，而韦斯特利永远也不能安枕无忧，因为洪佩尔丁克随时可能追来。

1　19 世纪美国小说家弗兰克·斯托克顿的短篇小说，以“开放式结局”而著称。——译者注请你理解，我并不是有意搞得人大失所望。我的意思是，我确实认为爱是这世上除了止咳药水以外最好的东西。可我还要说，尽管我已经说了无数次：生活并不公平，只是相对于死亡而言更公平一点，仅此而已。

1973年2月

于纽约市

《芭特卡普的孩子》说明

威廉·戈德曼

你也许会奇怪我为什么只对第一章做了删节。答案很简单：我只有这点权限。这篇说明的内容是我个人的看法，很抱歉对你说这些。有些事情在发生时非常令人痛心——不，不是有些，这样的事其实有很多。在我写这篇说明的时候，我依然感觉很痛心。很多时候，我的情绪都不太好，但这也没办法。莫根施特恩对他的读者向来坦白。我想我也应该如此……

我的麻烦始于二十五年前，源于韦斯特利和芭特卡普重逢的情节。

在我的删节版《公主新娘》中，到了韦斯特利和芭特卡普在火沼泽重逢的时候，我插入了我自己的一些观点，还说我认为莫根施特恩欺骗了读者，因为他没有写这对爱侣重逢的情节，于是我写了我自己的版本，你如果想要一份，就写信给我——还记得这一段吗？（见本书第197—198页。）

我已故的出色编辑海勒姆·海顿认为我这么做并不妥当，他说，你删减了别人的，就不能突兀地插入你自己的。可是，我非常喜欢自己写的重逢场景。因此，为了迁就我，他允许我在书中做出说明，若有读者需要我写的版本，可以写信索要。

没人想到真会有人索要我的版本，请相信确实没人这样认为。可是，初版精装本的出版商哈考特出版社都被索要的信件淹没了，首个平装本的出版商巴兰坦出版社收到的信件更多。我真是太高兴了。出版社也该破费破费了。我写的重逢故事都已准备就绪，却一份也没有寄出。

下面是我写的解释信。多年来数以万计的读者来信索要我写的重逢故事，他们都会收到这封信。

亲爱的读者：

非常感谢你的来信，以下内容并非关于重逢场景，这都是因为一个叫科密特·肖格的人从中作梗。

精装书一准备好，我就收到了我的律师查理打来的电话（你可能不记得了，但我从加利福尼亚给他打了一个电话，他便冒着暴风雪去二手书商那里买《公主新娘》）。不管怎么样，一般而言，他一上来总要先表现一下他那《塔木德》式的幽默，开一些充满智慧的小玩笑，不过这一次他单刀直入，说："比尔，我认为你最好来一趟。"我还没来得及问为什么，他又说道："要是可以，最好现在就来。"

我心急火燎地赶去了，心想可能是有人去世了，要不就是我的税务审计没通过。他的秘书让我进了他的办公室，查理见到我就说："比尔，这位是肖格先生。"

这人坐在办公室一角，双手放在公文包上，很像彼得·洛，只是整个人像是抹了一层油。我真以为他会对我说："把马耳他之鹰给我，你别无选择，不然，我只能要了你的命。"

"肖格先生是一名律师。"查理又说，接下来，他加重语气道，"他是莫根施特恩的遗产代理人。"

谁能知道呢？谁能想到竟会发生这样的事，一个至少已经死了一百万年的人还有遗产，而在此之前，从来没人听说过这回事？"或许你现在可以把马耳他之鹰给我了。"肖格先生说。当然他并没有这么说。他说的是“或许现在你希望和你的客户单独聊几句”。查理点点头，他就走了出去，他刚一出去，我就说：“查理，我的老天，真想不到……”他说：“哈考特出版社以前不知道吗？”我说：“他们从没提过。”他说了句“哎哟”。每当律师得知事情要以失败告终，就会这么嘟哝上两句。“他想干什么？”我说。“和约万诺维奇先生见个面。”查理这么告诉我……

事实证明，科密特·肖格并不仅仅想和威廉·约万诺维奇这个精明的出版社掌门人见面。他还想要一大笔钱，想要出版未经删节的完整版《公主新娘》，首印数达十万册之巨。就在那一天，我邮寄重逢场景的小想法自然也被扼杀在了摇篮里。

不过，他们没有谈拢，便打起了官司。这场官司持续了很久，前前后后一共打了十三起，在其中的十一起里，我直接参与其中。这真是太伤脑筋了，可还是有一件好事：莫根施特恩的版权于1978年过期了。于是我告诉所有写信索要重逢故事的读者，他们的名字已经被添加到了邮寄名单中，只等1978年一过……可我又错了。对所有索要重逢故事的读者，我又寄了一封信，部分内容如下。

我真的很抱歉，可你知道那个结尾是“别管之前的电报了，信又来了”的故事吗？唉，别管莫根施特恩的版权在1978年过期这回事儿了。那不过是个愚蠢的错误，肖格先生作为一个弗洛林人，自然不太会我们的计算方式。因此，事实上，版权到期的年份是1987年，而不是1978年。

更糟糕的是，他去世了。我的意思是肖格先生去世了。（别问我是怎么看出来的。其实很简单。一天早晨，他不再流汗，事情就是这样。）更糟糕的是，这件事由他的儿子接手，他儿子叫什么名字来着，等等，我想想，噢，对了，叫曼德雷克·肖格。而曼德雷克就跟在河岸上昏昏欲睡的蜥蜴差不多，办起事情来慢慢腾腾，拖拖拉拉。

事情简直乱成了一团，唯一一个好消息就是我终于看到了《芭特卡普的孩子》的部分内容。在哥伦比亚大学，他们认为在《公主新娘》里加入讽刺内容，肯定会使其更臻完美。就我个人来说，我对这一部分内容谈不上喜欢与否，可这是一个很棒的故事，这一点毋庸置疑。

现在回想起来确实趣味横生，可在当时，我对《芭特卡普的孩子》这部分内容真的一丁点兴趣都没有。

原因有很多，其中最重要的一点是：我当时正在写我自己的小说。为了能让你明白，我想我应该告诉你我对《公主新娘》这本书做了哪些工作。我知道，这本书的封面上只会署“某某人删节”，没错，我的确是去粗存精，保留了东一处西一处的“精华内容”。可实际情况远不止如此。

莫根施特恩的《公主新娘》手稿共有一千页。我删减到了三百页。可我并不只是删减了那些具有讽刺意味的片断。我的删节涉及了故事的通篇，删掉的内容也多种多样，有些内容还很棒。比如：韦斯特利的童年有多悲惨，他是如何成为“农场小子”的。又如：国王和王后知道自己生了个怪物（洪佩尔丁克），便去找巫士麦克斯，那麦克斯能扭转这个局面吗？麦克斯失败了，因此遭到弃用，还失去了自信。（对于这件事，他的妻子瓦莱丽曾对伊尼戈这么说：“他害怕自己完蛋了，他那曾经神奇的手指再也使不出巫术了……”）（见本书第297页。）

这些情节很有意思，也很感人，可我觉得它们偏离了故事的主线。但凡与真爱和历险无关的内容，我都删掉了，我觉得我这么做是对的。

我认为，最终的效果也证明了这一点。莫根施特恩一直没有给他的书找到读者，当然了，在弗洛林除外。而我则让世界各地的人都知道了这本书，而且，随着改编电影的上映，读者会越来越多。因此，我自然要做删节。

可是，是我塑造了这本书。我还赋予了它生命。我不知道你会怎么说，但不论我做过什么，效果都还不错。

《芭特卡普的孩子》这部分内容在当时并没有引起我的重视。工作量太大是一个原因，不投入数千小时的劳动是完不成的。可相比肖格父子的连番轰炸，这只能算是小巫见大巫。官司连着官司，实在耗心费神，每一次我不仅要为自己辩护，还得宣誓作证，坦白说，我觉得这是对我的诚信有所质疑，实在可恶至极。

当时，有那么一段时间，我简直受够了莫根施特恩先生。

我当时并没有看过《芭特卡普的孩子》。一天下午，我碰巧去哥伦比亚大学交论文，一个很喜欢弗洛林王国的年轻人来找我，交给我一份粗翻的译稿，让我看一看。那本书的全名是《芭特卡普的孩子：S. 莫根施特恩对勇气的光荣考验与心之死》。那本书的开头很精彩，堪称不同凡响，可我记得的只有这些。在当时，那对我来说不过是一本普通的书而已。我并没有太上心。

然而，后来情况出现了变化。

转折点是什么呢？

实话实说吧，关于我过去十几年的生活，怎么说呢，简直就是过得晕头转向。我写了很多剧本和一些非虚构作品，可我从未写过小说，请记住，这是我的痛处，因为在心里，我觉得自己是一个碰巧只写剧本的小说家。（有时，我见到别人，他们总问："什么时候出下本书？" 我很不喜欢这样，而我每每只能微微一笑，撒谎说就快写完了。）而我参与的电影，除了《危情十日》以外，多多少少都让他们很失望。

我一个人生活在纽约，住在一家不错的酒店里，二十四小时都有客房服务，一切都很棒，可有时候我感觉到我以前写的东西是很不错，可惜那段日子一去不复返了。

但是，我的儿子贾森永远是阴霾中的一抹阳光，是给我的补偿。

你还记得吧？他十岁的时候，走起路来摇摇晃晃，没有一点幽默感，性格顽固又保守。那是他人生中一个很不愉快的阶段。我和海伦经常为了他吵架。

他在十五岁那年经历了很多人生中的大事。一天，我提早下班回家，我大呼小叫，表示我回来了，就在我走向酒柜的时候，我听到了一个令人心碎的声音——

有人在哭——

哭声是从贾森房里传出来的。我吸了一口气，走到他的门前，敲了敲门。我和贾森当时并不亲近。事实是，他并不怎么在乎我。他对我的工作并不认可，既不喜欢我写的电影，也从没想过要打开我写的书。我心里当然不好过，但我从来没有表现出来。

“贾森？”我从门外问道。

可怕的抽泣声还在继续。

“怎么了？”

“你帮不上忙——谁也帮不上忙——没救了——”话音刚落，可怜的哭声就又响了起来。

我知道他最不想见的人就是我，可我必须进去。“我保证不告诉任何人。”

他扑进我怀里，满脸通红，哭得五官都扭曲了：“爸爸，我太丑了，连个朋友都没有。女孩子们都嘲笑我，拿我开玩笑，她们嫌弃我长得太胖。”

我自己也只能强忍住眼泪，因为他说的都是事实。那一刻，我束手无策。我不知道他是否想听我说真话。最后，我也只能实话实说。“管他呢，”我告诉他，“我爱你。”

他紧紧抱着我。“爸爸，”他哽咽着说，“爸爸。”这是他第一次这么亲切地叫我，他滚烫的泪珠滴在我的皮肤上。

这，就是我们的转折点。

在过去的二十年里，可以说，贾森是世界上最好的儿子。不仅如此，他还是我在这世上最好的朋友。但真正的关键是第二天出现的。

我带他去了百老汇大街和第十二大街交会处的斯特兰德书店，我常去那里，主要是为写作工作做一些调查研究。我们正要进去的时候，他停下脚步，指了指橱窗里的一张照片。那是一本摄影集的封面。

“那人是谁？”贾森盯着照片说。

“他是奥地利的一名健美运动员，现在想当演员。我上次去洛杉矶的时候见过他。要是《公主新娘》拍成电影，他想演菲兹克这个角色。”（当时是70年代末，也就是二十年前，施瓦辛格还名不见经传，但等到终于要拍《公主新娘》这部电影的时候，他已经成了大明星，而我们预算有限，根本请不起他出演了。）“我很喜欢他，这个年轻人很聪明。”

贾森目不转睛地盯着那张照片。

然后我说了一句事实证明很有魔力的话：“他以前也很胖。”

贾森看着我。“我才不信。”他说。

我也不信，但说说而已，料也无妨。

“是我跟他聊天时，他提到的。”我说，“他说，他认为自己在健身界已经走得够远了。他之所以有动力，完全是因为他不喜欢自己年轻时的样子。”现在来说一则关于阿诺德的小趣闻，我打赌你肯定不知道。他和摔跤手巨人安德烈是朋友。（依我看，强壮的男人都互相认识。）

下面是他给我讲的一个故事。在安德烈去世时，我在讣告里也写过这件事。

有一次，安德烈邀请施瓦辛格去墨西哥的一个角斗场，在那里，他在两万五千名尖叫的粉丝面前表演，制服对手后，他示意施瓦辛格到场上来。

于是，施瓦辛格在一片嘈杂的欢呼声中爬了上去。安德烈说："快脱了你的衬衫，他们为你疯狂，就想看你脱掉衬衫，我听得懂西班牙语。"施瓦辛格尽管尴尬，还是照安德烈说的做了。他脱下夹克、衬衫和内衣，开始摆出各种惊人的姿势。然后安德烈去了更衣室，施瓦辛格则回到了朋友们身边。

这其实只是个恶作剧而已。天知道观众在尖叫什么，但肯定不是为了让施瓦辛格半裸着摆姿势。"没人在乎我是不是脱了衣服，但我上当了。安德烈也会这样整你。"

"我想知道那本摄影集多少钱？"贾森问道。（请记住，我们仍站在书店外面，虽然我们并不知情，但命运的齿轮已经开始转动了。）

你要是知道我给他买了摄影集，会很惊讶吗？

接下来的两年，贾森的情况是这样的：他从308磅减到了230磅，从5英尺6.5英寸长高到了6英尺3英寸。在道尔顿学校，他一直是班上个子最高的学生，现在的他身材健美，性感迷人，也很受欢迎。

那之后的几年里，贾森上了大学，接着从医学院毕业，决心像他母亲一样做心理医生。（不过贾森的专长是性治疗。）《纽约》杂志把他评为城市杰出人物，他结识了在华尔街工作的美丽女士佩吉·亨德森，他们幸福地结为了夫妻。

婚后，他们生了一个儿子。

他一出生我就去了医院。“我们叫他阿诺德。”佩吉把他抱在怀里对我说。

“太棒了。”我说。事实上，很明显，我希望他们也能记得我。不过木已成舟，没什么可说的了。

“没错，”贾森说，“他叫威廉·阿诺德。”他把威利接过来，放在我怀里。

在这一刻，我的人生到达了巅峰。

对于那些看到这里，却依然没有沮丧地把这本书扔到房间另一边的人，让我来解释一下，我前面说的这些事，都与为什么只有《芭特卡普的孩子》第一章有关。我保证很快就会说到正题，快到你不敢相信。

好吧。那孩子叫威利。贾森和佩吉就住在两个街区外，我小心谨慎，以免逼得他们抓狂，但我以前从来没有过孙子。齐托默商店里的玩具没有一个能逃过我的手掌心。他咳嗽一声，我就整夜翻看健康百科全书。

显而易见，对他，我连一个“不”字都不会说。

因此，我在公园的行为才会那么奇怪。在一个美丽的春日，佩吉和贾森手牵着手走在前面，我和七岁的威利在后面一步的距离，来回扔威浮球。我们刚刚在周末一起去看了尼克斯队的比赛。（自从胡比·布朗被派到地球来毁灭我之后，我就一直购买季票。）

“我们有个请求。”贾森说。

“猜猜我们昨晚看了什么？”佩吉接着说，“《公主新娘》。我们轮流大声朗读。”

我试着用随意的语气，问小家伙觉得这本书怎么样。

“很不错，”威利答道，“除了结尾。”

“我也不太喜欢结局，”我说，“都怪莫根施特恩先生。”

“不，不是的，”佩吉解释说，“他并不是不喜欢这个结局。他只是不喜欢故事到那里就结束了。”

一时间没人说话。我们默默地走着。

“我跟他说了续集的事，爸爸。”贾森说。

佩吉点了点头：“他听了非常激动。”

然后我的小孙子威利说：“可以读给我听吗？”

在那一刻，我知道自己完了。我清楚地记得我的恐惧——如果我做不到呢？如果我失败了呢？会不会让我们两个都失望？

“这就是我的请求，爸爸。威利想让你给他读《芭特卡普的孩子》。我们都希望你能这么做。”

“‘我们’都想要，这可真是太糟了，不是吗？”我说，简直是在嚷嚷了，“‘我们’不能拥有一切，真是太糟糕了，不是吗？你们最好都能习惯失望。”在我做出更恶劣的举动之前，我看了看手表，打了个手势示意我得走了，便一个人回了家。我待在家里，也不接电话，从猪肉天堂餐馆早早叫了中餐外卖，边吃边喝酒，半夜的时候迷迷糊糊地睡着了。

天还没亮我就醒了过来，我做了一个梦，梦中的情形依然历历在目。于是我走到阳台上来回踱步，试着拆解那个梦的含义，更重要的是，我还在思考我的人生，以及我是如何把自己的生活搞砸的。

我梦到的是我第二次患上肺炎的情形，海伦给我读《公主新娘》的电影剧本，只是梦里的她年轻又漂亮，她也哭了。

对我们自己的梦而言，我们都是作者。在阳台上，我知道为什么她就是我，为什么她是我，还为我哭泣，为我即将变成的样子哭泣。接着，我想起她读的并不是《公主新娘》，她读的内容有关菲兹克和山上的疯子，而这正是《芭特卡普的孩子》的开头。我意识到自己两次都差点丢了命，是莫根施特恩救了我，现在昔日重现，他又救了我一次，因为，站在那里眺望着整个城市，太阳缓缓升起，我知道自己将再次成为一个真正的作家，而不只是一个戴着安德伍德牌眼镜的傻瓜——在人们的印象中，编剧依然是这样的。

我觉得我还没准备好从0飙到60迈，无中生有地把小说写出来。我是写过三十年的小说，但我不相信自己能像过去那样，靠想象力把故事编得像模像样。

我来解释一下我还没准备好做什么。

以《马拉松人》中的纳粹牙医塞尔为例（在电影中是奥利维尔，他很棒吧？还记得他拿着治牙工具说“安全吗”那一幕吗？）。曼哈顿的第四十七大街位于第五大道和第六大道之间，几十年前的某一天，我在那条路上走着，我想不起自己要去哪里，不过这不要紧。那个街区被称为“钻石区”。卖钻石的店铺一家挨着一家，数量惊人，大多数都是犹太人经营的，可以看到他们在很多商店里仍然保留着他们在集中营的编号。我想，如果那天我能让一个纳粹走在那条街上，将是多么伟大的一幕啊。

我不清楚想要什么样的纳粹去走那条街，于是我做了一些研究，查阅书籍，向人请教，最后我找到了最聪明的纳粹，他叫门格勒[1]，拥有双博士学位，既是哲学博士，也是医学博士，人们认为他住在阿根廷，此人毫无人性，用双胞胎做活人实验。

很好，很好，我找到了我要找的人，但他为什么要冒那么大的风险去第四十七大街呢？我只知道他不可能是去参加舞会。世界头号通缉犯肯定有不可动摇的理由。

几年过去了，门格勒一直在我的脑海深处徘徊，渐渐地，贝比开始出现了，他就是书名里的马拉松人。然后我交上了好运：我从新闻里看

1　即约瑟夫·门格勒，奥斯威辛集中营的医生，酷爱人体实验，曾试图将一对双胞胎缝在一起制造连体人。——译者注

到有个外科医生发明了心脏套管手术，这个医生可能是在克利夫兰，但我可以把他放在纽约。

没错。门格勒来到了美国纽约，因为他不得不这样做，不然他就没命了。

这个情节太妙了。

我最大的难题解决了，有那么一会儿，我高兴得飘飘然，接着，我忽然想到了一件事，不禁大骂自己是傻瓜。怎么会有恶棍如此脆弱，还需要做心脏手术？老天，要是有人追他，他可能跑着跑着就昏倒了。

显然，几年后，我弄明白了一些事情，于是写出了这本书，也写了同名的电影剧本，有一个场景，和治牙的场景一样，仍然是最好的，那就是塞尔在犹太人中游荡。

那天早上在阳台上，我知道我还没有准备好进行这样的旅行。但对我来说，改编《芭特卡普的孩子》可以说是一个完美的过渡。就像《公主新娘》那样，如果我成功地改编了《芭特卡普的孩子》，一定会带给我十足的信心，让我最终回到我曾经的样子。

因此，我将为续集做删节，然后写我自己的小说，再然后，我就该进入该死的晚年了，非常感谢。办公室一开门，我就给查理（当时他还是我的律师）打了电话，告诉他我现在最想做的就是为续集做删节——关于莫根施特恩的遗产，他能不能想到什么好法子，让对方结束所有敌对行动？

他说了一件最令人惊讶的事："他们今天联系了我。我是说肖格家的人。打电话来的是科密特的女儿。她是律所的一名年轻律师，听起来人不错，也很聪明，她的原话是这样的：'我们希望与戈德曼先生和解。'"

田纳西说得最好："有时候上帝来得太快了。"

第二天早上，我在卡莱尔酒店的餐厅与卡洛夫·肖格共进早餐。在整个纽约，没有比这家酒店更漂亮的了。查理有点自以为是，他决定不去，其实没这个必要，一切不过是个“假象”，我们都想试试自己的魅力，看看能不能协商一致。

所以我就坐着等她出现。她的名字叫卡洛夫·肖格，我想她肯定有胡子，简直都不敢想她的腋窝是什么样。（以防你不知道，我还是说明一下为好。不光你不知道，就没人知道这样的事情。卡洛夫是弗洛林王国最受欢迎的女孩名字。你想怎么理解就怎么理解吧。）

她走了进来，真正堪称梦中佳人。她三十五岁左右，穿着考究，留着一头金色长发，非常性感。她走过来，伸出了手：“嗨，我是卡莉·肖格，很高兴见到你，你看起来和你书里的照片一模一样，只不过我得说句实话，你本人要年轻许多。”

“多谢夸奖。”每次遇到美丽的姑娘，我总是有点舌头打结，不过这次我说起话来倒很流利。有一点非常奇怪，在那一刻，我们见面只不过十秒钟的工夫，我就相信她想要我。而“想要”意味着“情欲”。如果你了解我，你就会知道，我觉得没人想要我。反正不是情欲意义上的想要。“什么风把你吹到美国来了？”

“我们现在在美国做很多法律业务。我刚搬来这里。”她停顿了一下，“谢天谢地，”她看着我，“看得出来你从没去过弗洛林。”我说确实没去过。“那里流行近亲结婚。我的意思是，在弗洛林，如果你嫁给你的堂兄，那是好事。”她又停顿了一下，“只是开个玩笑而已。抱歉。”

自从海伦十年前离开我后，我和一些很棒的女人约会过。但眼前这个蓝眼律师，不管从任何标准来评判，她的身段和头脑都很特别。然后她把手伸到桌子对面，拉住了我的手——

让我再说一遍：她拉住了我的手！

接着，她望着我的眼睛说：“我很高兴我们的法律纠纷解决了。”

“那真是太可怕了，”我表示同意，“在那之前，我这辈子只被起诉过一次。”（这是真的。）“而且起诉我的人是个演员，所以不算数。”

需要我告诉你她的笑声像银铃一样吗？接着，她说了一句话，让我觉得她更可爱了。她说：“说来你肯定不信，我读过你写的每一部小说。包括那本哈里·朗鲍的。”（我的小说《不能这样对待女士》最初以笔名哈利·朗鲍出版，而这是圣丹斯小子的本名。）

这会儿，我已经深深地坠入了爱河，这可真是太荒谬了：“你的人提起的那些诉讼案，你会撤销吗？”

“当然。一共十三起。这就是我们要为你做的，而我们想要的，只有你的善意。”

“善意？”如果我带了订婚戒指，一定会送给她。

“是的。我们希望《芭特卡普的孩子》能在美国出版，这非常重要。”

我示意要咖啡，一个侍者给我们倒了一些。我们加入了甜味剂、低脂牛奶和其他所有对胃有益的美味东西。我们默默地喝了一口，随即看着对方。然后，我说了一句荒唐无比的话：“你多大了，卡莉？”

“你希望我多大？我知道你的一切。我知道你于1931年8月12日出生于芝加哥的迈克尔·里斯医院。很棒吧？”

我点了点头。

她打开了钱包：“你只需要知道一点，比尔，那就是我离开弗洛林市时和男朋友分手了。当时他五十五岁。我喜欢……”说到这里，她停了下来，甜甜地笑了，“我喜欢精力充沛的大叔。”

马克·安东尼从未如此着迷。

她把手伸进钱包，递给我一张纸：“这是一份标准法律合约。让你的律师检查一下，然后签个名，寄回给我。”

“这是什么？”

“这就是所谓的讲和。我们同意撤销所有诉讼。你则承认我们没有做错任何事，并祝愿我们未来的项目一切顺利。”

“我不光只要祝福你。我要删节《芭特卡普的孩子》。”

“也许吧。”她说。你知道过去三十年里世界文化中最重要的一句话是什么吗？我来告诉你是什么。这句话是彼得·本奇利[1]在海滩上散步时想到的：“如果鲨鱼有领土意识怎么办？”从那时起，小说《大白鲨》和电影《大白鲨》相继上映，从那以后，一切都变了。

卡莉·肖格接下来说的一句话并不那么重要。对任何人都不重要，但对我除外。在她说这句话之前，我问她：“你为什么说‘也许吧’？你应该用肯定的语气。我正在删节《芭特卡普的孩子》。”

在等待她回答的时候，我看着这位光彩四射的女士，望着她浅蓝色的眼睛，我记得我当时在想一定发生了什么奇怪的事，甚至是坏事。但我做梦也想不到她接下来说的是：

“斯蒂芬·金正在做删节。”

我没说“这有什么好笑的？”，也没说“你干脆杀了我得了”，更没说“他会当面嘲笑你的”，我甚至没有尝试骂她两句“你这个臭婊子”。就在我默不作声时，卡莉机灵地继续说下去：

“你签了那份文件，我们就能得到一份保险。你也知道，你的销量远远比不上金，没人能比得上他，这一点是毋庸置疑的。但是，因为同名的电影，很多人都把你和莫根施特恩联系在一起，而我们不想让人们猜测你为什么决定不拍续集。善意很重要，我们不能让你到处说你受到了背叛。这是我写的。我觉得你可以接受。”

她是这样写的：“我很高兴斯蒂芬·金能加入我们。坦白说，莫根施特恩先生已经搞得我筋疲力尽了。所以我希望每个人都好。我不知

1 美国编剧、作家，小说《大白鲨》的作者。——译者注

道你怎么想，但我已经等不及想看《芭特卡普的孩子》了。”

再次开口之前，我先是看了她一会儿。现在，她看起来真像贝拉·卢戈西[1]。“他不会接这份工作的。我指的是金。我对他还是有点了解的，他完全没有理由被牵扯进这样的事情里。”

“斯蒂夫并不觉得自己被‘牵扯’进了任何事情。他非常兴奋。我们每天都聊天。威尔，事情已经敲定了。”

“我不相信你。我不知道你想干什么，但你还是去找其他人吧。”我站起来。

“他也有心软的时候。”卡莉说，“他的祖先很久以前就住在弗洛林城。他夏天还会到那里去。”

我又坐了下来。

“他知道我吗？”

“当然，比尔。我对他说了和平协议上的话，就说你累了。这样的说法很可信。老天，你已经十多年没写过小说了。”

她现在像极了《德州电锯杀人狂》里的人皮杀人魔。“法庭上见。”我说着，把钱扔在桌上，走了出去。真是愚蠢而空洞的说法。她可以继续打官司，借此向我施压。毫无疑问，牌都在她的掌握之中。

但有一张除外。

第二天上午晚些时候，我坐在了缅因州班格尔的机场里。我是因为电影《危情十日》认识斯蒂芬·金的，那部电影的剧本是我根据他最好也是最喜欢的小说改编的。我到过班格尔几次找他交流，有些问题我觉得当面问他比打电话好。电影拍完后，我们拿样片给他看，在他看的时候，我和导演罗伯·莱纳就在大厅里踱来踱去，希望他会喜欢。让

1 演员，因饰演吸血鬼德古拉伯爵而闻名。——译者注

他高兴对我们来说意义重大。罗伯的事业真正走向成功，是始于金的另一部作品《伴我同行》（根据金的中篇小说《尸体》改编）。

我们一看到他走出来，就知道他很满意我们根据他的心血所拍摄的电影。他特别喜欢女演员凯西·贝茨（不仅如此，她还获得了奥斯卡最佳女演员奖）。说来有些怪，但我印象更深的是，在开始播放前，他离开我们去座位坐下，脸上充满了希望，就跟个孩子一样。为此，我对罗伯说："我认为他现在和事业刚起步时一样脆弱，所以他才能成为斯蒂芬·金。"

在我看来，并不是每个人都意识到他是一个多么了不起的人。不仅仅因为他的书卖出了数亿本，还因为长久以来，他都可以说是世界上最炙手可热的作家。《魔女嘉丽》是在1974年问世的，二十五年来一直广受追捧。

现在，我透过窗户看到了他。他穿着牛仔裤和伐木工衬衫，摇摇晃晃地走着。金比想象中的要强大得多。他还是个非常低调的人。

我们坐在等候室一个很安静的角落里，自从前一天与弗洛林恶魔一起吃了那顿传奇的午餐后，我还没有吃过东西。我熬了大半夜，把一切都准备好了，想好了怎么理性地谈这件事，怎么做到小说家对小说家，说书人对说书人。这会儿，我想说的话才说了一半，他就说道："比尔，那个婊子骗了我，她说你不想做。我说我之所以参与，完全是因为她找过我很多依然住在那里的亲戚，他们给我施压，可我感觉自己从一开始就是被硬扯进这件事里的。"

沉默还在继续。金看着我，等着我回答。我知道，我只是坐在那里不说话，搞得他很紧张，但我不知道该怎么说。我只知道我不想让他难堪。或者，更糟的是，我不希望羞辱自己。

最后他问："凯西怎么样？我很喜欢她在《泰坦尼克号》里的表演。"

他这是在给你台阶下，我告诉自己。那就聊聊凯西·贝茨吧。那就告诉她，关于凯西·贝茨的故事，可精彩着呢。“我不常见到她，但我有没有告诉过你，她是怎么得到《危情十日》里那个角色的？这个故事可精彩了。”

金摇了摇头。

“这个角色是我专门为她写的。这么多年了，我一直看她在舞台上的表演。她是最伟大的女演员之一，但她从来没有在电影中获得突破。开始写之前，我和罗伯谈了一次，我说：‘我要为凯西·贝茨写安妮·威尔克斯这个角色。’罗伯说：‘太好了。她非常棒。我们就请她来演。’”

“然后呢？”金问。

“就是这样。那可是当年最受追捧的女性角色，却落在了一个没什么名气的小演员头上。我很高兴自己参与了这件事。这简直改变了人的一生。”

“真精彩，不错。”金努力用热情的口吻说。但我知道他的心思不在这上面。

“不！”我说，声音有些过大，但我的状态不是很好，看到这里的读者都能感觉到。“不，”我重复了一遍，语气和缓了一些，“事实不是这样的。那个精彩的故事其实是这样的。”

金等着我往下说。

“好吧。于是罗伯给她打电话。只有凯西和罗伯在房间里，她从来没有演过电影主角，罗伯只是随意地说：‘这个角色是你的了。’凯西坐了一会儿，才说：‘那个角色。我得到那个角色了。’罗伯点点头，重复了一遍这个消息：‘这个角色是你的了。’又沉默了一会儿之后，凯西这么说：‘安妮。安妮·威尔克斯。是这个角色吗？’罗伯又点点头：‘安妮·威尔克斯。主角。’这会儿，凯西回答的速度快了点：‘我拿到这个角色了。已经定下来了。’罗伯就说：‘都定下来了。’现在她稍微向前倾了倾：‘我来把事情捋一遍。我要在《危情十日》里扮演女主角安妮·威尔克斯？’‘没错。’莱纳肯定道。凯西又说：‘已经确定了，我是说，安妮这个角色肯定由我来扮演，这件事已经定了，没错吧？’罗伯说：‘板上钉钉了，你就相信吧。’接着，房间里一片寂静。然后她说：‘我能告诉我妈妈吗？’”

金喜欢这个故事。(我也是。一直以来，这都是我最喜欢的好莱坞励志故事之一。)他笑个不停，还疑惑地看着我。我举起右手，说：“以我的名誉担保，我说的千真万确。”我终于感到自己放松了。我知道我现在可以和他谈了，说服他不要去删节续集，因为《公主新娘》就是我做的删节，况且即便是在这个世界上，有时也要讲求公平。他说：“我真的很喜欢那部电影。”我说：“我也是，不只是凯西，你觉得吉米·凯恩怎么样？”他说：“我指的是《公主新娘》。”

“谢谢。我也是。”我正要继续说下去，却突然意识到一件事。这件事非常糟糕。他没有提到小说，只提到了电影。但是，天哪，他肯定喜欢，我太多疑了。

“希望我对这部小说也有同样的感觉。”他说，我看得出他这么说很痛苦。

本世纪最受欢迎的小说家正在告诉你，你讲故事的能力很差。我很想说，我做那本书的删节工作已经做得驾轻就熟了。但是，唉，我像个十足的混蛋一样说：“是吗？很多人都很喜欢，非常感谢你。”

突然，他向我靠过来：“比尔，你抓住他的风格的方法很好，但是，事实是，我不喜欢你在删节方面做的很多事情。例如，在第四章，你删掉了七十页关于芭特卡普受训的内容。你怎么能那样做？里面有些内容很棒。你一定去过王家学院。它是欧洲现存的伟大建筑之一。芭特卡普的课程设置非常棒。你怎么能把这部分漏掉呢？”

“我最感兴趣的是故事，你知道的，是情节。”当时我是这么告诉他的，“我从没去过那里。我是说弗洛林。去弗洛林，有那么重要吗？”

“有那么重要吗？你以前还不是飞到这里，只为了谈谈剧本改编的事。”

我当时什么也没说，因为我能感觉到可怕的风要来了，我知道它会把我吹走。

“这就是我想删节《芭特卡普的孩子》的原因。”他说，“这次要把事情做好。”

我溺毙在水里了。我站起来，感谢他抽出时间见我，说完就走了，心里很难过。

“我真的很抱歉。”他说。

我笑了笑。对我来说，那不是一件容易的事，但我喜欢金，不希望他看到我崩溃。

他在我身后喊道：“比尔——等等——我刚想到一个主意。听着——我来做删节，你来写剧本。在我的合同里，我会把这一点写进我的合同里，作为一条不能通融的条件。”我很明白金是想帮忙，可是，在机场的时候，我就告诉他，我父亲给我读过这本书，而贾森不喜欢结局，我也意识到我读的只是精华部分，现在贾森就变成了我，而他也有了孩子。那个可爱的孩子以我的名字命名，也叫威利，威利想要我读书给他听，如果我不做，就不会有删节《芭特卡普的孩子》这档子事，要是他看不到这个续集，他会怎么样？他就会失去讲故事的能力，就像我失去讲故事的能力一样，他又怎么愿意凭借那样的能力，余生都为碰巧这个礼拜是电影明星的完美人士写完美的角色——

我丢脸了，这是我最不想看到的事，我只好告辞，强迫自己不要狂奔出门……

回纽约的飞机三小时后起飞，我上了一辆出租车，在班格尔找了个安静的地方待着，快到登机时间，我才打车去了机场。

天气不好，飞机晚点了。

我坐在机场的长椅上，向后一靠，闭上眼睛，直到金问我：“你大老远跑到缅因州来，就是为了搞得自己精神崩溃？”他坐在我旁边，“你有一点说得很好，我也想了很多。要不是你父亲跳着读，根本不可能有删节。所以在某种程度上你是对的，它是你的孩子，由你而始。”

一时间没人说话。

然后，他又说道：

“试试第一章。”

他从我的表情看出我不太明白他的意思。我想我就像在和罗伯谈角色的凯西一样。“你也知道，今年《公主新娘》出版25周年，对吧？是你做删节的版本。”确实如此。“也许你的出版商会想做点什么，也许会重印精装本。”我点了点头。我们已经讨论过这件事了。“你来给《芭特卡普的孩子》第一章做删节。如果你愿意，可以把这一章加入25周年纪念版。你也许应该为这一章写个导言，就你为什么没有对整本书做删节做个说明。我会打电话联系肖格家的人，告诉他们我的决定。他们肯定不满意，但他们会同意的。他们多年来一直想和我合作。再过两三年，弗洛林的亲戚可就管不到我了。”

他犹豫了一会儿，我怀疑他是不是改变了主意。于是我耐心等待，只盼着他不会变卦。接着，他摇了摇头，脸上的表情好像在说：“我这么做，是不是疯了？”接着，他说了一句绝妙的话：“比尔，我希望你这次认真尝试一下。”

“我会做好调查研究的。”我告诉他（我还真这么做了），“但是，那一章出版之后呢？”

“还是得一步一步来。”他答，“你写出来，我会看，莫根施特恩的读者也会看。我要给我在弗洛林的堂表兄弟们多寄几本，看看他们怎么想。”他站起来，看着我，“在我看来，最重要的是要保留莫根施特恩的风格。他是一位大师，如果我们能让他高兴就好了，你说呢？”

“那确实很好。”我说道，千真万确。

我们握了握手，互相道别，他转身离开，但回头看了我一眼：“你还没有看过《芭特卡普的孩子》吧？”

“还没有。”

“那个故事精彩极了。”

“你说什么？精彩到就连我也不能把它改得面目模糊？”

“你说对了。”斯蒂芬·金笑着说……

我立刻去了弗洛林。（当然，我没有马上去弗洛林。弗洛林航空公司负责调度的天才们该想想办法了。我乘法国航空公司的夜间航班到布鲁塞尔，在那里转乘意大利国际航空公司的飞机，在吉尔德下飞机后，再做一次短途飞行，就能到弗洛林市了。）我列了一张要去的地方的清单。王家学院自然是要去的，毕竟金非常重视那个地方；还有疯狂峭壁，这个地方现在挤满了疯狂的游客，所以我提前电话预约了；以及发生“树林之战”的森林，等等。金给了我一份名单，上面有他认为也许能帮上忙的朋友和学者。他有个亲戚非常棒，开的餐厅在弗洛林数一数二，这真是太好了，因为你可能知道，弗洛林是欧洲的根茎蔬菜之都，这对农民来说是件好事，但芜菁甘蓝是他们的国菜，如果厨师手艺不好，很快就会吃腻的。

刚去的那几天，看到小时候以为是杜撰出来的地方真实地出现在眼前，感觉怪怪的。我还担心那些地方不符合我的幻想。（有些确实不符合，但大多数都是符合的。）

我看到了菲兹克和伊尼戈再见面的盗贼总部，还去了伊尼戈最后杀死鲁根伯爵的房间，都是在城堡游中看到的。芭特卡普的农场几乎完好无损，但我能告诉你的是，那里只是个农场而已。当然，火沼泽现在依然极为危险，不允许人进去，但我看到那个地方距离当地学者认为芭特卡普把韦斯特利推下山坡后两人拥抱的地方不远。（重聚的场景就发生在那里，不妨告诉你，我站在那里，看着那个地方，感觉很奇怪。）

由于周围的水域有很多旋涡，无法乘船前往独树岛，于是我租了一架直升机，还是去了。（独树岛是他们休养生息的地方。）在那里，芭特卡普和韦斯特利第一次做爱，可怜的韦弗莉也是在那里出生的。也许我不应该叫她“可怜的”韦弗莉，有段时间她过得很开心，有爱她的父母，有世界上最伟大的剑客做保镖，有世界上最强壮的男人做保姆。不能再要求更多了。

当然，那次绑架事件改变了一切，不过还是不要多说了，因为我要开始讲故事了……

芭特卡普的孩子

S. 莫根施特恩对勇气的光荣考验与心之死

威廉 · 戈德曼 删节

第一章

菲兹克之死

1. 菲兹克

菲兹克追着疯子上了山，芭特卡普的孩子被那疯子抱在怀里——对菲兹克而言，那个孩子是世上最珍贵的东西了。

也许不能用“追”，说“慢慢地跟在后面”可能更准确。不管怎么形容吧，反正情况都十分不妙，菲兹克费了九牛二虎之力，却还是落后得越来越多。原因有两个。第一，菲兹克的块头太大了。这座山海拔一万五千英尺，山势极为陡峭，菲兹克想找个安全的立足点都很难。他那大而笨重的双脚踩踩这里，又踏踏那里，费力地寻找着坚实的落脚之处，可惜这太浪费时间了。

疯子利用这段时间越跑越远，拉开了距离，偶尔还把他那没脸皮的脸转过来，看看菲兹克落后了多远。就连菲兹克也很清楚疯子的计划：一路向上，翻过山顶，从另一边下山，到时候菲兹克仍在往上爬，想追也追不上了。

菲兹克没有成功的第二个原因是，他很害怕。或者更确切地说，他不只是害怕，而是十分恐惧。他可是王国里块头最大、力量最强的男人，可没人知道他其实也有感情。他的确可以把大树连根拔起，可因为这样，人们就不想知道，在树根里蠕动的小虫子也会吓到他。他的确打败了七十三个国家的摔跤冠军，可因为这样，人们就不相信，他小时候（相对而言）怕黑，他母亲便整夜点着蜡烛。对他来说，在公共场合说

话，更是想都不敢想的事。然而，菲兹克宁愿余生不停地当着众人的面演讲，也不愿意面对即将到来的事实。那就是他可能

摔

下

山

去。

最后，滚落的石头会把他的身体压瘪。

他确实爬过疯狂峭壁，但那是两码事。当时有绳子让他抓着，他知道该往哪爬；再说了，当时维齐尼还一个劲儿地侮辱他，而这总是让他觉得时间过得更快。

如果疯子抢走的是别的东西就好了，菲兹克早就停下，爬回安全的地方了。哪怕他抢走的是全波斯的银币，或是只吃一颗就不再是巨人的药丸，他也不在乎。

那样他就不用再追了，反正也无所谓。

但疯子抢走的是韦弗莉，是他的无价之宝，尽管在他那巨人的心里，他深知自己不仅追不上，还有可能滑下山，可菲兹克依然迈着笨拙的脚步，继续前进。

他抬头望了一眼。韦弗莉身上裹着遭绑架时用的毯子，那是多久以前的事了？菲兹克选择不去回忆，毕竟那都是他的错。他竟然任由那种事在他的眼皮底下发生。懊悔的泪水立即涌出，菲兹克眨了眨眼睛，把眼泪忍了回去。她的身体一动不动。疯子可能给她下药了，免得她挣扎，妨碍他逃跑。

在山上，疯子停住了脚步，又是推，又是踢——

巨大的岩石朝他落了下来。

菲兹克连忙闪避，可惜他太慢了。岩石擦过他的脚，撞得他重心不稳，摔倒在地。就这样，土耳其人菲兹克在空中高高地荡来荡去，仅凭

几根手指抓着，才没有摔下去。

疯子高兴得叫了起来，继续往上爬，拐过一个弯，不见了。

菲兹克悬在空中，吓得魂不附体。

风呼呼刮着，直往他身上吹。

他的左手开始抽筋，他只好把手从抓握的地方收回来，伸向一码上方一个更方便的支撑点。

他就这么悬在那儿，心里想的不是自己有多害怕，而是他只用手，竟然又往上爬了整整三英尺。他能继续往上爬吗？他又把手向上伸了一码，抓住了另一个支撑点。实在是太有意思了，他这么告诉自己。我不用脚就爬上去了。不用脚，我爬得比以前更快。

嗯。

他突然动了起来。他只用手去够、去抓，接着，他再伸手去够、去抓，不用费力地使用四肢，只使用双臂向上爬——

他爬得非常快。

菲兹克往山上爬，速度飞快。疯子可能已经到了另一边的半山腰，正慢悠悠地走着，以为菲兹克摔下去了。菲兹克加快了速度，他爬到最高处，迈着巨大的步伐跑过平坦的山顶。当疯子带着婴儿赶到时，菲兹克正在等候他。

“把孩子给我。”菲兹克轻声说。

“你当然想把孩子要回去。”疯子没有嘴巴。这声音是从他那张无皮脸的里面传出来的。他仍然抱着韦弗莉。

菲兹克走近了一步。

“我能喷火。”疯子说。

菲兹克知道这是真的。但他并不害怕。

他又走近了一步。

“我可以变形。”疯子说，声音更大了，菲兹克知道这是真的。但他也知道，恐惧已经攻入了敌人的内心。

“我最后再说一次，”菲兹克道，“我叫你把孩子给我，你最好把孩子给我。”

“我会用上我所有的魔法对付你！”

“那就试试看吧。”菲兹克轻声说，“你是没有脸，但我看得出你已经吓得屁滚尿流了。你害怕我会伤害你。”他停顿了一下，“你猜对了，我一定会这么做。”他又停顿了一下，“而且我下手都很重。”

疯子的内心因为恐惧而悸动。

菲兹克把大手伸向毯子。“把孩子给我。”他说。眼看疯子把孩子朝菲兹克递了过去，可是，他突然一甩手，韦弗莉从毯子里滚了出来，眼瞅着就要坠落山崖——

她翻过了那两个人站着的悬崖边缘，就在她在空中翻滚的时候，她的眼睛睁开了，她惊慌地四下张望，瞧见菲兹克后，她把手伸向他，同时向下坠去，只来得及喊了他一声“影子”——只有她会这么叫他。

菲兹克别无选择。他跟着她跳下了山崖，为了那孩子放弃了自己的生命……

你觉得怎么样？

真是太精彩了，莫根施特恩确实厉害。电视里的人肯定会说他“善于抓住人心”。不过这是小说，有充足的时间铺陈情节、描写人物，没有人会换频道。所以我很不喜欢。我也不喜欢把第一章叫作“菲兹克之死”。

你相信莫根施特恩真的会让菲兹克死掉吗？我当然不信，哪怕一秒钟都没信过。你没忘记菲兹克是我的最爱吧？想想看，他是怎么帮助芭特卡普和韦斯特利的：就在城堡被攻陷之前，他忍受了火烧的痛苦，是他找到了四匹白马，他们几个人才能骑马逃出生天，如果没有菲兹克陪着，伊尼戈根本不可能逃出死亡动物园，所以在某种程度上，是他救了韦斯特利。

我很抱歉，可怎么能如此草率地把一个人写死？不该这么做的。不能为了让故事有个轰轰烈烈的结局，就这样安排。

换句话说，我不赞成这个开头。事实上，这一章中有很多我不满意的地方。但你知道我有很多原因必须继续。

我也不确定是否应该将下一节关于伊尼戈的内容收录进来。我和我的出版人彼得·盖泽斯大吵了一架。他觉得那一段乱七八糟，便反对收入。在我给出我的理由之前，我觉得最好让你有机会自己看看我们所争论的内容。

2. 伊尼戈

现在，伊尼戈身处绝望之境。

很难在地图上找到这个地方，不是因为制图者不知道它的存在，而是因为他们去测量那里的精确尺寸，却弄得太过郁闷沮丧，竟然开始喝得酩酊大醉，还质疑所有的一切，而最让他们想不通的是：为什么有人愿意干制图师这种愚蠢的行当？干这一行要常年在外奔波，没有人知道你的名字，最重要的是，既然战争总在改变边界，何苦还要费这个力气呢？于是，当时的地图绘制者们达成了一项君子协议，要尽可能地保守秘密，不让这个地方被外人知道，以免游客成群结队地拥向那里而丧命。（如果你非要去的话，这里比大多数地方都更靠近波罗的海国家。）

绝望之境的一切都令人沮丧。地上什么也不长，天上掉下来的东西也不能引起多少愉快的谈话。整个国家都很潮湿，像是被水浸过。为什么当地人都不逃走呢？这不仅是一个好问题，也是唯一的问题。当地人张口闭口谈的都是这个，从无别的话题。“我们为什么不搬走呢？”丈夫们每天都这么问妻子，而妻子们则会回答：“老天，我不知道，那就搬吧。”孩子们听见了，就跳起来大喊：“万岁，万岁，我们要离开这里了。”可惜这永远只是说说而已，从未变成现实。宾迪布斯人[1]生活在更为恶劣的环境中，但他们也不经常旅行。反正情况已经糟透了，不可能更糟，知道了这一点，倒也是种安慰。“我们本来已经忍受了一切，”当地人这么告诉自己，“而如果我们收拾行李离开，比如说去巴黎，我们就会得痛风，整天被巴黎人侮辱。”

然而，伊尼戈对这个地方十分偏爱。因为许多许多年前，就是在这里，他赢得了他的第一个剑术冠军。他是在比武大会开始前不久来到这里的，当时，他心情很是沉重。他的眼里总是含着泪水。他无法让自己快乐起来，毕竟他在第一次到意大利时遇到了那样的事。而他在启程去意大利的时候，心里还充满了希望……

西班牙阿拉贝拉的伊尼戈·蒙托亚如今二十岁了，过去的八年，他一直在世界各地流浪。他敬爱的父亲多明戈被一个六指男人杀死了，不过他尚未开始寻找那个男人。他还没有准备好，除非伟大的铸剑师耶斯特宣布他准备好了。耶斯特是他父亲最亲密的朋友，只要他还有不足之处，耶斯特就绝对不会允许他去复仇。毕竟你本身若有瑕疵，不仅会把命送掉，更糟的是，还会让自己蒙受耻辱。

伊尼戈只知道一件事：等他最终找到折磨他的那个人，等他终于有能力面对他，说“你好，我叫伊尼戈·蒙托亚，你是我的杀父仇人，准备受死吧”时，他认为自己必将取得胜利。六指男人是个剑术高手。因此，为了做好充足的准备去对阵这样一位大师，伊尼戈周游了全世界。他一天天成长，也变得越来越强大，向任何能教他解决难题的人学习。最近，他开始学习专项领域。他的剑术已经达到了非凡的水平，但仍不

1　生活在澳大利亚沙漠地区的土著民族。——译者注

足以得到耶斯特的祝福。

他最近去了冰岛，和伟大的冰冻地形专家阿德诺克一起待了几个月。伊尼戈已经掌握了从下往上、从上往下，从树上、从岩石上以及在急流中斗剑的技巧。但是，如果六指男人来自遥远的北方，而他们在霜冻的天气，或是刚刚洒过水的冰上较量呢？如果伊尼戈控制不住，脚底打滑，在斗剑的时候失败了，进而失去了一切呢？

离开冰岛后，他在赤道附近待了半年，与热带剑术大师阿通巴学习，毕竟六指男人有可能来自气候炎热的国家，他们决斗的那天很可能天气酷热，是一年中最热的一天，气温高达150华氏度，他握着剑的手很可能会出汗。

现在，刚满二十岁的他来到意大利，他要去见皮科利，这个小个子老头是公认的心灵之王。（皮科利来自意大利最著名的导师队伍。另一个分支在威尼斯，教所有名字以元音结尾的著名意大利男高音唱歌。）伊尼戈知道，等到终于迎来那场死亡大战，他肯定无法思考。他的头脑必须像弹簧一样，他的动作必须达到自发的程度，辗转腾挪，刺戳劈砍，都必须是下意识的动作。

皮科利住在一所小石头房子里，受雇于卡尔迪纳莱伯爵。这个国家的大部分区域都属于卡尔迪纳莱伯爵，但他是个怪人，总是神神秘秘的。皮科利听说过伊尼戈，耶斯特虽然是最伟大、最著名的铸剑大师，但有传闻说，他要是有铸不出来的剑，就会前往位于托莱多山区的阿拉贝拉镇，去找多明戈·蒙托亚帮忙。多明戈·蒙托亚是一个鳏夫，带着一个小儿子住在一栋小屋里。

六指剑就是在那里锻造出来的。

六指剑真是世界奇迹吗？十年来，皮科利一直对它念念不忘，渴望能在有生之年亲眼看到它挥舞。六指剑堪称自亚瑟王神剑以来最伟大的武器，它现在在哪里呢？听说蒙托亚家的孩子从耶斯特家带走了六指剑。那孩子在哪里呢？

皮科利一生都在训练自己的思维，所以他有能力在一场疯狂的战斗中坐上一天，却对周围发生的尖叫和屠杀无所感知。在他冥想的时候，他就如同一个死人。每天黎明时分，他都会冥想，直至中午为止。任何力量都不能打扰他。

有一天，天刚亮，他开始冥想，要等到太阳升到最高点才会恢复，但在这一天早晨8点钟的时候，一件怪事发生了。

他像往常一样开始沉思，6点，7点，7点半，差一刻8点，差10分8点，差5分，差4分，差3分——

突然寒光一闪，如此耀目，就连皮科利也不得不睁开眼睛——

只见一个年轻人走了过来，身材高大瘦削，肌肉发达，双腿柔韧有力，他长得一表人才，如果两边面颊上不是各有一道平行的伤疤，他还会更英俊——

那个发光的东西就在这个人的手里，太阳照射在上面，不住地闪动。

年轻男子走近时，皮科利无法呼吸。“我想见皮科利先生。”

“我想看看你的剑。”

皮科利颤抖着，用自己的小手接过宝剑。“你想从我这里得到什么？”他目不转睛地盯着那件武器，“你可以在这里得到全世界。”

伊尼戈如实相告。

“你想让我教你控制自己的思想？”皮科利问道。

伊尼戈点了点头：“我从很远的地方来。”

“那你恐怕要白费功夫了。你太年轻了。年轻人没有耐心，还极为愚蠢。他们认为只凭借身体就可以拯救自己。”

“求你教我。”

“别浪费时间了。你还是去找人战斗吧，别来和我学。”

“求你了。”

皮科利叹了口气："好吧。让你看看你有多蠢。回答我的问题：你最大的心愿是什么？"

"当然是杀死那个六指男人。"

皮科利听罢，高声喊了起来："错了，错了！听好了，你要用眼睛看到我形容的情景。"他的声音变得很轻，很有吸引力，"六指男人手里有剑，他挥剑就刺，你要用眼睛看到我形容的情景，蒙托亚，你要留意那把剑。他把剑刺向你父亲，现在剑刺进了你父亲的心脏，多明戈的心脏支离破碎，你现在只有十岁，你就站在那里，非常无助，你还记得那一刻吗？我命令你回想起那一刻！"

伊尼戈忽然情不自禁地流下了眼泪。

"现在你看着他倒下。你看——快看——你眼睁睁看着多明戈死去——"

伊尼戈失控地抽泣起来。

"说说你有什么感觉——"

伊尼戈几乎说不出要说的话："很痛苦……"

"是的，是的，当然，疼痛，痛不欲生，撕心裂肺。而你最大的愿望应该是结束你的痛苦。"

"是的……"

"那种痛苦如影随形，每时每刻都在折磨着你？"

"是的……"

"如果你想结束你的痛苦，就得杀死六指男人。但如果你只是想报复，那就是他将结果你的性命，因为他已经夺走了你在这世上最珍贵的东西，而他一定会知道这一点。在你们决斗的时候，他一定会嘲讽你，说起你那可怜的父亲，还会嘲笑你对多明戈这个失败者的爱，你会愤怒地尖叫，会被复仇心冲昏头脑，进而盲目地攻击，然后，他就会把你撕成碎片。"

伊尼戈看到了这一切，皮科利说的是事实。他看到自己在进攻，听到自己在尖叫，接着他感觉到六指男人的剑刺进了自己的身体，刺入了心脏。“求你了，不要让我输给他。”他终于挤出了这句话。

皮科利看着眼前这个心碎的年轻人。他轻轻地把六指剑还了回去。“去擦干你的眼泪吧，蒙托亚，”他最后说，“我们明天一早开始训练……”

伊尼戈接受了魔鬼般的训练。他从没想过这是一件容易的事，但皮科利的无情超出了人类的想象。八年来，伊尼戈每天都快跑两个钟头，所以他的双腿变得强壮有力；可现在，皮科利不让他快跑了。八年来，他每天都挤压苹果大小的石头两个钟头，所以，不管使用任何姿势，他的手腕都能给出致命的一击；可现在，挤压石头这一条也遭到了禁止。八年来，他每天都练习闪展腾挪两个多钟头，这样双腿才会变得敏捷；可现在呢，不许闪展，也不许腾挪。

伊尼戈的身体像鞭子一样强壮，像惠比特犬一样敏捷，这是他为那场致命战斗而锻炼出来的身体，大多数男人都非常羡慕。强壮的身体？皮科利却厌憎无比。“当你和我在一起时，你的身体就属于你的敌人。”皮科利解释道，“必须暂时让你的身体变得弱一点。唯其如此，你才能锻造心智。只要你认为你能通过战斗摆脱困境，你就永远无法通过战斗摆脱困境。”

八年来，伊尼戈每天只睡四小时；而现在，他只做这一件事。睡觉。打瞌睡。有时长睡一觉，有时小憩片刻，反正就是奉命睡觉，不停地打盹。在他看来，似乎每眨八十次眼，他就要打盹四十次。而在休息的时候，他必须思考。

一晃几个礼拜过去了。起初他每天睡十二个钟头，后来是十五个钟头。皮科利的目标是一连睡上二十个钟头，而伊尼戈知道，在达到这个目标之前，折磨是不会停止的。他什么也不做，只是躺在那里思考。

他唯一的任务就是思考。熟悉自己的思维，了解思维运转的方式。

伊尼戈每天只在太阳下山时锻炼十五分钟。在这个时刻，皮科利允许他拿着剑到外面去，他会点一下头，示意伊尼戈可以出去了。在夕阳的照耀下，伊尼戈挥剑进攻，他的剑如同有了生命，他的身体闪展腾挪，影子来回晃动，犹如鬼魅。皮科利年届耄耋，可他见过科西嘉剑神巴斯蒂亚，现在，伊尼戈就像复活了的巴斯蒂亚。

接着，苍老的皮科利再点一下他那小小的脑袋，伊尼戈就要回屋去，上床睡觉，躺在那里思考。

就这样，时间来到了皮科利去村里取食物补给的那天。伊尼戈本来一个人待在石屋里，不久突然有轻柔的脚步声响起，一个轻柔的声音求见屋主。就这样，伊尼戈不再是一个人了。他站起来，看了看站在门口的人。他说了一句最不可思议、最出人意料的话：

“我不能娶你。”

她看着他：“大人，我们见过面吗？”

“在我的梦里。”

“而我们决定不结婚？你这样一个年轻人竟会做这种梦，多么奇怪啊。”

“肯定不比你小。”

“你是在皮科利手下做事吗？”

伊尼戈摇了摇头：“大部分时间我都在奉皮科利的命令睡觉。不进来吗？”

“我别无选择。”

“你在城堡里工作？”

“我在那里住了一辈子。我的母亲也是。”

“我是西班牙的伊尼戈·蒙托亚。你是——”他等待着她报上姓名。他知道她一定会有个很美的名字，而他会把她的芳名永记心间。

“朱丽叶塔，大人。”

“你觉得我奇怪吗，朱丽叶塔？”

“如果不，那我就太蠢了，”朱丽叶塔说，接着补充道，“大人。”

“此刻你感受到自己的内心了吗？我就能感受到我的内心。”

“如果不，那我就太蠢了。”朱丽叶塔说。她用那对黑色的眸子仔细端详他的脸，然后说：“我觉得你最好给我讲讲你的梦。”

伊尼戈讲了起来。他讲起父亲如何被人杀害，他脸上为什么留下伤疤，以及他在痊愈后如何开始了探险。他讲起自己如何在世界上游荡，从城镇到城市，再到村庄，总是孤身一人，有时他会想象自己有同伴，因为现实中并没有人陪伴他。

当他大概十三岁的时候，他想象总有一个人在傍晚时分等他回来。他长大了，那个女孩也长大了，她总是在那里，他们一起吃残羹剩饭当晚饭，互相拥抱着睡在干草棚里，她的黑眼睛看着他，眼神总是那么温柔。“就和你的眼睛一样，那么温柔地看着我，她披散着一头如云的黑发，就和你的头发一样，这些年来，你一直都陪伴着我，朱丽叶塔，我爱你，我将永远爱着你，但我不能爱你，希望你能理解，因为我的探险排在第一位，高于一切，即便看到你眼中闪动的情感，我也不能娶你。”

她显然深深地感动了。伊尼戈很清楚这一点。伊尼戈看出自己已经深深地打动了她。他等待着她的回答。

最后朱丽叶塔说：“你经常讲这个故事吗？我敢打赌村里的姑娘都会为你疯狂。”她转向门口，“去给她们讲吧。”她说完就走了。

第二天早上，他尚未进入沉思，她又回来了。“我要搞清楚一件事，伊尼戈。我们吃残羹剩饭当晚饭？我出现在了你的幻想中，你能想到的最好的东西就是残羹冷饭？”她转向门口，“你没有机会赢得我的心。”

伊尼戈继续冥想。

第二天中午，她戳了他两下，让他回到了现实。“我要搞清楚一件事，伊尼戈。我们睡在干草棚里？你连旅馆里干净的房间都想象不出来？你知道睡在干草棚里有多痒吗？”她转向门口，“你今天赢得我芳心的机会比昨天还要小。”

伊尼戈继续冥想。

转天黄昏，朱丽叶塔来到门口站定。这时，每天十五分钟的身体训练就要开始了。她说：“我怎么知道你能不能找到那个六指男人？我怎么知道你能不能打败他？如果我对你产生了某种奇怪的同情，痴痴地等着你，结果是他赢了呢？”

“那是我的噩梦。所以我才一直在学习。”

她指着他的剑：“你会用那东西吗？”

伊尼戈走到外面，在昏暗的光线下，手握六指剑耍了起来。他努力使自己显得特别耀眼，最后还耍了数年前麦克弗森在苏格兰教他的一种特别花哨的招式。只见他一会儿旋转宝剑，一会儿把剑抛起来，最后还深深地鞠了一躬。

“真了不起，伊尼戈，我承认。”待他耍完剑式后，她说，“但是，等你找到那个人，把他杀死后，你会怎么样呢？你打算怎么谋生？表演那样的绝技？你想让我做什么，在一边打鼓，招揽人过来看你表演？你赢得我芳心的机会微乎其微，我们再也没有必要见面了。再见。”

看着她离开，有一点毫无疑问，那就是伊尼戈的心很痛……

她再来的时候，是舞会的当天晚上。伊尼戈情不自禁地听到音乐声从城堡里倾泻而出，在黑夜中飘荡。乐师们已经练习了好几天。就在这个时候，朱丽叶塔突然出现了，向他招手。“太美了，”她低声说，“我觉得你可能想去看看。我可以偷偷带你溜进去，但你必须完全照我说的做。要是我们被发现了，可就吃不了兜着走了。”

他们飞快地穿过长长的阴影，只是在厨房外面短暂地停了一下。然后她点了点头，他们就进去了；她指了指左边，他们便朝那边走了过去；然后她又指了指右边，他们又走到右边。他一直跟着她的指示走，最后，舞厅出现在他们面前。

眼前的景象是他做梦都想不到的。舞厅太大了，优雅精致，摆满了鲜花，活像一片花海，乐师们演奏着轻柔的音乐。伊尼戈盯着眼前的一切，连眼睛都没眨，接着，他听到一阵喘息声，只听朱丽叶塔低声说："不，伯爵来了。我得走了，躲到门后面去。"

伊尼戈偷偷溜到门后，很想知道溜进城堡偷看只有强者才能拥有的房间，会受到多么可怕的惩罚。他闭上眼睛，默默祈祷着伯爵不会看到他。

他睁开眼睛，看到噩梦成真了：伯爵正盯着他看。他已经十分老迈，身着华服，满脸写着轻蔑。他的声音很有震慑力。

"你，"他说，他的怒火已经在积聚，"你是个小偷！"

"我从来没有偷过——"伊尼戈说。

"那你是谁？"

伊尼戈说不出话来："呃……我是蒙托亚。西班牙阿拉贝拉的伊尼戈·蒙托亚。"

"西班牙人？竟然跑到我的宫殿里来了？我要熏熏香，除掉臭味！"伯爵走近几步，"你是怎么进来的？"

"有人带我来的。但我不会透露她的名字。你可以惩罚我，随你怎么处置，但你永远别想知道她的名字。"这时，他看到朱丽叶塔站在远处的门口，不禁倒抽了一口气。他连忙打手势让她快跑，但伯爵飞快地转过身，看到了朱丽叶塔。"别伤害她。"伊尼戈喊道，"她在这里住了一辈子，她的母亲也是。"

"她的母亲是我的妻子！"伯爵吼道，声音非常响亮，"你为了一个唯利是图的傻瓜净找些差劲的理由，你简直丢人现眼。”他厌恶地尖叫了一声，转身就走了。

朱丽叶塔走到伊尼戈身边，显得非常兴奋。“爸爸喜欢你。”她说。

他们彻夜跳舞。他们像情侣一样拥抱着彼此。伊尼戈用上了他学过的所有移动步法，他来回旋转，就像个轻盈的梦，朱丽叶塔从小接受的就是这样的训练，乐师们一直以来都为肥胖的公爵和怪里怪气的商人演奏乐曲，但现在，他们看着这一对黑发飘飘的男女轻快地舞动，双脚几乎不接触地面，他们意识到自己演奏的乐曲必须配合两位舞者。

即便是今天，城堡里的仆人们依然清晰地记得那天的乐声。

当然，在旋转和互相拥抱之前，还有一些小问题需要解决。

“爸爸喜欢你。”朱丽叶塔说，看着父亲气冲冲地走了。

“等一下。”伊尼戈说，“你是他女儿，那你就是女伯爵。如果你是女伯爵，那就表示你是个骗子，因为你说你只是个仆人。如果你是个骗子，我就不能相信你，因为你没有理由撒谎，尤其是当你知道了我的梦想和我对你的爱。所以我必须说再见了。”他迈步就要走。

“我只说一件事，行吗？”朱丽叶塔说。

“你还要对我撒谎？”

“你自己来判断好了。是的，我是女伯爵。是的，我撒了谎。做我自己并不容易。我不指望你同情我，但你必须听听我的想法。我是世界上最富有的女人之一。在许多男人的眼里，我也是个很有吸引力的女人。此外，我还聪明、温柔、善良，请相信我，我知道这么说确实听起来很傲慢。我打扮成女仆不是为了骗你。我向来都穿得像个女仆。这么做，是为了找到真相。方圆一千英里范围内，每个有资格的贵族都到城堡来，向我父亲提亲。他们都说只想要我幸福，但他们想要的只是我的钱而已。而我想要的只有真爱。”

伊尼戈什么也没说。

她走了一步，距离伊尼戈更近了一步。然后，她又走了一步，站在他面前。她马上低声说："你带着你的梦来到了这里，也赢得了我的心。但我不得不等一等，我必须思考。现在我已经想好了。"她朝乐师们挥了挥手，示意他们演奏更优美的乐曲，"这是我们的舞会。我们是唯一的客人。我做这一切都是为了让你高兴，如果你不吻我的唇，西班牙的伊尼戈·蒙托亚，我倒不如死了算了。"

他怎么能不服从她呢？

他们彻夜跳舞。啊，他们跳得多好啊。伊尼戈和朱丽叶塔。他们拥抱。他亲吻了她的唇，也亲吻了她浓密的秀发。自从父亲被害以来，伊尼戈还是第一次感到了幸福。幸福本来已经从他身边溜走了，多年来他都没有体会过幸福的滋味了，甚至忘了幸福的滋味是无可比拟的……

你猜怎么着？这一段到这里就结束了。砰的一声，这个幸福的小片段便戛然而止。

我称之为"无法解释的伊尼戈片段"。而彼得之所以反对，也是他搞不懂的一点，那就是：什么也没有发生。

严格说来，他是对的。但我觉得在这里，莫根施特恩第一次向我们展示了伊尼戈人性的一面，让我们知道他不只是一部西班牙复仇机器。（坦白说，我真希望自己在看到《公主新娘》之前就知道有这么一部分。）想来我的在意程度不会超过从前。但是，可怜的伊尼戈为了给父亲报仇，竟然放弃了这么多！想想看吧。我们每个人都会幻想，不是吗？

你觉得我在认识我那位天才心理医生妻子并娶她为妻之前就在脑海中想象出了这么一个人？当然不是。但伊尼戈在心里创造出了这样一个完美的女孩，他不光找到了她，她竟然也爱上了他。

可是，他们后来分开了。

我知道这只是我的假设。但是，文章里提到伊尼戈来到绝望之境的时候心情很沉重，而且他是从意大利去的，所以我才做此猜想。

我之所以收录这一部分，原因很简单：我认为这是莫根施特恩写得最好的一部分。当然，我跟金谈过了，他觉得我必须收录这部分，因为莫根施特恩写了这部分。他还帮我联系上了他在弗洛林大学当教授的堂哥，这位堂哥的母亲就是那家排名第一的餐馆的老板。这个亲戚是莫根施特恩专家，他认为我迷惑不解，全是我的错。他还认为，如果我做了充足的学术准备，就会理解莫根施特恩的象征手法，也就会明白不是什么都没发生，而是发生了很多。也就是说，根据这位亲戚的说法，正是在这里，伊尼戈第一次得知洪佩尔丁克制订了一个计划，要绑架韦斯特利和芭特卡普的第一个孩子。其次，伊尼戈必须赶回独树岛，阻止绑架的发生。金的堂兄表示，“无法解释的伊尼戈片段”根本不是片段，而是整部小说的一个完整的组成部分。

反正他说的我是一点都不明白，要是你能明白，那就太好了。既然你明白了，那就来确定一下，我收录这部分的做法是对是错。要是你不同意我的做法，也没关系。我知道自己的心是纯粹的……

3. 芭特卡普和韦斯特利

四匹骏马仿佛是飞向了弗洛林海峡。

“在我看来，我俩就像是命中注定的一样。”芭特卡普说。

韦斯特利看着她：“命中注定，女士？”

“命中注定要厮守在一起。直到我们当中有人死去。”

“我已经死过一次了，而且再也不想死了。”韦斯特利说。

芭特卡普看着他：“时候到了，我们不都要死吗？”

“要是我们都发誓比对方活得久，就不会死，现在我就发誓。”

芭特卡普看着他：“噢，我亲爱的韦斯特利，我也发誓。”

突然间，他们可以听到洪佩尔丁克的咆哮声在身后传来，距离比他们想象的还要近：“截住他们！别让他们跑了！”无可否认，他们是吓了一跳，可也不必担心：他们骑的可是整个王国里最快的马，他们已经领先很多了。

可后来伊尼戈的伤口崩裂了，韦斯特利又旧病复发，菲兹克转错了弯，芭特卡普的马甩掉了一个蹄铁。整整一夜，他们身后的追踪声越来越响亮……

你看到莫根施特恩都干了什么吗？

当然，这半页的内容是《公主新娘》的结尾，只要一秒钟就能看完，但我想让大家注意他在续集中做了什么：玩弄时间。我在我的解释中提到韦弗莉被绑架了，大家还是忘记这一点吧。在菲兹克上山追疯子的那部分开头，莫根施特恩也提到了这件事。

好吧，绑架已经发生了。然后在“无法解释的伊尼戈片段”中，他告诉我们绑架即将发生（至少根据金的亲戚的看法是这样的）。现在，他回到了芭特卡普和韦斯特利尚未安全逃脱洪佩尔丁克魔掌的时候。

我认为这很有趣，但你们中的一些人可能会感到困惑。我的孙子威利也很糊涂。我大声地读给他听（体育迷们，这种感觉多棒啊），这时，他要我“等一下”，我只好停下来。他说：“伊尼戈是怎么听说绑架的事的，为什么下面那一段重复了《公主新娘》的内容？”我解释说，莫根施特恩就是选择用这种方式来讲述这个特殊的故事。他听了后说：“你能做到吗？”

我当然希望自己能做到。

可后来伊尼戈的伤口崩裂了——我在这里还要插一句：不不，这不是排印错误，我只是觉得把最后一段重复一遍便于过渡，继续往下看吧——韦斯特利又旧病复发，菲兹克转错了弯，芭特卡普的马甩掉了一个蹄铁。整整一夜，他们身后的追踪声越来越响亮……

首先是菲兹克犯了错。他骑在最前面——每次有可能，他都能躲则躲，不会打头，但现在他别无选择，毕竟伊尼戈越走越虚弱，至于那对小情侣，他们只是来来回回地说着要永远厮守在一起。

菲兹克是最讲义气的朋友，最忠实的追随者，他热爱韵律，他也许谈不上最聪明，却热衷于殿后，现在，他发现自己面对的是人类心灵所想到的最可恶、最阴险的难题——

他面前，出现了一个岔路口。

“这里并不是什么大道（大炮），”他这么安慰自己，“而是条小路（小兔），用不着发愁（发球）。”他们正在去弗洛林海峡的路上，巨大的“复仇号”海盗船正等着接上他们，驶向幸福。所以，放松点吧，菲兹克，他这么告诉自己，就把这次的冒险当成一场游戏（猴戏）好了，以后回想起这次的经历，只会会心一笑。毕竟，这只是个小小的岔路口。

就是一条小径（小命）而已。只需要沿着小道（小号）跑上一段。

菲兹克几乎让自己相信了。然后，现实占据了上风——

岔路口终究还是岔路口——

需要思考，需要运用智慧，好好计划——

他知道自己随时都可能把这样的事搞砸。

又是我，不，这不算打扰，我只是要解释一下，如你所知，为了使这部分趋于完美，我做了很多额外的工作。“搞砸”我用的是“screw up”，我不希望任何人来信指出这样的说法与故事发生的年代不符。不是这样的。“screw up”是古代土耳其摔跤用语，为“corkscrew up”的简写形式，表示擒拿住对方，给其造成巨大的痛苦，很快就能置对方于死地。当然啦，“corkscrew down”这样的说法，几百年来，任何地方都没人使用过。

距离岔路口越来越近了。

四周长满了树木，树林越来越浓密。鬼见愁小队队员在后面穷追不舍，显然离得越来越近了。即便岔路口很小，它在这里出现，也一定有原因，菲兹克认为这个原因是：一边通往弗洛林海峡和等待他们的“复仇号”，另一边则通往别的地方。他们只有逃到海上才能保住性命，所以其他地方，不论是哪里，等待他们的都只能是厄运。

菲兹克迅速转身，想征求伊尼戈的意见，可这会儿伊尼戈流了很多血，才受伤不久，又坐在马上颠簸，可真是雪上加霜。

菲兹克本能地向后伸出手，抓住他虚弱的同伴，把他拉到自己的马上，想看看自己能做些什么来救他——

可就在他伸手去抓伊尼戈的时候，他们已经来到了岔路口跟前，菲兹克甚至都没注意到他的马选了左边的路——事实证明，那条路通往“别的地方”。

“嗨，”菲兹克把伊尼戈拉到自己身前，说道，“你兴奋吗？我兴奋极了。”伊尼戈太虚弱了，根本无力回答。菲兹克端详了一会儿伊尼戈的伤口，用力把伊尼戈的一只手按进伤口里，希望这样做可以止血。显而易见，现在只能由他来救伊尼戈了，而要救伊尼戈，就得给他找个止血大夫。“复仇号”上肯定雇有这号人。

伊尼戈疼得呻吟了一声。

“我完全同意。”菲兹克说，他想知道怎么才一会儿工夫，周围的树就变得这么浓密了。实在是太不可思议了。绿树现在就像一堵墙一样挡在他们前面。“我也相信，穿过这最后一堵树墙就是弗洛林海峡了，到时候，我们所有的梦想都要实现了。”

伊尼戈又呻吟了一声，只是这次的声音轻了点。接着，他的手指抓住了菲兹克的大手：“我现在要去见我父亲了……鲁根死了……我这辈子也不算虚度……亲爱的朋友……告诉我……我没有失败……”

菲兹克很快就要失去伊尼戈了，他把这位受伤的剑客抱在怀里，他知道的事情不多，但有一点是肯定的：无论痛苦的深渊底部在哪里，他现在肯定都身在其中。

“巨人先生？”他听到有人喊他。

菲兹克想知道芭特卡普在跟谁说话，可跟着他意识到他们实际上还没有互相认识。他把她弄昏了，绑架了她，还差点杀了她，所以也不能说他们不认识，但这并不是正式的介绍。

“我叫菲兹克，公主。”

“菲兹克先生。”她大声说，声音比平时大得多，但那是因为就在这时，她的马甩飞了一个蹄铁。

“就叫我菲兹克好了，我知道你指的是我。”他对她说，看着她在月光下的面庞。他从未见过这么美的人。不止他没见过，所有人都没见过。只是在这一刻，她的状态不太好。她的马跑起来摇摇晃晃，她的眼里写满了痛苦。“怎么了，殿下？告诉我，我好帮忙。”

“我的韦斯特利没有呼吸了。”

菲兹克意识到，像往常一样，自己这次又错了，那个痛苦的深渊根本没有底。他本能地伸出手，抓住那位已经没气的领头人，把他拉到自己的马上，看看自己能做些什么来救他——

正当他伸手去够的时候，他那负担过重的马停了下来。它没法不停。一堵树墙挡住了前面的路——

伊尼戈的血怎么也止不住——

韦斯特利依然没有恢复呼吸——

芭特卡普目不转睛地盯着他，从她脸上的神情可知，她对自己寄予厚望，在所有依然留在人世的人之中，只有他菲兹克能拯救她的心上人，能让她免于心碎。

在这个当英雄的时刻，菲兹克知道自己最想做的是什么：吮吸拇指。但既然不可能这么做，他就做了另一件他最喜欢做的事。他作了一首诗：

菲兹克处境不妙，烦烦烦，
脑子没有头绪，不听使唤。
他心里满是碎石，乱乱乱，
因为每个人都需要他照看。

毫无疑问，这是一首好诗，毕竟他骑在一匹停下来的马上，马身上还驮着两个半死不活的人，公主一直在掉眼泪，盼着奇迹出现。嗯。菲兹克换了不同的韵脚，希望这能带来一些启发：

巨人菲兹克被大树挡住，
忘了公主殿下正在哭泣；
迷路了（这都是你的错），
忘了有两个人即将死去。

伟大的菲兹克四肢发达，
可大家都说你头脑简单；
你快想出一个万全之策，
让大家都不再痛苦不堪。

勇者菲兹克，智者菲兹克，
菲兹克堪称时代的骄子，
菲兹克不愧——

现在没时间把诗作完了。

因为就在这诗意萌发的一刻，洪佩尔丁克王子射出了一支锋利的箭，金属箭镞射穿了菲兹克的衣服，射中了他那颗巨人的心脏……

洪佩尔丁克王子一发现韦斯特利四人向左转了弯，就知道他们逃不出他的手掌心了。他转向弗洛林总执法官耶林，把一根手指放在嘴唇上。耶林抬起一只手，后面的五十名鬼见愁小队队员顿时放慢了速度。

月亮将柔美的黄光洒在浓密的树木上。洪佩尔丁克忍不住凝视着美丽的树林。唯有弗洛林的树木能让这场血腥的追捕中断一会儿。洪佩尔丁克想知道，世界上还有其他地方有这样的树木吗？没有，不可能有。它们是宇宙的珍宝之一。

在王子沉思的时刻，耶林示意鬼见愁小队摆成攻击队列，前排是刀斧手，后排是绞杀手，中间是碾压手。

王子转过最后一个小弯，只见在美轮美奂的树林的衬托下，一幅美丽的死亡画面呈现在他面前。他那落跑新娘正在垂泪，两个一动不动的男人坐在一匹摇摇晃晃的马上，被巨人揽在怀里。“该死，”他自言自语道，“要是我带了王家素描师就好了。”好吧，只把这个画面记在脑海里就好了。

王子的世界里充满了灾难和痛苦，在这个世界里，对于先攻击谁这个问题，还存在着很大的争议。是否应该选择最近的？还是应该攻击带头的？显然韦斯特利是那四个人的头头，但此时的他已经不堪一击。另外那个一动不动的肯定是个狠角色，毕竟鲁根就死在了此人手里——要杀死鲁根，绝非易事。通常都要把女人留到最后，她们并不擅长流血冲突，只会哭哭啼啼，仰望天空，寻求生路——在未来的营火旁，她们总是会咯咯笑。

那就只剩下巨人了。

王子拔出弓，挑出最锋利的金属箭镞，插在箭上。他是一名出色的弓箭手，尤其到了晚上，月光皎洁，阴影重重，他就更出色了。长久以来，在夜间杀戮，他从未失手过。

他吸了一口气，把弓扶稳。

他对着树木露出了最后一抹微笑。

然后他向后拉弓，松手，箭立即笔直地飞了出去。王子屏住呼吸，看着箭撕裂了巨人的衣服，射中了他的心脏。

巨人吓得大叫一声，仰面从马上摔了下来。

就在巨人栽下来的时候，耶林率领鬼见愁小队开始冲锋，树林之战就这样拉开了序幕，不过这只是一场短暂的战斗。五十名鬼见愁小队队员齐声喊叫着，冲向躺在地上的三个男人，唯一一个女人则试图把他们都抱在怀里……

眼看着攻击者就要来到眼前，芭特卡普心想：如果她必死无疑，还有比现在更好的死法吗？她的真爱就躺在她的臂弯里，周围是她热爱的弗洛林树林，美丽的树枝笼罩着她。即便在她还是个孩子的时候，她最喜爱的也是农场尽头那些美丽的树。做完了一天的家务，她就会去那里闲逛，心情别提有多舒畅了。徜徉在树林之间，她的内心是那么平静。树木会继续把这份宁静带给她的弗洛林同胞……

休息时间到了。你能相信最后一段吗？芭特卡普要死了，满脑子想的却是大树？可怕，太可怕了。所以，用不着屏住呼吸等待这场愚蠢的树林之战了。我第一次看到这里的时候，简直要抓狂了。我可能和你一样，一直看得津津有味，莫根施特恩显然是一位叙事大师，但现在我打赌你在想：发生了什么？

天哪，菲兹克心脏中箭，另外两个人只剩下半口气，芭特卡普试图抱住他们三个人，而五十个全副武装的鬼见愁小队队员朝他们冲了过去——我们都想知道发生了什么，对吧？

接下来删节了六十五页介绍弗洛林树木的篇幅，里面讲的都是那些树的历史，以及它们的重要性。（如果你注意到的话，莫根施特恩已经开始描写树了。就在洪佩尔丁克王子看到树林的时候，已经有整整一段用来描写那些树了，真是太愚蠢了。）即便是他的弗洛林出版商也央求他删掉那一部分。因此，我才不在乎哥伦比亚大学那些莫根施特恩专家们会给我制造多少麻烦，反正若有需要删节的部分，那这里就是了。

想知道他为什么要描写树木吗？

其实跟《公主新娘》有关。或者说，与这本书在弗洛林大受欢迎有关。莫根施特恩一夜暴富，于是他买下了一座独立的乡间别墅，边上就是那一大片国有森林保护区。这样一来，那片森林就好像他的私家园林一般。

然而……

他被误导了。有一家木材公司获得了砍伐许可，他搬进去没多久，你猜怎么着，他们就开始锯树了。莫根施特恩抓狂了。（他确实抓狂了。他与那家木材公司的所有通信记录都保存在位于弗洛林广场左侧的莫根施特恩博物馆里。）

他没能制止住他们。一两年后，他的房子就孤零零地矗立在一片光秃秃的土地上，看起来有点傻，于是他卖掉了房子（还是贱卖的，这让他很痛苦），搬回了镇上。

但从那时起，他成了这个国家最著名的救星。（后来发现，他看中了另一个乡村地区，那里同样与世隔绝，不过他直到确定不会再受木柴生意的影响，才买下了那里。)

于是，他在《芭特卡普的孩子》中精心构建了这个充满悬念的重要场景，在他看来，读者们必须读完他写的关于树的部分，才能找出哪些角色还活着，哪些角色死了。

简单来说，在叙事方面，你会发现以下几点：(一)菲兹克虽被洪佩尔丁克有着金属箭镞的箭射中，却活了下来，因为他有巫士麦克斯的烈焰斗篷。菲兹克一直把斗篷塞在外衣里，斗篷的褶皱减弱了箭的冲击力，就这样救了他的命。(二)“复仇号”海盗船上的海盗一直藏在树上，因此，就在鬼见愁小队冲过去要杀死韦斯特利一行四人的时候，他们纷纷跳下，如同神兵天降，气势汹汹，只用了短短几分钟，就将那些队员打得落花流水，洪佩尔丁克和耶林看到大势已去，就一起落荒而逃了。(三)海盗们在皮埃尔(他们的老大，很有可能成为下一任幽冥海盗罗伯茨)的率领下，救起韦斯特利四人前往海盗船，只希望他们到船上时还有气在。

现在继续往下看吧。

韦斯特利四人一安全上船，皮埃尔就发信号示意起锚，巨大的“复仇号”海盗船穿过弗洛林海峡，向公海驶去。他打了个响指，止血医生就来了，开始给伊尼戈处理伤口，而作为船上的首席医师和海盗二把手的皮埃尔，则负责治疗韦斯特利——或者按照船上海盗们的称呼，叫他幽冥海盗罗伯茨。菲兹克和芭特卡普站在一边。芭特卡普止不住地颤抖，于是她伸出手，想握住菲兹克的手，却发现他的手太大，她只好握着他的拇指。

止血医生撕开伊尼戈的衬衫，检查流血的伤口。两边肩膀附近都有很多长剑留下的小伤口，不过都是轻伤。但肚子上的伤口引起了他的注意。“是被弗洛林三叉短剑刺伤的。”他对皮埃尔说，然后转向菲兹克，“什么时候受的伤？”

“几个钟头前，”菲兹克答，“就在我们突袭城堡的时候。”

“我可以堵住伤口，”止血医生说，“但这对他没什么用。”他指了指伊尼戈右手还握着的六指剑，“只能管一会儿。”说完他就跑开了，一会儿便拿了面粉和番茄泥回来，熟练地将二者混合在一起，糊在伤口上。他看了看皮埃尔，朝韦斯特利的方向点了点头：“需要我处理他的伤口吗？”

“他不是流血的问题。听。”他捶了一下韦斯特利的胸膛，跟着去听那可怕的空洞声，“他的生命正在流逝。”

“他是昨天受的伤。”菲兹克小心翼翼地说，努力不让芭特卡普感到不安，“你们要是在城里，很可能会听到他的惨叫声。”

“那叫声是他发出的？”皮埃尔喊道，“他们竟然这样对待我的主人？他是在哪里受伤的？”

“在死亡动物园的底部。”菲兹克指着伊尼戈说，“我们是在那儿找到他的。”

皮埃尔又打量了韦斯特利一会儿，才低下头来。“他一定受到了非人的折磨。”他摇了摇头，说道，“要是我当时和你在一起就好了，那我就知道该怎么做了，我准会带他去找巫士麦克斯。”

菲兹克闻言，开始跳上跳下：“但我们就是这么做的。我们直接去了那里，要来了一粒复活神药。”

皮埃尔又重新打起了精神：“既然麦克斯给他治疗过，那我们就有希望了。”

“我们有的不只是希望，”芭特卡普说，“我们还有真爱。”

“公主，”皮埃尔说，“你负责你的工作，我负责我的工作。”他看着菲兹克，思索着。接着，他问道：“麦克斯有没有告诉过你，他已经死到什么程度了吗？”

“他一开始说是‘半死不活’，但后来又说是‘吊着一口气’。”

皮埃尔点点头：“‘吊着一口气’并不理想，但我可以解决这个问题。给他吃的是新的复活神药，不是麦克斯一直在用的那种？”

“是新做的，我还去找了燔祭泥。”菲兹克说。

皮埃尔现在变得非常激动，他瞪着菲兹克：“我来问你最后一个也是最重要的问题：瓦莱丽有时间做巧克力涂层吗？”

“她还让我舔罐子呢。”菲兹克说，他很高兴，因为他知道自己给出了正确的答案，“好吃极了。”

这里有少量删节。（我在序言中说过，他们去独树岛是为了养伤，所以在这个时候，关于韦斯特利能不能活下来，并没有太多紧张的气氛。）

删掉的是六页的情节，在这部分内容里，皮埃尔——我们都非常想看他，对吗？——使用了各种神奇的弗洛林现代医术给韦斯特利治伤。只可惜他的办法都不管用，因为这个时期的莫根施特恩非常讨厌医生，因为他患上了胃胀气（如果这让你觉得恶心，那我很抱歉，不过我答应了金会做深入的调查研究。我经常外出搜集信息，后来才发现莫根施特恩的全部医疗记录都在莫根施特恩博物馆里展出，但并不是每个人都能看到像这样的私人内容，只能出于学术目的才能阅读，即便如此，也不能将记录带出博物馆）。对不起，我忘了现在该从哪里说起，反正就是他患上了胃胀气，久治不愈，这才如此描写皮埃尔治伤的部分，好给自己出气。（顺便说一句，在皮埃尔的各种现代医术都不起效的时候，菲兹克便抱起韦斯特利，拉着他的双脚，将他倒悬在船舷边，让他的肺里灌满海水。这在土耳其是一种著名的治疗方法，不过不是让人起死回生的办法，而是可以治疗痛风。菲兹克的父亲就患有痛风。韦斯特利猛咳起来，不过这样一来，他又可以说话了。）

伊尼戈仍然不省人事，但好在血止住了，这时候，韦斯特利终于睁开了眼睛。他们这样一番折腾下来，已经到了半夜。芭特卡普挨着韦斯特利躺在甲板上，菲兹克负责放哨。皮埃尔走过来，跪下低声说：“现在我有个最坏的消息要告诉你们。”

“无论怎样都算不上‘最坏’。”韦斯特利低声说，端详着芭特卡普的芳容，“因为我们在一起。”

皮埃尔吸了一口气，说：“你们必须下船。今晚就得下船。”

芭特卡普还没来得及表达愤怒，韦斯特利就用一根手指按住她的唇：“当然。我理解。洪佩尔丁克在追我们。”

“他派出了整支舰队。我们只是暂时比他们快而已，但只要你在船上，我们迟早都会被他们追上……”

“他们都受伤了，不适合长途跋涉。”芭特卡普说，“给我们几天时间吧。我丈夫是方圆一千英里内最有权势的人。地球上没有一个地方是安全的。”

“不可能的。我很愿意收留你们。可船员们都会害怕，他们也应该害怕，我不能让他们对我失去信心。”

韦斯特利只是点点头，没有说话。然后他喊了一声菲兹克。菲兹克等他往下说。“还记得爬疯狂峭壁的事吗？”

“我不想再去那里了。”菲兹克说，“我恐高。”

“菲兹克，”韦斯特利耐心地说，“我也不想住在那里。只管回答我的问题就好。你当时带着三个人爬悬崖，你好好想想再回答我：你累吗？”

菲兹克一直等到把问题想清楚了，才说：“不累。”

“你为什么不累？我们能不能保住命，靠的就是这一点，所以你好好想一想。”

菲兹克不需要想太久。“因为我的胳膊很强壮。”他平静地说。

韦斯特利又看了他一会儿，然后转向皮埃尔：“我们需要铁链和一艘小船。”他停顿了一下，“现在加快速度。你必须在天亮前把我们送到独树岛附近。”

“复仇号”全速航行，一路上正好是顺风，不久他们就驶出了弗洛林海的最远端。天亮前，小船放下来，韦斯特利四人上了船。其中三人都用沉重的铁链拴在菲兹克身上。韦斯特利和伊尼戈都没力气走动。菲兹克拿起桨，韦斯特利点点头，于是菲兹克划了起来。

皮埃尔站在船桥上说：“我会祈祷能再见到你。”

“那就祈祷吧。”韦斯特利告诉他。

芭特卡普让韦斯特利躺在自己膝上。“他真是太好了。”她说，“他看起来不像是个虔诚的教徒。”

“这将是他第一次祷告。但我们需要的不是这个。”

“你为什么这么说？”芭特卡普问道。

“让我们拥抱彼此吧，”韦斯特利说，“趁我们现在还可以拥抱。”

“你不觉得这很不吉利吗？”

菲兹克一直在听他们说话。他吓坏了。但是他有太多的问题，却不知道从哪里问起。所以他只是不停地划船。他不时朝伊尼戈微笑，而伊尼戈也能不时对他微笑。

他们四人全都沉默不语，就这样似乎过了很长一段时间。夜色美不胜收。天气温和，海面上风平浪静。微风和畅，夹杂着阵阵芳香。

啊——

菲兹克继续划着，他那粗壮的手臂享受着这次航行，逐渐形成了良好的节奏。他使劲划了一会儿，小船行驶得自然快了一些。接着，他回归正常的速度，小船自然慢了下来。菲兹克喜欢这样做，因为这样不会单调：用力，加快，回归正常，速度放缓，用力，加快，回归正常，速度放缓。

嗯，菲兹克想，我想知道为什么会这样？

他再次用力划桨，这一次船似乎快要飞了起来，就在这时，菲兹克把桨完全从水里拉了出来——

小船的速度比以前都要快。

而且是快得多。这时候，远处传来了轰鸣声，那声音正在快速逼近。菲兹克说："韦斯特利，我错了，对不起，我不是故意这样快划的。我只是不喜欢太单调而已，我想一会儿快一会儿慢，我没想过会发生这种事。"

"不是你的错。"韦斯特利答，他尽量保持声音平稳，以免让同伴们担心，"现在旋涡要把我们吞没了。"

伊尼戈听到"旋涡"两个字，眨眨眼睛醒了过来："菲兹克……划船绕过去。"

"不可能的。"韦斯特利说。

芭特卡普说出了他们所有人的想法："韦斯特利，我的英雄和救世主，这是怎么回事？"

"我就长话短说。洪佩尔丁克的舰队在追我们。我们必须消失，找个地方去养伤。据我所知，独树岛可能是这世上最适合我们的地方了。"

"那里有什么特别的？"芭特卡普问，她提高了声音，这会儿小船快速行驶着，那轰鸣声也越来越大了。

"我没法说得太具体，我自己也从没去过那里。"韦斯特利大喊着解释道，紧紧抓住船身，以免被摔到船外，"从来没有人去过那里。岛上常年雾气笼罩，只能从云雾上方看到一棵树的树冠。雾是由旋涡引起的。小岛周围尽是旋涡，除了旋涡，还遍布着岩石。没有船能航行过去，船开过去，只会在岩石上撞成碎片，然后被旋涡吸入海底。现在你们明白为什么那里适合我们了吧？洪佩尔丁克去不了，用不了多久，他就会连尝试的兴趣都没有了。”

“让我先搞清楚，”芭特卡普说，“舰队去不了那个岛，而我们能去？”

“我相信是这样的。”

“我并不想问起来没完没了，但我不喜欢在岩石上撞死，也不喜欢淹死。韦斯特利，我们到底有什么是他们没有的？”

“我们有菲兹克。”韦斯特利直截了当地回答。

“这是当然。”菲兹克大声说，很高兴答案这么容易就出来了，“菲兹克就在这里，我就是菲兹克。”

“可是，亲爱的，菲兹克能做什么呢？”

“当然是能带我们游过旋涡。”

一时间没人回答，因为就在这时，小船在水压的作用下，开始裂开，旋涡的轰鸣声包围了他们，这意味着旋涡已经很近了。韦斯特利检查了芭特卡普和伊尼戈的链子，确保它们都牢牢地锁在菲兹克身上。船身已经碎裂得不像样子了。这会儿，他们到了近处，前面的岩石清晰可见，韦斯特利大声喊道：“救我们，菲兹克，救我们，否则我们都活不成了。”

众所周知，菲兹克本是个自卑的人。所以他完全支持韦斯特利的话背后的理论。救人。多么美妙呀。世上还有什么比救人更好的事呢？尤其救的是和他在一起的这三个人。没有了。所以从理论上讲，他应该做好头朝下跳入水中的准备。

可实际上，他只是坐在船底，瑟瑟发抖。

“菲兹克，快点！”韦斯特利喊道。

菲兹克哆嗦得更厉害了。

“他需要韵律。”伊尼戈对韦斯特利解释道。然后，他对菲兹克说：“菲兹克不是狗熊。”

菲兹克哆嗦得愈发厉害。

“需要提示吗？”小船开始四分五裂，伊尼戈尖叫起来。

可菲兹克仍在哆嗦。

“他是个英雄。”伊尼戈继续说。

菲兹克并不认同，他用双手抱着头。

“他害怕什么呢？”芭特卡普叫道。

“菲兹克，”韦斯特利对着菲兹克的耳朵喊道，“你害怕鲨鱼吗？”

菲兹克的身体已经抖如筛糠，他摇了摇头。

现在旋涡开始卷着他们一起旋转。

“害怕乌贼吗？”

菲兹克抖得愈发厉害了。他又摇了摇头。

现在旋涡开始把他们向下拖。

“你怕海怪吗？”

他还在颤抖，还在摇头。

韦斯特利意识到，按照目前的情况，他们几乎没有生存的机会，于是喊道：“告诉我！”

菲兹克双手抱头。

韦斯特利扯着嗓子喊道：“没有什么比海怪更糟糕了。你到底在怕什么？”

菲兹克抬起他那硕大的脑袋，设法看着他们。“我害怕鼻子进水。”他低声说，“我最讨厌这样了。”然后他又把头埋在了手里。

这时，船身马上就要散架了。在这最后的时刻，他们都抓住剩下的船身不放。韦斯特利说：“我太弱了，做不了，伊尼戈，还是你来吧。”伊尼戈说：“我是西班牙人，我不会捏别人的鼻子。”芭特卡普听到自己说：“你们这些男人啊。”这并不是她最后一次这么说。接着，就在旋涡即将吞没他们的时候，她用双手捏住了菲兹克的鼻子。

几百年来，自从第一个旋涡出现以来，旋涡就从未打过败仗，那时，一个参加完十字军东征的士兵返回家乡，却在平静的海面上遇到了旋涡。他想尽办法，差一点就越过了旋涡的范围，可就在距离独树岛只有几英尺的地方，他筋疲力尽，向后瘫倒，这一次，旋涡没有犯错，一直将他向下拖，将他压在海底，过了很久，他才漂了上去，可惜等待他的只有鲨鱼。

这一天，鲨鱼们也在兴奋地等待着，要将这四个人撕成碎片，它们就在旋涡的边缘游着，看着四个人沉下去。菲兹克没有任何反抗，他什么也不做，直到他确定芭特卡普牢牢地捏住了他的鼻子。旋涡把他们卷到了水下，让他们快速下沉，菲兹克任由旋涡把他们卷向海底，他只盼着其他人能屏住呼吸久一点，很快，他就能触到海底了。这里不深，旋涡只在不深的水里形成，菲兹克蜷起自己巨大的身体，用有力的双腿往下猛蹬，这次他用上了吃奶的力气。他的身体一向上浮起，他就开始摆动双臂。他的双臂从来不知疲倦，挥动的力道甚至超过了旋涡的力量。旋涡的轰鸣声更大了，旋转的力量更野蛮，可菲兹克的双臂没有停下，没什么能让他的双臂停下。铁链撑住了，其他人早已在这场较量中昏了过去，但菲兹克一浮出旋涡的尽头，他就知道菲兹克说的押韵词是对的，他绝对不是狗熊，反正今天不是……

他们终于来到了独树岛的岸边，四个人依然用铁链连在一起，他们就这样待了两天，每个人都一动不动，有的受了伤，有的受了刑，还有的累得筋疲力尽，都只剩下半口气了。然后，他们解开锁链，紧靠在一起，开始探索他们的新家。

显然又是我，很抱歉，但你不会想看十页全是植物的内容。（莫根施特恩对树木的迷恋又开始了。根据他在这部分的描述，独树岛和伊甸园一样美丽，要是人们不砍伐森林，那弗洛林也会这么美。）四个人慢慢恢复了体力。芭特卡普处理他们的伤口，菲兹克负责做饭，也就是洗鱼和把鱼弄熟，他们大多数时候都只能吃鱼。（有一天，芭特卡普闲来无事，便做了一个礼物送给菲兹克——一个衣夹，用来夹鼻子。菲兹克简直高兴得发疯了。衣夹正合适，他要把这个礼物一直带在身边，有了它，菲兹克成了这块地区的霸主，他能游到任何地方，大战鲨鱼，吮吸鱿鱼——这玩意儿吃起来味道像鸡肉，我想你们当中比较敏感的人会很高兴听到这个消息——并把他一天的收获带回来给大家吃。）总之，在这一部分的最后，莫根施特恩描写了一个完美的夜晚，月亮高挂在空中，空气中弥漫着浪漫的氛围。伊尼戈和菲兹克在帐篷里睡觉，芭特卡普和韦斯特利坐在闪烁的篝火旁。

“你知道，我们只接过吻。”芭特卡普盯着余烬说。

“当然。”韦斯特利答。

没有得到她想要的答案，芭特卡普又试了一次：“没有人能否认，我们经历了太多的冒险。还有真爱……能得到这份爱，我们一定是最幸运的人。”

“当然是最幸运的。”韦斯特利赞同道。

“但是，”芭特卡普说，试着表现得轻佻一点，“到目前为止，有件事是明摆着的：我们只接过吻。”

“还要干什么？”韦斯特利问道，他把嘴唇轻轻地贴在她的脸颊上，叹了口气，“当然不会再有别的了。”

他实在是不够实诚，毕竟他当了好几年的海洋之王，嗯，总会发生这样的事情的。

“你这个傻瓜。”她微笑着对他说，“我倒是掌握了不少知识，足够我们两个用了。我在王家学院上过性爱课，所以我当然知道不少。”她的确上过那些课，但洪佩尔丁克要求她的教授什么都不要教她，所以这会儿芭特卡普虽然脸上笑着，心里却很忐忑。

“我很想听你讲课。”

她看着他那张俊美的脸。她想，最重要的是，她希望这件事按照她的心意去办。但如果她失败了呢？如果她只会讲大话，最终他厌倦她，离开她了呢？“我知道得太多了，很难确定该从哪里开始讲起。如果我讲得太快，请举手。”

他等待着，当他看到她眼中的无助时，他意识到自己从来没有像现在这样深深地爱着她：“你能不能别笑我？”

“我决不会让你这样的新手难堪。如果我什么都知道，却嘲笑你的无知，这本身就是残忍的行为。”

“我们是站着还是躺着？”

“这是个很好的问题。”芭特卡普很快说，根本不知道还能说什么，“关于这一点存在很大的争议。”

“嗯，也许应该都尝试一下。我还是去拿条毯子来吧，要是我们会躺上一整天呢？”他拿来了毯子铺好，毯子很软，枕头更软。

“如果我们躺下，”韦斯特利躺下说，“我们在毯子上要靠得很近还是很远？”

“这也存在很大的争议。”她答，“你看，知道得太多反而不好，总会看到问题的两面。”

“你对我很有耐心，我很感激。”他向她伸出一只手，“我们可以这样做：我们可以试着挨得很近躺在毯子上，先实验一下。”

芭特卡普握住他有力的手：“我的教授们都很赞成做实验。”

他们现在躺在毯子上，紧挨在一起。微风看到这一切，知道他们经历了什么才走到这一步，就想抚摸一下他们，也许会很好。星星们看到这一切，就想能变暗一段时间，也许会很好。月亮也是这样认为的，便把一半的身子藏在了一朵云的后面。芭特卡普仍然握着他的手。她犹豫了一会儿，不知道是不是该停下来实话实说，改天晚上再试。她正想这么说的时候，忍不住深深凝视着他的眼睛。他的眸子是暴风雨前大海的颜色，她从中读到的东西给了她继续下去的力量……

想看惊悚的情节？威利喜欢这一幕。我记得我父亲给我读《公主新娘》的时候，我就很讨厌接吻的情节。我读这本书之前就说过，他可能会觉得这本书关于勇敢的描写有点短，也许这么说很有用。他唯一的问题是，在韦斯特利做海洋之王那几年，都发生过什么样的“事情”？我回答说，如果莫根施特恩想让我们知道，他早就告诉我们了。（他认输了。）

不管怎样，你大概不会觉得惊讶，九个月的时间一晃而过……

“我觉得日落时间很不错。”芭特卡普说，“我想他会喜欢在那一刻睁开眼睛看见这个世界。是的，就是太阳落山的时间。”

她是在吃早饭时对其他人这么说的，他们都表示认同。事实上，他们都没有生孩子的经验，也就无从反驳。芭特卡普自己的事自己做主，没有人会反对。自从她和韦斯特利第一次做爱已有九个月了，如今到了开花结果的时候，她非常平静地面对自己的情况，像她这么年轻的人能做到这一点，确实了不起。没错，头几个月的确有晨吐反应，确实很不舒服。但她只要看着韦斯特利，告诉自己她要把另一个像他一样的人带到这个世界，就能赶走这种难受的感觉。噗的一声，晨吐消失了。

她知道他们的第一个孩子会是个男孩。第一个月她就梦见自己会生男孩。后来，她又做过两次这样的梦。从那以后，她再也没有怀疑过。她自始至终表现得好像这是人类会遇到的最正常的情况。当然会发胖，但那并不妨碍日常生活，对她来说，日常生活通常是帮菲兹克做饭，帮伊尼戈弥补心伤，和韦斯特利散步聊天，讨论他们的未来。比如他们要去哪里定居，余生都能做什么，毕竟他们还要躲避世界上最有权势的人的追杀。

饭后，她已经做好了准备。韦斯特利早已给她做了一张特别的床，给她用来分娩，床上铺着最柔软的稻草，枕头更柔软。床朝西，他还在边上生了火，用几个水壶烧了淡水。日落前一个小时，她的宫缩间隔只有五分钟，他抱着她来到床边，轻轻地把她放下，坐在她身边，给她按摩。她很高兴，他也很高兴。太阳开始落山的时候，宫缩间隔只有两分钟了。

芭特卡普凝视着太阳，微笑着，拉着他的手，低声对他说："这是我在这个世上一直都很想做的事，在这样的时刻生下你的儿子，还有你陪在身边。"他们都很高兴。韦斯特利告诉她："我们夫妻同心。"她温柔地吻了他，说："永远都是。"

在此期间，伊尼戈一直在阴影中练剑，如果你没有合适的对手，这么练习也很好。韦斯特利当然是一流的剑客，他们经常一起练剑。但现在，夕阳西下，伊尼戈准备马上停下来，去迎接孩子的降世。

菲兹克通常会看他们练剑，或者只看伊尼戈一个人练剑。但今晚他没那么做。他躲在独树岛那棵参天独树的另一边。他捂着肚子，努力不去呻吟，不去打扰别人，但事实是，作为世界上最强壮的人，对一个以制造痛苦为生的人来说，菲兹克是很敏感的。如果是对付敌人，就算是对方流很多血，他也不害怕。但他曾问过韦斯特利和伊尼戈，芭特卡普生孩子时会发生什么，虽然他们都不是专家，但他们都表示她可能会流血，还可能发生别的情况。

菲兹克在地上打滚，"别的情况"这几个字在他的脑海里萦绕不去。有个土耳其单词是用来描述这种情况的——byuk。菲兹克捂着肚子，一遍又一遍地想着这个词。他看着头顶上的星星，知道那个男孩很快就要降生了。

但是，到了午夜，他们知道情况不太对。

他们看向太阳的余晖时，宫缩间隔只有一分钟，但这种情况持续了很长时间。在10点钟的时候，宫缩间隔还是像以前一样，芭特卡普会像她在前几个小时里那样，安静地忍受——

可是到了半夜，她的背开始痉挛。她能忍受。韦斯特利就在她旁边，痉挛又能怎么样呢？她已经准备好忍受长时间的痉挛——

渐渐地，疼痛从她的背部蔓延到臀部，接着延伸到一条腿，然后是两条腿，感觉火烧火燎的——

双腿火烧火燎的疼痛是她痛苦的开始。

她的脸色惨白，但她仍然是芭特卡普，灼痛感让她的身体变得通红。此刻，她仍然是那么美丽。

直到黎明，他们才看到分娩的痛苦对她造成的伤害。

韦斯特利站在她身边，帮她揉背、按摩腿，擦干她脸上的汗。他非常棒。

到中午的时候，他们知道情况很危急了。

菲兹克咚咚地走了过来，看了一眼，便跑回去，无助地躲在树后。伊尼戈抓起六指剑，与微风搏斗，直到他意识到太阳又要下山了，已经是第二天了。

“我不想让你担心。”芭特卡普对她的爱人低声说。

“到目前为止没有什么异常。”韦斯特利答，“据我所知，三十个钟头是完全正常的。”

“很好，我很高兴知道这个。”

第二天黎明到来时，她明显开始变得虚弱，她很费力才说出话来：“你还听说了什么？”韦斯特利说：“大家都同意一点，那就是分娩时间越长，婴儿越健康。”

“我们能有个健康的儿子，该是多幸运啊。”

到第二天日落时，他们只盼着芭特卡普和孩子都能活下来。

菲兹克在树后啜泣，韦斯特利则与伊尼戈商量着眼前的情况。他们的语气很平静，但恐惧已经开始笼罩他们了。“我对这种事一无所知。”伊尼戈说。

“我也是。”

“我听说有种救人的方法是把肚子剖开。你可以把那个女人的肚子剖开。”

“杀死我的爱人？谁要是敢这么对她，我一定会杀了他。”

就在这时，芭特卡普大叫起来，韦斯特利跑向她，倒在她身边。“我很抱歉……害苦了你……”

“你为什么叫？”

芭特卡普伸手，紧紧握住他的手：“我的脊椎像是着火了……”

韦斯特利笑了：“我们是多么幸运啊。脊椎有这种感觉，就是一个明确的信号，我们的儿子就要出生了。”

“脊椎的痛没什么，习惯就好了。当我听说罗伯茨杀了你时，那才是痛不欲生。我根本无法承受。那时才叫痛苦。至于现在——”她想打个响指，可是身体不听使唤，“没什么。”

“我和伊尼戈在聊等我们的儿子出生后，我们要去哪里。以前我离开你父亲农场的时候，本想去美洲的，你还记得吗？现在我依然觉得这是个好主意，你说呢？”

她低声说：“美洲？”

“是的，在大洋彼岸，你知道我第一次爱上你是什么时候吗？”

“告诉我……”

“那时我们都还小，你把我痛骂了一顿，叫我傻瓜，那时候你总说：‘农场小子，你怎么就不能把事情做好呢？农场小子，你这人没出息，没出息，又呆头呆脑，你永远成不了什么事。’”

芭特卡普勉强笑了笑："我太可怕了……"

"那时候你青春年少，非常可怕，但更可怕的还在后头呢。有男孩子来追求你，那时候的你才最吓人。一天晚上，他们都走了，我正在谷仓里给马洗澡，你出来了，傻乎乎地哼着歌说：'村里的男孩子随便我挑，啦啦啦。'我去了我的小屋，对自己说：'你就和那些白痴混好了，与我无关，我要走了。'我收拾好行李，离开了农场，我看着你的窗户，心想：'你会为羞辱我而后悔的，因为有一天我会带着亚洲的全部财富回到这里，永别了。'"

"你真离开我了吗……"

"那只是我自己的想法而已。但现实是这样的：我转身向大门走了一步，心想：'看不到她的微笑，就算坐拥全亚洲的财富，又有什么用呢？'然后，我又走了一步，心想：'但如果她笑了，而你却不在这里，看不到呢？'我就呆呆地站在你的窗前，我意识到我必须在那里，等你露出笑容。我拿你一点办法也没有。你那么美丽动人，我爱你爱得发狂，只要能待在你的身边，我就心满意足，哪怕你一直都在侮辱我。我永远都离不开的。"

她尽量露出最甜美的微笑。

韦斯特利示意伊尼戈走近一点。"我想差不多了。"他低声说。

"我看得出来。"伊尼戈低声回答。

但他俩都活在希望中，他俩都知道自己是这样的。她的呼吸变得越来越微弱，韦斯特利温柔地抱着她。伊尼戈拍拍韦斯特利的肩膀，就像伙伴间常做的那样。他还点点头，表示一切都会好起来。韦斯特利也点了点头。但伊尼戈心里知道，就要结束了。

菲兹克独自一人躲在树后，喘着粗气，他知道自己突然不再是一个人了。他开始尝试反抗，因为有什么东西要闯进他的身体，闯进他的大脑，天知道他的大脑的确需要一点帮助，但菲兹克在挣扎，因为有什么东西要入侵你的大脑时，你永远也不知道入侵者是好是坏，可能会帮你，也可能会毁了你；可能带着善意，但更可怕的是，可能只希望你痛苦。菲兹克的母亲在见到他父亲的那天就被入侵了，因为她太害羞了，不敢接近他，也不敢像当时的土耳其姑娘那样调情，所以她只是站在一边，眼睁睁看着村里的其他女孩扑向他。她想要菲兹克的父亲，想要与他共度一生，她很清楚自己的这份心意，可她那么无助，只得拖着脚走开，把这个地方留给更为勇敢的姑娘。但是，就在这时候，入侵开始了，菲兹克的母亲突然不再害羞了，这个新出现的入侵者让她有信心去做美好的事情，于是她回去，和村里的其他姑娘一起，与菲兹克的父亲调情。她的笑容里满是炫耀，她的身体动起来婀娜多姿，于是她胜过了其他姑娘。至少那天是的，菲兹克的父亲被她迷倒了，即便那天晚上入侵者离开了，他们还是结婚了。他的母亲幸福无比，而随着时间的推移，他的父亲一直纳闷，当初俘获他的心的是一个迷人而又大胆的姑娘，现在她为什么变了……

菲兹克能感觉到入侵者控制了他的力量。他的最后一个念头其实是在祈祷：无论你是谁，如果你要伤害那孩子，请先杀了我。

在火边，韦斯特利紧紧地抱着芭特卡普，轻声鼓励她，伊尼戈总是用同样的语气回答。

转眼间已经过了五十个钟头，芭特卡普依然没有成功分娩，这简直可怕至极。伊尼戈再也无法说谎，说出了那可怕的话语：“我们要失去她了。”

韦斯特利看着她平静的脸，确实如此，他没有采取任何措施去救她。在他的一生中，除了受酷刑机折磨的时候，他从来没有掉过眼泪，甚至当他敬爱的父母在他面前受尽折磨的时候，他也没有，一次都没有。

现在他的眼泪止不住地往下流。他伏在她身上，伊尼戈只能无助地看着。韦斯特利想知道自己在死前还可以做什么，他定然不会独活。

他们经历了火沼泽，但还是活了下来。在这一刻，韦斯特利心想，如果他早知道结局如此，他宁愿他们死在火沼泽里。至少他们还能死在一起。

接着，从他们身后传来了一个无比奇怪的声音，那个声音似乎脱离了实体，好像是一具尸体在说话，这声音轰隆隆地向他们传来：

“母体还在。”

伊尼戈猛地转过身，不禁在黑暗中喊叫起来。绝望的韦斯特利听到伊尼戈的叫声，吓了一大跳，也转过身看去，他也在黑夜里叫了起来。

有什么东西在黑暗中向他们移动。

他们都眯起眼睛，想看清楚。他们的眼睛没有欺骗他们。

的确是菲兹克从黑暗中向他们走来。

至少是有个看起来像菲兹克的东西朝他们走来。但是，他的眼睛明亮无比，他的步伐迅速敏捷，至于他的声音，他们从未听到过这样的声音。如此深沉，如雷鸣一般，还很有分寸。他们以前也从未听过这种口音。后来他们最终到了美洲，才再次听到了这样的口音。（或者更准确地说，是他们中活下来的人到达那里的时候。）

“菲兹克，”伊尼戈说，“现在不是时候。”

“母体还在。”菲兹克又说了一遍，“母体里有一个健壮的孩子。她已经等得太久了。”

这时，巨人跪在那个一动不动的女人旁边，示意韦斯特利动起来，把耳朵贴在她旁边，使劲地拍着巴掌。“你给我拿肥皂和水，”他指着伊尼戈说，“我要给我的手消毒。”

“他是从哪儿听到这个词的？”韦斯特利问道。

“我不知道，但我想最好还是这么做吧。”伊尼戈说着，快步跑向火边。

菲兹克指着那把伟大的剑："去火上烤一烤，消消毒。"

"干什么？"伊尼戈一边说，一边把肥皂和毛巾递给菲兹克。

"剖开肚子。"

"不行，"韦斯特利说，"我不会让他把剑给你的。"

现在这声音变得比以往任何时候都更可怕："这孩子真懒。对那些很久都生不下来的孩子，我们就这么说。但这个孩子还很迟钝。脐带在她喉咙处越来越紧。现在，如果你想独活在世上，就别把剑给我。如果你想要她们母女平安，就照我说的去做。"

"你一定要尽全力。"韦斯特利说。他点了点头，示意伊尼戈把神剑递给巨人。

菲兹克拿着剑来到火边，剑尖烧得通红，嗞嗞作响，然后他回到女士身边，跪了下来："现在脐带很紧。几乎不能呼吸了。时间不多了。"菲兹克闭上眼睛，深深地吸了口气。然后他行动了。

他的手虽大，动作却很轻柔，巨大的手指灵活地动着。韦斯特利和伊尼戈在一旁看着，菲兹克的双手执行着大脑的命令，神剑接触到芭特卡普的皮肤，切开了一道长而精确的口子，鲜血立即涌了出来，但菲兹克的双眼一直专注地看着，他的手指灵巧地移动着，他把手伸进去，轻轻地把孩子抱了出来。是个女孩。芭特卡普想错了，她怀的是个女孩。那孩子终于降生了，粉粉嫩嫩的，像一块棒糖——

韦弗莉出生了……

4. 菲兹克坠下山崖

一开始，韦弗莉在菲兹克下方很远的地方，在冲力和风力的作用下旋转着。菲兹克从未从这么高的地方看过这个世界，从这个一万五千英尺高的地方，下面没有任何东西可以阻止坠落，只有岩石在等待他们。

他在她后面大喊，她当然听不见。他牢牢地盯着她，他自然没有抓到她。有科学规律可以解释，无论物体的大小有多大的差距，下落速度都是相同的。但是，制定科学规律的人从来没有尝试过解释菲兹克，他的脚虽然在陡峭的山坡上找不到支点，但在下坠过程中踢腿时却无人能敌。他把手指弯成杯状，这样他的手就形成了空心手套的样子，然后他开始行动，摆动他的手臂，来回踢他的脚，这样即使你想看清他的手脚，也根本做不到。接着，菲兹克更用力地摆动——

他们之间的距离开始拉近了。从一百英尺到五十英尺，然后是二十五英尺。当他离她很近的时候，菲兹克对她喊道：

“孩——子！”

她听到了，抬头向上看。当他们的目光相遇的时候，菲兹克做了她最喜欢的鬼脸：用舌头去舔鼻尖。她当然看到了，还高兴得大声笑了起来。

现在，她知道是怎么回事了，他们只是在玩有意思的游戏而已，每次玩游戏，他们都非常开心……

从一开始，他们的关系就不一样。在她还很小的时候，有时她睡着了，菲兹克在帮芭特卡普时说：“她要尿尿了。”芭特卡普就说：“不，才没有，她很……”“好”字还没说出来，韦弗莉就因为尿湿了而醒了过来。在这样的时候，芭特卡普就看着菲兹克，眼神里写满了惊异。

还有时候，韦弗莉和芭特卡普开心地玩耍，菲兹克在一旁看着。他总是在那里，留心注意。芭特卡普说：“菲兹克，你为什么看起来这么伤心？”菲兹克说：“我不喜欢她生病。”果不其然，当晚她就发烧了。

他知道她什么时候饿，什么时候累，他知道她为什么笑，什么时候发脾气。

在芭特卡普看来，他就好比一个完美的保姆，一个保姆竟能预见孩子的情况，还有谁能比这更好吗？所以菲兹克经常照顾韦弗莉。她睡着了，他就坐旁边给她挡太阳，因此，她学会说话后，就叫他“影子”，因为他就是她小时候的影子。

后来，她学会了玩游戏，只要朝他的方向眨一下眼睛，他就能明白她的意思，不是明白她想玩游戏，而是知道她想玩什么游戏。

韦斯特利同意芭特卡普的看法，虽然他们的关系是一种不同寻常的保姆和孩子的关系，但这是福气，因为这让芭特卡普有时间愈合和恢复；更棒的是，让他们两个有时间待在一起。所以菲兹克和韦弗莉互相学习，享受彼此的陪伴。当然，他们偶尔也会发生口角，但正如芭特卡普有一天向韦斯特利解释的那样，他们之间的争执也像是母亲和孩子之间的小分歧。

“我能带韦弗莉去旋涡里玩吗？”菲兹克经常这么问。

芭特卡普犹豫不决：“那她会很累的，菲兹克。”

“拜托了，拜托了，拜托了。”

芭特卡普当然会让步，接着，他们就出发去旋涡里玩了。他们先去取了衣夹，才下到水里。韦弗莉稳稳地坐在他的脑袋上，他则用双手抓着她的脚，接着，嗖的一声，他们就进去了。伊尼戈看着他们，感觉很神奇，他小时候就和父母这样一起玩耍。菲兹克征服了旋涡后，就和旋涡成了朋友。他猛踢双脚，加快速度游进旋涡，任由旋涡冲着他们，韦弗莉尖叫着，菲兹克保持平衡，他们一起在水里玩，这是他们最喜欢的游戏，每次都玩得很开心……

菲兹克现在离得够近了，他伸出手，用双臂搂住孩子，又做了个鬼脸，驱走了她的恐惧。

“影子。”她高兴地说。

现在是三千英尺的高空。

接着他把她拉进自己怀里。

现在是两千英尺。

眼看着自己飞快地坠向岩石，他知道他绝对救不了自己了。但是，如果他能让她贴着自己的身体，如果他能平躺着向下坠，把她抱在怀里，这样他强大的背部就能抵御最初的撞击力，如此一来，她很有可能只是受到震荡，当然，那会是很严重的震荡。

但她有可能活下来。

他迎着风平躺着向下坠落，用尽所有的力气，温柔地把她拉到自己身边。“孩子，”他最后低声说，“如果你需要影子，就想想我吧。”

他最后一次做了个鬼脸。

韦弗莉见了，开怀地大笑起来。

菲兹克闭上眼睛，心里只有一个念头：幸好我是个巨人……

我读完后，威利安静了下来。他拿起棒球和飞盘，按下电梯按钮。晚餐时间快到了，我得送他回家。我们到了街上，他才开口说话：“我才不管这一章叫什么，反正菲兹克不会死。”

我点了点头。我们默默地走着。你知道菲兹克怎么能预见韦弗莉会发生什么吗？嗯，我也可以预见威利会发生什么，至少在我运气好的时候是这样，我知道他马上要问那个很重要的问题了。“爷爷？”他最后开口道。

你倒是说说看，我喜不喜欢这样？那时候芭特卡普常常用村里的男孩子气韦斯特利，他就决定离开她，还记得他说自己会得到多少钱吗？是多少？“对着麦克风说。”我说，假装我的手是麦克风。

“好吧。入侵菲兹克身体里的，是什么东西？我就是弄不明白这个问题。那东西怎么知道要在那个时候进入他的身体？我的意思是，如果它早来一天，就只能在他体内等上二十四个小时，那就太蠢了。”

我告诉他，我估摸从没有人问过这个问题。

贾森和佩吉在门口等着我们。“太好了，爸爸。”威利说，“它可真会挑时间。”

“我们家真需要再出一个小说家。”贾森说。我笑了，拥抱了所有人，便回家了。这是一个美丽的春日夜晚，我在公园里逛了一会儿，只是默默地走着，思考着。

首先要说的是：莫根施特恩的功力并没有减弱太多。《芭特卡普的孩子》显然不同于《公主新娘》，但他在创作的时候，年纪大了很多。

既然我只能参与至此，那我在这里要总结一下。

和威利一样，我也不相信菲兹克会坠崖而死。我打赌莫根施特恩会救他。他用斗篷救过他一命，所以这次他也会想出办法的。

至于“无法解释的伊尼戈片段”，那又是什么呢？他就不能给我们一点线索，告诉我们为什么吗？以后能真相大白吗？

山上的疯子是谁？他生来就没有皮肤吗？他是怎么抓到韦弗莉的？他是绑匪，还是帮派成员？如果他只是个小喽啰，那他的老板是谁？

谁入侵了菲兹克？

这时，一对漂亮的年轻夫妇从我身边走过。女人怀孕了，我祝她能生一个像韦弗莉一样的女儿。接着，我产生了这样的想法：

我和各位读者已经走过了很长一段路，我们从过去走来，一开始，芭特卡普是世界上二十个最美丽的女人之一（因为她的潜力），她骑着马，嘲弄着农场小子，伊尼戈和菲兹克受雇要杀死她。你们写信，保持联系，你们永远不知道我有多感激你们。几年前，我在马利布的海滩上，看到一个年轻人搂着他的女朋友，他们穿的T恤上都印着这样几个字：“韦斯特利不会死”。

我很喜欢。

你知道吗？我喜欢芭特卡普和韦斯特利，也喜欢菲兹克和伊尼戈，我喜欢他们四个人。他们都经历了很多痛苦，都受到了惩罚。他们并不是出身于富贵之家。我能感觉到那些可怕的力量聚集起来，要置他们于死地。我只知道对他们来说，情况会比以往任何时候都更糟糕。他们都能活下来吗？副标题是“心之死”。谁会死？更重要的是，谁的心？莫根施特恩从未让他们轻易获得幸福。

这一次，我真心希望他能让他们得到幸福……

1998年4月16日

于弗洛林市/纽约市